한국소설과 예수 그리고 유다

한국소설과 예수 그리고 유다

한국소설과 예수 그리고 유다

이 동 하

역락

책머리에

『한국소설 속의 신앙과 이성』을 낸 지 4년 만에, 주로 '우리 소설과 기독교의 만남'이라는 주제에 초점을 맞춘 글들로 엮어진 새 책을 다시 낸다. 『한국소설과 기독교』를 낸 시점으로부터 따지면 8년 만이다. 『현대문학』 평론 추천작으로 「한국소설과 '구원'의 문제」를 썼던 1983년과 현재 사이의 거리를 재어 보니 근 30년이 다 되었다. 그러고 보면 어지간히 긴 세월을 두고 나는 이 주제와 씨름해 온 셈이다. 그 기간 동안 이 주제에 대한 나의 사유는 얼마만큼이나 넓어지고 깊어졌을까? 나로서는 그 동안 의미 있는 진전이 분명히 있었기를 바라지만, 위의 물음에 대한 궁극적인 판정은 독자들의 몫으로 남겨둘 수밖에 없다.

이 책의 후반부에는 앞에서 말한 주제와 무관한 글들도 몇 편 수록되어 있다. 정리가 아직 덜 된 곳도 있지만 어쨌든 모두 최근의 내 사유가 어떤 방향으로 나아가고 있는지를 반영하고 있는 글들이다. 앞으로는 이 글들의 한계를 넘어서도록 노력해 보고자 한다.

2011년 12월

이 동 하

차 례

머리말 | 5

I

가롯 유다 이야기와 소설문학 • 15
  1. 가롯 유다라는 인물 15
  2. 복음서 기자들의 반(反)유대주의와 가롯 유다 16
  3. 가롯 유다를 복자(福者)로 인정하는 것이 정당한가? 18
  4. 가롯 유다와 정의의 윤리 20
  5. 그 밖의 예들 22

이광수 · 기독교 · 톨스토이 • 25
  1. 들어가는 말 25
  2. 이광수는 왜 기독교 교회와 대립했는가? 26
  3. 복음서 속의 기적담(奇蹟譚)들과 성서무오설(聖書無誤說) 32
  4. 미국 선교사들의 지적 수준 43
  5. 민족주의 및 사회진화론과 관련된 문제 47
  6. 톨스토이의 경우와 이광수 48

한국 기독교의 두 가지 노선과 문학
 —김동리와 김교신을 중심으로 • 59
    1. 20세기 전반기의 한국 기독교 59
    2. '선교사들의 기독교'와 김동리 소설 63
    3. 무교회주의자 김교신의 에세이들 68
    4. 맺는 말 74

한국 현대소설에 나타난 가톨리시즘 • 77
    1. 머리말 77
    2. 천주교에 대한 박해와 '신의 침묵' 79
    3. 선/악 이분론의 문제점과 천주교 소설 84
    4. 권력의 자리에 선 천주교회와 '충실한 이견자(異見者)' 89
    5. 천주교의 계율과 인간의 본성 93
    6. 천주교와 정치적 보수주의 그리고 샤머니즘 98
    7. 맺는 말 103

II

이문열의 소설과 기독교 · 107
　1. 다섯 편의 소설을 살펴보고자 하는 이유　107
　2. 늙은 교리가 어림대(御臨臺)를 지켜내다　109
　3. '황제'가 전도자들을 내동댕이치다　113
　4. 두 여인이 교회를 찾아가게 된 사연　121
　5. 민요섭의 회심과 조동팔의 자살　125
　6. '사랑'의 교리에 대한 아하스 페르츠의 비판　135
　7. 2자 대립 구도에서 3자 대립 구도로　137
　8. 유교주의자들의 계보와 '호모 엑세쿠탄스'　149
　9. 맺는 말　153

정찬의 소설과 기독교 · 159
　1. 머리말　159
　2. 증오 없이 저항하는 예수-「수리부엉이」와 「기억의 강」　160
　3. 무한한 위로를 주는 자로서의 예수-『세상의 저녁』　165
　4. 저항하는 예수와 위로하는 예수-『빌라도의 예수』　170
　5. 예수의 길과 교회 조직 사이에 선 교황-「두 생애」　175
　6. 맺는 말　178

정찬이 고쳐 쓴 복음서-『빌라도의 예수』 · 183
　1. 빌라도-외형상의 주인공　183
　2. 액자소설의 형태가 만들어준 자유　186
　3. 성전의 권력에 맞서서 싸우는 투사　188
　4. '우주적 드라마'의 시작　200

『구약성서』의 실체와 『빌라도의 예수』 · 211
    1. 「창세기」를 보는 시각　211
    2. 「출애굽기」 이하를 보는 시각　212
    3. 최근의 연구들이 밝혀낸 것　213
    4. 『빌라도의 예수』에서 말하고 있는 것 (1)　216
    5. '가짜 역사'의 정체　217
    6. 『빌라도의 예수』에서 말하고 있는 것 (2)　219
    7. 끝나지 않은 질문―『구약성서』를 어떻게 볼 것인가?　219

정찬의 「두 생애」가 남기고 있는 문제들 · 223

소설가가 대신 쓴, 한 이상적인 인물의 자서전
  ―이청준의 『낮은 데로 임하소서』 · 229

III

동아시아에서의 근대성과 근대화 • 237
1. ‘근대’ 논의와 ‘근대화’ 논의 237
2. 두 가지 질문 238
3. 서양이 승리할 수 있었던 이유 242
4. 역사 속에서 우연이 차지하는 비중 246
5. 동아시아, 근대화의 과정을 이루어내다 249
6. 몇 겹으로 놓여 있는 과제들 253
7. ‘근대 넘어서기’와 역사의 자의성(恣意性) 255

인간 · 언어 · 서사 • 259
1. 들어가는 말 259
2. 인간과 언어의 문제 262
3. 서사와 시간 266
4. 언어로 승의제(勝義諦)를 말하는 방법 269
5. 현대의 글쓰기와 불교 272

IV

『겨울의 유산』은 좋은 불교소설인가? · 277

신동혁의 수기와 친북 좌파 문학 · 285

문학, '대중의 검열'을 두려워 말아야 · 289

여섯 권의 책 · 293
　　1. 한 미국인이 동양의 지혜를 만나 구원받다
　　　　―서머싯 몸의『면도날』 293
　　2. 진정한 양성 평등을 향하여
　　　　―거다 러너의『역사 속의 페미니스트』 300
　　3. 한국 경제를 위기에서 구출한 사람
　　　　―남덕우 외,『80년대 경제개혁과 김재익 수석』 305
　　4. 6·25가 발발했을 때 그들은 어떤 모습을 보여주었던가?
　　　　―정명환 외,『프랑스 지식인들과 한국전쟁』 310
　　5. 서양 음악의 최고봉을 새롭게 해석하다
　　　　―조수철의『베토벤, 그 거룩한 울림에 대하여』 316
　　6. 중국의 팽창을 보며 한국의 미래를 생각한다
　　　　―복거일의『한반도에 드리운 중국의 그림자』 323

야웨와 여호수아 • 331

야웨와 예수의 관계를 어떻게 볼 것인가? • 335
    1. 기독교측의 전통적 설명 335
    2. 김동진의 견해 336
    3. 우희종의 견해 338
    4. 내가 2002년에 생각해 본 것 340

조선 천주교인들의 수난사는 왜 우리의 탄식을 불러일으키는가? • 343
    1. 유교식 제사 문제에 대한 천주교의 입장이 변화해 간 양상 343
    2. 우리가 탄식하게 되는 이유 345

인명 찾아보기 | 347
작품 찾아보기 | 353

I

‖가룟 유다 이야기와 소설문학

‖이광수·기독교·톨스토이

‖한국 기독교의 두 가지 노선과 문학—김동리와 김교신을 중심으로

‖한국 현대소설에 나타난 가톨리시즘

가룟 유다 이야기와 소설문학

1. 가룟 유다라는 인물

『신약성서』에 나오는 인물 중의 하나로 가룟 유다가 있다. 『성서』의 본문에 따르면, 그는 예수가 특별히 선발한 열두 제자들 중의 한 명이었으나, 나중에 예수를 배반하는 인물이 되었다고 한다. 예수를 죽이려고 작정한 유대교 지도부의 앞잡이가 되었다는 것이다. 그는 예수가 체포당하도록 만드는 데에 중요한 역할을 담당했다고 한다.

유다가 이런 짓을 한 인물로 그려져 있는 만큼, 사람들이 『신약성서』를 논하거나 예수에 대해 이야기하는 자리에서는 그에 대한 언급이 거의 빠지지 않고 등장하게 되었다. 그런 세월이 2천 년이나 지속되다 보니, 이제는 가룟 유다에 대해 어떤 방식으로든 거론해 놓은 글만 모아도 한우충동(汗牛充棟)이라는 말이 적용되기에 모자람이 없을 만한 정도에 이르렀다. 그 중에서 나 자신이 직접 읽을 기회를 가질 수 있었던 것만 추려도 상당한 양에 달한다.

2. 복음서 기자들의 반(反)유대주의와 가룟 유다

그러면, 내가 직접 읽어볼 기회를 가졌던 그 많은 '가룟 유다론'의 필자들 중에서 내가 보기에 가장 인상적이고 또 설득력 있는 논리를 펼친 것으로 느껴진 인물은 누구였던가? 이 물음에 대해서는 한 마디로 답할 수 있다. 미국 성공회의 성직자였던 존 쉘비 스퐁이 그 사람이다.

스퐁이 가룟 유다에 대한 논의를 펴면서 주장하고 있는 내용을 몇 가지 항목으로 요약해 보면 다음과 같다.

(1) 가룟 유다라는 인물은 실제로 존재하지 않았다. 그는 복음서 기자들이 상상력을 발휘하여 만들어낸 허구의 인물이다.

(2) 복음서 기자들이 허구의 인물을 만들어 내면서 그의 이름을 하필 '유다'로 한 것은 그에게 유대인의 대표라는 성격을 부여하기 위해서였다.

(3) 현존하는 최고(最古)의 복음서인 「마가복음」에서 유다에 대한 언급은 비교적 단순하게 되어 있다. 그 후에 「마태복음」을 쓴 기자는 「마가복음」의 내용에다 조금 더 살을 붙였다. 「누가복음」과 「사도행전」에 오면 새롭게 꾸며낸 이야기가 거기에 또 덧붙여지고, 어떤 부분은 수정된다. 마지막으로 씌어진 「요한복음」에서도 다시 새로운 추가 및 수정의 작업이 이루어진다. 이런 과정을 거쳤기 때문에 네 복음서에 기록된 가룟 유다 이야기는 세부적인 내용에 있어서 하나도 일치하지 않고 전부 서로 다른 것이 될 수밖에 없었다.

(4) 복음서 기자들이 가룟 유다 이야기를 지어내면서 사용한 방법은, 『구약성서』의 이런저런 대목들을 조금씩 떼어다가 변형시키는 방법이었다.

(5) 복음서 기자들이 이런 방법을 사용해서 가룟 유다라는 허구의 인물을 만들고 그의 '배반 행위'를 중심으로 한 여러 가지 이야기들을 지어낸 목적은, 예수를 죽게 만든 죄의 책임자는 로마 제국이 아니라 예루

살렘의 유대인들이라고 하는 논리를 설득력 있게 전개하고자 하는 것이었다. 한 마디로 요약하자면, 복음서 기자들의 반유대주의야말로 가롯 유다 이야기를 만들어낸 근본 동기였던 것이다.

이러한 논리를 전개한 끝에 스퐁은 다음과 같은 말로 결론을 맺고 있다.

> 나는 (…) 예수가 체포되고 처형당했다는 이야기가 기록될 즈음, 기독 교인들이 로마인들이 아니라 유태인들을 기독교 이야기의 원흉으로 만 들었다는 것은 무섭고 엄청난 비극이었다는 것만 명심하고자 한다. 미드 라쉬적 전통에 따라 거룩한 성서 여기저기에서 조금씩 떼어내어 유태인 배반자 이야기를 만들어 내고, 그 배반자에게 바로 유태 민족의 이름인 유다라는 이름을 붙여줌으로써 이 일을 완성하였다는 것을 주장하는 바 이다. 그 결과, 그 때로부터 오늘에 이르기까지 예수를 죽인 책임을 유태 인의 원형(Jewish prototype)인 유다뿐만 아니라 전체 유태인들의 등에다 짊어지웠던 것이다.
>
> (…) 이 유다 이야기가 유태인 역사에 무슨 짓을 저질렀는지 여러분이나 내가 깨닫게 될 때, 우리 기독교인들이 모두 일어서서, 과거 2천 년 동안이나 예수를 죽인 책임을 유태인들에게 뒤집어 씌웠던 가장 악독한 기독교인의 편견을 한 방에 날려 없애기를 바라는 마음에서, 이런 편견 제거의 가능성을 깊이 자각하자는 뜻으로 하는 말이다.[1]

위와 같은 스퐁의 주장은 어떤 독자들에게는 너무나도 파격적이고 상식을 벗어난 것이어서 진지하게 고려해 볼 여지조차 없는 것으로 생각될지 모른다. 하지만 아예 예수 자신부터가 역사 속에 실제로 존재한 적이 없는 상상적 인물이라는 주장[2]까지도 진지하게 제기되고 있는 판에, 예수의 역사적 실재성은 인정하면서 가롯 유다의 역사적 실재성만 부정

---

1) 존 쉘비 스퐁, 『예수를 해방시켜라』(최종수 역, 한국기독교연구소, 2004), p.350.
2) 이런 주장을 펴고 있는 대표적인 책으로 티모시 프리크와 피터 갠디가 공저한 『예수는 신화다』(승영조 역, 동아일보사, 2002)를 들 수 있다.

하는 논리 정도를 가지고 파격적이라는 말을 쓰는 것은 지나치게 호들 갑스러운 반응이라고 하지 않을 수 없다. 그뿐만이 아니다. 스퐁이 위와 같은 주장을 전개하면서 제시하고 있는 근거가 워낙 풍부하고, 논증이 워낙 치밀하기 때문에, 적어도 나 같은 사람으로서는, 그의 글을 읽어나 가는 동안 저절로 수긍이 가게 되는 것을 어찌할 수가 없다.

3. 가롯 유다를 복자(福者)로 인정하는 것이 정당한가?

그러나, 스퐁의 주장대로 가롯 유다가 허구의 인물이고, 이런 허구의 인물에 대한 이런저런 이야기들이 『신약성서』 속에 들어간 결과 폭력적 인 반유대주의가 역사 속에서 그 힘을 크게 강화할 수 있었으며 그 결과 로 적지 않은 비극이 발생한 것이 사실이라 해도, 그런 역사적 맥락을 일단 괄호 속에 넣어 두고 『신약성서』에 나오는 가롯 유다의 이야기 자 체에만 주목해 볼 경우, 그 이야기는 자못 강렬한 '문학적' 매력을 가지 고 우리에게 다가오는 것이 사실이다. 문학사를 살펴보면 '가롯 유다 문 제'를 작품의 주제로 삼거나 가롯 유다라는 사람 자신을 중요한 작중인 물로 등장시키고 있는 예가 여럿 발견되는데, 이런 시도를 행한 작가들 은 바로 그 '문학적' 매력에 착안하여 그들 나름의 작업을 전개해 보았 던 것이리라.

그러한 시도들 가운데서도 대표적인 것으로 우리는 독일 작가 발터 옌스가 1975년에 발표한 특이한 형태의 소설 『유다의 재판』을 주목해 볼 수 있다.

『유다의 재판』을 '특이한 형태의 소설'이라고 말하는 것은, 이 작품이 베르톨트 B라는 신부의 청원서, 베르톨트 B 신부의 청원에 의해 열리게 된 재판에서 나온 재판관들의 의견서, 재판관들의 의견서에 맞선 신앙검찰관의 의견서, 이들 모두를 정리·종합한 에토레 P 신부의 보고서 등으로 구성되어 있기 때문이다. 그런데 사실 이 소설은 그 형태면에서의 특이성보다도 더욱 흥미로운 내용면에서의 참신성으로 해서 강렬한 인상을 던져준다.

이 소설에서 사건의 발단부에 자리 잡고 있는 베르톨트 B의 청원서는, 가룻 유다를 천주교 당국에서 복자로 인정하는 시복(諡福)의 절차를 밟아 달라고 하는 내용으로 되어 있다. 베르톨트 B의 주장에 따르면, 가룻 유다야말로 예수의 죽음과 부활을 통해 세상에 구원의 빛을 주고자 한 신의 계획이 성공을 거두도록 만들어 준 결정적인 공로자였다고 한다. 만약 유다가 예수를 배반하고 권력자들에게 예수를 넘겨주는 행동을 하지 않았더라면 예수는 십자가에서 죽을 수 없었을 것이며, 그렇게 되었더라면 신의 계획은 엉망이 되고 말았으리라는 것이다. 유다는 자신이 용서받을 수 없는 악인으로 간주되어 장차 온갖 수모를 당하리라는 것을 알면서도 신의 계획을 관철시켜야 한다는 일념으로 그와 같은 행동을 한 신앙의 영웅이며 "삶을 죽음의 왕국에서 빛의 세계로 안내해 주"고 "지옥에서 하늘의 청명함을 보여" 준 존재가 되었으니 천주교 교회에서는 "그리스도를 위해 죽은 순교자의 대열"에 그를 포함시키고 시복해야만 마땅하다[3]는 것이 베르톨트 B의 주장이다.

『유다의 재판』의 이야기는, 복잡한 논리적 검토의 과정을 거친 끝에, 그의 청원을 심리한 재판관들도 가룻 유다를 복자로 인정하는 것이 옳다는 결론을 내리게 되고, 에토레 P 신부 역시 이와 동일한 입장에 도달하는 반면, 신앙검찰관은 단호한 반대의 입장을 끝까지 견지하는 가운

---

3) 발터 옌스, 『유다의 재판』(박상화 역, 아침, 2004), pp.20~21.

데, 바티칸의 결정은 계속 유보된 채로 있는 상태에서 막을 내린다. 이런 식의 결말 처리 방식 자체도 흥미롭지만, 그러한 결말에로 다가가는 동안에 제시되는 '복잡한 논리적 검토'의 구체적인 양상이야말로 우리 독자들이 커다란 흥미를 가지고 소설의 진행을 잠시 쉴 틈도 없이 따라가지 않을 수 없도록 만드는 매력적인 동인으로 작용한다.

4. 가룟 유다와 정의의 윤리

『유다의 재판』과 같은 작품에 비하면, 우리나라 작가인 백도기가 『가룟 유다에 대한 증언』(1979)에서 보여준 문학적 접근의 방식은 훨씬 단순한 편이다. 물론 단순하다고 해서 반드시 무게가 덜하다거나 가치가 떨어진다고 말할 수는 없다.

『가룟 유다에 대한 증언』에 등장하는 가룟 유다는 세상이 정의에 의해 지배되기를 열망하는 인물이다. 그런 그는 스승인 예수가 사랑의 윤리만을 강조하는 것이 못마땅하다. 그는 예수가 "죽느냐 사느냐 하는 절박한 상황에" 몰려서 "사랑이란 얼마나 무력한 것인가를 절감할 수 있게 되"[4]면 사랑의 윤리만을 고집스럽게 밀고 나가는 태도를 버리고 그 자신의 논리에 동의해 주리라는 기대를 갖는다. 그러한 기대가 그로 하여금 예수에 대한 배반을 감행하게 한다. 그렇게 하면서 그가 예수의 죽음까지를 바라고 있었던 것은 아니며, 실제로 예수가 죽음에까지는 이르지 않도록 만들 계획도 가지고 있었다. 하지만 일단 그가 배반의 행위를 저지르고 난 후의 사태는, 그의 계획이 여지없이 무산되고 예수가 십자

---

4) 백도기, 『가룟 유다에 대한 증언』, 『우리 시대 우리 작가』 15(동아출판사, 1987), p.134.

가 처형을 당하게 되는 방향으로 걷잡을 수 없이 굴러가 버린다. 이에 절망한 그는 자살로 삶을 마감하게 된다.

이런 식으로 소설을 전개하면서 백도기는 『신약성서』의 기록을 가능한 한 충실하게 따르는 모습을 보여준다. 앞에서 나는 가롯 유다에 대한 기록이 복음서들마다 전부 다르다는 사실을 지적한 바 있거니와, 백도기는 이처럼 구구각색인 복음서들의 기록을 적당히 절충하여 원용하되, 어쨌든 그것들의 전체적인 틀 자체는 결코 벗어나지 않는 입장을 견지한다. 그렇게 하는 가운데서도 백도기가 그 자신의 고유한 창조적 공간을 만들어낼 수 있었던 것은, 복음서들에서 유다의 내면세계에 대해서는 사탄이 그 속에 들어간 것(「누가복음」, 22장 3절)이라느니 마귀가 못된 생각을 집어넣은 것(「요한복음」, 13장 2절)이라느니 하는 식의 상투적인 언급 이외에 아무런 말이 없는 만큼, 그 내면세계의 구체적인 양상을 백도기 나름대로 상상하여 그리는 것이 가능했기 때문이다. 바로 그러한 가능성을 살려내는 방법을 백도기는 '정의에 대한 열망'이라는 것에다 초점을 맞추는 데서 찾은 것이다.

백도기가 선택한 이러한 방법은, 『유다의 재판』에 나오는 재판관들이 잠깐 검토해 보고 나서 곧바로 기각해 버린 선택지의 하나를 떠올리게 한다. 그 재판관들은 "유다가 민족주의자이고 사회혁명가라는 가설"이 가능하다는 사실을 인정하고 그것에 일단 관심을 표명하기는 했으나 금방 그러한 가설은 "아쉽게도 성서 텍스트의 지원을 받지 못"하고 있으므로 "문학적 창작"에 불과한 것이라고 판단하여 배제했던 것이다.[5]

---

5) 발터 옌스, 앞의 책, p.80.

5. 그 밖의 예들

지금까지, 가룟 유다와 관련된 문제를 다루거나 가룟 유다라는 인물 자신을 직접 등장시켜서 전개해 나간 소설 두 편을 간단히 짚어 보았다. 시야를 넓혀서 관찰해 보면, 그러한 부류에 속하는 것으로 간주될 수 있는 소설은 그 밖에도 여러 편이 발견된다. 외국 작품 중에서 예를 들자면 무엇보다도 니코스 카잔차키스의 유명한 장편 『그리스도 최후의 유혹』(1958)이 맨 먼저 거론될 수 있다. 그런가 하면 우리 나라의 작가가 쓴 작품 가운데서도 가룟 유다를 직접 등장시킨 예가 여럿 있다. 이를테면 김동리의 장편 『사반의 십자가』(1957)라든가 박상륭의 문단 데뷔작인 단편 「아겔다마」(1963)가 그런 경우에 해당한다. 이 중에서도 특히 『사반의 십자가』는, 유다의 배반행위와 예수의 십자가 처형 자체에 대한 서술에서는 복음서들에 나와 있는 이야기의 골격을 대체로 존중하는 입장을 취하면서도, 예수가 처형된 이후 유다에게 닥친 상황에 대해서는 다음과 같은 식으로 매듭을 지음으로써 독특한 방식으로 기존의 통념에 대한 파괴 혹은 전복의 작업을 수행한 것으로, 주목에 값한다.

> (글로바의 말에 따르면—인용자 보충) 유다는 바깥 소문들과 같이 참혹하거나 불행하지 않았다고 했다. (…) 그는 세상과 결별을 하고 혼자 살 생각을 했다. 그에게는 그때 받은 은 삼십 세겔 이외에도 어느 정도 재산이 저축되어 있었으므로 남이야 뭐라고 하든지 자기 일생은 그럭저럭 편안히 지낼 수 있다고 스스로를 위로하고 있더라고, 글로바는 유다의 이야기를 맺었다.6)

아마 앞으로도 오랫동안 가룟 유다의 이야기는 수많은 사람들 사이에

---

6) 김동리, 『사반의 십자가』, 『김동리 전집』 5(민음사, 1995), pp.381~382.

서 꾸준히 전승되어 갈 것이다. 기독교가 존재하는 한, 또는『신약성서』가 망각되지 않고 사람들에게 읽혀지는 한 그러할 것이다. 그렇게 전승되어 가면서, 다양한 방식으로 영향력을 발휘할 것이다. 유다 이야기를 소설의 창작에 활용하는 작업도 계속해서 이루어질 것이다. 그런 작업들 가운데 어떤 것은 성공을 거둘 것이고, 어떤 것은 실패할 것이다. 그런 미래를 내다보면서 우리가 한 가지 말할 수 있고 말해야 하는 것은, 그 모든 것이 폭력적인 반유대주의 같은 것과는 정반대되는 마음의 세계에 기반을 두고, 그런 것과는 정반대되는 방향으로 세상을 이끌어 가고자 하는 열망에 입각해서, 이루어져야만 한다는 것일 터이다.

이광수 · 기독교 · 톨스토이

1. 들어가는 말

이광수와 기독교의 관련 양상에 대한 연구는 이미 오랜 역사를 가지고 있으며 실제로 상당한 성과를 축적한 바 있다. 특히 근자에 와서는 송명희와 한승옥의 연구[1]가 대표적으로 보여주는 것처럼 매우 충실한 작업이 이루어져서 많은 부분이 해명되었다.

필자는 이러한 상황을 감안하여, 이 자리에서는 일반적으로 채택되고 있는 연구 방식을 버리고, 조금 특이한 방향에서 논의를 시도해 보고자 한다. 오산학교에 재직하고 있던 이광수가 기독교 재단의 교회측과 갈등을 일으켜 학교를 떠나게 되었던 사건에 초점을 맞추고, 그것과 관련해서 이광수에 대하여, 또 기독교에 대하여 필자 나름으로 할 수 있는 이야기를 자유롭게 전개해 볼 것이다. 그러한 이야기의 연장선상에서 자연스럽게 톨스토이에 대해서도 얼마쯤의 논의가 이루어질 것이다. 이와 같

---

1) 송명희의 논문 「이광수의 기독교 사상과 종교다원주의」(『한국문학논총』 46집, 2007) 및 한승옥의 저서 『이광수 장편소설 연구』(박문사, 2009)의 제2장을 이루고 있는 세 편의 논문이 그것들이다.

은 필자의 작업은 앞으로 이광수와 기독교의 관련 양상이라는 주제를 가지고 연구를 계속해 보려는 사람들에게 얼마쯤 도움이 되는 바도 없지 않을 것으로 기대한다.

2. 이광수는 왜 기독교 교회와 대립했는가?

이광수가 남강 이승훈의 초빙을 받고 오산학교의 교사로 부임한 것은 1910년 3월이었다. 이광수는 오산학교에 부임하면서부터 자신이 새로 맡은 교사로서의 직무에 열과 성을 다 쏟았다. 그런데 이듬해 1월에 105인 사건으로 이승훈이 일제 당국에 의해 구속되면서 오산학교에는 심각한 어려움이 닥쳤다. 고민 끝에 이승훈은 기독교 재단에 학교의 경영권을 넘겼다. 미국인 선교사들에 의해 주도되는 재단이었다.

이광수는 이 재단의 교회와 종교상의 문제로 충돌을 일으키게 되면서 교사로서의 직무에 대한 열정을 잃고, 결국 학교를 떠나기에 이른다. 1913년 11월의 일이었다.

이처럼 기독교 교회와의 충돌로 인해 학교를 떠나게 된 사건을 이광수 자신은 후일 「두옹(杜翁)과 나」라는 글 속에서 "나는 교회에서 이단을 학생에게 고취한다고 지금 평양신학교장 로버어트 박사(당시 오산교회를 치리(治理)하던 목사)에게 제명을 당하였습니다"2)라는 말로 표현하고 있다. 같은 그 사건이 「이광수씨와 기독(基督)을 어(語)함」이라는 제목의 인터뷰 기사에서는 "선생은 기독교를 믿습니까?"라는 기자의 질문에 대하여 이광수가 "옛날에 믿다가 파문을 당하였지요"3)라고 답하는 대목을 통해

---

2) 이광수, 「두옹과 나」, 『이광수전집』 10(우신사, 1979), p.595.
3) 이광수 인터뷰, 「이광수씨와 기독을 어함」, 『이광수전집』 8, p.640.

언급되고 있기도 하다.

그렇다면 오산학교의 경영권을 인수한 기독교 교회와 오산학교 교사 이광수 사이의 대립과 갈등이 이광수의 퇴직까지 초래할 만큼 심각한 것이 되도록 만든 근본적 논쟁점은 무엇이었던가? 이광수의 자전적 소설인 『그의 자서전』이나 『나』와 같은 작품들을 보면 그 답을 알 수 있다. 이광수가 오산학교에 재직하고 있던 당시 그가 교회와 충돌하지 않을 수 없도록 만든 근본적 원인은 두 가지였다.

그 두 가지 가운데 첫 번째는, 『성서』의 모든 글자 모든 구절이 예외 없이 성령의 감화에 의해 씌어졌으므로 근대의 합리적 과학에 입각해서 볼 때 아무리 의심스럽게 보이는 대목이라도 문자 그대로 믿지 않으면 안 된다고 하는 성서무오설(聖書無誤說) ─ 다른 말로 축자영감설(逐字靈感說)이라고도 한다 ─ 을 그가 거부하였다는 데에 있었다. 다음에 인용하는 대목이 그 점을 선명하게 보여준다.

내가 만일 세례를 받았더면 배척 문제가 아니 일어났을지 모른다. 그러나 나는 교인 된 지 칠팔 년이 되도록 세례를 못 받았다. 그것은 세례 문답에 번번이 낙제가 되기 때문이었다. 아마 K장로가 나를 세례 못 받게 하기 위하여 목사에게 미리 약속을 하는 모양이었다. 그러길래 평소에는 먼 교회에 있어서 이따금 순회로 오는 R목사가 내게 문답을 할 때에는 반드시,

"그리스도께서 동정녀 마리아에게 잉태하신 것과 본디오 빌라도에게 죽으사 사흘 만에 다시 살아난 것을 믿으시오?"

하는 것과,

"구약 성경도 하나님의 말씀인 줄을 믿으시오?"

하는 것과,

"이후에 예수께서 재림하시는 날 죽은 자들이 모두 무덤에서 일어나서 심판을 받을 것을 믿으시오?"

하는 세 가지를 꼭 물었다. 다른 사람에게는 이런 것을 아니 묻기도 한다는데 내게는 꼭 물었다. 여기 대해서는 내가,

"네 믿소."

하고 대답하지 아니할 줄을 R목사는 미리부터 아는 모양이었다. 다른 이들은 그것을 믿기에 믿는다고 대답하겠지마는, 나는 그것을 못 믿으니까 믿는다고 대답할 수가 없었다. 이래서 번번이 나는 세례 문답에 낙제한 것이었다. 나보다 나중 교인이 된 사람들이 세례를 받고 집사가 되네 장로가 되네 하건마는 오직 나만은 만년 학습교인으로 있었다.[4]

물론 『그의 자서전』에 묘사되어 있는 위와 같은 상황이 실제의 인물 이광수가 겪었던 상황을 그대로 큰 변형 없이 재현하고 있는가는 확실하지 않다. 이광수의 또다른 자전적 소설 『나』를 보면 다음에 인용하는 대목에서 보듯 『그의 자서전』의 경우와는 아주 다르게 그 주인공이 세례 문답에 합격하는 것으로 그려져 있는데 이처럼 상이한 두 가지 사건 전개 양상 가운데 어느 편이 더 실제에 부합하는지는 판단하기 어렵다.[5]

이튿날 방과 후에 나는 예정대로 오웬 목사에게 세례 문답을 받았다. 그는 내가 대답하기 싫어할 것은 아니 묻는 모양이요, 순전히 신약 전서 예수의 말씀에 대하여서만 묻고 주기도문을 외우라 하였다. 이것은 내가 매우 좋아하여서 썩 잘 외우는 것이었다. 그리고 주기도문의 뜻에 대한 내 대답도 오웬 목사를 만족시킨 모양이었다. 아마 그는 내가 거짓말은 아니하는 사람으로 믿은 양이어서 그 점을 크게 본 듯하였다. 옆에서 한 목사가 몇 마디 물을 때에는 괘씸한 생각이 났지마는, 원수를 사랑하라 하신 예수의 말씀을 실행할 때가 이 때로고나 하고 나는 극히 겸손하게 정중하게 대답하였다. 한 목사는 대단히 만족한 모양이어서 더 묻지 아니하였다. 만일 한 목사가 심사를 부려서 내가 대답하기 싫은 문제로 훼

---

4) 이광수, 『그의 자서전』, 『이광수전집』 6, p.346.
5) 허구를 가미하지 않은 이광수의 회고록인 『나의 고백』에는 이 문제에 대한 언급이 없다.

사를 놓았더면 나는 낙제할 수밖에 없었던 것이다.[6]

그러나 『그의 자서전』의 경우에나 『나』의 경우에나, 문제 자체의 성격은 동일하다. 그 당시 오산학교의 경영권을 인수한 기독교 교회의 서양 선교사들과 그 추종자들은 성서무오설을 고수하는 입장에 서 있었던 반면 이광수는 '근대의 합리적 과학에 입각해서 볼 때 의심스러운 것으로 보이는 내용은 아무리 『성서』에 기록되어 있는 것이라 해도 믿지 않는다'고 하는 입장에 서 있었다는 사실이 양자간의 대립을 불가피하게 만든 원인이었으며 바로 그 점이 『그의 자서전』에도, 『나』에도 고스란히 반영되고 있는 것이다. 예를 들면 예수의 어머니 마리아가 동정녀인 상태 그대로 예수를 낳았다든가, 예수가 죽은 지 사흘 만에 육신으로 부활하였다든가, 장차 예수가 재림할 때에는 죽은 자들이 모두 무덤에서 일어나 심판을 받을 것이라든가 하는 이야기들을 교회측은 모두 문자 그대로 실제 있었던 사실이라고 가르치면서 이광수에게도 그러한 가르침에 동의해 줄 것을 요구하고 있었지만 이광수는 그런 것이 문자 그대로의 사실이라고는 도저히 믿을 수가 없었다는 것이다. 『그의 자서전』의 다른 부분을 보면 "나는 예수께서 세례를 받으신 뒤에 하늘이 쪼개지고 하나님의 신이 비둘기 같이 내려왔다는 둥, 하늘에서 소리가 나며, 이는 내 사랑하는 아들이라고 했다는 둥 하는 말이 믿기지 아니하여서 픽 웃기까지 하였"[7]다는 언급이 나오는데 이것도 같은 맥락에 놓이는 태도라고 할 수 있다.

그 다음, 이광수와 교회측의 충돌을 불러온 두 번째 근본 원인은, 그 당시의 이광수가 사회진화론과 연결된 저항적 성격의 민족주의를 자신

---

6) 이광수, 『나』, 『이광수전집』 6, p.551.
7) 이광수, 『그의 자서전』, p.328.

의 신념으로 가지고 있었으며 그러한 자신의 신념을 학생들에게도 고취하고자 하였는데 교회측은 이러한 이광수의 태도에 대해 부정적인 입장을 보인 것이었다. 이러한 점은 특히 『나』의 주인공이 닭싸움과 관련한 내용의 강연을 학생들에게 하고 그것을 학교의 교목(校牧)인 한 목사가 다음 번 일요일의 설교를 통해 공박하는 에피소드에서 인상적으로 묘사되고 있다.

> 우리 나라가 이 수치를 벗는 길은 둘이 있었다. 하나는 정당한 길이요, 하나는 요행의 길이었다. 정당한 길이란 우리 나라가 고기 한 근과 구리 가루 두 돈중어치를 먹고 며느리발톱을 날카롭게 갈아서 바다 건너온 수탉 일본의 대가리를 쪼고 앙가슴을 박차서 넘어뜨리는 것이요, 요행의 길이라 함은 다른 닭이 일본을 물어서 끌리는 것이었다.
>
> (…) 나는 이튿날 하학 후에 강당에 학생들을 모아 놓고 이번에 본 닭싸움 이야기를 하였다. 그 자리에는 선생들도 왔다. 한 목사는 듣다가 매우 못마땅한 듯이 중도에 나갔다. 나는 독한 눈으로 그의 나가는 뒤통수를 노려보았다.
>
> (…) "여러분! 우리 민족이 요구하는 것은 고기 한 근, 구리 가루 두 돈중이요. 우리 민족은 싸워야 하오. 우리 민족은 이기어야 하오. 다른 닭이 싸워 주기를 기다리는 것은 거지 영신이요."[8]

『나』의 주인공이 위와 같은 내용으로 강연을 하고 난 후의 첫 번째 일요일이 와서 한 목사가 설교를 하게 되었을 때 한 목사는 다음과 같이 주인공을 공격한다.

> 한 목사는,
> "어떤 선생이 신성한 교회 학교 강당에서 순진한 청년 학도들에게"

---

8) 이광수, 『나』, p.515.

라 하여 내 죄가 도저히 용서할 수 없다는 것을 탁을 두드리며 말하고 어떤 때에는 나를 노려보며 말하였다.

(…) 한 목사는 자기의 말이 청중의 주의를 끈 것을 의식하자, 깡깡 갑는 그 어조에 더욱 선지자의 신령스러운 권위를 붙여서,

"그 선생은 마땅히 회개할 것이요. 하나님 앞에 무릎을 꿇고 아프게 회개할 것이요. 회개하면 우리 구주 예수님의 십자가의 피로 그 죄를 씻을 수 있거니와, 만일 회개―아―니―하―면― 그는 여―호―와―하―나―님―의 진―노―하―심을 면―치―못―할―것이요. 하나님의 진노 속에는 사탄도 떨거든 감히 그 앞에 설 자 뉘뇨?"

하고, 그는 말을 맺고 이어서,

"사랑하는 부형 모매님네, 우리 이 불쌍한 형제를 위하여 우리 주 하나님께 기도합시다."

하고 선교사의 어조로 '기토 하압씨터.' 하였다.9)

『나』 속의 위와 같은 에피소드에서 이야기되고 있는 내용은 선교사 중심의 그 시대 한국 기독교회 지도부와 민족주의의 신념을 가진 한국인들 사이에서 당시 숱하게 빚어졌던 갈등과 대립의 한 전형적인 사례를 보여준다. 선교사 중심의 그 시대 한국 기독교회 지도부가 지녔던 생각에 따르면 기독교 교회의 활동은 어디까지나 개개인의 내면적인 영혼을 구원하는 데 초점을 두어야 마땅한 것이었으며 민족주의니 사회진화론에 입각한 투쟁이니 하는 것들은 이러한 목표를 향해 나아가는 데 방해가 되는 요소로 간주되었다. 선교사 윌리엄 N. 블레이어가 1910년에 쓴 글 속에 나오는 다음과 같은 대목은 그와 같은 당대 기독교회 지도부의 입장을 단적으로 보여준다.

우리는 한국 교회가 일본인에 대한 적개심을 회개해야 할 뿐만 아니

---

9) 위의 작품, p.516.

라, 하나님에 대하여 범한 모든 죄를 보다 더 분명하게 의식할 필요가
있다고 느낀다. (…) 우리는 교회 전체가 성결하게 되고, 하나님의 거룩
함을 인식할 필요가 있다고 느낀다. 그리고 자신들의 생각을 [비극적인]
국가적 상황으로부터 떠나서 자신이 주와 인격적인 관계를 맺는 데에로
향해야 할 필요성을 절감하는 통회하는 영혼들이 될 필요가 있다고 생각
한다.[10]

선교사 중심의 그 시대 한국 교회 지도부가 이와 같은 입장에 서 있
었기 때문에 예컨대 그 당시 대표적인 기독교 청년 조직 중 하나였던 엡
윗청년회가 민족주의적 투쟁의 색채를 띠기 시작하자 선교사들은 아예
이 단체 자체를 해산시켜 버리는 극단적 처방을 했다. 이러한 당대 한국
교회 지도부의 입장은 그들이 오산학교를 이끌어 나가는 자리에서도 그
대로 적용되었고 그것은 이광수의 민족주의 및 사회진화론적 입장과 불
가피하게 충돌할 수밖에 없었던 것이다.

3. 복음서 속의 기적담(奇蹟譚)들과 성서무오설(聖書無誤說)

지금까지의 논의에 의하여, 이광수가 오산학교에 재직하고 있던 당시
학교의 운영을 새로이 맡게 된 기독교 교회측과 이광수 사이에서 대립
과 갈등이 일어나고 결국 이광수가 그 자신의 표현에 따르면 교회측으
로부터 '파문'을 당하게까지 된 원인은 구체적으로 드러난 셈이다. 그런
데 이처럼 구체적으로 드러난 '원인'을 놓고 곰곰이 생각해 볼 때 자못

---

10) William N. Blair/ Bruce F. Hunt, *The Korean Pentecost and the Sufferings which followed*
(Edinburgh, 1977), p.66 이하. 차성환, 『한국 종교 사상의 사회학적 이해』(문학과지성사,
1992), p.231에서 재인용.

우리의 흥미를 불러일으키면서 문제적인 존재로 다가오는 대상은 이광수의 입장이라기보다는 차라리 선교사들을 중심으로 한 기독교 교회측의 입장이다.

사실 이광수의 입장이야 그렇게 특별하다고 할 것이 없다. 민족주의 및 사회진화론과 관련된 문제는 나중에 다시 생각해 보기로 하고 우선 첫 번째의 쟁점이 된 성서무오설의 문제만 놓고 보더라도, 예컨대 "예수께서 세례를 받으신 뒤에 하늘이 쪼개지고 하나님의 신이 비둘기 같이 내려왔다는 둥, 하늘에서 소리가 나며, 이는 내 사랑하는 아들이라고 했다는 둥 하는 말"을 문자 그대로 믿을 수 없다고 하는 것은 근대 교육을 받은 사람으로서 당연히 가지게 될 법한 생각이다. "이후에 예수께서 재림하시는 날 죽은 자들이 모두 무덤에서 일어나서 심판을 받을 것"을 문자 그대로 믿을 수 없다고 하는 것도 마찬가지다.

그런 이광수의 생각이나 태도보다는, 20세기의 시점에서 의연히 "예수께서 세례를 받으신 뒤에 하늘이 쪼개지고 하나님의 신이 비둘기 같이 내려왔다는 둥, 하늘에서 소리가 나며, 이는 내 사랑하는 아들이라고 했다는 둥" 하는 말이라든가 "이후에 예수께서 재림하시는 날 죽은 자들이 모두 무덤에서 일어나서 심판을 받을 것"이라든가 하는 따위들을 문자 그대로 믿는다는 사람들의 입장이 흥미롭고 특이한 것이다. 어째서 그 사람들은 그런 입장을 고집했을까?

이 물음에 대하여서는 이미 여러 연구자들에 의하여 대략 일치되는 답이 나온 바 있다. 그 대표적인 예로 차성환의 설명을 들어 보자. 차성환에 따르면, 당시 열정적으로 한국에 기독교를 전파한 선교사들은 대부분 '미국에서 있었던 제2차 심령 대부흥 운동 추종자'들이었던 바, 바로 이 '미국의 심령 대부흥 운동'이라는 것은 '유럽 계몽주의의 사상적 유산이 미국에 유입되는 것에 저항하고 있는 독특한 특징'을 지닌 것이었으며, 그런 만큼 반지성주의적이고 반계몽주의적인 성격을 뚜렷하게 갖고 있었다. "이런 의미에서 제2차 심령 대부흥 운동은 유럽에서 있은 특이한 합리주의가 지배하는 종교 개혁에 대한 일종의 '대항 종교 개혁'이라고 성격지을 수 있다." 그러했기 때문에 이 운동의 주역들은 "사람들이 오래 전부터 들어 알고 있으나 진지하게 생각하지 않고 있는 성서에서 그대로 발견할 수 있는 '순박한 복음의 진리'만을 아무런 해석을 가함 없이 그대로 선포하고자 했다."[11]

위의 설명에서 제시된 바와 같은 선교사들의 성분, 아니 선교 활동 자체의 기원에서부터, 한국 기독교의 주류는 성서무오설을 철저히 고수하는 입장을 취하도록 결정되었던 셈이다. 참고로 덧붙여서 말해 두자면, 한국에 기독교가 도입된 초창기에 내려진 그와 같은 '결정'은 지금까지도 한국 기독교회에 막대한 영향을 남기고 있다. 오강남은 "1. 성경무오설, 2. 동정녀 탄생, 3. 기적, 4. 육체 부활, 5. 인간의 죄성, 6. 대속, 7. 예수의 재림과 심판 등을 무조건 문자적으로 인정하고 의심 없이 믿어야 '잘 믿는 것'이고 그래야 참된 그리스도인이 될 수 있다는 생각"을 가지고 있는 이른바 '근본주의자들'이 미국의 기독교 신자 가운데서는 20 내지 40퍼센트 정도로 추산되는 반면 한국의 기독교 신자 가운데서는 90 내지 95퍼센트를 차지한다고 주장하는데[12] 그가 제시하는 구체적인 수치의 정확성 여부는 신중한 재검토를 필요로 하지만[13] 이른바 근

---

11) 위의 책, pp.224~226.
12) 오강남, 『예수는 없다』(현암사, 2001), pp.27~28.
13) 오강남이 제시하고 있는 수치의 정확성에 대한 신중한 재검토를 필요로 하는 것은 한국의 경우뿐만이 아니다. 미국의 경우도 마찬가지이다. 말하자면 오강남은 한국에 대해서는 다소 과장되게 높은 수치를, 그리고 미국에 대해서는 다소 과장되게 낮은 수치를 제시하고 있는 것이 아닌가 하는 의문이 드는 것이다. 미국에서도 교회에 성실하게 출석하는 일반 신도들은 그들의 소박한 근본주의적·문자주의적 신앙을 조금이라도 흔들어 놓을 가능성이 있는 이야기를 목회자들로부터 거의 듣지 못한다. 목회자들 자신은 신학교에서 역사비평적 방법론에 입각하여 복음서를 비롯한 성서 전반을 분석하는 강의를 수

본주의적인 입장이 한국의 기독교계에서 오늘날도 주류이자 다수파의 지위를 확고히 유지하고 있다는 점 자체에는 의문의 여지가 없다.

그렇다면 한국 기독교의 주류를 위와 같은 성격의 것으로 형성하는 데 절대적으로 기여했던 선교사들, 오산학교 시절의 이광수와 대립하는 위치에 섰던 그 선교사들, 그리고 선교사들의 그와 같은 신앙을 고스란히 자기의 것으로 받아들인『나』속의 한 목사와 같은 사람들―이런 사람들이 일치하여 믿는 복음서 속의 그 수많은 기적담들, "예수께서 세례를 받으신 뒤에 하늘이 쪼개지고 하나님의 신이 비둘기 같이 내려왔다는 둥, 하늘에서 소리가 나며, 이는 내 사랑하는 아들이라고 했다는 둥" 하는 말에서 전형적으로 발견되는 그 수많은 기적담들은, 애초에 어떻게 해서 만들어졌던 것일까?

이 물음에 대해서는 오랜 세월에 걸쳐 수많은 답이 제출된 바 있다. 그 중 하나만 예를 들어 보자면, 앨버트 놀런이 긍정적으로 소개하고 있는 E. 트로크메의 견해가 있다. 그에 따르면, 복음서를 기록한 사람들은 "예수를 알고 있던 단순하고 무식한 시골사람들과 직접 또는 간접으로 접촉을" 하면서 자료를 수집했던 바, 그들에게는 "설교나 현명한 말씀이나 참신하고 독창적인 종교사상보다는 기적이 더 재미있는 이야기거리가 되는 법"이었으니, "그 이야기들은 밤중에 모닥불 둘레에서 거듭 되풀이될 수 있었을 것이고, 다소 윤색되기도 하면서 언제나 청중을 매혹

강하지만, 그와 같은 신학교에서의 공부가 목회의 현장으로 연결되지는 않는 것이다(바트 어만은『예수 왜곡의 역사』(강주헌 역, 청림출판, 2011), pp.31~32에서 이 점과 관련하여 흥미로운 에피소드를 전하고 있다). 이 점에서는 미국의 경우나 한국의 경우나 동일하다. 그런데도 근본주의적 신앙을 고수하고 있는 일반 기독교인의 비율이 미국의 경우와 한국의 경우에 그렇게까지 엄청난 차이를 보일 수가 있을까? 물론 한국에 기독교가 처음 전파되는 단계에서부터 나타났던 특수한 사정이 있는 만큼 양자간에 '어느 정도' 차이가 있으리라는 정도야 충분히 예상할 수 있지만, 그 '어느 정도'가 '그 정도'로까지 클까? 의심되는 바 없지 않다.

시키고야 말고는 했"던 것이었다. 복음서 기록자들은 그런 자료들에 대해 "현대의 역사가처럼 비판적 판단을 구사하지는 않"고, "충실히 그대로 받아들"여 기록했으며, 그렇게 한 결과로 복음서들에는 온통 기적담들이 가득 차게 되었다고 한다.14)

이런 설명은 얼핏 보기에는 그럴 듯한 것 같기도 하다. 최소한, 맹목적으로 성서무오설을 고집하는 사람들의 견해보다는 훨씬 진보된 것으로 보인다. 하지만 사실 이런 설명은 순전한 상상의 산물일 따름이며 아무런 근거도 없다. 게다가 그 상상이라는 것도 너무나 소박한 수준에서 그치고 있다.

그런데 시야를 넓혀서 광범위하게 살펴보면, 위와 같은 설명과 대조적으로, 각별히 강한 설득력을 가지고 다가오는 답이 하나 발견된다. 미국 성공회의 주교직을 지낸 바 있는 신학자 존 쉘비 스퐁의 설명이 그것에 해당한다. 그에 따르면, 복음서의 기록은 예수라는 인물의 가르침과 실천, 삶과 죽음에 의하여 강렬한 감동을 받은 한 무리의 유태인들 및 준(準)-유태인들15)에 의해 이루어졌다. 그 유태인들 혹은 준-유태인들이 예수로부터 자기들에게 전해져 온 감동을 문자로 표현하고자 했을 때 그들이 가졌던 것은 유태적 문학 양식과 유태적 전례(典禮)의 전통이었다. 그들은 유태적 문학 양식을 활용하면서, 유태적 전례의 전통에 맞아들어가는 방식으로, 예수에 관한 수많은 이야기들을 지어냈다. 그런 이야기

---

14) 앨버트 놀런, 『그리스도교 이전의 예수』(정한교 역, 분도출판사, 1980), p.63.

15) 여기서 '유태인들'이라는 표현 다음에 또다시 '준-유태인들'이라는 표현을 덧붙인 것은 「누가복음」의 저자와 관련된 문제 때문이다. 「누가복음」의 저자(그는 또한 「사도행전」의 저자이기도 한데)는 스퐁에 따르면 '성서의 저자들 가운데 유일한 이방인 출신'이었다. 좀더 구체적으로 말하면 그는 '유태교 하나님 예배와 유태 종교 관행에 너무나도 깊이 이끌렸던 이방인 가운데 한 사람'이며 결국 유태교로 개종하였다. 그 당시에는 유태교로 개종한 이방인들이 종종 있었는데 그들은 "유태교를 특징짓는 윤리적 유일신 신학 개념에 매혹 당"한 결과로 그러한 결단을 내린 것이었다. 존 쉘비 스퐁, 『예수를 해방시켜라』(최종수 역, 한국기독교연구소, 2004), p.61.

들을 지어낸 사람들은 '역사적 사실의 정확성' 같은 것에 대해서는 처음부터 전혀 관심이 없었다. 스퐁의 말을 직접 인용해 보자.

> 복음서들은 거룩한 유태 이야기꾼들의 미드라쉬 스타일로 기록되었다. 그러나 우리는 이 스타일이 무엇인지 파악하지 못한 채 지금도 남아 있는 것이다. 이 스타일은 역사적 사실의 정확성에 대해서는 관심이 없다. 그것은 오직 의미와 이해에 관심을 두고 있다.[16] (강조는 원저자)

이렇게 설명하면서 스퐁은 『그의 자서전』에서 이광수가 문제삼았던 바로 그 대목, 즉 예수가 세례를 받을 때 하늘이 갈라졌다고 기록된 「마가복음」 1장 9절에서 11절까지의 내용[17]을 예로 들고 있다. 우선 스퐁은 『구약성서』에 여러 차례 등장하는 '물 가르기' 모티프에 대하여 언급하는 것으로써 그의 설명을 시작한다.

> 옛날 유태인 저자들은 모세가 죽은 뒤에 홍해의 물을 가르던 이야기를 반복함으로써(수 3장) 하나님이 여호수아와 함께하신다는 것을 해석한다. 홍해에서 하나님이 모세와 함께하셨다는 표지가 바로 물을 가르신 것이라는 것이다(출 14장). 여호수아가 요단강 물을 갈랐다는 이야기를 할 때, 그것은 역사사건을 문자적으로 다시 말한 것이 아니다. 오히려 그것은 여호수아와 모세를 미드라쉬적으로 관련시키려던 시도였던 것이다. 그렇게 함으로써 모세의 후계자 여호수아와 하나님이 함께하신다는 것을 보여주려는 것이다. 뒤에 엘리야(왕하 2:8)와 엘리사(왕하 2:14)도 요단강 물을 가르고 마른 땅 위를 걸어 건넜다는 이야기에서 똑같은 이야기 형태를 취하고 있다.

---

16) 위의 책, p.69.
17) 「마가복음」 1장 9~11절에 수록되어 있는 내용은 「마태복음」 3장 13~17절과 「누가복음」 3장 21~22절에도 거의 동일하게 나타난다. 그리고 다소 변형된 내용이 「요한복음」 1장 32~34절에 실려 있다.

위와 같은 이야기를 한 다음에 그는 「마가복음」 1장 9절 이하의 내용에 대한 설명으로 넘어간다.

> 예수가 세례 받는 이야기를 할 때에도, 복음서 저자들은 예수가 요단강 물을 가르는 대신 하늘을 갈랐다고 하였다(막 1:9 이하). 그래서 이런 모세 주제가 다시 주의를 끌고 있고 같은 목적을 위해 사용되고 있다. 유태적 창조이야기에 따르면, 하늘이란 위에 있는 물과 밑에 있는 물을 갈라놓는 창공에 지나지 않는 것이다(창 1:6~8). 하늘 물을 가르는 예수로 묘사하는 것은 예수 안에서 만나는 거룩한 하나님의 현존은 모세나 여호수아, 엘리야, 엘리사에게서 볼 수 있는 하나님 현존보다 훨씬 능가한다는 것을 암시하는 유태적 서술방법이다. 즉 그것은 미드라쉬적 원리가 작용하는 방식인 것이다. 과거 유태인 영웅 이야기들은 현 순간의 영웅들에 대한 이야기를 하기 위해 고조되고 또 거듭 다시 이야기되는 것이다. 그것은 같은 사건이 계속 일어났기 때문이 아니라, 그 순간에 계시된 하나님의 실재가 과거의 알려진 하나님의 실재와 같은 것이기 때문이다.[18]

스퐁이 들려주고 있는 위와 같은 설명에 따르면, 복음서의 기록자는 예수에게서 강력한 '하나님의 현존'을 느꼈다. 그가 예수에게서 느낀 '하나님의 현존'은, 유태인들이 전통적으로 모세, 여호수아, 엘리야, 엘리사 등등 『구약성서』에 나오는 여러 유명한 등장인물들로부터 느껴 왔던 '하나님의 현존'과 성질상 동궤에 놓이는 것이면서, 강도(强度)에 있어서는 그보다 더한 것이었다. 복음서 기록자는 바로 그러한 자기의 '느낌'을 효과적으로 표현하기 위하여, 모세, 여호수아, 엘리야, 엘리사 등등의 이야기에 공통적으로 나오는 '물이 갈라지는 이야기'를 끌어들이고, 다시 그것을 한 단계 업그레이드시켜서, 아예 '하늘이 갈라지는 이야기'로

---

18) 존 쉘비 스퐁, 앞의 책, pp.69~70.

바꾸었다. 그리고는 이렇게 업그레이드시킨 이야기를 예수의 세례 장면에 가져다 붙였다. 『그의 자서전』의 주인공으로 하여금 '픽 웃'지 않을 수 없도록 만들었던 「마가복음」 1장 9절 이하의 이야기는 이렇게 해서 만들어진 것이다.

이런 식으로 이야기를 만들어내는 것이 유태적 문학 양식 창작의 전통이었다. '미드라쉬 스타일'의 전통이라는 게 바로 그런 것이다. 복음서에 나오는 수많은 기적담들은 다 이런 식으로 만들어졌다. 그것은 '역사적 사실'과는 아무런 관계도 없는 것이다.

기적담의 예를 하나만 더 들어 보기로 하자. 「마태복음」 27장 52~53절을 보면 다음과 같은 기록이 나온다.

> 무덤들이 열리며 자던 성도의 몸이 많이 일어나되 예수의 부활 후에
> 저희가 무덤에서 나와서 거룩한 성에 들어가 많은 사람에게 보이니라

이 대목은 예수가 십자가 위에서 운명하는 장면을 묘사한 직후에 나오는 것이다. 예수가 십자가 위에서 운명하던 바로 그 시각에 여러 무덤들이 열리고 이미 죽은 시신들이 그 무덤 안에서 많이 일어났다는 것이다. 그렇게 부활한 시신들이 나중에 거룩한 성(아마 예루살렘을 지칭하는 듯)에 들어가서 많은 주민들에게 모습을 보여주었다는 것이다.

이것은 얼핏 보기에도 너무나 황당한 이야기이기 때문에 성서무오설을 고집스럽게 주장하는 사람들조차도 이 대목에 대해 언급하는 것은 꺼려하는 경향이 있을 정도이다. 그러나 스퐁은 이 대목에 대해서도 설득력 있는 해명을 제공한다.[19] 그의 설명에 따르면 「마태복음」의 이 대목은 『구약성서』 중의 「다니엘」 12장 2절과 연관이 있는 것이다. 「다니

---

19) 위의 책, p.366.

엘」 12장 2절을 보면 장차 종말이 다가왔을 때에 일어날 사건 중의 한 가지로 다음과 같은 것이 언급되고 있다.

땅의 티끌 가운데서 자는 자 중에 많이 깨어 영생을 얻는 자도 있겠고

「마태복음」을 기록한 사람은 그의 기록 작업을 진행해 나가다가 마침내 십자가 위에서의 예수의 운명에 대해 언급할 시점에 이르렀을 때 바로 그 '예수의 운명'이라는 것이 얼마나 엄청난 의의를 갖는지를 어떻게 하면 효과적으로 강조할 수 있는지를 곰곰이 궁리해 보았을 것이다. 그러던 중, 자기가 잘 알고 있는 「다니엘」 12장 2절의 기록에 생각이 미쳤을 것이다. 그래서 이 기록을 끌고 들어와 자기 나름으로 변형시킨 것이 「마태복음」 27장 52~53절의 내용이 된 것이다.

스퐁에 의하면, 복음서를 기록한 사람들은 기적담들을 다 이런 식으로 만들어냈기 때문에, "자기들이 쓴 이야기가 '목격자'의 이야기와 동일시할 수 있을 만큼 객관적인 것이라고 하는 주장"을 들으면 "아마 기겁을 하고 놀랄 것"이라고 한다.[20]

복음서를 기록한 사람들은 이처럼 유태적 문학 양식에 입각하여 수많은 기적담들을 만들어냈는데, 그것은 모두 유태적 전례의 전통에 맞게끔 구성됨으로써, 전례가 실제로 베풀어질 때에 현장에서 활용될 수 있도록 마련된 것이었다. 또 그것은 유태교 특유의 예배력(禮拜曆)에도 부합되도록 배려되었다. 그러한 배려의 결과로 발생한 현상 가운데 하나가, 이른바 공관복음서(共觀福音書)라고 불리는 「마가복음」, 「마태복음」, 「누가복음」의 세 복음서에서 모두 예수의 활동이 일 년 동안 지속된 것으로 기록되어 있다는 사실이다. 그것은 예수의 활동이 실제로 얼마 동안 지속되었

---

20) 위의 책, p.91.

는가 하는 점과는 아무 관련이 없으며, "일 년에 걸친 예배력에 따라 예수의 생애를 경축하기 위하여 복음서를 편찬"[21]하다 보니 그렇게 된 것일 따름이다.

앞에서도 언급했듯 스퐁의 이러한 설명은 매우 강한 설득력을 가지는 것으로 생각되거니와, 만약 그의 설명이 타당한 것이라면, 복음서에 기록된 사건들이 문자 그대로 실제 일어난 사실이라고 하는 근본주의자들의 주장은 복음서의 성격 자체를 심각하게 왜곡시키는 것이요 복음서를 기록한 사람들의 생각으로부터도 멀리 동떨어진 것으로서 단호히 폐기되지 않으면 안 된다.[22]

그러나 실제에 있어서 그와 같은 근본주의 노선의 주장은 참으로 장

---

21) 위의 책, p.372.

22) 이 지점에서 한 가지 질문이 제기될 수 있다. '스퐁이 설명하고 있는 바와 같은 방식으로 복음서를 이해할 경우, 기독교 신앙을 유지할 수 있는가?'라는 질문이 그것이다. 스퐁은 이러한 질문에 대하여 단호하게 '그렇다'라고 답한다. 바로 스퐁 자신이, 이러한 답변이 가능하다는 사실을 말해 주는 증거이다. 그는 복음서의 성격을 위에서 설명된 바와 같은 방식으로 파악하게 된 이후에도 그 전과 똑같이 독실한 기독교인으로 남아 있다. 스퐁은 복음서에 대한 자신의 새로운 관점에도 불구하고 어떻게 해서 자신이 그처럼 '독실한 기독교인'으로 남아 있을 수 있는가 하는 점과 그가 가지고 있는 '기독교 신앙'의 내용을 『예수를 해방시켜라』 이후에 씌어진 그의 또 하나의 중요한 저서인 『만들어진 예수 참 사람 예수』(이계준 역, 한국기독교연구소, 2009)에서 자세하게 설명하고 있다. 그런데 시야를 넓혀서 보면 스퐁과 정반대의 경우에 해당하는 사람도 발견되는 것이 사실이다. 『예수를 해방시켜라』의 서문을 보면 바로 그러한 경우에 해당하는 사람의 사례가 언급되어 있다. 그 사람은 스퐁보다 앞서서 복음서를 유태교의 전통과 관련시켜 읽어내는 작업을 시작함으로써 스퐁에게 많은 영향을 준 영국의 학자 마이클 고울더이다. 고울더는 원래 영국 성공회의 신부였으나 자신의 그와 같은 학문적 연구를 계속하는 동안 신앙을 버리게 되었다. 스퐁이 전해주고 있는 바에 따르면 고울더는 "그의 신부직을 반납하고 자기는 이제 더 이상 크리스천이 아니라고 하면서, 비공격적인 무신론자(non-aggressive atheist)로 자처하"게 되었다(『예수를 해방시켜라』, p.19). 고울더와 스퐁은 우정으로 맺어져 있으며 복음서를 함께 읽고 연구하기도 하였으나 신앙의 문제와 관련된 상호간의 입장 차이는 좁혀지지 않았다. 스퐁은 이 점과 관련하여 "마이클과 나는 둘 다, 마이클을 위해서는 진리의 단서, 나를 위해서는 하나님의 단서가 될 만한 성서 파고들기를 좋아하였고, 전에 발견할 수 없었던 것을 발견하였을 때 둘 다 기뻐하였다"라는 인상적인 표현을 하고 있다(p.20).

구한 세월 동안 독점적인 지배력을 행사해 왔다. 앞서 오강남은 미국의 경우 그러한 주장을 지지하는 사람이 기독교 신자들 가운데 20 내지 40 퍼센트쯤 된다고 한 바 있거니와 그 수치의 정확성에는 다소 의문이 있지만 어쨌든 그런 근본주의 신봉자들의 비율이 어느 정도로나마 분명하게 줄어든 것도 사실 현대에 접어든 이후의 일이요 그 이전에야 어느 나라의 경우이거나를 막론하고 기독교가 지배적인 종교로 군림하고 있는 지역에서는 근본주의 노선을 제외한 다른 입장이 거의 용납되지 않았던 터이다.

스퐁에 따르면 사태가 이 지경으로 나빠진 것은 기독교가 그 초기 단계를 벗어나면서 유태인들과 완전히 절연되고 유태인이 아닌 사람들, 즉 이른바 이방인들의 독점물이 된 사실과 관계가 있다. 그들은 유태적 문학 양식, 유태적 전례, 유태적 예배력 등을 전혀 모르는 사람들이었고 알려 하지도 않은 사람들이었다. 이런 사람들이 복음서에 대한 해석의 권리를 독점하게 되면서, 심각한 왜곡이 발생하게 되었다는 것이다. 그 왜곡의 내용은 "거기 기술된 사건들은 문자주의적 역사 속에서 발생한 문자적 사건으로 생각하게 되었고, 따라서 거기 기록된 사건들은 객관적 사실이라고 믿게 되었다"23)는 말로 요약될 수 있다.

이러한 왜곡의 역사는 그 후 참으로 오랜 세월 동안 끈질기게 이어졌다. 그러다가 근대에 이르러서야 비로소 교정될 기미를 보이기 시작한 셈이다.24) 바로 그러한 교정 작업의 선구적 역할을 맡은 것이, 앞서 인

---

23) 위의 책, pp.90~91.
24) 근대에 이르기 이전까지 '근본주의적' 혹은 '문자주의적'인 사고방식이 요지부동의 권위를 가지고 이어진 이유에 대해서는 다양한 분석이 가능하다. 정신분석 전문가인 최병건은 그의 한 저서 속에서 다음과 같은 말을 하고 있는데 이러한 그의 말에서 시사되고 있는 내용도 그 '다양한 분석'의 목록에 포함시킬 수 있다고 필자는 생각한다.
   "지금의 기준에서 보면 허황된 것들을 실제라 믿는 사람들이 대다수였던, 그런 때가 있었다. 어떻게 그럴 수 있었을까? 그때의 사람들이 바보여서? '우리'는 똑똑해서 그런 어

용한 차성환의 글에서 나왔던 표현을 빌리면, ‘유럽에서 있은 특이한 합리주의가 지배하는 종교 개혁’이었다. 그런데 이러한 종교 개혁에 맞선 ‘대항 종교 개혁’의 주역들이 미국의 제2차 심령 대부흥 운동을 일으켰고 그 운동의 연장선상에서 미국 선교사들의 한국 파송이 이루어졌던 것이다.

4. 미국 선교사들의 지적 수준

이런 경위를 거쳐서 한국으로 건너오게 된 미국 선교사들은 이광수가 「금일 조선 야소교회(耶蘇敎會)의 결점」이라는 글 속에서 지적하고 있듯 주로 ‘천당지옥설과 사후부활(死後復活)과 기도만능설(祈禱萬能說)’ 같은 것

리석은 믿음에서 자유로워진 것일까?

그들이 그런 것을 믿었던 가장 큰 이유는 물론 ‘우리’가 세상을 해석하는 시각인 자연과학이 발달하지 않았기 때문일 것이다.

(…) 하지만 그것이 해석의 문제만은 아닐 것이라는 가설을 나는 갖고 있다. 그들에게 ‘실제’로 신비한 일들이 일어났을 거라고 나는 상상한다. ‘우리’에게보다 훨씬 많이.

우리가 감당할 수 없을 정도의 충격을 받았을 때, 마음이 통상적인 방법(동화나 조정)으로 적응하지 못하고 와해되는 현상을 정신분석에서는 외상(Trauma)이라 부른다. 외상은 생명의 위협을 느낄 정도의 위험에 처하거나, 직접 겪지는 않더라도 끔찍한 일을 목격했을 때 일어난다.

(…) 다행스럽게도 21세기 대한민국에서 외상은 드문 일이다. 하지만 인간이 늘 이렇게 살았던 것은 아니다. 걸핏하면 인간들은 세상을 지옥으로 만들었다. 백년전쟁이 말해주듯 살상과 폭력과 파괴가 일상인 적도 있었다. 그 와중에 유럽 인구의 80퍼센트가 페스트로 죽기도 하고, 마녀사냥이란 허울로 사람을 불에 태워 죽이는 것이 구경거리가 된 적도 있다. 그런 세상에서도 지금 ‘우리’가 외상이라 부르는 것이 드문 현상이었을까? 그렇지 않았을 것이다. 어쩌면 일상에 가까웠을지도 모른다. 이인증(離人症, Depersonalization)과 플래시백(Flashback) 같은 현상도 보편적인 경험이었을 수 있다. 만일 그랬다면 그때의 사람들은 마음이 만들어내는 것과 현실을 명확히 구분하지 못했을 것이다. 당연히 신비한 일이 많았을 것이다. 그런 사람들끼리 모여 살았다면 ‘우리’에게는 말도 안 되는 것들이 충분히 가능하지 않았을까?”(『당신은 마음에게 속고 있다』(푸른숲, 2011), pp.270~272)

을 한국인 신자들에게 가르쳤는데 이광수에 따르면 이것은 선교사들이 한국인들의 지적 수준을 어떻게 보았는가 하는 점과 관련이 있다. 「금일 조선 야소교회의 결점」 가운데 위의 말이 나오는 부분의 앞뒤를 조금 더 인용해 보자.

> (선교사들은―인용자 보충) 문명이 없는 야매(野昧)한 민족에게는 고원심오(高遠深奧)한 이론을 가르쳐도 이해치 못하므로 고래(古來)의 미신을 이용하여 천당지옥설과 사후부활과 기도만능설 같은 것으로 몽매한 민중을 죄악에서 구제하려 하오. 이는 불교에서도 무교육(無敎育)한 하급 우민(愚民)을 위하여 취하였던 방법이외다. 그러므로 그네에게는 이해와 상완(賞玩)보다도 미신하기를 권하고 맹목적으로 세례, 예배, 기도 같은 의식(儀式)의 신비적 공덕에 의지하기를 권하는 것이요.
> (…) 그러나 나는 반드시 서양 선교사를 원망하지 아니하오. 다만 우리가 피등(彼等)의 눈에 아불리가(亞弗利加)의 토인과 같이 비친 것이 분할 뿐이외다.[25]

이광수는 위에 인용된 대목에서 보듯 미국 선교사들이 한국인 신자들에게 '천당지옥설, 사후부활, 기도만능설' 등을 주로 가르친 것을 두고 그들이 한국인의 '지적 수준'을 야만인 수준의 그것으로 평가한 때문이라고 해석하면서 '분한 마음'을 드러내고 있다. 이러한 그의 언급은 그 자신의 체험에 근거의 일단을 두고 있는 것이니 만큼 무시할 수 없는 무게를 갖는다. 이광수는 일본의 기독교 계통 학교인 메이지학원을 다니면서 일본에 온 미국 선교사들의 전도 혹은 교육 활동이 어떤 것인지를 접한 바 있고 그것을 한국에 온 미국 선교사들의 전도 혹은 교육 활동과 비교할 수 있었으며 그러한 비교를 바탕으로 해서 위와 같은 발언을 하

---

25) 이광수, 「금일 조선 야소교회의 결점」, 『이광수전집』 10, p.23.

고 있는 것이기 때문이다.

그렇기는 하지만, 좀더 시야를 넓혀서 생각해 보면, 일본에 온 선교사든 한국에 온 선교사든, 사실 그 시대의 '제2차 심령 대부흥 운동'에 심취한 나머지 해외 선교 활동에 나서게 된 미국 선교사라는 사람들 자신이 지니고 있었던 '지적 수준'의 평균치는, 대학 교육을 받은 지식인 그룹에 속하는 사람들 치고는 그렇게 높은 편이 아니었다는 사실을 간과할 수 없다. 우선 그들의 일반적인 교육 수준은 다음과 같은 것이었다.

> 주류 교단 선교부들이 정한 학력 조건이 정규교육 정도에 따라 선교사 지망생들을 걸러내는 역할을 하게 되자 학력을 무시하고 순전히 신앙과 선교적 열성을 근거로 선교사를 배출하는 선교기관이 생겨났다. 이들 신앙선교 기관들은 거의 예외 없이 초교단적인 조직으로서, 주류 교단과는 상관없는 독립 단체들이었다. 예를 들어 가장 크고 성공적인 신앙 선교 기관이었던 중국내지선교회(China Inland Mission)의 허드슨 테일러는 정규교육을 거의 받지 않은 선교지망생에게도 문호를 개방한다는 원칙을 정해놓고 있었다.
>
> (…) 선교사의 대다수는, 남북전쟁 이후 등장한 신흥 중산층 가정을 겨냥하여 개신교 주류 교단이 만들었던 소규모의 신생 기독교 대학 출신들이었다. 이런 신생 대학 출신들은 새롭게 중산층에 편입된 사람들로, 기존의 명문 대학에는 진학할 여유가 없는, 중산층 내부에서도 중하부에 위치한 사람들이었던 것으로 보인다.26)

위와 같은 교육 배경을 갖고 있는 미국 선교사들 일반의 '지적 수준'이 정작 서양의 지식인 그룹 속에서 어느 정도의 자리를 차지하고 있었는가를 짐작하게 해 주는 흥미로운 자료가 하나 있다. 절반은 르포르타주이고 절반은 에세이로 되어 있는 조지 오웰의 저서 『위건 부두로 가

---

26) 류대영, 『초기 미국 선교사 연구』(한국기독교역사연구소, 2001), pp.46~47.

는 길』 중 에세이에 해당하는 부분에 나오는 다음과 같은 기록이 그것이다.

> 미얀마에서는 다른 나라 백인들도 모진 일을 한다는 이유로 경찰을 경멸하는 경향이 있었다. 한번은 어느 경찰서에 시찰을 나갔더니 내가 꽤 잘 아는 미국인 선교사가 무슨 일을 보러 오는 것이었다. 비국교도 선교사들이 거의 그렇듯 그는 완전히 바보이긴 해도 꽤나 괜찮은 사람이었다. 그때 나보다 계급이 낮은 원주민 수사관 하나가 용의자 한 사람에게 겁을 주고 있었다(『버마 시절』에서도 묘사한 바 있는 장면이다). 미국인은 그 광경을 지켜보더니 날 바라보며 의미심장하게 말했다. "나라면 그런 일 하는 게 싫겠소." 얼마나 부끄러웠는지 모른다. 나는 '그런' 일을 직업이라고 하고 있었던 것이다! 미국인 선교사 같은 얼간이에게, 그것도 중서부 출신의 천치에게 업신여김을 당하고 딱하다는 소리를 듣다니![27]

널리 알려져 있는 바와 같이 오웰은 이튼 고교를 졸업한 후 그 당시 영국의 식민지였던 미얀마에 가서 경찰관으로 근무한 적이 있는데 위의 회상기는 그 시절의 한 에피소드를 기록한 것이다. 위의 글은 물론 오웰이라는 아주 강렬한 개성을 가진 한 작가의 독특한 관점과 스타일에 입각해서 씌어진 것이며 그런 만큼 우리가 이 글에 대해 문학적인 의의와 별도로 '자료'로서의 가치를 부여하는 데에는 신중할 필요가 있다. 하지만 아무리 신중을 기하는 입장에 서서 보더라도 위의 글이 자료로서의 가치를 '전혀 갖지 못하고 있다'는 단정을 내릴 수는 없으며 그럴 필요도 없을 것으로 여겨진다. 그 정도만 인정하는 선에서 보더라도, '미국

---

27) 조지 오웰, 『위건 부두로 가는 길』(이한중 역, 한겨레출판, 2010), pp.197~198. 참고로 덧붙이자면 실제 미국 선교사들의 절반 이상이 이 에피소드에 등장하는 선교사와 마찬가지로 미국 가운데서도 중서부 출신이었다. 류대영, 앞의 책, p.46.

선교사들의 지적 수준은 보통 어느 정도였으며, 그들은 다른 많은 지식인들로부터 어떤 평가를 받고 있었던가?' 하는 점과 관련하여 위의 글이 우리에게 시사해 주는 바는 매우 의미심장한 것이다.

그런 미국 선교사들이, 스스로 야만인 아닌 문명인의 나라로 인정해 주었던 일본과 같은 나라에서는 '천당지옥설, 사후부활, 기도만능설' 등등을 중심으로 해서 선교의 논리를 펴지 않고 '가급적 합리적 · 과학적으로' — 이것은 이광수 자신이 「금일 조선 야소교회의 결점」 속에서 직접 사용하고 있는 표현이다 — 선교를 하려 했다 하더라도, 전략적 고려를 넘어선 궁극적 본심의 차원에서는 여전히 그들 자신이 그런 '천당지옥설, 사후부활, 기도만능설' 등등에 대한 확신을 갖고 있었을 것임에 틀림없다. 그랬기 때문에 그들은 이를테면 『그의 자서전』의 남궁석이나 『나』의 박도경과 같은, 즉 현실의 이광수와 같은 엘리트 지식인에게까지 그런 것들에 대한 '궁극적 본심의 차원에서의 확신'을 갖기를 강요했던 것이 아니겠는가.

이렇게 보아 오면, 미국에서 온 선교사들 및 그들에게 기독교를 배운 『나』의 한 목사와 같은 사람이 복음서의 사실성 여부에 대하여 취했던 태도의 배경과 의미가 선명하게 이해된다. 그리고 이광수의 자전적 소설 『그의 자서전』과 『나』에서 묘사된 그 주인공들과 선교사를 중심으로 한 교회측 사이의 대립과 갈등이 이러한 측면에서 가지는 의미도 이해된다.

5. 민족주의 및 사회진화론과 관련된 문제

그 다음, 앞에서 일단 언급을 유보해 두었던 문제, 즉 민족주의 및 사회진화론과 관련된 문제에 대해서는 어떤 이야기를 할 수 있을까? 이 문제에 대해서는 사실 그렇게 긴 분량의 논의가 필요하지 않을 듯하다. 이광수가 오산학교 재직 시절을 포함한 그의 청년기에 지니고 있었던 민족주의 및 사회진화론 사상의 성격과 강도, 그리고 그 의미에 대해서는 이미 많은 연구자들에 의하여 다양한 논의가 이루어졌으며[28] 선교사들을 비롯한 한국 교회 지도부에서 가지고 있었던 철저한 개인 구원 지향적 입장과 그 지도부가 한국인 신자들의 민족주의나 사회진화론에 입각한 운동에 대해 억압하는 태도를 보였던 사실의 의미, 그 배경, 영향 등등에 대해서도 심도 있는 연구가 수행된 바 있거니와[29] 필자로서는 현 시점에서 거기에 특별히 덧붙일 만한 견해를 가지고 있지 않다.

6. 톨스토이의 경우와 이광수

지금까지 필자는, 오산학교의 교사였던 이광수가 그 학교의 경영권을 이승훈으로부터 넘겨받은 기독교 교회와의 대립으로 인해 학교를 떠나게 되었던 사건을 놓고, '이광수와 기독교 교회 사이의 대립을 가져 온 근본적인 쟁점은 무엇이었던가?'라는 물음을 제기하면서, 몇 가지 논의를 시도해 보았다. 그런데 사실 필자가 이제까지 진행한 이야기 속에서는, '대립의 근본적 쟁점'은 논의가 되었지만, '교회측에서 구체적으로 이광수의 어떤 행적을 문제 삼았던가?'라는 문제는 언급되지 않았었다.

---

28) 특히 최근에 이루어진 대표적인 성과를 담고 있는 책으로 하타노 세츠코의 『『무정』을 읽는다』(최주한 역, 소명출판, 2008), 김경미의 『이광수 문학과 민족 담론』(역락, 2011), 서영채의 『아첨의 영웅주의』(소명출판, 2011) 등을 지목할 수 있다.

29) 그 대표적인 성과로 차성환, 앞의 책과 이덕주의 『초기 한국 기독교사 연구』(한국기독교역사연구소, 1995), 류대영, 앞의 책 및 류대영의 또 다른 저서인 『개화기 조선과 미국 선교사』(한국기독교역사연구소, 2004) 등을 들 수 있다.

그렇다면 그 '문제된 행적'은 실제로 무엇이었던가? 『그의 자서전』을 다시 읽어 보면 답이 나온다. 거기에 다음과 같은 대목이 들어 있는 것이다.

> 나는 이 학교를 떠나지 아니하면 아니 될 일이 생겼다. 그것은 내가 여름방학 동안 어느 먼 지방에 강습회 강사로 초빙되어 가 있는 동안에 내게서 배운 몇 사람이 나를 톨스토이주의를 학생간에 선전하는 이단자라고 해서 교회와 학부형 방면에 나를 배척하는 운동을 일으킨 것이었다.[30]

『그의 자서전』은 소설이지만 위의 대목은 실제로 일어났던 일을 그대로 기록한 것인 듯하다. 이광수의 허구가 가미되지 않은 회고록인 『나의 고백』을 보아도 동일한 이야기가 다음과 같이 나오는 것이다.

> 한 여름은 경남 웅천에 가서 하기강습을 하고 더욱 몸이 피곤하여서 오산에 돌아오니, 내가 없는 동안 학교에서는 나를 배척하는 운동이 있었는데, 그 이유는 내가 학생들에게 톨스토이의 사상을 선전하여서 예수교회에 대한 신앙을 타락케 한 것이라고 하였다.[31]

결국 구체적인 대립의 현장에서는 톨스토이라는 인물이 문제되었던 것이다.

실제로 톨스토이에 대해 오산학교 시절의 이광수는 지극한 경모(敬慕)의 마음을 갖고 있었다. 톨스토이는 이광수가 오산학교에 재직하고 있던 당시인 1910년 11월에 세상을 떠났는데, 이광수는 톨스토이의 부음을 접하고 크게 상심하면서 학생들을 동원하여 톨스토이에 대한 추모의 모임을 연 바 있다. "아마 이것이 조선에서는 유일한 톨스토이 추도회였을

---

30) 이광수, 『그의 자서전』, p.345.
31) 이광수, 『나의 고백』, 『이광수전집』 7, p.237.

듯합니다"32)라고 그 자신이 나중에 「두옹과 나」 속에서 말하고 있다.

톨스토이에 대한 이광수의 숭배는 그 후로도 오랜 기간 계속되었다. 그 점을 단적으로 보여주는 것이, 1935년에 씌어진 「톨스토이의 인생관」 이라는 글 속에서 이광수가 하고 있는 다음과 같은 말이다.

> 톨스토이는 지구가 산출한 가장 큰 사람 중에 하나였다. 예수 이후의
> 첫 사람이라고 하면 누가 반대할까.
> 그러면 그의 큼이 어디 있었는가. 그것은 그의 위대한 인류애의 공상
> 에 있었다. 석가나 예수가 그러하였던 것 모양으로.33)

위에 인용된 대목에서 이광수는 톨스토이를 이야기하는 가운데 예수의 이름을 끌어들이고 있거니와, 실제로 이광수는 톨스토이를 통해서 예수를 만났다. "나는 기독(基督)의 주의와 사상을 주로 톨스토이를 통하여 받아들이었습니다"라고 그 자신이 「이광수씨와 기독을 어함」에서 말하고 있기도 하다. "톨스토이옹(翁)은 『하늘은 네 마음 속에 있다』라는 저서를 내어서 기독 사상의 가장 근간 되는 주요부분을 직절 간명하게 표현하였는데",34) 이것을 통하여 이광수는 예수를 만나고 그의 가르침을 깊이 체득할 수 있었다는 것이다.

이처럼 이광수를 예수에게로 안내한 장본인인 톨스토이의 바로 그 사상이 오산학교를 새로이 인수받은 기독교 교회측으로부터는 이단으로 규정되었고 교회가 이광수에게 '파문'의 조치를 취하도록 만드는 원인으로 작용한 것이니, 흥미로운 노릇이 아닐 수 없다.

그런데 여기서 우리가 시선을 돌려 톨스토이 자신의 경우를 보면, 톨

32) 이광수, 「두옹과 나」, p.595.
33) 이광수, 「톨스토이의 인생관」, 『이광수전집』 10, p.487.
34) 이광수 인터뷰, 앞의 글, p.638.

스토이는 실제로 러시아 정교회로부터 파문을 당하였다는 사실이 확인
된다. 이광수의 경우처럼 비유적인 의미에서 파문을 당한 것이 아니라,
공식적으로 파문 조치를 당한 것이다. 톨스토이가 러시아 정교회로부터
공식적으로 파문 조치를 당한 것은 1901년 2월이었다. 그는 이 파문 조
치에 대한 응답으로 「종무원(宗務院)에의 회답」이라는 글을 썼으나, 이것
마저 판매금지 조치를 당한 바 있다.35)

톨스토이가 러시아 정교회로부터 파문을 당하게 만든 직접적인 계기
는 그의 소설 『부활』이었다. 톨스토이 만년의 대표작으로 널리 알려져
있는 『부활』은 1899년에 발표되었는데, 이 작품의 제1부 39~40장에 나
타난 톨스토이의 독특한 기독교관(觀)이 정교회 당국의 분노를 불러일으
켰던 것이다(참고로 밝혀 두자면 이 『부활』은 이광수가 「내가 감격한 외국작품」이
라는 부제(副題)를 단 글에서 자기를 감격하게 만든 외국의 위대한 문학작품 두 편 중
하나로 들고 있는 작품이기도 하다36)).

그렇다면 이처럼 교회의 파문을 자초할 정도로 독특한 면모를 지니고
있었던 톨스토이의 기독교관은, 우리가 앞에서 자세히 검토해 본 '성서
무오설'의 문제에 대해서는 어떤 입장을 취하는 것이었을까? 이 물음에
대한 답이 어떤 것일지는 잠깐만 생각해 보아도 금방 추측이 가능하다.
그러나 굳이 명료한 가시적 증거를 찾아보고자 한다면, 톨스토이가
1883년에 펴낸 『톨스토이 성경』을 찾아보는 것이 유용하다.37)

---

33) 참고로 말해 두자면, 러시아 정교회의 이러한 파문 조치가 톨스토이에게 실제적인 타격
을 입히지는 못하였다. 석영중은 다음과 같이 말하고 있다. "파문은 오히려 톨스토이가
원했던 것이기도 했다. 파문으로 인해 그의 명성은 더욱 높아졌고, 교회와 성직자에 대
해 염증을 내고 있던 대중의 인기까지 한 몸에 받을 수 있게 되었다"(석영중, 『톨스토이,
도덕에 미치다』(예담, 2009), p.281).

36) 다른 한 편의 작품은 『구약성서』 중의 「창세기」이다. 그래서 글의 제목도 「『부활』과 「창
세기」」이다. 『이광수전집』 10, pp.564~565.

37) 『톨스토이 성경』은 이광수가 애독한 책이다. 박영호가 쓴 류영모 평전인 『다석 류영모』
(두레, 2009)를 보면 "춘원 이광수는 톨스토이가 쓴 『통일복음서』(즉 『톨스토이 성경』—

이 책은 톨스토이가 4복음서의 내용을 자기 식으로 정리, 발췌, 재구성하여 새롭게 서술한 것인데, 이 책을 보면 이른바 기적담에 해당하는 것들은 완벽하게 제거되어 있다. 동정녀 탄생도 없고, 치유의 이적도 전혀 없으며, 예수가 물 위를 걷는 이야기도 없고, 오병이어(五餅二魚) 이야기도 없다. "예수께서 세례를 받으신 뒤에 하늘이 쪼개지고 하나님의 신이 비둘기 같이 내려왔다는 둥, 하늘에서 소리가 나며, 이는 내 사랑하는 아들이라고 했다는 둥 하는 말" 따위는 물론 없다. 예수의 부활 사건도 없다. 십자가 위에서 예수가 죽는 것으로 모든 이야기는 끝난다.

톨스토이가 『톨스토이 성경』에서 이처럼 기적담을 모조리 제거해 버린 것을 보면, 그가 20세기 초 조선에 왔던 서양 선교사들이 믿고 있었던 바와 같은 성서무오설에 동의하지 않는 자리에 서 있다는 사실을 분명하게 확인할 수 있다. 성서무오설에 대한 톨스토이의 입장이 이러하였다는 것은, 성서무오설을 거부하면서 기독교 교회와 맞서고 있던 오산학교 시절의 이광수에게 있어서는, 든든한 후원자가 자기 뒤에 버티고 있는 듯한 용기와 자신감을 주었을 것이 틀림없다.

물론 톨스토이의 책을 좀더 자세히 읽어 보면 그의 입장은 '하늘이 쪼개지는' 식의 기적담이 과학적으로 볼 때 황당무계하기 때문에 믿을 수 없다는 입장과는 조금 다른 것이 아니었나 하는 느낌을 받을 수도 있다. 왜냐하면 톨스토이가 실제로 내세우고 있는 주장은 '그런 기적담의 사실성 여부는 아무런 중요성도 없다'는 것이기 때문이다.

톨스토이의 견해에 따르면 예수가 가르친 사상의 윤리적 내용만이 중요할 뿐이며 그것 이외에는 아무 것도 중요하지 않았다. 그렇다면 톨스

인용자)로 설교를 하다 결국 오산학교에서 쫓겨났다"라는 구절이 나온다(p.35). 류영모 평전에 이광수에 대한 언급이 나오는 이유는 류영모와 이광수가 오산학교의 교사로 함께 근무한 적이 있기 때문이다.

토이는 어떤 것이 ‘예수가 가르친 사상의 윤리적 내용’이라고 생각하였던가? 이 물음에 대한 답은 다른 사람 아닌 이광수에 의해 일찍이 요령 있게 제시된 바 있다. 앞에서 이미 언급했듯 이광수는 「이광수씨와 기독을 어함」이라는 제목의 인터뷰에서 “톨스토이옹은 『하늘은 네 마음 속에 있다』라는 저서를 내어서 기독 사상의 가장 근간 되는 주요부분을 직절 간명하게 표현하였”다는 말을 한 바 있는데, 그 말에 바로 뒤이어서 그가 ‘직절 간명하게 표현된 기독사상의 가장 근간 되는 주요부분’으로 소개하고 있는 다음과 같은 세 가지 항목이 바로 ‘예수가 가르친 사상의 윤리적 내용’이라고 톨스토이가 생각하였던 바를 효율적으로 압축해서 보여주고 있는 것이다.

첫째 야소(耶蘇)는 성경에 쓰인 바와 같이 부자를 극히 미워하였습니다. 그는 두 벌 옷을 가지지 말 것을 말하였고, 그는 남에게서 빚을 받지 말고 또 빚을 갚지 말 것을 역설하였습니다. 이것은 경제상의 균등주의이니, 오늘날 말하는 바 공산주의와 많이 그 내용이 통하는 터이며, 또 둘째, 그는 심판을 부인하였습니다. 무슨 권력을 가진 자가 그 힘으로써 선악을 판단하여서 벌을 주고 어쩌고 하는 그 심판이라는 것을 전연 부인하였습니다. 사람으로서 사람을 심판 못한다는 그 사상은 모든 권력을 부인하는 크로포트킨의 무정부주의적 사상과 통하는 줄 압니다. 그리고 그는 사랑을 역설합니다. 그는 애(愛)의 사도외다. 그는 무저항을 주장합니다. 적이고 동지이고 운운하는 구분이 없이 전 인류가 사랑을 유대로 하고 서로 형제가 되자 함이니, 우리로 앉아 배울 점이 많다고 하겠지요[38]

예수가 가르친 사상의 윤리적 내용을 위와 같은 것으로 파악하고 기독교에서는 오로지 그것만이 유일한 중요성을 갖는다고 본 톨스토이에게 있어 기적담 따위는 아무 것도 아니었다. 기적담 같은 것들은 예수의

---

38) 이광수 인터뷰, 앞의 글, p.638.

가르침을 확인해 주는 것도 아니고 반박하는 것도 아니다, 가르침을 확인해 주는 것도 반박하는 것도 아니라면, 우리로서는 아예 관심을 가질 필요가 없다—이런 뜻의 말을 톨스토이는 실제로 『톨스토이 성경』의 「서문」 속에서 하고 있다.39)

그러나 이처럼 기적의 사실성 여부가 아무런 중요성도 없다고 보는 주장은, 각도를 달리해서 해석하면, 기적의 사실성에 대한 가장 철저한 불신의 표현일 수 있다. 그리고 기적의 사실성과 중요성을 강조하는 입장에서 본다면 가장 큰 분노를 불러일으키는 것일 수 있다. 예컨대 기적담 가운데 가장 큰 비중을 갖고 있는 문제, 즉 예수가 육신으로 부활하였는가 아닌가 하는 문제에 대해서 생각해 보자. 일찍이 바울은 이 문제가 얼마나 엄청난 중요성을 가지고 있는가를 강조하면서 '그리스도의 부활이 없다면 우리는 세상에서 가장 불쌍한 사람들일 것이다'라는 극단적인 말까지 한 바 있다.40) 그런데 이런 바울식(式)의 입장에 맞서서 톨스토이는 '그런 것은 아무런 중요성도 없는 문제이니 우리로서는 관심을 가질 필요조차 없다'는 주장을 하고 있는 것이다. 바울이 톨스토이의 이런 주장을 들었다면 당장 그를 파문하고도 남았으리라.41) 그런 식으로 생각해 본다면 이런 주장을 펼친 톨스토이의 사상을 신봉하고 또 학생

---

39) 레프 톨스토이, 『톨스토이 성경』(강주헌 역, 작가정신, 1999), p.8.

40) 바울이 『신약성서』 중의 「고린도전서」 15장에서 제시하고 있는 주장이다. 좀더 구체적으로 해당 본문을 옮겨 적으면 다음과 같다: "그리스도께서 다시 사신 것이 없으면 너희의 믿음도 헛되고 너희가 여전히 죄 가운데 있을 것이요 또한 그리스도 안에서 잠자는 자도 망하였으리니 만일 그리스도 안에서 우리의 바라는 것이 다만 이생뿐이면 모든 사람 가운데 우리가 더욱 불쌍한 자리라"(17~19절).

41) 그런데 기왕 바울의 이름이 거명된 김에 하는 이야기지만, 이 바울이라는 인물의 정체성에 대해서는 심각한 재검토가 필요하다. 예수 사후에 바울이 예수의 이름을 내걸고서 어떤 내용의 설교를 하고 다녔는지를 예수가 알았다면 어떤 반응을 보였을까? 그야말로 주저없이 '파문'의 선고를 내리지 않았을까? "바울은 예수라는 개념적 인물을 독점하여 제멋대로 옷을 입히고 갖가지 사상을 덧씌웠다"고 한 미셸 옹프레의 말『무신학의 탄생』(강주헌 역, 모티브, 2006), p.187)은 상당한 설득력을 가지고 있다.

들에게 가르치기까지 한 이광수에게 제2차 심령 대부흥 운동의 연장선 상에 놓여 있던 미국 선교사들 중심의 기독교 교회가 사실상의 '파문' 조치를 내린 것은 그쪽의 입장에서는 너무나 당연한 것이었다고 해야 할 것이다. 그리고 톨스토이에 대해 러시아 정교회가 내린 파문 조치 역시 그렇게 별난 것이 아니었다고 할 수 있겠다.

그런데 톨스토이에 대한 러시아 정교회의 파문 조치를 실제로 촉발한 『부활』 중의 해당 부분을 읽어 보면 톨스토이와 교회 사이의 충돌이 일어나도록 만든 결정적 원인은 교회 당국이 종교적인 문제에 대하여 '권력자'의 자리를 차지하고 있는 것에 대한 톨스토이의 비판이었음을 알 수 있다. 톨스토이는 교회의 지도적 지위를 인정하지 않았고, 종교적 문제에 대해서는 그런 지도적 지위 따위가 원천적으로 성립될 수 없는 것임에도 불구하고 교회가 그 자리를 부당하게 차지하고 있으며 그렇게 하기 위해서 화려한 의식(儀式)이라든가 성체(聖體)의 신비라는 교리 따위를 발명하여 신자들에게 강요해 온 것이라고 보았다. 이광수는 오산학교의 교사로 부임하기 얼마 전에 『부활』을 읽은 바 있었는데,42) 『부활』에 나타나 있는 톨스토이의 그와 같은 논리 역시, 오산학교에서 '지도적 지위'를 차지하고 '권력자'로 군림하는 교회의 힘과 맞서야 했던 이광수에게는 든든한 후원자와 같은 존재로 다가왔을 것임에 틀림없다.

그러면 다음 이야기로 넘어가자. 위에서 보았듯 성서무오설을 둘러싼 쟁점에 대하여 톨스토이가 취하고 있는 입장이 이광수에게 용기와 자신감을 주는 것이었다면, 민족주의의 문제와 관련해서는 어떤 이야기가 가능할까? 분명히 톨스토이 자신은 민족주의자가 아니었다. 그렇기는 하지

---

42) 이광수는 「『부활』과 「창세기」」 속에서 『부활』을 "22년 전 일본에서 중학교 다닐 때에 처음 읽었다"(p.564)는 말을 하고 있는데 「『부활』과 「창세기」」가 1931년에 발표된 글이니까 그로부터 22년 전이면 1909년이 된다.

만 오산학교 시절에 이광수가 품고 있었던 민족주의가 '제국주의자들의
강권(强權)에 의거한 압제를 용납할 수 없다'는 의식에 기초한 것이었던
만큼 이 문제와 관련해서도 이광수는 톨스토이를 자신에게 용기를 주는
정신적 에너지의 원천 가운데 하나로 삼을 수 있었을 것이다. 톨스토이
야말로 그 어떤 강권에 의거한 압제도 용납할 수 없다는 의식을 철두철
미하게 견지하고 또 남들에게도 가르친 인물이었기 때문이다.

　그런데 앞에서도 이미 언급되었듯 톨스토이에 대한 이광수의 숭배는
오산학교 시절에서 그치지 않았고 그보다 한참 세월이 흐른 후일까지도
계속되었다. 앞에서 1935년에 씌어진 「톨스토이의 인생관」의 한 대목을
인용하여 이 점을 증명한 바 있거니와, 같은 1935년에 씌어진 「두옹과
나」를 보면 다음과 같은 말이 보인다.

　　　지금 와서도 종교적 인생관에 있어서 나는 톨스토이와 길이 달라졌지
　　마는 그의 예수교의 해석과 실천적 인생관에 있어서는 전과 같이 톨스토
　　이를 선생으로 섬기고 있습니다.43)

　위에서 이광수가 종교적 인생관에 있어서 톨스토이와 길이 달라졌다
고 한 것은 그가 불교에 귀의하게 된 사실과 관련이 있다. 그러나 이처
럼 불교도의 길을 걷게 되면서 자연스럽게 멀어진 측면을 제외하면 이
광수는 오래도록 변함없이 톨스토이의 충실한 제자로 자처하고 있었던
것이다.

　그런데 이광수가 이처럼 오래도록 톨스토이의 충실한 제자로 남아 있
었다는 사실이 그의 정신과 문학에 긍정적인 요소로 작용하였는가에 대
해서는 의문이 있다. 이광수가 오래도록 견지하고 있었던 '톨스토이의

---

43) 이광수, 「두옹과 나」, p.595.

제자'다운 요소로는 무엇보다도 추상적 도덕주의와 극단적인 영육분리론 — 다르게 말하자면 육체혐오사상 — 의 두 가지를 들지 않을 수 없는데, 이 두 가지 모두 긍정적인 평가를 받기 어려운 것이기 때문이다.[44] 그러나 이 문제에 대한 보다 자세한 논의를 위해서는 아무래도 별도의 자리를 기약하지 않을 수 없겠다.[45]

[44] 이 중 후자의 측면에서 톨스토이가 보여준 입장의 문제점에 대해서 석영중은 다음과 같이 언급하고 있다. "톨스토이가 육체를 혐오하다 보니 도덕가가 된 것인지, 아니면 원래 도덕가이기 때문에 육체를 혐오하게 되었는지는 잘 모르겠지만, 좌우간 육체 및 육체와 관련된 모든 것에 대한 그의 혐오감은 정상치를 훌쩍 뛰어넘는다. 그래서일까, 어떤 톨스토이 연구자는 『정신과 의사의 소파에 앉은 톨스토이』라는 제목의 책을 쓰기까지 했다. 오죽했으면 그랬겠는가"(석영중, 앞의 책, pp.49~50).

[45] 역시 후자의 측면과 관련해서 볼 때, 이광수에 대해서도 『정신과 의사의 소파에 앉은 이광수』식의, 정신분석적 방법에 입각한 연구가 앞으로 더욱 활발하게 시도될 필요가 절실하다는 생각을 필자는 개인적으로 가지고 있다. 물론 기왕에도 이광수의 문학에 정신분석적 방법론으로 접근한 예가 여럿 나온 바 있으며 그 중에는 하타노 세츠코의 『『무정』을 읽는다』처럼 뛰어난 업적도 있지만 대부분의 기존 연구가 『무정』을 비롯한 이광수의 초기 작품들에만 시야를 한정시키고 있다는 것은 극복되어야 할 한계점이다. 이광수에 대한 정신분석적 연구는 『유정(有情)』(1934), 『그 여자의 일생』(1934~1935), 『애욕의 피안』(1936), 『사랑』(1938~1939) 등에 대한 본격적 검토를 동반할 때 더욱 풍부한 성과를 얻을 수 있을 것이다.

한국 기독교의 두 가지 노선과 문학
김동리와 김교신을 중심으로

1. 20세기 전반기의 한국 기독교

한국에 기독교(개신교)가 전파되기 시작한 것은 19세기 말부터였다. 이 시기에 처음으로 한국 땅에 뿌리를 내리기 시작한 기독교는 그 후 급속하게 세력을 확대해 나갔다. 한국 기독교의 이처럼 급속한 성장을 앞장서서 주도한 것은 미국에서 건너온 선교사들이었다.

이들 선교사들은 대부분 미국의 개신교 주류 교단에 의해 설립된 소규모의 신생 기독교 대학을 졸업한 사람들로, 철저한 보수 신앙을 지니고 있었다. 여기서 말하는 '보수 신앙'이란, 찰스 클라크가 정리한 것처럼, '인간의 죄인됨, 그리스도의 피흘림을 통한 구원, 성경에 기록된 초자연적 사실에 대한 믿음, 유일하고 최종적인 종교로서의 기독교에 대한 믿음' 등의 특징을 가졌다.[1]

이러한 보수 신앙에 입각하여 그들은 열정적으로, 그리고 환희심을 가

---

1) 류대영, 『초기 미국 선교사 연구』(한국기독교역사연구소, 2001), p.91.

지고 선교에 매진하였다. 다음에 인용되는 선교사 윌리엄 B. 스크랜튼의 1892년도 보고서 가운데 한 대목은, 그들이 어떤 마음가짐으로 선교라는 과업에 임하였던가를 우리에게 알려 주는 전형적인 자료에 해당한다.

> 우리가 이처럼 많은 사람들을 도울 수 있다는 것과 모든 게 없는 이들을 구할 수 있다는 것은 참으로 기쁜 일입니다. 그러나 도울 사람은 많고 우리 자금과 시간은 한계가 있어 우리 마음은 한편으로 안타까우면서도 다른 한편으로 기쁨에 넘쳐 "무엇이든 내 이름으로 구하라 이루어 주리라"는 말씀의 비밀을 깨닫게 되어 "오 주님, 하늘의 것들을 이곳 아래로 빌려 주시지 않겠습니까?"라고 외치게 됩니다.
> 분명, 곤경에 처한 육신들을 돕는다는 것은 기쁜 일입니다. 그러나 영혼을 돕는 일은 가장 기쁜 일입니다.[2]

그런데 이러한 선교사들은 현실 문제에 대하여서는 대부분 순응주의적인 자세를 견지했다. 일본의 한국 지배에 대해 그들 대부분은 묵인하거나 더 나아가 환영하는 입장을 취했다. 그들은 한국의 기독교인들이 정치적인 저항의 운동으로 나서는 것을 꺼려했고 가능한 한 그러한 움직임을 억제하고자 하는 태도를 보였다. 예를 들면 1897년에 감리교 청년 조직으로 결성된 엡웟청년회가 차츰 반일운동 단체로서의 성격을 띠어 가자 위에 인용된 보고서의 필자인 스크랜튼은 1905년에 이 단체를 해산시켰다. 그를 비롯한 선교사들 대부분의 생각에 따르면 현실 문제에 대하여 적극적인 관심을 갖고 참여하는 것은 올바른 기독교인의 길이 아니었다. 사회 문제나 정치 문제는 무시하고 개인의 영적 구원이라는 과제에만 관심을 집중하며, 현세가 아닌 내세에서의 복락을 구하는 데 초점을 맞추는 것이 그들이 생각하는 신앙의 정도(正道)였다. 이러한 입장

---

2) 이덕주, 『초기 한국 기독교사 연구』(한국기독교역사연구소, 1995), pp.436~437에서 재인용.

에 서서 교인들의 정치 참여를 억제하려고 한 그들의 노력은 상당한 성공을 거두기도 했다. 한 예로, 선교사 M. C. 해리스는 1908년에 쓴 한 보고서에서 다음과 같은 사실을 선교사들의 노력이 거둔 성공의 한 사례로 언급하고 있다.

> 지난 해 7, 8월에 옛 황제가 하야하고 일본과 한국 사이에 새로운 조약이 체결된 후 적지 않은 혼란이 야기되었을 때 한국 교인들은 대부분 조용하게 정부조치에 순응하였을 뿐 아니라 대중들이 반란을 일으키지 않도록 회유하는 역할을 하였다.[3]

미국에서 건너온 선교사들이 한국의 신자들에게 전파한 기독교 신앙이란 이처럼 탈정치적, 개인주의적인 보수 신앙의 성격을 뚜렷하게 지니는 것이었다.

이처럼 탈정치적이고 개인주의적인 '선교사들의 기독교'는, 탈정치적이고 개인주의적인 성격을 견지하는 가운데서도, 당대의 한국 사회에서 일정한 정도의 계몽적 역할을 수행할 수 있었다. 예를 들면 그것은 사람이 같은 사람을 노비로 삼아 부리는 것은 모든 사람이 창조주의 평등한 피조물이라는 사실에 비추어 볼 때 옳지 못한 짓이라는 인식을 널리 퍼뜨림으로써 사회의 진보에 기여하였다. 또한 그것은 축첩을 아무 문제도 없는 것으로 생각해 오던 오랜 인습적 통념을 깨뜨리고 남녀평등의 정신에 입각한 일부일처제만이 정당성을 인정받을 수 있는 것임을 신자들에게 깨우쳐 줌으로써 진보를 위한 계몽의 역할을 훌륭하게 수행하였다. 이 중 두 번째의 경우를 잘 반영해 주는 흥미로운 예가 이광수의 소설 『무정』에 나온다. 선형의 아버지인 김장로가 예수를 믿게 된 이후로 어

---

3) 이덕주, 『한국 토착교회 형성사 연구』(한국기독교역사연구소, 2000), p.300에서 재인용.

떻게 전과 다른 사람이 되었으며 그러한 변화의 결과가 어떻게 나타났는가를 서술한 다음과 같은 대목이 그것이다.

> 양반의 가문에 기생 정실이 망령이어니와 김장로가 예수를 믿은 후로 첩 둠을 후회하나 자녀까지 낳고 십여 년 동거하던 자를 버림도 도리어 그르다 하여 매우 양심에 괴롭게 지내다가 행인지 불행인지 정실이 별세함으로 재취하라는 일가와 붕우의 권유함도 물리치고 단연히 이 부인을 정실로 삼았음이라[4]

김장로는 물론 소설 속의 인물이지만, 위에 인용된 대목 속에 나타나는 그의 결단은 그 당시 기독교에 귀의했던 많은 한국인들이 기독교와의 만남을 통해 새로운 계몽을 받은 결과 도달하게 된 각성의 성격과 수준을 반영하고 있는 것임에 틀림없다.

그러나 이런 예에서 나타나는 바와 같은 계몽적 효과를 충분히 인정하고 중요시하는 입장에 서서 생각하더라도, 전체적으로 선교사들에 의해 전파된 기독교가 탈정치적, 개인주의적 성격을 강하게 지니고 있었다는 사실 자체는 부정할 수 없다.

그런데 정작 기독교회의 문을 두드린 한국인들 가운데에는 선교사들의 입장과는 정반대로 민족운동을 비롯한 정치적, 사회적 현실참여에 뜻을 두고, 그러한 뜻을 실천하는 과정에서 기독교의 신과 교회에 기대를 걸고 들어온 사람들이 적지 않았다. 이처럼 민족주의적이고 현실참여적인 입장을 취한 한국인 기독교인들과 탈정치적, 개인주의적 입장을 고수하는 선교사들 사이에서는 갈등이 일어나는 것이 불가피하였다. 이러한 갈등은 한국 기독교 전체의 방향설정이라는 과제와 직결되는 것이었기 때문에 여기서 어느 편이 승리를 거두느냐 하는 것은 매우 중요한 문제

---

4) 이광수, 『무정』, 『이광수전집』 1(우신사, 1979), p.18.

가 되었다. 그런데 실제로 역사가 진행된 과정을 보면, 이 대립에서 결국 승리를 거둔 것은 선교사들쪽이었다. 1907년에 전국적인 규모로 전개되었던 '심령 대부흥 운동'이 그러한 결과를 낳은 가장 중요한 계기였다. 차성환에 의하면 이 때의 심령 대부흥 운동이 일으킨 효과는 다음과 같이 요약된다.

> 이러한 집합적 체험은 교회 안의 강력한 비판 세력이었던 진보적 지식인들의 대중적 지지 기반을 송두리째 허물어버리고, 절대 다수의 교인들이 선교사들의 가르침에 진리가 있다고 확고부동하게 믿는 계기가 되었다는 의의를 지니고 있다. 이로써 개신교 공동체 안에 상존하던 영혼의 구원과 세속적 영역의 합리적 장악이라는 이중적 과제 사이의 불안한 관계는 청산되었다. 진보적 지식인들은 한국 개신교 공동체에 대한 창조적 비판 세력으로서의 역할을 하는 데 실패한 것으로 귀결되었다. 이들은 교회 공동체의 주요한 자리로부터 배제되어 버렸다.[5]

이렇게 하여 최소한 20세기 전반기 한국의 기독교에서 주류의 자리는 선교사들이 추구하는 탈정치적, 개인주의적 신앙의 노선이 차지하는 것으로 굳어졌다.

2. '선교사들의 기독교'와 김동리 소설

그러면, 이처럼 1907년 이후 한국의 기독교계에서 상당 기간 확고한 주류의 자리를 차지하게 된 '선교사들의 기독교'는 우리 문학에서 어떤 모습으로 나타나고 있을까? 이런 물음을 접할 때 우리는 금방 박화성의

---

5) 차성환, 『한국 종교 사상의 사회학적 이해』(문학과지성사, 1992), p.235.

단편 「한귀(旱鬼)」(1935)에 등장하는 미국인 선교사의 모습을 떠올릴 수 있다.6) 이 선교사는 혹독한 가뭄으로 인해 고통을 겪고 있는 농민들 앞에 나아와 "형님들 죄를 회개하시오. 형님들 죄가 많은고로 하느님 성내셨고, 옛날 소돔과 고무라 죄 많기 때문에 하느님 불로 멸하였소. 이세상말세 되었읍네다" 운운하는 발언을 함으로써 농민들의 분노를 야기한다. 농민들이 "우리가 무슨죄가 있단 말이요? 원 이때까지 죄라고는 모르고 사요" 하고 항변하자 그는 도리어 성을 내며 "오— 그런말하는것 죄많은 증거요. 형님들 죄 때문에 죽어도 좋소"라는 말을 던지고 가 버린다.7) 이처럼 '죄'와 '회개'를 상식적으로 납득할 수 있는 수준보다 더 심하게 강조하는 선교사의 모습은, 1907년의 심령 대부흥 운동을 주도했던 선교사 가운데 한 사람인 윌리엄 N. 블레이어가 그의 보고서 속에 적어 놓았던 다음과 같은 말을 상기시킨다.

> 우리는 한국 교회가 일본인에 대한 적개심을 회개해야 할 뿐만 아니라, 하나님에 대하여 범한 모든 죄를 보다 더 분명하게 의식할 필요가 있다고 느낀다. 왜냐하면 많은 사람들이 죄에 너무 빠져 마음이 무디어져 있어 자신의 죄를 깨달아 깊이 뉘우치지 않고 인간적인 의지에 따라서 신실하게 예수를 구주로 믿고, 또 하나님의 뜻을 열렬히 준행하려고 교인이 되었기 때문이다.8)

그러나 「한귀」에서 시도된 '선교사들의 기독교'에 대한 탐구는 위에 인용된 선교사의 발언 내용만 보아도 짐작할 수 있듯 지나치게 단순한 풍자의 방향으로 흘러 버린 탓에 깊이를 얻지 못하고 있다. 여기에 비하

---

6) 「한귀」에 등장하는 미국인 선교사의 형상과 관련된 논의를 나는 오래 전에 한 차례 시도한 바 있다. 이동하, 『한국소설과 기독교』(국학자료원, 2003), pp.258~261 참조.
7) 박화성, 「한귀」, 『조광』 1935. 11, p.259.
8) 차성환, 앞의 책, p.231에서 재인용.

면 김동리의 「무녀도」는 좀더 본격적으로 '선교사들의 기독교'를 소설 속에 형상화해 놓은 경우로 인정될 수 있다.

널리 알려져 있다시피, 김동리는 경주시, 그 가운데서도 무교(巫敎)적인 색채가 특별히 강했던 성건동에서 태어나 자란 사람으로서 일찍부터 무교를 비롯한 토착적 전통의 세계에 친숙하였으며,9) 동양철학의 대가였던 큰형 김정설로부터 지속적으로 깊은 감화를 받은 바도 있어, 자연스럽게 전통지향적 보수주의자 혹은 동양주의자의 면모를 지니게 되었다. 그러나 또 한편으로 그는 열성적인 기독교도였던 어머니의 방침에 의해 줄곧 기독교 계통의 학교(경주교회 부속 계남소학교, 대구 계성학교, 서울 경신학교)를 다니게 되면서 기독교의 교리와 문화를 깊이 체득할 수 있는 기회를 갖게 되기도 했다. 이처럼 학교 교육이라는 장치를 통하여 김동리가 만난 기독교는 말할 나위도 없이 '선교사들의 기독교'였지 현실참여적인 민족주의자들의 기독교가 아니었다. 그리고 이러한 '선교사들의 기독교'가 그의 소설 「무녀도」에 나타나고 있는 것이다. 『중앙』 1936년 5월호에 발표된 최초의 「무녀도」에 대해서도 이런 지적을 할 수 있지만, 해방 후인 1947년에 발표된 개작본을 보면, 무당 모화의 아들 욱이를 기독교인으로 설정하여 모자간의 종교적 대립을 작품 전개의 주축으로 삼는 가운데서 이 점이 더욱 뚜렷하게 드러난다.

「무녀도」의 개작본에 등장하는 욱이는 일찍이 가출소년이 되었다가 미국서 온 선교사에게 구출되어 생계 문제를 해결하고 그의 도움으로

---

9) 『김동리 삶과 문학』의 저자 김정숙은 김동리의 조카인 김윤홍으로부터 다음과 같은 증언을 들은 바 있다. "옛날 내가 어렸을 때 성건동에는 「무녀도」의 배경으로 나오는 무당집과 같은 음침한 분위기가 무수히 많이 널려 있었다. 역겨운 흙냄새가 나는 돌담장, 도깨비집 같은 곳이 많고 사람의 자취도 없는 그런 곳이 많이 있었는데 그 당시에는 병원이 거의 없어 병이 나면 하는 수 없이 무당집을 찾아가야 했다." 김정숙, 『김동리 삶과 문학』 (집문당, 1996), p.70.

공부까지 하게 되는 인물이다. 그런 인물이 갖게 된 기독교 신앙이라는 것은 당연히 '선교사들의 기독교'와 기본적으로 동일한 성격을 지니게 될 수밖에 없다. 그 신앙은 사회 현실의 비판이라든가 민족의 독립을 위한 투쟁 같은 것에 관심을 기울이기보다는 개개인의 영적 회심과 내세에서의 구원에 초점을 맞추는 신앙이며, 자기 어머니가 신봉하는 무교 같은 것은 '사귀 들린 것'으로 간주하여 철저히 배척하는 신앙이고, "목사님을 따라 미국 가기가 원입니다"라는 그의 말에서 드러나듯 미국을 비롯한 서양에 대한 동경을 동반하고 있는 신앙이다. 그런가 하면 그것은 원죄와 대속(代贖)의 교리라든가 『성서』에 나오는 숱한 이적(異蹟), 치병(治病)의 기록을 문자 그대로 믿어 의심하지 않는 신앙이기도 하다. 이러한 욱이의 신앙을 「무녀도」에 등장하는 다른 여러 기독교인들도 물론 예외 없이 공유하고 있다.

김동리가 「무녀도」에 등장하는 욱이를 비롯한 모든 기독교인들의 신앙을 이런 성격의 것으로 설정하게 된 것은 앞에서도 말했듯 그가 학교 교육을 통하여 배운 기독교의 성격이 그런 것이었다는 사실과 무관하지 않다. 물론 학교 바깥의 세계에서 김동리의 시야에 포착된 기독교계의 모습도 그가 학교에서 배운 기독교의 면모와 근본적으로 다르지 않았을 것이다. 1907년의 심령 대부흥 운동 이후 한국 기독교계의 주류라는 지위를 확고하게 차지해 온 것이 바로 그런 '선교사들의 기독교'였기 때문이다.

기독교에 대한 김동리의 이러한 이해 방식은 그가 「무녀도」 이후에 쓴 여러 편의 기독교 관련 소설들에서도 일관되게 나타난다. 그 중에서도 대표적인 예를 하나만 들자면, 장편 『사반의 십자가』(1957)를 거론해 볼 수 있을 것이다. 이 작품 속에는 예수가 직접 중요한 작중인물로 등장한다. 그런데 이 작품에 나오는 예수의 입장은 그의 다음과 같은 대사 속에 압축되어 있다.

> "사람이여, 들으라. 사람이 땅 위에 있음은 오직 하늘에 맺기 위함이니
> 라. 사람과 사람이 더불어 맺으면 사람과 함께 멸망할 것이요, 사람과 땅
> 이 더불어 맺으면 땅과 함께 또한 허망할 것이니라. 진실로 내 그대에게
> 이르노니 사람의 귀중한 생명이 오직 하늘에 맺음으로써 하나님 아버지
> 의 끝없음을 누릴지니라."[10]

여기서 명백히 드러나듯 김동리는 『사반의 십자가』에서 '땅의 길'에
해당하는 민족의 독립이라든가 부조리한 사회 현실의 광정(匡正)과 같은
과제에 대해서는 무관심한 반면 '하늘의 길', 즉 영적 회심이나 내세에
서의 구원만을 일방적으로 강조하는 존재로 예수를 그려 놓고 있는데,
이런 식으로 파악된 예수는 바로 '선교사들의 기독교'에서 강조된 예수
상(像)을 그대로 옮겨 온 것에 다름 아니다.

그러면 김동리는 이러한 '선교사들의 기독교'에 대해서 어떤 시각을
가지고 있었던가? 본래 그는 위에서 이미 언급되었듯 전통지향적 보수
주의자 혹은 동양주의자의 면모를 지닌 사람이었다. 그러니 만큼 그의
공감과 지지는 「무녀도」의 경우에는 욱이로 대표되는 '선교사들의 기독
교'에 맞서서 재래의 토속신앙을 지키고자 하는 무당 모화에게로 향하
며, 『사반의 십자가』의 경우에는 예수에 의해 구현되고 있는 '선교사들
의 기독교'에 맞서서 '땅의 길'을 끝까지 가고자 하는 사반에게로 향한
다. 그러니까 '선교사들의 기독교'는, 김동리에게 있어서는, 자신이 맞서
서 대항해야 할 존재로 규정되고 있는 것이다.

하지만 김동리와 '선교사들의 기독교' 사이의 관계에 대한 설명을 이
정도만 제시하고 끝내는 것은 문제를 지나치게 단순화한 것이라는 평가

---

10) 김동리, 『사반의 십자가』, 『한국3대작가전집』 8(삼성출판사, 1970), p.80.

를 피하기 어렵다. 왜냐하면 김동리가 '선교사들의 기독교'와 대립되는 전통지향적 보수주의자 혹은 동양주의자의 자리에 분명하게 스스로의 위치를 설정하고 있는 것은 의식적인 차원에서 그러한 것일 뿐이며 무의식의 심층에서는 '선교사들의 기독교'에로 이끌리는 마음의 움직임과 그 반대쪽에로 이끌리는 움직임이 함께 일어나면서 그 사이에 팽팽한 상호 긴장이 만들어지고 있다고 보는 편이 실상에 부합하기 때문이다. 그러니까 「무녀도」의 경우 김동리의 의식적인 지지는 분명 모화에게로 향하지만 무의식의 심층에서는 모화에게 끌리는 경향과 욱이에게 끌리는 경향이 공존하면서 미묘한 긴장을 야기하고 있으며, 『사반의 십자가』의 경우에도 김동리의 의식적인 지지는 사반에게로 향하지만 무의식의 심층에서는 사반에게 끌리는 경향과 예수에게 끌리는 경향이 공존하면서 역시 긴장을 야기하고 있는 것이다.11) 어쩌면 이처럼 작품의 표면에 노출되어 있는 의식의 차원과 심층에 숨어 있는 무의식의 차원 사이에 분명한 차이가 존재한다는 사실이야말로 「무녀도」나 『사반의 십자가』와 같은 작품이 많은 독자들의 마음속에 깊고도 복합적인 울림을 남길 수 있는 이유의 중요한 부분을 이루는 것인지도 모른다.

3. 무교회주의자 김교신의 에세이들

'선교사들의 기독교'가 한국 기독교계의 주류에 해당하는 자리를 차지하게 되면서, 민족주의적이고 현실참여적인 신앙을 추구하는 노선은

---

11) 이보영은 『사반의 십자가』를 논하는 자리에서, 김동리가 예수와 사반 중 후자쪽에 더 역점을 두고 옹호하려는 '의도'를 가지고 있었지만 실제 작품의 전개과정에서는 예수의 인격에 "작자 자신이 깊이 끌려들고 있는 인상을 준다"고 언급한 바 있다(이보영, 『한국소설의 가능성』(청예원, 1998), pp.35~36).

상당 기간 동안 도리 없이 외곽으로 밀려나게 되었다. 그러나 외곽으로 밀려났다 하여 후자의 노선이 아예 생명 자체를 상실한 것은 아니었다. 후자의 노선을 선택한 사람들은 외곽으로 밀려나 비주류의 자리에 머물러야 하는 처지에 놓인 후에도 그들이 생각하는 바 신앙인의 길을 꾸준히 지켜나갔다. 그러한 인물들 가운데 대표적인 한 사람으로 우리는 김교신을 꼽을 수 있다.

김교신은 일본 유학 중이던 20세 때에 기독교의 신앙을 가지게 된 후, 다니던 교회의 내분에 충격을 받고 교회를 나와 고민하다가 무교회주의자인 우치무라 간조(內村鑑三)의 강의를 듣게 된 것을 계기로 무교회주의의 신념을 가지게 되었다.[12] 그 후 그는 45세의 나이로 1945년에 사망할 때까지 일관되게 무교회주의를 표방하며 몇몇 동지들과 함께 당대의 기독교계 내에서 외로운 소수자의 길을 걸었다.

그가 일생의 가장 중요한 시기를 바쳐 가며 지속적으로 심혈을 기울인 과제는 잡지 『성서조선』을 내는 일과 거기에 발표될 글을 쓰는 일이었다. 1927년에 창간된 후 1942년에 강제폐간을 당할 때까지 15년간 존속했던 『성서조선』은 전성기에조차도 구독자가 4백 명을 넘지 못한 조그마한 잡지였지만 거기에 매호마다 빠짐없이 발표된 김교신의 글들은 같은 잡지에 연재되었던 함석헌의 『성서적 입장에서 본 조선역사』와 더불어 20세기 전반기 한국의 기독교계에서 나온 문헌들 가운데 특히 중

---

12) 박영신은 우치무라 간조의 무교회주의에 대해서 다음과 같은 설명을 하고 있는데 그의 설명은 그것의 한국적 변이 형태라 할 수 있는 김교신의 무교회주의를 이해하는 데에도 도움을 줄 수 있는 것으로 생각된다. "무교회주의 운동은 단순히 민족 교회를 지향하는 운동도 아니요, 기독교의 토착적 표현 형식으로 간단히 보아 넘길 수 있는 것도 아니다. 그것은 어떤 의미에서 퓨리턴적인 사상을 구체적으로 표현한 특수한 형태로 파악되어야 할 것이다. 교권적 기성 체제의 경직적인 조직 형태와 전통적인 일본 질서의 통제 형식이 주는 위압에 도전하는 개인주의의 최후 보루가 우치무라에게 있어서는 무교회 운동이었다"(박영신, 『현대 사회의 구조와 이론』(일지사, 1978), p.224).

요한 한 자리를 차지하는 것으로 인정될 수 있다.

김교신이 『성서조선』에 발표한 글들은 어느 것이든 순전한 신앙인의 자리에서 쓴 것이지, '문학'을 의식하고 쓴 것이 아니었다. 하지만 그 글들 가운데 상당수는 집필자의 의도와 관계 없이 뛰어난 문학적 가치를 함유한다. 이 점은 일찍이 김윤식에 의해 지적된 바 있다. 1978년에 출간된 저서 『한국근대문학사상비판』 속에서 김윤식은 "1930년대 한국어로 씌어진 가장 아름다운 산문 중의 한 갈래는 무교회주의자이며 일본의 기독교 사상가 내촌감삼의 제자이자 『성서조선』의 발행자인 김교신에 의해 씌어졌다"[13]고 말하면서 김교신의 여러 글들 가운데 특히 「포플라나무 예찬」을 예로 들어 다음과 같은 평가를 내리고 있다.

> 목적인 한에서 이는 웅변성 산문이지만 그 목적이 이데올로기가 아니라 유토피아이고, 유토피아 의식이고, 유토피아적 표상이기에 시적 혹은 허구적 요소가 내재되어 있다. 춘원이나 육당의 산문이 비문인(非文人)의 글임에 비해 김교신의 산문이 근본적으로 문인의 그것임은 이 때문이다.[14]

김윤식에 의해 이러한 평가를 받은 「포플라나무 예찬」을 비롯한 김교신의 많은 글들은 사실 '문학'으로 분류되어 조금도 어색할 것이 없다. 그것들은 20세기의 한국에서 산출된 교술(敎述)문학의 중요한 한 부분으로 간주될 만한 것이며, 그 중에서도 단순한 '수필'의 범주를 벗어나, 보다 무게 있는 에세이 문학의 한 경지를 보인 작품들로 인정될 만한 것이다.

이러한 글들을 남긴 김교신은 기독교인의 길을 감에 있어 그가 발행한 『성서조선』이라는 잡지의 제목만 보아도 짐작할 수 있듯 조선인으로

---

13) 김윤식, 『한국근대문학사상비판』(일지사, 1978), p.275.
14) 위의 책, p.282.

서의 민족의식을 견지하였다. 그는 『성서조선』이라는 제목의 뜻을 '성서
와 조선', '성서를 조선에', '조선을 성서 위에'라는 세 가지로 풀이했으
며,15) 『성서조선』의 창간사에 다음과 같은 말을 적어 두기도 했다.

> 『성서조선』아, 너는 우선 이스라엘 집집으로 가라. 소위 기성 신자의
> 손을 거치지 말라. 그리스도보다 외인(外人)을 예배하고 성서보다 회당을
> 중시하는 자의 집에는 그 발의 먼지를 털지어다.
> 　『성서조선』아, 너는 소위 기독신자보다도 조선혼을 소지한 조선 사람
> 에게 가라, 시골로 가라, 산촌으로 가라. 거기에 나무꾼 한 사람을 위로
> 함으로 너의 사명을 삼으라.16)

　이처럼 확고한 민족의식을 견지하는 가운데서 기독교인의 삶을 영위한
김교신은 조선이 겪고 있는 고난에서도 신의 특별한 뜻을 찾고자 했다.

> 　유대 민족이 바빌로니아, 페르시아, 이집트, 앗시리아 등 강대한 세력
> 이 교착한 중에 처하여 자연계의 사막과 준령과 한열(寒熱)과 맹수 등의
> 감화(感化) 이외에, 국가의 흥망성쇠에 따라 조석(潮汐)처럼 유동 무상한
> 세계 역사의 활무대에서 이방(異邦)의 자연 숭배 같은 미신에 빠지지 않
> 고 능히 유일신교의 건전한 신앙을 파지(把持)하였던 것과 같이 반도의
> 백성이 과거 반만년의 역사를 고요히 생각한다면 안전한 백성과 강대한
> 국민으로는 도저히 미칠 수 없는 바를 오득(悟得)함이 있을 것이다. 다른
> 사상이나 발명은 모르나 지고한 사상, 즉 신의 경륜에 관한 사상만은 특
> 히 가난하고 약하고 멸시당하고 유린당하여 생래(生來)의 교만의 뿌리까
> 지 뽑힌 자에게만 계시되는 듯하다. 이스라엘 백성에게 복음을 위탁하기
> 위하여서는 저들에게서 온갖 것을 빼앗고 갖은 수욕(羞辱)을 지워 주었
> 다. 방금 인방(隣邦)에 정직한 일을 볼 수 없이 될 때에 맑은 마음을 이
> 백성에게 두신 이의 요구가 무엇인 것을 우리는 그윽히 대망(待望)하지

---

15) 노평구 편, 『김교신전집』 1(부·키, 2001), pp.21~23.
16) 위의 책, p.21.

않을 수 없다.[17)

함석헌이 『성서조선』에 연재하였던 『성서적 입장에서 본 조선역사』 중의 「생활에 나타난 고민상」에서 제시하였던 고난사관(苦難史觀)을 연상시키는 김교신의 위와 같은 인식은 김교신 자신과 『성서조선』의 조선인 독자들을 억지로 기운 내게 하기 위한 견강부회의 논리라는 비판을 받을 수도 있을 것이다. 그러나 위와 같은 인식에 입각하여 조선의 구원사적 사명을 확신하는 그의 사유가 '선교사들의 기독교'에 내재해 있는 서양 중심의 인종차별적 발상이라든가 부흥회의 반이성주의에 대한 문제제기[18)로 이어지는가 하면 유명한 「조와(弔蛙)」(1942)를 써서 일본의 조선 지배를 넘어서는 정신의 위의(威儀)를 나타내고 감옥에 들어가는 행동으로까지 나아가는 것을 볼 때, 그러한 인식이 갖는 의미는 가볍게 여겨질 수 없는 것임이 분명하다. 그러한 인식이 있었기에 그가 양현혜의 말처럼 "말년의 노동자와의 생활을 통해서 '자기 수고(受苦)'에 의한 역사 창조의 태동을 민중 안에서 확인하고, 고난을 스스로의 것으로 받아들여서 신에게 받은 자기의 인격을 발견하고 회복해가는 민중의 모습에서 민족의 독립과 재생을 몸으로 실감"[19)하는 것이 가능했다면, 그것의 의의는 더욱 뚜렷해지는 것이라고 말할 수 있다.

---

17) 위의 책, pp.63~64.

18) 김교신은 「금후의 조선 기독교」라는 글에서 다음과 같은 발언을 하고 있다. "우리는 성신(聖神)의 역사(役事)라는 것을 고의로 경계하여야 할 시대에 처하였다. 1907년의 대부흥이 원산에서 시작하여 평양에 파급하였던 것처럼 근래의 사이비한 성신 역사도 원산으로부터 평양에 만연하게 되었다. 성신은 귀하고 중하나 자칫하면 평일의 성도까지 무녀와 같은 '여선지(女先知)'의 슬하에 자복하여 버리니, 이는 성신이라는 미명(美名)의 열만 돋우고 이성의 상궤(常軌)를 억압한 데서 발생하는 일종의 유행성 열병이다. 이 따위 열병환자는 홀로 서북지방뿐이랴, 경성시 중앙이나 기호, 영남지방에도 없지 않다. 이제는 이러한 기독교적 무당의 무리를 정리하여야 하며, 성신 열병환자를 퇴치하여야 한다"(『김교신전집』 2, pp.97~98).

19) 양현혜, 『윤치호와 김교신』(한울, 1994), p.205.

물론 「지질학상으로 본 하나님의 창조」와 같은 글에서 발견되는, 『성서』에 기록된 내용 하나하나에 대한 김교신의 지나친 집착은, 엄밀한 의미에서의 성서우상숭배(bibliolatry)에 곧바로 해당되는 것은 아닐지언정 다분히 거기에 근접해 있기는 한 것으로서, 상당한 문제점을 노정하고 있는 게 사실이다. "기독교는 성경을 믿는 것이 아니라 성경이 증거하는 그 분을 믿고, 전통을 믿는 것이 아니라 전통이 전수하는 그 분을 믿고, 교회를 믿는 것이 아니라 교회가 선포하는 그 분을 믿는 종교"[20]라고 한 한스 큉의 정의에 동의하는 입장에 서서 본다면, 김교신은 뒤의 두 가지 점과 관련해서는 충분히 긍정될 만한 면모를 보여주었으나, 큉이 맨 첫 번째로 문제삼고 있는 성경관(聖經觀)의 측면에서는 그렇지 못했던 셈이라고 말하지 않을 수 없다. 그와 교분이 두터웠던 류영모 같은 사람의 경우와 비교해 보면 이런 점이 더욱 두드러지게 느껴진다.

만약 김교신이 오래 살았더라면 그가 지닌 지적 성실성의 밀도로 볼 때 이 점에서도 괄목할 만한 변화가 있었을지 모른다. 그의 가장 친밀한 동지였으면서 89세의 장수를 누린 함석헌이 『성서적 입장에서 본 조선역사』를 쓸 당시에 지녔던 배타적 성서절대주의[21]를 후일에 가서 버리고, 훨씬 유연하며 폭넓은 정신의 세계로 나아갔던 것을 볼 때, 더욱 그런 생각이 든다.[22]

---

20) 오강남, 『예수는 없다』(현암사, 2001), p.314에서 재인용.

21) 『성서적 입장에서 본 조선역사』를 쓸 당시에 함석헌이 얼마나 독단적이고 경직된 성서절대주의에 빠져 있었는가는 그 서문에 나오는 다음과 같은 구절만 보아도 금방 확인된다. "쓴 사람의 생각으로는 성경적 입장에서도 역사를 쓸 수 있는 것이 아니라 성경의 자리에서만 역사를 쓸 수 있다. 똑바른 말로는 역사철학은 성경밖에 없기 때문이다"(『성서적 입장에서 본 조선역사』(성광문화사, 1950), p.3).

22) 류영모, 김교신, 함석헌 세 사람의 관계를 상징적으로 압축해서 보여주는 에피소드 하나가 일찍이 류달영에 의해 소개된 바 있다. 이 에피소드를 음미해 볼 때 우리는, "김교신이 좀더 오래 살았더라면 후기의 함석헌과 마찬가지로 유연하며 폭넓은 정신의 세계로 나아갈 수 있었으리라"는 생각을 더욱 확고히 가지게 된다. 다음에 그 에피소드를 소개

4. 맺는 말

김교신이 세상을 떠난 후 이제 60년 이상의 세월이 지났다. 김동리의 「무녀도」가 처음 발표된 후로는 70년 이상, 『사반의 십자가』가 처음 단행본으로 나온 이후로도 50년 이상이라는 긴 세월이 흘렀다. 그 기간 동안 우리나라의 기독교계는 양적으로 볼 때 엄청난 성장을 이룩하였다. 그런가 하면 기독교와 관련된 주제를 다룬 문학작품도 그 동안 적지 않은 양이 산출되었다. 그 가운데에는 오래 기억되고 공들여 연구될 만한 가치를 지닌 예도 여럿 있다.

이와 같은 과정이 진행되는 동안, 한국 기독교의 성격에도 적지 않은 변화가 일어난 것으로 보인다. 이제는 탈정치적, 개인주의적 신앙 형태

해 둔다. "1937년 정초(1월 3일)에는 경인선 오류역(현 구로구 오류동 전철역) 근처 송두용 집에서 겨울철 성서연구 모임을 가졌다. 다석은 북한산록 구기리에서 이곳까지 걸어서 왔다. 다석은 그 모임에서 김교신의 간청에 의해서 성경 말씀을 하게 되었다. 말씀의 내용은 「요한복음」 3장 16절의 해설이었다. (…) 다석은 말하기를 독생자를 주셨다는 것은 하나님이 하나님의 씨를 사람의 마음속에 넣어 주었다는 것이라고 하였다. '하나님께로서 난 자마다 죄를 짓지 아니하나니 이는 하나님의 씨가 그 속에 거함이요, 저로 범죄치 못하는 것은 하나님께로서 났음이라'(요한1서 3: 9)에 하나님의 씨라는 말이 있다고 하였다. 사람은 제 맘속에 있는 하나님의 씨를 키워서 하나님과 하나 되는 것이 삶의 궁극의 목적이라고 하였다. 석가는 모든 사람의 맘속에는 불성이 있다고 하였고, 공자는 사람은 누구나 맘속에는 인성을 가지고 있다고 하였는데, 예수의 영성이나 석가의 불성이나 공자의 인성이나 같은 진리라고 말하였다. 이제까지 그 모임에 나온 사람들은 무교회 신앙이라 자처하였지만 교회 신앙과 같이 그리스도 예수만이 하나님의 아들로 최고의 구세주이고 석가나 공자는 예수보다 훨씬 아래 사람이라고 믿어 왔다. 그런데 다석이 예수·석가·공자 모두 똑같다고 하자 좌중이 웅성거리고 여기저기서 질문을 하려고 하였다. 그러자 김교신이 질문을 막았다. 김교신은 사람들에게 다석 선생님의 성경 풀이는 아주 높은 차원에서 보고 하는 말씀이므로 그 말씀을 알아들을 만한 귀를 따로 가지고 듣지 않으면 그 참 뜻을 바로 이 자리에서 깨닫기는 어려우니 각자 마음에 간직하고 돌아가서 오랫동안 되새겨 보라고 타일렀다. 함석헌은 몸을 좌우로 흔들면서 미소만 짓고 있었고, 송두용은 고개를 좌우로 돌리면서 알 수 없다는 표정이었다. 나는 김교신이 깊은 뜻이 있다고 하니 그렇게 믿고 두고 생각해 보기로 마음먹었다." 류달영 외, 『동방의 성인 다석 류영모』(무애, 1993), pp.22~23.

가 반드시 대세를 이루고 있다고 간단히 말할 수 없다. 그리고 탈정치적, 개인주의적 신앙 형태의 경우든 현실참여적 기독교의 경우든, 그 구체적인 면모에 있어서는 자못 다양한 폭을 보여주고 있으며, 그 양자의 절충 내지 종합으로 규정되어야 마땅한 예들도 드물지 않게 나타나고 있다. 이런 방향으로 변모한 후의 한국 기독교 및 그것과 관련된 문학적 성과들에 대한 상세한 논의를 시도하기 위해서는, 이 글과 다른, 별도의 자리가 필요할 것이다.

한국 현대소설에 나타난 가톨리시즘

1. 머리말

이 글의 목적은 한국의 현대소설 가운데 가톨리시즘의 세계를 다루고 있는 작품들을 대상으로 하여 그 작품들에 나타난 작가의식의 양상을 검토해 보고 그것이 작품의 문학적 성과에 어떠한 영향을 미치고 있는 지를 살피는 것이다. 그러니까 기독교와 관련된 제재를 다루되 그 중에서도 특히 천주교쪽에 초점을 맞추고 있다는 표지가 전면에 뚜렷하게 나타나는 작품들을 대상으로 하여 위와 같은 논의를 진행해 보고자 하는 것이 이 글의 목적이다.

주지하다시피 기독교라는 개념은 천주교와 개신교를 포괄한다. 천주교와 개신교는 다같은 기독교로서 공통적인 면모도 갖고 있으나, 또한 상호 구별되는 면모도 가지고 있다. 양자의 공통적인 면모는 주로 신학적인 측면1)에서 발견되며, 상호 구별되는 면모는 신학적인 측면에서도

---

1) 여기서 말하는 '신학적인 측면'의 대표적인 예로는 신과 인간의 관계라든가, 신 앞에 선 인간의 실존이라든가, 아버지 하나님과 예수의 관계라든가, '신의 침묵'에 담겨 있는 뜻이라든가 하는 주제들과 관련된 측면을 들 수 있다.

물론 발견되지만 그보다도 현실적인 측면에서 더욱 크고 뚜렷하게 발견된다. 그리고 여기서 말하는 '현실적인 측면'이란 다시 교회의 역사에 주로 관련되는 측면과 교회의 제도에 주로 관련되는 측면으로 크게 양분될 수 있다.

이러한 이야기는 기독교와 관련된 제재를 다룬 소설을 논의하는 자리에도 그대로 적용될 수 있다. 소설가들이 천주교와 개신교의 구별을 특별히 염두에 두지 않고 기독교 전반을 포괄적으로 문제삼으면서 탐구의 작업을 진행해 나아갈 경우에는 주로 신학적인 측면이 관심의 대상으로 부각된다. 반면에 작가가 그 양자의 구별을 뚜렷이 의식하면서 어느 한쪽에 초점을 맞추어 탐구의 작업을 진행해 나아갈 경우에는, 신학적인 측면이 주된 관심의 대상으로 부각되는 경우도 없지는 않지만, 그보다는 현실적인 측면이 주된 관심의 대상으로 부각되는 경우가 아무래도 지배적인 비중을 차지하게 된다.

그처럼 교회의 역사나 제도와 관련된 현실적 측면을 주된 관심의 대상으로 삼으면서 전개되는 소설은, 신학적인 문제를 주된 관심의 대상으로 삼으면서 전개되는 소설과 동일한 기독교소설의 범주에 소속되는 가운데서도, 후자와 여러 가지로 구별되는 면모를 지니게 된다. 우리가 기독교소설을 논의하는 자리에서 이러한 구별을 인식하면서 작업을 수행할 경우, 기독교소설에 대한 우리의 인식은 좀더 구체화될 수 있을 것이다.

필자는 이러한 문제의식에 입각하여 한국의 기독교소설에 대한 인식을 지금까지보다 일보 더 구체화시켜 나가고자 하는 작업의 일환으로 이 자리에서는 우선 가톨리시즘의 세계를 다루고 있는 작품들에 주목하고자 하는 것이다. 한국의 현대소설 중 가톨리시즘의 세계를 다룬 것으로 인정될 만한 작품들 가운데 대표적인 텍스트들을 찾아 검토함으로써, 이러한 범주에 해당하는 소설문학에 나타나 있는 작가의식의 양상과 그 작품들의 수준이 어떠한 것인지를 가늠해 보고자 한다.

구체적인 논의의 순서는, 천주교 교회의 역사와 관련된 측면을 주로 다룬 작품들을 먼저 살펴보고, 천주교 교회의 제도와 관련된 측면을 주로 다룬 작품들을 그 다음에 살펴보는 것으로 하겠다. 그리고 맨 마지막으로는 조금 독특한 자리에 놓인다고 할 수 있는 김영하의『검은 꽃』을 검토해 보고자 한다.

2. 천주교에 대한 박해와 '신의 침묵'

한국의 소설가들이 가톨리시즘을 주로 역사와 관련된 측면에서 주목하는 가운데 창작의 과정으로 나아가고자 할 경우 가장 먼저 관심을 기울일 만한 대상은 아무래도 천주교 교회가 권력자들로부터 박해를 당한 사건이 될 것이다. 실제로 한국의 역사 속에서 천주교에 대한 박해는 조선 후기에 행해진 것과 20세기 공산주의자들에 의해 행해진 것 등 크게 두 차례에 걸쳐 전개된 바 있거니와 그 두 차례의 박해 모두가 극도로 참혹하면서 드라마틱한 면모를 보여준 것이었고, 또 일반에게 널리 알려진 것이기도 했다. 그러니 만큼 작가들이 가장 먼저 여기에 주목하게 되는 것은 자연스러운 일이라 하지 않을 수 없고, 실제로 이러한 주목의 결과로 창작된 작품도 여러 편이 있다. 그 중에서도 가장 두드러진 존재로 기억될 만한 것이 서기원의 장편소설『조선백자마리아상』이다. 이 작품은 1971년 7월부터 19회에 걸쳐『이조백자마리아상』이라는 제목으로『현대문학』에 연재되다가 중단된 후 1979년에 단행본으로 출간되면서 완성을 보았다.[2)]

조선 후기의 역사에 대한 기록들을 살펴보면,『조선백자마리아상』의 소재가 되고 있는 것, 즉 '천주교 박해 사태'라는 것은, 순조 시대에 한 번, 그리고 대원군 시대에 또 한 번, 절정에 도달한 바 있음이 확인된다. 이 두 차례의 절정기에 권력자들의 탄압은 극대치를 보여주었고, 거기에 맞선 교인들의 순교 역시 최대치를 보여주었던 것이다.

그런데, 서기원은 모처럼 천주교 박해 사태에서 소재를 구한 작품의 창작에로 나아가면서, 그처럼 천주교에 대한 권력자들의 탄압과 거기에 맞선 교인들의 순교가 모두 절정에 도달하였던 시기를 피하고, 천주교가 조선에 유입된 초기에 해당하는 시기이면서 탄압의 강도나 순교의 강도나 모두 상대적으로 약하였던 시기이기도 했던 정조 시대를 배경으로 선택하였다.

서기원의 이러한 선택은, 다분히 의도적이었던 것으로 생각된다. 탄압이나 순교가 모두 극렬한 절정기에 도달하였던 시점을 다루게 되면, 그 사태의 압도적인 비극성이 전면에 부각될 수밖에 없을 터이다. 그렇게 될 경우, 작품은 거의 자동적으로, 강렬한 비극미를 창출하는 방향으로 나아가게 될 가능성이 크다. 서기원은 이렇게 되는 것을 피하고 싶었던 것으로 추측된다. 원래 서기원은 소설을 지적인 탐구의 기록으로 만들고자 하는 지향성을 지닌 작가이거니와, 그런 서기원에게 있어서, 강렬한 비극미로 뒤덮인 세계라는 것은, 많은 일반 독자들로부터 환영을 받을 수 있는 것일지도 모르지만, 그 자신의 내적인 지향성을 제대로 살릴 수 있는 것은 아니었으리라. 그러했기에 그는 극렬한 절정기를 다루는 것을 피하고, 탄압의 강도나 순교의 강도나 모두 상대적으로 약하였던 시기, 그러면서 문제가 발생한 초기에 해당하기에 좀더 미묘하고 불안정하고 섬세한 혼란과 갈등이 주조를 이루었던 시기를 작품의 배경으로 선택한

---

2) 서기원, 「후기」, 『조선백자마리아상』(한진출판사, 1979), p.339.

것이었다고 짐작된다.

실제로 『조선백자마리아상』을 읽어 보면, 이처럼 미묘하고 불안정하고 섬세한 혼란과 갈등의 분위기에 작가 자신이 각별히 유념하고 있음을 금방 확인하게 된다. 그는 정조 치세 당시에 천주교와 관련을 맺었던 역사상의 실제 인물들을 작품 속에 여럿 등장시키고 있는데, 그러한 실제 인물들 가운데에서는, 그들 중 특히 미묘하고 불안정하고 섬세한 혼란과 갈등의 양상을 누구보다 강하게 드러내었던 두 인물, 이가환과 정약용에게 유난히 커다란 비중을 부여하고 자세하게 다루는 모습을 보여주고 있는 것이다.

『조선백자마리아상』이 이가환이라든가 정약용과 같은 인물들에게 큰 비중을 부여하고 있다는 이야기는, 이 소설이 천주교 박해 사태로부터 소재를 구해 오면서 특히 이가환·정약용 같은 양반층 지식인에게 관심을 집중시키고 있다는 것을 뜻하는가? 그렇지는 않다. 서기원은 이 작품을 전개하면서 양반층 지식인들에게도 관심을 보내고 있지만, 그 이상으로, 평민층에 대해서 적극적인 관심을 쏟고 있다. 그런가 하면 중인층에 대해서도 역시 적지 않은 관심을 표시하고 있다.

이처럼 그 당시의 조선 사회를 구성하고 있었던 다양한 신분층의 사람들을 골고루 등장시켜 균형 있게 다루면서 서기원은 동일한 천주교의 신앙을 가진 사람들 사이에서도 신분의 차이에 따라 서로 다른 행동 양상이 나타나는 모습을 인상적으로 보여준다. 이처럼 신분에 따른 행동 양상의 차이라는 일반론적 현상에서 신앙의 영역도 결코 예외가 되지 않는다는 사실을 선명하게 드러냄으로써 서기원은 그 자신이 역사를 보는 시각에 있어서나 종교를 보는 시각에 있어서나 단순성의 한계로부터 멀찍이 벗어난 통찰력을 지닌 작가라는 사실을 입증해 보이고 있다.

물론, 만약에 신분이 동일한 사람들끼리라면 신앙인으로서의 행동 양상에 있어서도 늘 동일한 면모를 보여줄 것이라고 생각한다면 그것 또한 지나치게 단순한 생각일 터이다. 실제로 서기원도 그렇게 생각하고 있지는 않다. 예를 들면 동일한 중인의 신분을 가지고 있는 두 명의 신앙인, 최역관과 이역관 두 사람을 등장시켜 묘사하면서 서기원은 그 양자의 행동 양상이 뚜렷한 대조를 보이는 것으로 그리고 있다. 이런 식으로 동일한 신분의 소유자가 상이한 행동 양상을 보여주는 모습은 양반층에서도, 평민층에서도 마찬가지로 발견된다. 결국 궁극적으로 중요한 것은 개인차인 것이다.

하지만 이런 사실에도 불구하고, 신분에 따른 차이의 경계선이 엄연히 존재하는 것은 역시 부정할 수 없다. 무엇보다도 양반층의 경우에 그 점이 두드러진다. 예를 들면, 천주교 신앙을 분명히 가지고 있으면서도 남의 시선을 의식한 나머지 당시의 천주교에서 교리상 금지되고 있던 조상 제사를 여전히 지내는 사람들은 주로 양반층으로 한정된다. 순교자가 제일 적게 나오는 것도 양반층이다. 조선의 체제로부터 받는 혜택이 제일 많고, 생각이 제일 복잡하고, 행동력이 제일 떨어지는 상류층의 특징적 면모이다. 이러한 특징적 면모를 중인층이나 평민층의 신앙인들도 안다. 알기 때문에 말은 못하면서도 은연중 날카로운 비판적 시선을 보내게 된다. 그뿐만 아니라 양반층의 신앙인들 가운데에도 이런 점을 스스로 의식하는 사람들이 있다. 그들은 이런 점을 스스로 의식하고, 갈등을 느낀다. 수치심을 느끼기도 한다. 그러면서도 좀처럼 적극적인 자기변혁을 성취하지는 못한다. 소설의 본문을 보면, 위에서 언급된 이가환의 경우와 정약용의 경우가 이런 점을 특히 뚜렷하게 보여준다. 그 자연스러운 결과로, 이러한 인물들을 묘사하는 대목에서, 서기원 소설다운 지적 긴장미가 제일 팽팽하게 살아난다.

물론 양반층의 신앙인들이라고 해서 누구나 이가환이나 정약용과 같은 유형의 행동 양상만을 보여주는 것은 아니다. 앞에서 말한 '개인차'의 현상은 양반층에게서도 예외 없이 나타난다. 이 작품 속에서 가장 큰 비중을 차지하고 있는 평민층의 경우도 역시 마찬가지이다.

『조선백자마리아상』에 나오는 평민층 천주교인들의 행동 양상은 크게 세 가지로 나뉜다.

첫째, 일심으로 신앙을 지켜 흔들리지 않으며 끝내 순교로 자신의 신앙을 입증하는 은돌과 같은 유형이 있다. 이는 쉽게 그 성격을 규정할 수 있는 유형이다.

둘째, 한때 천주교의 신앙에 몰입하였으나 박해의 상황에 직면하여 고민하다가 결국 신앙을 버리는 변수라든가 칠보와 같은 유형이 있다. 이러한 유형 역시 그 성격을 규정하는 데 어려움을 느끼게 하지 않는다.

아마도 실제로 우리가 당대의 현실에서 확인할 수 있었던 평민층 천주교인의 행동 양상은 대부분 이 두 가지 유형 가운데 하나에 소속되는 것이었을 터이다. 현실의 세계에서라면 이 두 가지 유형을 상정하는 것으로 족할지도 모른다.

그러나 탁월한 소설가인 서기원은 『조선백자마리아상』이라는 작품을 쓰면서 위의 두 가지 유형 가운데 어느 편에도 속하지 않는 김신봉이라는 인물을 창조해 내고 그에게 이 작품의 주인공이라는 지위를 부여하였다. 김신봉은 내적으로는 은돌과 마찬가지로 투철한 신앙인의 면모를 지니고 있는 인물이지만, 외적으로는 본의 아니게 배교자의 낙인을 받고 변수나 칠보와 같은 부류로 분류되는 바람에 순교자가 되기를 자청해도 관헌으로부터 거절당하는 인물이다. 주인공을 이처럼 독특한 처지의 인물로 설정하면서 서기원은, 그러한 인물의 창조를 통하여, 한 가지 중요한 신학적 질문을 제기하고 있다. 그것은 바로 '신의 침묵'에 대한 질문이다. 이처럼 김신봉을 통해 작가가 제기하고 있는 '신의 침묵'에 대한

질문 덕분에 이 작품은 일종의 형이상학적 차원까지를 구비하게 된다.[3]

3. 선/악 이분론의 문제점과 천주교 소설

지금까지의 논의에서 드러난 바와 같이, 서기원은 조선 시대에 행해진 천주교 박해 사건을 소재로 삼은 『조선백자마리아상』이라는 작품에서 상당히 인상적인 수준의 문학적 성과를 창조하는 데 성공하였다. 그러면 『조선백자마리아상』에서 서기원이 달성한 이와 같은 문학적 수준은 천주교에 대한 박해를 소재로 삼은 다른 여러 작가들의 소설에서도 마찬가지로 성취되고 있는가? 이 물음에 대해서는 그렇지 못하다는 답을 줄 수밖에 없다. 그렇지 못하게 된 가장 중요한 이유는 서기원 이외에 이 문제를 다룬 소설가들의 작가의식이 대체로 예외 없이 소박한 선/악 이분론의 한계에 매몰되고 말았다는 사실이다. 한무숙의 『만남』을 검토하면서 이 점을 짚어 보기로 하자.

『만남』은 천주교 신자인 한무숙이 1986년에 두 권 분량으로 발표한 장편소설이다. 이 작품에서 한무숙은 역사적으로 실재했던 인물인 정약용과 그의 조카인 정하상 두 사람을 주인공으로 등장시키고 있다. 이것은 서기원이 『조선백자마리아상』에서 이가환이라든가 정약용과 같은 역사 속의 실재 인물들에게 상당한 비중을 부여하기는 하되 주인공만은 전적으로 허구의 인물인 김신봉으로 설정하였던 것과는 상당히 다른 태도라 할 수 있다.

주지하는 바와 같이 정약용은 천주교를 신봉하였다는 죄목으로 장장

18년에 걸친 유배생활의 고통을 겪어야 했던 인물이요, 정하상은 독실한 천주교인으로 평생을 헌신하다가 순교한 후 나중에는 로마 교황청에 의하여 성자의 반열에까지 오르게 된 인물이다. 한무숙은 이 두 사람을 주인공으로 내세우면서, 1811년, 만 16세의 소년으로 성장한 정하상이 숙부 정약용을 유배지로 찾아가 처음 만나는 장면에서 시작하여, 그때 이후 두 사람이 모두 죽음을 맞이하는 시기까지 살아간 행적을 담아내고 있다.

그런데, 정약용과 정하상이 모두 그들 나름대로 극적인 생애를 살다 간 사람들이기는 하지만, 그 두 사람의 생애를 정공법으로 다루기만 해서야, 소설로서는 너무 단순한 구조를 지닌 작품으로 그치고 말 위험이 크다. 한무숙은 이러한 위험을 극복하기 위하여 한 천주교 신자 가족의 이야기를 소설 속에 집어넣으면서 그것이 꽤 큰 비중을 차지하도록 만들어 놓고 있다.

대략 이상과 같은 면모를 가지고 있는 『만남』은 한무숙의 작품들이 일반적으로 그러하듯이 단아한 기품으로 빛을 발하고 있다. 세련된 문체, 19세기 조선의 풍속에 대한 풍부한 이해, 인간을 깊은 애정으로 바라보는 따뜻한 시선 등등은 누구라도 금방 인정할 수 있는 이 작품의 덕목들이다.

하지만 각도를 달리해서 검토해 보면 이 작품은 상당히 심각한 몇 가지 문제점들을 안고 있다. 그 중에서도 가장 심각한 것이 바로, 작가의 의식이 천주교 박해의 사실과 관련하여 지나치게 소박한 도식적 선/악 이분론에 함몰되고 있다는 문제점이다.[4]

---

4) 이 점을 제외한 『만남』의 다른 여러 가지 문제점들에 대해서는 조남현에 의하여 이미 언급된 내용을 참고할 수 있다. 조남현, 「한무숙 소설의 갈래와 항심」, 『한국현대문학연구』 12(한국현대문학회, 2002), pp.441~446 참조.

본래, 18세기 말에서 19세기에까지 걸쳐 조선 정부에 의해서 행해진 천주교 탄압은, 대략 네 가지 이유에 근거를 둔 것이었다. 그 첫째는 실제적인 '윤리'에 최우선 순위를 두는 전통적 유교 이데올로기에 투철한 사람들의 시각으로 볼 때 추상적인 '진리'를 절대시하는 천주교의 이데올로기는 도저히 수긍할 수 없는 존재였다는 점이다.5) 그 둘째는— 이것이 가장 결정적인 이유였거니와— 1715년 클레멘스 11세에 의하여 확정되고 1742년 베네딕토 14세에 의하여 재확인된 후 19세기 내내 줄곧 변함없이 유지된 로마 교황청의 '유교식 제사 금지 원칙'이 어떤 유교 국가의 집권자들로부터나 어차피 강경한 반발을 불러올 수밖에 없었다는 점이다.6) 그 셋째는 18세기 말부터 여러 천주교 신자들에 의하여 끈질기게 추진되어 온 '서양 선박 영입 계획'이 조선 정부의 입장에서는 외국의 조선 침략에 대한 요청이라는, 절대로 용서할 수 없는 매국 행위로 인식되었다는 점이다. 그리고 당쟁의 일환이라는 정치적 측면을 마지막 네 번째의 이유로 들 수 있지만 이것은 그렇게 중요한 요소가 아니다.

이렇게 본다면, 천주교 신자들과 그들을 박해한 당국자들 사이의 대립은, 간단한 선/악 이분법으로 재단될 수 있는 성질의 것이 아니다. 우리가 앞에서 살펴본 『조선백자마리아상』의 경우, 작가 서기원은 바로 이러한 사실을 직관적으로 인식하고 그러한 인식 위에서 선/악 이분론으로부터 멀리 벗어난 방향으로 소설을 전개해 나아감으로써, 상당히 성숙한 성과에 도달하는 것이 가능하였다고 말할 수 있다. 그러면 『만남』의 경

---

5) 유교와 천주교의 대립을 '윤리제일주의'와 '진리제일주의'의 대립으로 파악할 수 있다는 점은 도날드 베이커의 『조선후기 유교와 천주교의 대립』(김세윤 역, 일조각, 1997)에 자세하게 설명되어 있다. 이 책에 나타나 있는 베이커의 견해는 상당히 높은 설득력을 지니는 것으로 판단된다.

6) 최기복, 「한국 전통 문화와 천주교회의 충돌」, 김종수 외, 『한국 천주교회사의 성찰과 전망』(한국천주교중앙협의회, 2000), pp.63~74 참조.

우는 어떠한가?

이 작품을 읽어 보면, 한무숙 역시 이 점을 전적으로 몰각하고 있지는 않다는 점을 알 수 있다. 그렇기는 하지만, 『만남』의 전편을 통하여 한무숙이 보여주고 있는 태도를 자세하게 검토해 보면, 천주교 박해 사태가 간단한 선/악 이분법으로 재단될 수 없는 성질의 것이라는 사실을 분명 근본적으로 몰각하고 있지는 않되, 실제의 세부적인 서술에 있어서는 자꾸만 소박한 선/악 이분론에로 기울어지는 모습을 드러내고 있음이 발견된다. 이를테면 그는 일반론적인 설명을 제시하는 자리에서는 "이기경이나 홍낙안이 아니더라도 삼강오륜에 절대적인 가치관을 두고 있던 유학사회에 천주교는 너무나 이질적인 것이었다"[7]라는 식으로 선/악 이분법과 관계없는 객관적 언급을 보여주기도 하지만, 구체적인 박해와 수난의 현장을 다루는 자리에서는, 천주교인은 무조건 선인으로, 박해자는 무조건 악인으로 묘사하는 도식적 이분법에로 자기도 모르게 기울어지는 모습을 부단히 노정하는 것이다. 이러한 모습이 가장 인상적으로 부각되는 것은 『만남』이라는 소설 전체의 마지막을 장식하는 문단의 다음과 같은 첫 대목이다.

> 박해자의 이름이 역사의 한 장을 때묻히고 있을 때 성인의 거룩한 이름은 많은 신자들의 기구중에 전구자(轉求者)로 추앙과 존경과 함께 불려지고 있다.[8]

위의 문장을 보면, 천주교를 박해한 사람은 "역사의 한 장을 때묻히"기나 하는 자인 반면, 천주교의 신앙을 지켜 순교한 사람은 "거룩한 이름"으로 추앙과 존경을 받아 마땅한 사람인 것으로 이야기되고 있다. 이

---

7) 한무숙, 『만남(상)』(정음사, 1986), p.45.
8) 『만남(하)』, pp.228~229.

러한 표현 속에서 우리가 쉽게 읽어낼 수 있는 한무숙의 생각은, '전자가 분명한 악인인 것과 대조적으로, 후자는 선인 중에서도 최고의 경지에 오른 사람이다'라는 것이다. 하지만 이것은 소박하고 일방적이며 도식적인 선/악 이분론의 함정에 그가 빠져 있음을 보여주는 증거에 지나지 않는다. 이런 식의 선/악 이분론은 그 어떤 객관적 근거에 의해서도 뒷받침되지 못하고 있다.

그런가 하면 일반론적인 설명을 제시하는 자리에서도 한무숙은 역시 객관적 자세를 반드시 충실하게 견지하지는 못하고 있다. 자꾸만 근거가 박약한 선/악 이분법으로 기울어지곤 하는 태도를 보여주는 것이다. 이러한 태도는 문제의 복합적인 진실을 있는 그대로, 균형 잡힌 안목으로 바라보는 성숙한 자세와는 상당히 거리가 먼 것이다.

『만남』이 보여주고 있는 이와 같은 선/악 이분론의 한계는 20세기에 들어와 북한의 공산주의자들에 의하여 행해진 천주교 박해의 사건들을 소재로 삼은 김의정의 『목소리』(1967)라든가 강용준의 『어느 수녀의 수기』(1986) 같은 작품들에서도 대동소이한 모습으로 나타난다. 『목소리』는 6·25 발발 초기 공산주의자들이 서울을 점령하였던 상황에 초점을 맞춘 소설이요, 『어느 수녀의 수기』는 해방 직후 북한 지역이 된 황해도 안악을 무대로 하여 행해진 공산주의자들의 천주교 박해를 담고 있는 소설이거니와, 이들 모두가 '천주교=선', '공산주의=악'이라는 두 개의 단순·명쾌한 도식에 무반성적으로 지배당하고 있는 것이다. 이처럼 단순한 이분론은 천주교에 대한 이해로서도, 공산주의에 대한 비판으로서도 그다지 큰 의의를 지니지 못하는 것이라고 말하지 않을 수 없다. 두 작품 모두 또다른 측면에서는 각자 그 나름의 성취를 이루고 있는 터이지만, 방금 말한 바와 같은 이유 때문에, 그 성취의 의의가 크게 제한당하고 있음을 부정하기 어렵다.

4. 권력의 자리에 선 천주교회와 '충실한 이견자(異見者)'

지금까지 필자가 살펴본 것은 모두 한국의 역사 속에서 일어났던 천주교 박해의 사건에 초점을 맞춘 작품들이었다. 앞에서 말했던 바와 같이, 천주교 박해 사건 자체의 성격을 고려할 때, 이러한 작품들이 여럿 나오게 된 것은 자연스러운 일이다.

그런데 바로 이 지점에서 한 가지 우리가 잊지 말아야 할 사실이 있다. 그것은 역사를 폭넓게 살펴볼 때 천주교 교회쪽이 권력자의 자리에 서서 다른 사람들의 고난을 야기한 사례도 숱하게 발견된다는 사실이다. 이런 사례는 물론 외국의 경우에서 주로 발견되는 것이지만, 한국의 경우에도, 드물긴 하되, 전무하지는 않았다. 그리고 바로 이런 사례에 초점을 맞추어 소설적 형상화를 시도한 작품도 발견된다. 현기영의 장편『변방에 우짖는 새』가 바로 그것이다.

현기영이 1983년에 발표한 소설『변방에 우짖는 새』는 20세기 초 제주도에서 거대한 규모로 일어났던 이른바 '이재수의 난'을 다룬 작품이다. 이재수의 난은 19세기 말에서 20세기 초에 걸치는 기간 동안 우리나라의 여러 지역에서 빈발하였던 이른바 교안(敎案) 가운데에서 가장 큰 사건이었다. 그 당시 조선 정부가 서양의 세력에 무력하게 굴종하거나 의존하는 태도를 보이는 가운데, 서양인 신부들과 일부 천주교인들이 횡포를 일삼다가 천주교인이 아닌 일반 주민들과 충돌하는 사건이 자주 발생하였는데, 이를 교안이라 하였다.[9] 이 중에서 가장 규모가 큰 사건

---

9) 19세기 말에서 20세기 초에 걸쳐서 빈발하였던 교안에 대한 역사적 연구는 천주교 신부인 장동하에 의하여 특히 자세하게 이루어진 바 있다. 장동하의「개항기 교회의 선교 정책과 전통 사회의 충돌」(김종수 외,『한국 천주교회사의 성찰과 전망』, 한국천주교중앙협의회, 2000) 및「개항기 한국 사회와 천주교회」(김종수 외,『한국 천주교회사의 성찰과 전망 2』, 한국천주교중앙협의회, 2001)를 참조할 것.

이었던 제주 교안, 즉 이재수의 난은 천주교 교회측이 권력자의 자리에
서서 횡포를 부리다가 민중의 반발을 사서 집단적 유혈사태로 발전한
대표적 사례였던 바, 제주도 출신의 작가인 현기영이 이를 소설화한 것
이다.

현기영의 이 소설은 실감 넘치는 문체와 정밀한 실증적 조사의 성과
가 어우러져 깊은 인상을 남기는 작품이다. 하지만 오랫동안 왜곡된 형
태로 알려져 온 역사적 사건의 실상을 제대로 복원하고자 하는 의욕에
지나치게 큰 비중을 둔 탓인지, 전체적으로 보면, 상상력에 입각한 창조
적 문학작품으로서의 면모가 취약하다. 최원식이 이 작품에 대한 해설을
쓰면서 "역사소설이기보다는 하나의 연대기로 떨어진 감이 없지 않다"[10]
고 비판한 것도 바로 이 점을 지적한 것이다.

그러나 양용항과 같은 인물을 설정하여 조명을 가한 것은 이 작품의
소중한 부분이라고 하지 않을 수 없다. 이 작품 속에서 양용항은 원래
제주도에 천주교의 씨앗을 뿌린 원조(元祖)에 해당하는 사람으로 등장한
다. 하지만 제주도에 세워진 천주교 교회가 부패한 권력과 결탁하여 민
중을 괴롭히는 방향으로 나아가면서 그는 제주도의 천주교인 사회에서
아웃사이더로 전락하고 만다. 그리고 나중에 가서 이재수의 지휘 아래
천주교인들에 대한 학살이 벌어질 때에는 그 역시 처형당하는 비운을
맞이한다.

이런 식으로 최후를 맞이할 때까지, 양용항이 소설 속에 뚜렷한 모습
으로 등장하는 것은 세 차례이거니와, 이 중 두번째로 등장하는 장면에
서 고독한 모습으로 천주교인들의 회의장에 앉아 자신에게 쏟아지는 동
료 천주교인 간부들의 부당한 공격과 신부의 역시 부당한 무시를 감당

---

10) 최원식, 「현기영의 역사소설」, 『우리시대 우리작가 22 - 현기영』(동아출판사, 1987), p.417.

해 내고 있던 양용항은, 억울한 죽음을 목전에 둔 시점에 이르러 세번째로 등장, 비상한 용기와 웅변으로 주변을 압도하며 한 사람의 비극적 영웅으로 재탄생하는 모습을 보여준다.[11] 이 대목의 본문은 조금 길게 인용할 만한 가치가 있다.

목숨이 경각에 놓인 교인들은 완전히 공포에 질려 서로 엉겨붙은 채 울며불며 몸부림쳤다. 이때 한 교인이 벌떡 자리에서 일어나더니 크게 소리쳤다.

"봅서, 교우 여러분들! 내 말 들읍서!"

양 베드로였다.

"모두들 정신 차립서! 시방 천주님이 부르시는 소리가 들리지를 않소?"

그러나 교인들의 곡성은 좀처럼 그치지 않았다. 양 베드로는 결박진 몸을 거세게 흔들며 우렁찬 목소리로 외쳤다.

"용기를 냅서! 울음을 그치고 용기를 냅서! 천주님 앞으로 갈 때가 왔수다. 이제 곧 우리는 모두 천당에 가게 되니 마음의 준비를 해야 합니다. 용기를 냅서."

"이 죽음을 두려워하는 자 신심이 약한 잡니다. 신심이 약한 자는 천당에 못 갑네다. 천주께서 나를 위해 죽는 자, 영원히 살 것이라고 하였소. 자 주모경을 외웁시다!"

그제서야 교인들이 눈물이 질펀한 얼굴로 양 베드로를 보았다. 이때 한 교인이 울먹거리며 걱정스럽게 물었다.

"난 무식해서 기도문을 못 외웁니다. 아는 건 '예수, 마리아' 두 말뿐인디 그래도 천당에 갈 수 있으까 마씀?"

---

11) 참고로 밝히면, 양용항이 이 소설 속에서 첫 번째로 등장하는 것은, 그의 설득에 감화되어 천주교에 입교, 영세를 바로 눈앞에 두고 있던 강우백이라는 친구가, 신부를 앞세운 다수 천주교인들의 계속되는 행패에 분노하여 아예 천주교로부터 떠날 것을 결심하자, 이를 만류하러 강우백을 찾아갔다가 격렬한 논쟁을 벌이게 되는 장면에서이다. 강우백은 끝내 양용항의 만류를 뿌리치고 천주교회를 떠난 후 나중에는 이재수와 더불어 천주교도를 공격하는 민중 집단의 양대 지도자 중 한 사람이 된다.

양 베드로가 크게 고개를 주억거리며 대답하기를,

"물론입쥬. 천주님을 위해 죽는 것보다 더 큰 축복은 없우다. 우리 중에는 요사이 입교하여 기도문을 못 깨친 교우님들이 많을 텐데, 모두 나를 따라 하십서. 자, 우리 다같이 큰 소리로 기도문을 외우면서 기꺼운 마음으로 천주님 앞으로 나아갑시다!"

양 베드로가 먼저 얼굴을 하늘로 쳐들고 장쾌한 목소리로 성모경을 외우기 시작했다. 다른 교인들도 하나 둘 울음을 삼키며 뒤따라 외었다. 몸은 결박되어 손을 모아 쥘 수도 없고 묵주도 만질 수 없고 성호도 그을 수 없었다. 그러나 기도 소리는 점점 커져갔다.

"성총을 가득히 입으신 마리아여! 네게 하례하나이다! 주께서 너 함께 계시니, 여인 중에 복 되시며 복중(腹中)에 나신 예수 또한 복 되시도다. 천주의 성모 마리아여! 이제와 우리 죽을 때 우리 죄인들을 위하여 빌으소서, 아멘."12)

위에 인용된 대목에서 그려지고 있는 양용항의 면모를 볼 때에 우리는, 그가 제주도에서 천주교회의 권위를 대표하는 유일한 존재로 군림하고 있는 신부의 정책에 대하여 강한 비판의식과 반감을 가지면서도 끝까지 그가 믿는 바 천주에 대한 신앙만은 고수하는 독실한 교인으로 살았고 또 죽었다는 사실을 확인하면서, 맥클로리가 말하는 '충실한 이견자(faithful dissenter)'의 면모13)를 그로부터 발견하고, 다양한 사유를 시도해 볼 수도 있다.

어쨌든 위에서 이야기된 바와 같은 면모를 지닌 양용항이라는 인물을 창조해 내었다는 점에서 현기영은, 비록 그 자신은 비신자이지만, 한국 천주교 문학의 자산을 풍요롭게 만드는 데 의미 있는 기여를 한 것으로

---

12) 『우리시대 우리작가 22 — 현기영』, pp.324~326. 이 대목에서 작품의 서술자가 양용항을 일관되게 양 베드로라 지칭하고 있는 것이 흥미롭다.

13) '충실한 이견자'의 개념과 그 대표적인 사례들에 관해서는 로버트 맥클로리의 『충실한 이견자』(김상분·황종렬 공역, 다른우리, 2003)를 참조할 것.

평가받기에 충분하다.

5. 천주교의 계율과 인간의 본성

천주교 교회의 역사와 관련된 문제의 소설화에 대해서는 지금까지 언급된 것 정도로 하고, 이제는 천주교 교회의 제도와 관련되는 측면으로 넘어가 보자. 이러한 측면을 다룬 작품은 역사와 관련된 문제를 다룬 소설에 비하면 현저하게 적은 편이지만, 그런 가운데서도 주목할 만한 요소를 갖고 있다.

이 범주에 드는 대표적 사례들을 살펴보면, 천주교 교회의 제도와 관련된 측면에 해당하는 것으로서 한국 소설가들의 관심을 강하게 끌어온 것은 무엇보다도 성직자의 독신을 요구하는 천주교 교회의 계율인 것으로 보인다. 문형렬의 장편『그리고 이 세상이 너를 잊었다면』, 현길언의 장편『관계』, 김영하의 단편「그림자를 판 사나이」등 여러 작품들이 이 점을 잘 보여준다.

한 가지 예로, 문형렬이 1993년에 발표한 장편소설『그리고 이 세상이 너를 잊었다면』을 보자. 이 작품에는 대학의 영문과를 다니다가 신부의 길을 걷기 위하여 다시 신학교에 입학하는 김희엽(알베르토)이라는 젊은이가 등장한다. 그는 어느날 이희은(아녜스)이라는 여대생을 만나 사랑에 빠진다. 이희은 역시 독실한 천주교 신자이나 불치의 병으로 시한부 인생을 살고 있는 처지이다. 두 사람의 사랑이 점점 더 깊어가자 김희엽의 장래를 염려한 수녀(젬마)가 김희엽을 만나, 일단 군복무부터 마치고 오라는 권유를 한다. 수녀의 속뜻은 물론 김희엽이 이희은과의 연애관계를 끊었으면 하는 데에 있다. 어떤 이유로 수녀는 김희엽이 이희은과의 연애관계를 끊었으면 하고 바라는가? 다음과 같은 수녀의 편지 한 대목이 위의 물음에 대한 답을 담고 있다.

> 학사님의 아녜스를 향한 사랑은 순수한 자아로서 느끼는 고귀하고 정당한 사랑이라는 것을 저는 누구보다 잘 알고 있어요.
> 그런데, 학사님, 그것이 아무리 진실하다 할지라도, 하느님께 모두 바친다는 것, 학사님의 사랑도 그 안에서 간직해야 한다는 것, 홀로 그분 앞에 선다는 것, 누가 그렇게 하라고 한 것이 아니라 스스로 그분을 섬기려고 했다는 것 앞에 그 어느 경계선까지 학사님의 사랑이 허용되어야 할까요?
> 학사님.
> 하느님께 바치는 마음을 흐트리지 마셔요. 우리가 얼마나 그분의 마음에 드는지는 그분만이 알 수 있어요. 학사님, 이 세상에는 더 불쌍하고, 더 가엾고 더 굶주린 이들이 많이 살고 있어요. 그들은 이 세상에서 잊혀져 살고 있어요.[14]

김희엽은 수녀의 권유를 받아들여, 군에 입대한다. 그런데, 그가 군대에 가고 없는 동안, 이희은은 세상을 떠나고 만다. 이 소식을 듣고 김희엽도 자살한다.

위에서 정리한 간략한 경개만 보아도 알 수 있듯, 이 작품은 성직자의 독신을 엄격하게 요구하는 천주교 교회의 계율과 자신의 내면에서 솟아오르는 인간 본연의 욕망 사이에서 갈등하고 고뇌하는 인물들의 면모를 그리는 데 초점을 맞춘 소설이다.

누구나 알고 있다시피, 독신의 규칙은 천주교의 신부들에게 절대적인 계율로 강제되는 규칙이다. 이 규칙은 신부뿐 아니라 수녀에게도 마찬가지로 강제된다. 시야를 넓혀서 보면, 이 규칙은 불교의 대다수 종파에서

---

14) 문형렬, 『그리고 이 세상이 너를 잊었다면』(자유문학사, 1993), p.255.

도 그 종파에 속한 승려들에게 마찬가지로 강제하고 있는 규칙이다. 왜 천주교나 불교는 그 핵심 구성원들에게 독신의 규칙을 강제하는 것일까? 이 물음에 대한 답을 우리는 멀리서 찾을 필요가 없다. 앞에서 인용되었던『그리고 이 세상이 너를 잊었다면』속의 한 대목에서 젬마 수녀에 의해 제시되었던 논리야말로, 천주교 및 불교의 대다수 종파들에서 그 핵심 구성원들에게 독신의 규칙을 강제하고 있는 이유의 핵심을 그대로 담고 있는 것이다.[15]

그런데 방금 살펴본『그리고 이 세상이 너를 잊었다면』이라는 작품은 그와 같은 논리에 의거하여 성직자의 독신을 요구하는 교회의 계율과 그 앞에서 좌절하고 마는 인간의 모습을 그려나가는 과정에서 섬세한 아름다움을 획득하고 있기는 하지만 문제의 핵심에 대한 좀더 과감한 탐구라든가 자유로운 질문을 시도하는 패기는 보여주지 못하고 있다. 다분히 소극적이고 운명론적인 자세로 좌절을 수용하는 선에서 그치고 있는 것이다. 이 작품에 그려진 예비 신부의 인간상이 이미 많은 사람들에게 익숙해져 있는 성직자의 상투형을 대체로 고스란히 반복하고 있으며 그러한 상투형을 대하는 작가의 의식이 막연한 경외감의 수준[16]에 머무르고 있다는 사실도 지적되어야 할 것이다. 그리고 이런 점들에 있어서는 2000년에 발표된 현길언의『관계』도 근본적으로 다르지 않다.『관계』에 나오는 신부 남궁혁은 젊은 시절 한 차례 계율을 어긴 것에 대한 죄의식 때문에 그의 남은 생애 전부를 비상한 헌신과 금욕의 삶으로 채우

---

15) 천주교나 불교가 그 핵심 구성원들에게 독신의 규칙을 강제하는 이유에 대한 좀더 논리적인 형태의 설명은 김용옥의 저서『나는 불교를 이렇게 본다』(통나무, 1989)의 260~261면에 제시되어 있는데, 그 내용을 보면 결국 위에 인용된 젬마 수녀의 편지가 담고 있는 내용과 기본적으로 동일한 것임을 알 수 있다.

16) '막연한 경외감'이라는 표현은 일찍이 이상섭이 대학교수와 기독교 성직자들을 바라보는 1970년대 작가들의 일반적인 시각을 비판적으로 언급하면서 사용한 것이다. 이상섭,『언어와 상상』(문학과 지성사, 1980), p.309.

고 죽어가는 인물인데, 이러한 인물을 설정하고 그려나가는 현길언의 작가의식은 『그리고 이 세상이 너를 잊었다면』에서 김희엽을 설정하고 그려나간 문형렬의 의식과 별로 큰 차이를 갖지 않는 것이다.

그러나 2003년에 발표된 김영하의 단편 「그림자를 판 사나이」는 이와 상당히 다른 모습을 보여준다. 김영하는 이 작품 속에 성직자인 신부를 등장시켜 독신의 계율과 인간 본연의 욕망 사이에서 벌어지는 갈등의 문제를 다루면서, '막연한 경외감'과는 전적으로 무연한 태도를 취하고 있다. 그가 그려내고 있는 신부의 초상은 우리 주변에서 흔하게 만날 수 있는 뭇 세속인들의 모습과 아주 많은 공통점을 지니고 있으며, 그런 점에서, 성직자에 대한 상투형을 여지없이 파괴하고 있다. 바오로라는 영세명을 가진 이 신부가 그의 친구인 작중 화자에게 다음과 같이 내심을 토로하는 대목 하나만 보아도 이 점을 금방 알 수 있다.

> "저녁 미사 끝나고 나면 무지하게 공허할 때 있거든. 할머니들 앉혀놓고 기계적으로 영성체하고 복음 읽고, 복사들 데리고 들어갔다 나왔다 하다가 사제관에 오면 문득, 이 생이 이대로 끝난다는 생각이 목을 죄어오는 거야. 나는 젊다는 게 뭔지도 모르고 토마스 아퀴나스나 파다가 이십대를 보냈어."[17]

이런 고백을 하는 바오로는, 화자가 "그것도 직장인데, 너 그거 그만두고 뭐 먹고 살 거라도 있냐?"라는 질문을 던졌을 때, "없지. 눈 깜짝할 사이에 무능력자가 되어버렸더군" 하고 대답하는 사람이기도 하다.[18] 이러한 발언을 들려주는 바오로는 행동에 있어서도 그러한 발언에 걸맞은 양상을 보이며 그 결과로 소설 속의 다양한 사건들에 그 나름의 영향

---

17) 김영하, 「그림자를 판 사나이」, 『문학동네』, 2003. 봄, p.78.
18) 위의 작품, p.76.

을 미치게 되거니와, 이러한 유형의 인물로 신부의 초상을 그려나가는 작가의 표정은 상당히 자연스러우며, 그 필치는 상당히 능숙하다. 이러한 표정과 필치로 탈(脫)상투적인, 즉 보다 인간적이고 현실적이면서 생생한 실감을 가지고 많은 사람들에게 다가오는 신부의 상을 창조함으로써, 김영하는 한국 소설과 가톨리시즘의 만남이라는 과제와 관련하여 의미 있는 기여를 한 것으로 판단된다.

김영하가 이처럼 의미 있는 기여를 할 수 있었던 배경에는 그의 독특한 개인사가 자리잡고 있다. 그가 장편소설『검은 꽃』의 출간을 계기로 하여 마련된 황종연과의 대담에서 말하고 있는 내용을 보면 그 점을 잘 알 수 있다. 그 대담에서 김영하는 어머니가 5대째 천주교 신자인 가정에서 태어났으며, 태어나자마자 천주교 영세를 받았지만, 현재는 신앙을 갖고 있지 않다고 고백한다. 그는 자신의 성장기가 "교회로 상징되는 신념체계와의 긴장과 갈등, 그리고 오랫동안 수난과 박해 속에서 천주교를 믿어 온 집안에서 태어나서 그것들로부터 벗어나서 근대적인 문학을 하는 작가가 되기까지의 과정"이었으며, 그것은 곧 "아버지 신으로부터의 탈주라고도 말할 수 있"다고 스스로 규정짓는다.[19] 그러니까 그가 「그림자를 판 사나이」 속에서 우리 주변의 뭇 세속인들과 별로 다를 바 없는 신부의 초상을 겉으로 보기에 자못 경쾌한 필치로 그려낼 수 있었던 사정의 배후에는, 성장기 내내 '아버지 신'의 권위를 가지고 다가드는 천주교와 맞서서 힘든 정신적 고투를 치르며 보내야 했던 작가의 삶이 놓여 있는 것이다.

---

19) 김영하/황종연, 「고난 속에 벌어지는 카니발, 그 쾌활한 지옥도」, 『문학동네』, 2003. 겨울, p.216.

6. 천주교와 정치적 보수주의 그리고 샤머니즘

이제 마지막으로, 김영하가 2003년에 발표한 장편소설 『검은 꽃』을 검토해 보기로 하자. 이 작품은 1천여 명의 조선인들이 1905년에 영국 국적의 화물선 일포드 호를 타고 멕시코의 에네켄 농장으로 노동이민을 떠났던 역사적 사실에서 소재를 구해 온 작품이다. 김영하는 이러한 소재에 대하여 정밀한 취재를 행하는 한편 창조적 상상력을 풍부하게 발휘함으로써 한 편의 인상적인 문제작을 만들어내었다. 문제작이라는 평가에 걸맞게 이 작품은 다양한 각도에서 논의될 만한 요소를 지니고 있다. 가톨리시즘과 관련된 측면도 그 중 한 자리를 차지한다.

생각해 보면, 그 당시 조선의 노동이민을 받아들였던 멕시코라는 나라가 본래 천주교 국가라는 점에서, 『검은 꽃』의 이야기는 가톨리시즘의 문제를 다루게 될 가능성을 원천적으로 이미 크게 지니고 있었던 셈이다. 그런 데다가 이 소설의 작가인 김영하가 앞에서 언급되었던 바와 마찬가지로 천주교와 관련하여 독특한 내적 고투의 과정을 거쳐 온 사람이라는 점을 감안하면, 실제로 씌어진 작품 속에서 그러한 가능성이 십분 살아나게 된 것은 당연한 일이라고 말할 수 있을 것이다. 그러면『검은 꽃』속에서 그러한 가능성은 구체적으로 어떻게 구현되고 있는가? 우리는 이 소설에 나오는 여러 중요한 인물들 가운데 두 사람, 이그나시오와 박광수를 살펴봄으로써 위의 물음에 답할 수 있다.

멕시코로 건너온 조선인 노동이민들 가운데 일부를 자신이 소유한 농장의 일꾼으로 맞아들인 대농장주라는 신분으로『검은 꽃』의 이야기 속에 등장하는 이그나시오는 열광적인 천주교 신자이다. 그는 후일 멕시코 민중 혁명군에 맞서서 천주교 대성당을 방어하는 전투에 참가하여 싸우다가 붙잡혀 처형됨으로써 생을 마감하는데, 이러한 방식으로 소설의 세계에서 퇴장할 때까지 그가 보여주는 면모는 간단히 다음과 같은 세 가지 항목으로 요약될 수 있다.

(1) 그는 독실한 천주교 신앙을 가지고 있다.

(2) 그의 신앙은 독선적인 성격을 띠고 있다. 그 신앙의 독선적인 성격은, 천주교가 아닌 종교를 가지고 있는 사람을 보면 개종을 강요하고 불응할 경우 박해를 가하는 것으로 나타난다.

(3) 그의 신앙은 신분차별제도와 귀족의 특권이 영속되기를 바라고 그것을 위해서 싸움도 불사하는 정치적 보수주의와 긴밀하게 결합되어 있다.

위의 세 가지 항목을 찬찬히 검토해 보면, 그 세 가지 항목은, 하나의 예외도 없이, 콜롬부스가 아메리카 대륙에 처음 도착하였던 당시부터 현대에까지 이르는 장구한 기간 동안 중남미에 등장하였던 천주교인들 가운데 상당수에게 두루 해당되는 내용임을 깨달을 수 있다. 그리고 시야를 더 넓혀서 관찰해 보면, 그 세 가지 항목은 역시 하나의 예외도 없이, 로마 제국의 콘스탄티누스 황제가 그리스도교를 공인하고 국교로 지정한 이후 현대에까지 이르는 더욱 장구한 기간 동안 유럽에 등장하였던 천주교인들 중 상당수에게도 마찬가지로 해당되는 내용임을 깨달을 수 있다. 이런 점에서 보면, 『검은 꽃』에 나오는 이그나시오는 서양의 천주교인들 중 상당수를 차지해 오고 있는 부류의 한 전형을 구현하고 있는 인물이라고 규정지어도 별반 무리가 없을 것으로 생각된다. 그리고 이런 점에서 그는 현기영의 『변방에 우짖는 새』 속에 등장하였던 프랑스인 신부와 기본적으로 동일한 유형의 인물로 간주될 수 있다. 김영하는 이러한 인물에게 상당한 비중을 두어 소설을 전개시켜 나가면서 그에 대한 비판적 시선을 감추지 않고 있는데, 이러한 작가의 비판적 시선 역시 『변방에 우짖는 새』에서 우리가 보았던 것과 기본적으로 동일한 성격의 것이라고 말할 수 있다.

　그러면 『검은 꽃』에 등장하는 인물들 가운데 천주교와 관련된 검토를 필요로 하는 존재로 간주되는 또 한 명의 인물인 박광수는 어떤 사람인가? 그는 원래는 샤머니즘이 지배하는 세계에서 태어나 자란 사람이며, 그의 고향 가까운 곰소나루라는 곳의 무당에 의하여, 그 자신도 박수무당의 길을 가도록 예정되어 있었던 사람이다. 그런 그가 우여곡절 끝에 천주교의 신부가 된다. 그랬다가 다시 그 신분을 버리고 한 사람의 평범한 노동이민이 되어 멕시코로 건너온 그는, 또다른 우여곡절 끝에 박수무당으로 전신하기에 이르며, 결국 박수무당으로 생을 마감한다.

　이 정도의 개요만 보아도 그가 담지하고 있는 의미가 범상하지 않다는 점을 짐작할 수 있거니와, 실제로 김영하는 박광수로 하여금 이처럼 독특한 인생역정을 밟도록 만들면서 그것을 통하여 다양한 문제의식을 효과적으로 표출해 내고 있다. 그 가운데에서 우리의 논의와 관련하여 특히 주목할 필요가 있는 부분은 무엇보다도 그가 신부의 신분을 떠난 후에도 여전히 내심으로는 유지하고 있던 천주교의 신앙을 완전히 버리게 되는 대목이다. 박광수의 그러한 변화는 농장주 이그나시오가 조선인 노동이민들의 샤머니즘 신앙을 폭력으로 탄압하는 사건이 계기가 되어서 이루어진다. 맨 처음, 이그나시오의 폭력 행사가 시작되었을 때, 박광수는 오래간만에 다시 한번 신부 바오로가 되어, '신의 권능과 기적'을 기대하며, '기이한 미사'를 집전한다.

　　그들에게 바오로 신부는 그저 박서방일 뿐이었다. 그 박서방은 곤봉에 굴하지 않고 분연히 일어나 페낭의 신학교에서 배운 라틴어로 이그나시오와 감독들을 향해 기도하기 시작하였다. 오래 전에 잊었다고 생각했던 주기도문과 영광송, 성모송, 사도신경이 그의 입에서 줄줄줄 흘러나왔다. 바오로는 자신이 지금이야말로 진짜 미사를 집전하고 있다고 생각했다. 신이 계시다면, 자신에게 사제로서의 위엄을 부여하실 것이다. 바로 지

> 금 신의 권능과 기적이 필요했다. 기이한 미사가 시작되었다. 몇몇 감독
> 들은, 바오로가 아멘이라고 외칠 때마다 자기도 모르게 성호를 그었다.[20]

하지만 기적은 일어나지 않는다. 신은 침묵할 따름이다. 천주교인들이 막강한 권력을 등에 업고 이교도들을 박해할 때에 신은 침묵했었고, 반대로 이교도들이 막강한 권력을 등에 업고 천주교인들을 박해할 때에도 신은 역시 침묵했었음을 역사는 우리에게 누누이 알려주고 있거니와, 천주교인들이 막강한 권력을 등에 업고 한 사람의 천주교인과 다수의 이교도들을 박해하는 이 순간에도, 신은 침묵을 고수하는 것이다. 박광수의 신앙 포기는 이러한 신의 침묵을 체험한 것을 계기로 해서 이루어진다. 바로 이런 식으로 작품을 전개함으로써 작가 김영하는 우리가 일찍이 서기원의 『조선백자마리아상』에서 마주친 바 있었던 '신의 침묵에 대한 질문'이라는 다분히 신학적이고 형이상학적인 주제에 다시 한번 진지한 자세로 도전하고 있는 셈이다.

그런데 이러한 경로를 거쳐 천주교를 내심에서부터 버리게 되는 박광수는 앞에서 이미 언급되었던 바와 같이 원래 박수무당이 되도록 예정되어 있었던 사람이다. 그는 이러한 예정에 반항하고 탈출을 감행했던 것이지만, 결국은 박수무당이 되고 그러한 운명에 만족하면서 자신의 생을 마감한다. 그렇다면 이러한 이야기 전개를 통하여 김영하는 천주교에 대하여 비판적인 시선을 던지는 한편 샤머니즘에 대해서는 긍정의 신호를 보내고 있는 것인가? 그렇게는 생각되지 않는다. 작품의 앞부분에서 박광수를 자신의 품 안으로 끌어들이고자 했던 곰소나루 무당을 중심인물로 하는 샤머니즘의 공간이 기만과 폭력을 불가결의 구성 요소로 하는 공간으로 그려져 있다는 점을 볼 때,[21] 이 점에는 의문의 여지가

---

20) 김영하, 『검은 꽃』(문학동네, 2003), p.187.

없다. 그러니까 김영하는 여기서 결코 샤머니즘을 긍정하고 있는 것이 아니다. 그는 천주교에 대하여 질문을 던지고 있는 것과 마찬가지로 샤머니즘에 대해서도 질문을 던지고 있는 것일 따름이다. 그 질문은 어느 것이나 현실적인 측면과 신학적인 측면을 한꺼번에 아우르고 있는 것이다. 천주교를 향한 질문이 이그나시오와 같은 부류의 사람들에 의하여 현실적으로 행해져 온 부정적 행위들에 대한 질문과 '신의 침묵'이라는 신학적 차원의 문제에 대한 질문을 아우르고 있는 것처럼, 샤머니즘을 향한 질문 역시 곰소나루 무당과 같은 부류의 사람들에 의하여 현실적으로 행해져 온 부정적 행위들에 대한 질문과, 알 수 없는 힘으로 작동하는 운명의 횡포와 관련된 신학적 차원의 문제에 대한 질문을 아우르고 있는 것이다.

이처럼 두 겹으로 복합적인 질문을 제기하고 있다는 점에서 김영하의 『검은 꽃』은 한국의 현대소설 가운데에서 가톨리시즘은 물론 종교 전반과 관련하여 중요한 의의를 지니는 작품으로 자리매김될 수 있다. 또한 바로 그 점에서 『검은 꽃』은 이 글에서 설정한 두 개의 범주, 즉 '역사와 관련된 측면을 주로 다룬 작품'과 '제도의 측면을 주로 다룬 작품' 중 어느 편에도 온전히 들어가지 않는 독특한 존재로서의 위상을 갖게 되는 셈이기도 하다.

---

21) 『검은 꽃』에서 곰소나루 무당을 통하여 제시되고 있는 샤머니즘 공간의 부정적인 측면을 김동리의 장편 『을화』(1978) 속에서 태주할미라는 인물을 통하여 제시되고 있는 샤머니즘 공간의 부정적인 측면과 연관시켜 검토해 보면 의미 있는 성과가 도출될 수도 있을 듯하다.

7. 맺는 말

이 글에서 필자는 한국의 현대소설 가운데 가톨리시즘의 세계를 대상으로 하여 주목할 만한 면모를 보여준 작품들을 다양하게 검토해 보았다. 그 결과, '신의 침묵'에 대한 질문을 제기하는 내용을 포함하고 있는 『조선백자마리아상』이나 『검은 꽃』의 경우에서 보듯 신학적인 측면에 대한 관심이 인상적으로 나타나는 경우도 없지는 않지만, 논의의 대상이 된 작품들을 전체적으로 보면, 역시 교회의 역사나 제도와 같은 현실적인 측면에 대한 관심이 압도적으로 나타나고 있음을 알 수 있었다. 사실 위에서 제목이 거명된 『조선백자마리아상』이나 『검은 꽃』조차도, 신학적인 문제의식이 현실적인 측면에 대한 관심보다 더 큰 비중을 차지한다고 말할 수는 없는 작품들이다.

이처럼 천주교라는 종교가 갖고 있는 신학적인 측면과 현실적인 측면 가운데 후자쪽에 주로 관심을 기울이는 가운데에서 전개되어 온 이 범주의 작품들은, 실제로 얼마만한 수준의 문학적 성과를 이룩하고 있는가? 필자가 지금까지 고찰해 온 바에 따르면, 이 물음에 대한 답은 작가에 따라서, 또 작품에 따라서 다르게 나타난다.

대체로 보아, 작가의 의식이 소박한 선/악 이분론의 한계 속에 머무르거나, 많은 사람들에게 익숙해져 있는 상투적 인식을 답습하고 있을 경우, 문학적 성과는 상당히 제한될 수밖에 없는 것으로 보인다. 반면에 소박한 선/악 이분론으로부터 벗어난 자리에서 다면적이고 복합적인 인간과 세상의 리얼리티를 직시하고자 노력한다든지, 성직자와 관련된 상투적 인식을 과감하게 깨뜨리는 패기를 보여준다든지 하는 경우에는 좀더 의미 있는 성과가 창조될 가능성이 열리는 것으로 판단된다. 그리고 비록 현실적인 측면에 대한 관심을 주축으로 하여 소설을 전개할 때일지라도 심원한 신학적 문제에 대한 관심을 적절한 방식으로 어느 정도까지나마 작품 속에 끌어넣는 데 성공할 경우, 역시 무게 있는 성과가 약속될 수 있는 것으로 여겨진다.

물론, 실제로 방금 말한 바와 같은 조건을 충족함으로써 뜻있는 문학적 성취에 도달한 작품은, 이미 지금까지의 논의에서 확인된 바와 마찬가지로, 결코 많다고 할 수 없다. 가톨리시즘의 세계를 대상으로 해서 씌어진 것으로 인정될 만한 작품 자체가 원래 그렇게 많은 편이 아닌데다가, 어느 모로 보나 뜻있는 문학적 성취에 도달했다고 인정될 만한 작품은 더욱 적은 것이다. 하지만 비록 적은 수로 그치고 있다 하더라도 그러한 평가를 받을 만한 작품이 분명하게 존재하는 것은 사실이며, 그러한 작품이 보여준 긍정적 측면을 한편으로 계승하고 한편으로 심화·발전시키는 소설들이 계속해서 나올 가능성도 열려 있다.

이런 점을 지적하면서 한 가지 더 생각해 볼 수 있는 것은, 천주교가 지니고 있는 신학적인 측면에 있어서나 현실적인 측면에 있어서나, 소설가들의 탐구 작업이 활발하게 전개될 만한 영역은 알고 보면 상당히 폭넓게 펼쳐져 있는 것이 아닐까 하는 점이다. 지금까지 가톨리시즘의 세계에 관심을 가지고 창작에까지 나아간 작가들이 실제로 답사한 대상은 역사 속에 기록된 천주교 박해 사건이라든가 성직자의 독신을 요구하는 계율이라든가 하는 것을 중심으로 한 일부 소수의 영역으로 한정된 감이 있다. 그 영역 바깥에, 아직도 무척 넓은 미개척의 토지가 남아 있는 것이다. 광범한 시야, 대담한 발상, 치열한 문제의식으로 무장한 작가들의 적극적인 도전이 이어진다면, 가톨리시즘의 세계가 지금까지보다 훨씬 다채로운 모습으로 한국 소설의 공간 속에 들어오는 것도 불가능하지는 않을 것이다.

II

‖이문열의 소설과 기독교

‖정찬의 소설과 기독교

‖정찬이 고쳐 쓴 복음서─『빌라도의 예수』

‖『구약성서』의 실체와 『빌라도의 예수』

‖정찬의 「두 생애」가 남기고 있는 문제들

‖소설가가 대신 쓴, 한 이상적인 인물의 자서전
　─이청준의 『낮은 데로 임하소서』

이문열의 소설과 기독교

1. 다섯 편의 소설을 살펴보고자 하는 이유

'소설가 이문열의 문학세계와 기독교의 관련 양상'이라는 주제에 대해서 생각해 보라는 질문을 받으면 대부분의 사람들은 금방 『사람의 아들』(1979)을 떠올릴 것이다. 이러한 반응이 타당하다는 점에는 의문의 여지가 없다.

그런데 이와 관련하여 한 가지 흥미로운 사실이 상기된다. 이문열이 젊은 나이로 『사람의 아들』을 쓴 이후 오랜 세월이 지나는 동안 그는 꾸준히 다작을 해 왔음에도 불구하고 『사람의 아들』처럼 기독교 문제를 전면적으로 다룬 작품은 좀처럼 다시 내놓지 않았다는 사실이 바로 그것이다. 이런 점 때문에 어떤 사람들은 "기독교 문제는 이문열의 문학세계 속에서 어떤 의미를 갖는 것인가? 고작해야 다양한 지적 관심의 표출 대상 가운데 하나라는 정도에 불과한가?"라는 의문을 품게 되기도 했다.[1]

---

[1] 나를 포함한 몇몇 논자들이 『사람의 아들』에 나타났던, 기독교에 대한 이문열의 관심을 두고 한때 딜레탕티즘의 문제를 생각해 보았던 것은 이 점과 관련이 있다. 이보영, 『한국소설의 가능성』(청예원, 1998), p.60 및 이동하, 『한국소설과 기독교』(국학자료원, 2003), p.105 참조.

그러던 차, 『사람의 아들』이 나온 지 근 30년 가까이가 지난 2006년에 이르러, 이러한 의문을 해소시킬 수 있게 하는 작품이 발표되었다. 세 권 분량에 달하는 장편 『호모 엑세쿠탄스』가 그것이다. 이 작품은 기독교 문제를 전면적으로 다루고자 하는 의욕을 보여준 소설이라는 점에서 『사람의 아들』과 동일한 면모를 갖는다. 이 작품을 보면, 비록 이문열이 『사람의 아들』 이후 오랫동안 기독교 문제를 전면적으로 다룬 작품을 쓰지 않았지만, 내면적으로는 이 주제에 대한 관심을 줄기차게 유지해 왔으며, 그 관심의 수준은 분명 '다양한 지적 관심의 표출대상 가운데 하나라는 정도'보다 현저히 높은 것임을 확인할 수 있다.

그와 같은 지속적 관심의 소산으로 태어난 『호모 엑세쿠탄스』를 『사람의 아들』과 나란히 놓고 읽어 보면, 근 30년의 세월을 격하여 서로 떨어져 있는 소설들답게 작품 속에 나타나 있는 의식의 세목에 있어서는 양자간에 얼마쯤의 차이가 존재하지만, 그보다는 차이를 뛰어넘는 자리에서의 동질성 내지 지속성이 더욱 큰 비중을 가진다는 사실을 알 수 있다. 특히 액자소설의 면모를 지니고 있는 『사람의 아들』에서 내화(內話)에 해당하는 아하스 페르츠의 이야기에 초점을 맞추고서 검토해 보면, 이 작품과 『호모 엑세쿠탄스』는 전편과 후편의 관계로 이어진다는 판단이 가능해짐을 확인하게 된다. 사정이 이러하다면, 『사람의 아들』과 『호모 엑세쿠탄스』를 함께 검토하면서, 그 작품들을 통하여 확인되는 이문열의 기독교관(觀)이 어떠한 것인지를 점검해 보는 일은 이제 충분히 가능하고 또 필요한 일이 된 셈이다.

그런데, 이 지점에서 시야를 조금 더 넓혀서 다시 찬찬히 생각해 보면, "소설작품을 통하여 확인되는 이문열의 기독교관은 무엇인가?"라는 질문에 대한 답을 제대로 찾아내고자 할 경우, 방금 언급된 두 작품만을 살피는 것으로 우리의 작업을 한정하지 않는 편이 바람직하다는 사실을 깨달을 수 있다. 이미 앞에서 지적된 바와 마찬가지로 이문열은 그의 다른 작품들에서는 단 한 번도 기독교 문제를 전면적으로 다루지 않았지만, 기독교 문제에 대한 그의 시각이 드러난 대목을 작품의 일부로 포함시킨 경우는 없지 않은데, 이러한 사례까지도 함께 검토할 경우, 위의 물음과 관련된 우리의 탐색은 보다 진전된 성과를 기대할 수 있는 것이다. 그렇다면 거기에 해당하는 작품은 구체적으로 어떤 것인가?『황제를 위하여』(1982)와『영웅시대』(1984)가 금방 떠오른다.

그러면 이 두 작품과『사람의 아들』, 그리고『호모 엑세쿠탄스』까지를 검토의 대상으로 삼으면 충분할 것인가? 어느 정도는 되겠지만, 그래도 아직 미진한 느낌이 있다. 그 작품들을 다루기 전에,『그대 다시는 고향에 가지 못하리』(1980)를 먼저 간단하게나마 살펴보면 더 좋을 것 같다. 이 소설이야말로 이문열이 지닌 정신의 근본 바탕을 가장 직접적으로 표현하고 있는 작품이기 때문에 그러하다.[2]

2. 늙은 교리가 어림대(御臨臺)를 지켜내다

『그대 다시는 고향에 가지 못하리』를 보면, 그 속에서 구체적으로 기독교가 언급되고 있지는 않다. 그러나 이 작품을 읽어 보면 '서양문명'이라는 것을 바라보는 이문열의 시각이 어떤 것인지에 대한 중요한 시사를 얻게 되는데, 그 시각의 성격을 파악하는 일은, "기독교를 보는 작가의 시각은 기본적으로 어떠한 성격을 갖는 것인가?"라는 물음에 대한

---

2) 송성욱이나 김욱동과 같은 논자들도 이런 측면에서『그대 다시는 고향에 가지 못하리』가 지니고 있는 중요성을 언급한 바 있다. 송성욱,「이문열의 고향 의식과 사대부 정신」, 류철균 편,『이문열』(살림, 1993), p.33 및 김욱동,『이문열』(민음사, 1994), p.154 참조.

답을 찾는 데 큰 도움을 줄 수 있다. 왜냐하면 이문열에게 있어서 '기독교'는 기본적으로 '서양문명'의 하위개념이라는 성격을 띠고 있기 때문이다.

방금 나는 이 『그대 다시는 고향에 가지 못하리』라는 작품 속에, 서양문명을 보는 이문열의 시각에 대한 시사가 들어 있다는 말을 한 바 있다. 이러한 사실은 무엇보다도 이 연작소설의 서두 부분을 장식하고 있는 「롤랑의 노래」를 볼 때 뚜렷하게 확인된다. 「롤랑의 노래」에는 소설 속 화자의 고향 마을 어귀에 위치한 어림대라는 이름의 바위에 얽힌 이야기 두 가지가 담겨 있는데, 그 중 두 번째 이야기가 주목된다. 그 이야기의 요지인즉, 1920년대 초 무렵 새로 시작된 국도 건설 공사 때문에 마을의 자랑인 어림대가 손상될 위기에 처하자, 예전에 교리 벼슬을 지낸 바 있는 그 마을 노인이 "도끼나 쇠스랑으로 무장한" 종들과 소작인들을 거느리고 일본인 당국자들에 맞서서 기어이 어림대를 지켜냈다는 것이다. 노인의 저항 앞에 일본인들이 의외로 쉽게 물러난 것은 "그때가 재등(齋藤) 총독의 문화 정책 초기"였고 또 "그 헌병대장이 오랫동안 조선 근무를 한 사람"으로서 유연한 사고를 할 줄 아는 사람이었다는 두 가지 행운이 겹친 덕분이었다. 그런데 화자는 이런 행운에 의해 가능하였던 어림대 수호의 사연을 두고 다음과 같은 해석을 내린다.

그때 교리 어른께서 막아서신 것도, 이미 퇴색한 전설이 아니라 그 국도 위로 일인(日人)들이 싣고 올 색목문명(色目文明)이나 아니었을까. 우리들의 주거를 안락하게 하고 몸을 살찌우는 데는 어느 정도 도움이 되겠지만, 인간의 본질적인 행복과는 무관한 그 육질(肉質)의 문명, 순결한 웅녀(熊女)의 딸들을 능욕하고 선량한 환웅(桓雄)의 아들들을 그들의 총알받이로 내몬 그 약탈의 문명, 민족의 찬연한 역사를 아득한 무력함과 자기 비하(卑下) 속으로 밀어 넣어버린 그 오만한 문명—그리고 무엇보

　다도 우리의 옛 영광을 끝 모를 역사의 어둠 속으로 침몰시켜 버린 그
　욕스런 색목문명을……3)

　위에 인용된 대목 속에 나타나 있는 화자의 생각을 짧게 요약한다면
'욕스런 색목문명에 대한 분명한 대항의식'이 될 것이다. 여기서 '색목
문명'이라는 말로 일컬어지고 있는 것은 무엇인가? 한 마디로 말해, '서
양문명'이다. 서양문명이 어찌하여 도매금으로 '욕스런' 존재라 불리게
되었는가? 더 구체적으로 말해, '육질의 문명, 약탈의 문명, 오만한 문명'
따위의 말로써 비판받아 마땅한 것이 되었는가? 위의 인용문을 자세히
읽어 보면 그것은 서양문명이 주로 침략자인 일본인들을 중개자로 삼는
방식으로 이 땅에 들어왔다는 사실과 무관하지 않은 것으로 판단된다.
하지만 그 점이 결정적인 요소일까? 그렇지는 않다. 일본인들을 중개자
로 해서 들어오는 과정을 밟지 않았더라도 여전히 서양문명은 화자에게
있어 거부감의 대상이 되지 않을 수 없었을 것이다. 중개자가 누구였느
냐에 관계 없이, 그것은 그것의 본성상 궁극에 가서는 "우리(즉, 화자가 속
한 집단)의 옛 영광을 끝 모를 역사의 어둠 속으로 침몰시켜" 버리는 존
재로서 기능할 수밖에 없는 것이었고, 화자 자신 그 점을 잘 알고 있기
때문이다.

　이처럼 일본의 중개를 거쳐서 왔든 그렇지 않았든 관계 없이 궁극적
으로는 대항해야 할 상대로 간주될 수밖에 없는 서양문명의 물결 앞에
늙은 교리는 '옛 영광'의 무게를 가지고 맞섰던 셈이다. 그리고 그는 이
물결을 어림대에서 한 번 막아내는 데 성공하였다. 하지만 그것은 어디
까지나 두 겹의 행운에 의하여 예외적으로 가능하였던 '겨우 한 번'의
성공일 뿐이다. '일 개 소대의 정예한 수비대'와 '기껏 도끼나 쇠스랑으

---

3) 이문열, 『그대 다시는 고향에 가지 못하리』(나남, 1986), pp.23~24.

로 무장한 백 여 명의 민병' 사이의 대조가 단적으로 말해 주는 '서양문명'과 '옛 영광' 사이의 엄청난 힘의 불균형은 교리가 아니라 어느 누구가 나서더라도 어떻게 해 볼 수 없는 것이었기 때문이다. 결국 시간이 문제일 뿐 서양문명의 물결은 어림대를 넘어 화자의 고향마을 전체를 휩쓸게 되어 있으며 실제로 그렇게 되었다. 화자가 사랑해 온 원래의 고향마을은 결국 그 물결에 뒤덮여 사라지고 마는 것이다. 그러므로 화자가 아무리 원래의 고향마을을 찾아가고자 해도 그 고향은 이미 세상에 존재하지 않는다. 물질적인 공간의 차원에서 찾아보아도 존재하지 않고, 정신적인 내면 공간의 차원에서 찾아보아도 존재하지 않는다. 화자 자신이 점을 잘 알고 있다. 다른 것 살펴볼 필요 없이, 「롤랑의 노래」를 포함하고 있는 연작 전체의 표제가 『그대 다시는 고향에 가지 못하리』로 되어 있다는 사실 자체만 보아도 그 점은 금방 확인된다.

이처럼 『그대 다시는 고향에 가지 못하리』의 화자는 서양문명이 가진 엄청난 힘 앞에서 고향이 패배할 수밖에 없다는 사실을 인지하고 있는 터이지만, 그러한 인지가 곧 마음으로부터의 승복으로 이어지는 것은 아니다. 힘이 약해서 밀리기는 했지만 그러한 힘의 우열관계가 바로 가치의 우열관계를 말해주는 것은 결코 아니라고 믿기 때문이다.

이러한 입장을 갖고 있는 소설 속의 화자가 곧 이문열 자신이라고 말할 수는 없다. 하지만 그의 이야기를 따라가 보는 동안 우리가 서양문명을 바라보는 이문열의 시각이 어떤 것인지에 대한 중요한 시사를 얻게 된다는 사실에는 의심의 여지가 없다. 위에서 제시된 소설 속 화자의 경우를 토대로 하여 우리는 그 시각을 일단 두 가지 항목으로 요약, 정리해 볼 수 있다.

(1) 서양문명은 대항의식을 가지고 마주서야 할 상대이다.

(2) 서양문명과의 대결에서 실제로 중요한 고려사항이 되는 것은 '힘'

의 문제이다.

여기까지 논의를 진행해 오는 동안 우리는 아직까지 기독교에 대해서는 언급하지 않았다. 『그대 다시는 고향에 가지 못하리』에서 기독교 문제가 직접 다루어지지는 않고 있으니까, 당연한 일이다. 그러나 위에서 이미 말했듯 이문열에게 있어서 기독교라는 것은 기본적으로 서양문명의 하위개념이라는 성격을 지니고 있다. 그러니 만큼, 위에서 '서양문명'과 관련하여 정리된 두 가지 명제는 '기독교'에 대하여서도 고스란히 적용된다. 이제부터 그 점을, 기독교 문제에 대한 작가의 시각을 드러낸 대목을 포함하고 있는 그의 다른 네 작품들을 통해 확인해 보기로 하자.

3. '황제'가 전도자들을 내동댕이치다

이제부터 논의를 진행함에 있어서는 『황제를 위하여』와 『영웅시대』를 먼저 다루고 나서 『사람의 아들』과 『호모 엑세쿠탄스』에 대한 검토로 나아가는 순서를 취하고자 한다. 여기에는 다음과 같은 이유가 있다.

앞에서 이미 말했듯 『사람의 아들』과 『호모 엑세쿠탄스』는 중요한 점에서 전편과 후편의 관계로 이어져 있는 작품들이다. 그렇기 때문에 『사람의 아들』을 검토한 다음에는 곧바로 이어서 『호모 엑세쿠탄스』를 살펴보는 것이 적절하고 필요하다. 사정이 이러하다면 우리에게는 두 가지 방법이 생각될 수 있다. 그 두 작품을 묶어서 먼저 검토한 다음에 『황제를 위하여』와 『영웅시대』를 살펴보는 방법이 첫 번째요, 『황제를 위하여』와 『영웅시대』를 먼저 검토한 다음에 그 두 작품을 묶어서 살펴보는 방법이 두 번째이다. 그런데 이 두 가지 방법 중에서는 후자가 더 나은 것으로 생각된다. 지금 논의되고 있는 다른 모든 작품들이 1980년을 전후한 수년 사이에 발표되었던 것인 반면『호모 엑세쿠탄스』는 2006년에 이르러서야 세상에 모습을 드러낸 작품으로서 작가 이문열이 최근에 도달해 있는 지점이 어디인가를 잘 보여주는 존재인 바, 바로 그 지점을 찾아내어 답사해 보는 작업을 하다가 또다시 1980년 무렵의 작품에 대한 논의로 거슬러 올라가는 것보다는, 바로 그러한 작업을 수행하면서 이 글 전체를 마무리하는 단계로 나아가는 편이 자연스럽고 또 바람직하기 때문이다.

그러면 이상과 같은 전제 아래,『황제를 위하여』와『영웅시대』중 시기적으로 먼저 나온 작품인 전자부터 살펴보기로 하자. 이 작품은 '기독교 문제에 대한 작가의 시각을 드러낸 대목'을 포함하고 있는 네 작품 중에서 바로 그러한 대목이 가장 짧고 간단하며 또 명료한 성격을 띠고 있는 경우에 해당한다.

『황제를 위하여』의 주인공은, 자신이야말로『정감록』에서 예언된 바 있는 정씨 왕조 시대를 개막하는 창업주로 하늘에 의하여 발탁된 인물이라는 확신을 가지고 일평생을 살다 간 인물이다.『황제를 위하여』는 이러한 인물의 생애를 처음부터 끝까지 서술하는 일대기의 형식을 취하고 있다. 이 작품에서 기독교 문제가 다루어지고 있는 것은, '황제'가 20대의 젊은이로 고향 마을에 머물러 있던 당시, 기독교를 전도하기 위하여 그 마을로 찾아든 두 명의 '낯선 양복쟁이들'과 맞부딪치는 장면을 통해서이다. 그 맞부딪침은, 처음에는, 상호간 정중한 예의를 유지하는 가운데서 이루어지는 논쟁의 형태를 취한다. 예를 들면 다음과 같은 식이다.

"바로 야소씨(耶蘇氏)를 말하는구려. 논어에 이르기를 자기 조상의 귀신이 아닌 것을 제사하는 것은 아첨이라 하였으나(非其鬼而祭之 諂也),

한번 들어 보기나 합시다. 대체 야소씨의 가르침이 어떤 것이길래 그처
럼 대단하오"

"한 마디로 남을 사랑하는 것이외다"

"그야 대단할 것도 없지 않소? 불문(佛門)의 자비나 유가(儒家)의 인(仁)
인들 남을 미워하라고야 했겠소이까?"

"그러나 예수님의 사랑은 그보다 몇 배나 깊고 크오. 그분은 이웃을
제 몸처럼 여기고 남이 내게 해 주기를 원하는 대로 내가 먼저 남에게
베풀라 하셨소. 원수조차 사랑하라 하셨으며 오른뺨을 때리면 왼뺨을 내
밀라 하셨소"

"그 정도라면 하나도 새로울 게 없지 않소? 내가 원하지 않는 바를 남
에게 베풀지 말라(己所不欲 勿施於人)든가, 남이 나를 해롭게 함을 원치
않듯이 나 또한 남에게 해를 가함이 없고자 한다(我不欲人之加諸我 吾亦
欲無加諸人)란 논어의 말을 뒤집으면 바로 앞의 가르침이 될 것이요, 노
자(老子)의 덕으로써 원한을 갚는다(報怨以德)란 말이나 공자가 한 마디
로 평생을 행할 만한 일이라고 추천한 서(恕)란 말 또한 뒤의 가르침에
무에 크게 다르겠소?"[4]

이러한 논쟁의 현장에서 '황제'가 행하고 있는 발언을 차분하게 음미
해 보면, 그것이 상당한 수준의 설득력을 동반하고 있음을 알 수 있다.
유교를 중심으로 한 동양정신의 전거들에 대한 풍부한 지식을 토대로,
이로정연(理路整然)한 논리를 동원하여, 기독교에 대한 비판을 시도하고
있는 것이다.

그런데 이처럼 정중한 언어로 교환되던 논쟁의 형식은, 논리적인 측면
에서나 현장에서 관전(觀戰) 중인 청중들에게 미치는 영향력이라는 측면
에서나 세불리(勢不利)를 느낀 전도자들 쪽에서 섣불리 '마귀'니 '하느님
의 진노'니 하는 협박조의 말을 꺼내게 되면서, 새로운 단계로 넘어간다.

---

4) 이문열, 『황제를 위하여』(동광출판사, 1982), pp.98~99.

젊고 건장한 '황제'가 신체적인 힘을 동원하여 그들을 물 속에 내동댕이
치는 것이다. 그 대목을 잠깐 읽어 보자.

> 다급과 짜증이 겹친 그들은 뜻 아니한 훼방꾼에게 을러대기 시작했다.
> "이 양반이 마귀가 들어도 단단히 들었군. 썩 물러나시오. 하느님이 진
> 노의 철장(鐵杖)을 내려 당신의 머리를 질그릇처럼 부수어 놓을까 두렵소"
> 그들은 계속해 봤자 이익 없는 논쟁을 절약할 심산으로 그렇게 한 것
> 이지만 하늘의 선택을 굳건히 믿고 있는 황제가 어찌 그따위 위협에 굴
> 복할 것인가. 오히려 이상한 호승심(好勝心)에 사로잡힌 황제는 갑자기 그
> 들을 덮쳐 연약한 그들을 하나씩 빨래터 앞개울 물속으로 내동댕이쳤다.
> "하늘이 내게 시켰소이다. 당신네 하느님이 당신들을 구해 주는지 않
> 는지를 알아보라는 뜻이오"
> 늦은 봄이라고는 하지만 멱을 감기엔 아직 이른 철이었다. 두 사람은
> 한동안 찬 물속에서 어리둥절해 있다가 결국은 스스로의 힘으로 물밖에
> 나오지 않을 수 없었다. 아무리 사랑의 사도라 하나 어찌 그런 변을 당
> 하고서야 좋은 낯빛일 수 있겠는가? 그러나 황제는 일그러진 그들의 얼
> 굴을 천연스레 마주 보며 이죽거렸다.
> "방금 원수를 사랑하라고 가르쳐 놓고 이만 일로 안색을 변하시오"5)

이런 식으로 봉변을 당하게 되자 두 명의 전도자들도 체력으로 대항
하려 시도하지만 '연약한' 그들로서는 역부족이다. 그들에게 두 번이나
더 물에 빠지는 곤욕을 안겨준 뒤에 '황제'는 어조를 바꾸어, 황제답게
준엄한 태도로 그들을 질책하는 연설을 행한다. 그 중에 한 군데만 참고
로 인용해 보기로 한다.

> "저 무한하고 형체 없는 하늘에 너희는 멋대로 여호와란 이름과 사람
> 의 형상을 덮어 씌우고, 오묘하고 심원한 뜻을 몇 권의 경전(經典) 속에

---

5) 위의 책, p.99.

담았다고 주장하니 그 어찌 혹세무민(惑世誣民)이 아니랴. 하늘이 무엇을
말하더냐? 계절이 운행하고 만물이 생성하나, 하늘이 무엇을 말하더냐?
(天何言哉 四時行焉 百物生焉 天何言哉) 기껏해야 옛 성현의 말씀 몇 구절
을 뒤집어 바르고 의로움을 꾸미나, 하늘의 그물이 넓고 넓어도 성기어
서 죄를 새나가게 하는 법이 없느니라."[6]

이런 투의 질책으로 가득찬 연설을 듣고 난 두 명의 전도자들은 아무
런 대응도 못한 채 도망치듯 충돌의 현장을 떠난다.

『황제를 위하여』 속에서 기독교 문제가 정면으로 다루어진 부분은 이
상과 같다. 이상의 내용을 검토해 보면, 이 작품의 주인공인 '황제'에게
있어서, 기독교 문제는 다음의 두 가지 명제로 집약될 수 있는 것임이
드러난다.

(1) 기독교는 대항의식을 가지고 마주서야 할 상대이다.

(2) 기독교와의 대결에서 실제로 중요한 고려사항이 되는 것은 '힘'의
문제이다.

여기서 말해지는 '힘'이란 구체적으로 어떤 것인가? 『황제를 위하여』
에서 문제가 된 장면을 다시 한 번 찬찬히 음미해 보면, 그 '힘'이란 물
론 논리적 설득력이라는 측면과 무관한 것은 아니지만, 더욱 결정적으로
중요한 것은, 두 사람의 전도자를 세 번씩이나 물 속으로 떠밀어 넣을
수 있었던 '황제'의 물리적 실력임을 알 수 있다.

"대항의식을 자극하는 상대는, 그것이 서양문명 일반이든 기독교이든,
힘으로 물리칠 수 있으면 물리쳐야 한다. 그렇게 하는 데 성공할 수만
있다면, 그것으로 문제는 해결된다. 이때의 '힘'에서 가장 중요한 것은
물리적 실력이다. 논리적 설득력은 그 다음이다."—대략 이상과 같은 것

---

6) 위의 책, p.100.

이, 『황제를 위하여』에 나타나 있는 '황제'의 입장인 셈이다.

이러한 입장에 서 있는 '황제'는, 기독교에서 내세우는 가르침 가운데서도 특히 "원수를 사랑하라"든가 "오른뺨을 때리면 왼뺨을 내밀라"는 명제 — 예수의 유명한 산상수훈(山上垂訓)에서 제시된 바 있는 명제 — 에 대해서 날카로운 반발을 보인다. 그는 두 명의 전도자를 물 속으로 내동댕이치고 거기에 대해 그들이 어떤 식으로 반응하는가를 확인함으로써, 위와 같은 명제들이 기독교인들 자신의 삶 속에서도 제대로 지켜지지 않고 있음을 효과적으로 폭로한다. 그리고 난 후에 그는 어조를 일변하여 기독교인들을 질책하는 연설을 할 때 다음과 같이 또 한 번 이 문제를 제기한다.

> "원수를 사랑으로 대하면 네게 덕을 베푼 자에게는 무엇으로 대하랴? 이미 포악하여 네 오른뺨을 때렸을진대 왼뺨을 내놓은들 때리지 못하랴. 그 가르침은 오직 연약한 이 백성을 더욱 연약하게 만들어 저들의 침략에 대항하지 못하게 하는 계책일 따름이라."7)8)

"원수를 사랑하라"든가 "오른뺨을 때리면 왼뺨을 내밀라"는 명제에 대하여 '황제'가 제기하는 위와 같은 비판은, 그러한 명제들에 대한 '황제'의 판단이 다음과 같은 두 가지 항목으로 정리될 만한 것임을 말해 준다.

---

7) 위의 책, 같은 페이지.

8) 방금 인용된 대목에 나오는 '황제'의 발언 가운데 마지막의 것은 일찍이 「용과 용의 대격전」(1928)에서 그 작자인 신채호가 제시하였던 다음과 같은 기독교 비판의 논리를 연상시키는 바 있다. "야소 기독(耶蘇基督)은 (…) 늘 '고통자가 복받는다, 핍박자가 복받는다'는 거짓말로 망국민중과 무산민중을 거룩하게 속이사 실제의 적을 잊고 허망한 천국을 꿈꾸게 하며 모든 강권자와 지배자의 편의를 주셨으니 그 성덕신공(聖德神功)은 만고역사에 쓰고도 남을 것이다"(단재신채호선생기념사업회 편, 『단재신채호전집』 별집(형설출판사, 1977), p.283). 「용과 용의 대격전」의 이 부분을 보면, 신채호가 지닌 정신세계의 기저에 깔려 있었던 유자(儒者)로서의 면모와 관련하여 의미 있는 시사를 제공받을 수 있다.

(1) 한 편으로 보면 그것은 어리석은 몽상의 논리이다.

(2) 다른 편으로 보면 그것은 교활한 위선의 논리이다.

그런데 이처럼 단호한 자세로 기독교와 맞서 대항하는 모습을 보여주는 '황제'를 조금 더 찬찬히 살펴볼 때 우리는 한 가지 흥미로운 현상을 발견할 수 있다. '황제'는 서양이 강하다든가, 기독교가 강하다든가, 기독교에서 말하는 신이 강하다든가 하는 것을 전연 인정하지 않고 있다는 점이 바로 그것이다. 말하자면 기독교와 맞서고 있는 '황제'의 모습은 '힘'에 있어서 자기가 그들에게 조금도 꿀리지 않는다는 자신감으로 충만해 있는 것이다. 그리고 이러한 그의 자신감은, 실제의 대결이 '황제'쪽의 승리로 끝난 만큼, 경험에 의해서도 흔들리지 않게 된 셈이다. 아니 더 확고한 보장을 받은 셈이라고 할 수도 있다.

하지만 이러한 '황제'의 자신감에는 결정적인 한계가 있다. 따지고 보면 그는 비정상적인 망상에 사로잡혀 있는 인물로서 어느 면 돈키호테를 연상시키는 존재에 불과한 것이다.9) 앞에서 동양정신을 내세워 기독교의 교리를 공박하는 그의 논리가 이로정연한 것이라고 했지만, 그것은 어디까지나 협소한 그의 정신체계 내에서만 가까스로 통용될 수 있는 이로정연함이다. 그에게는 그 협소한 정신 바깥에 펼쳐져 있는 넓고 다채로운 세계에 대한 인식이 없다. 그 세계와 관련된 현실적 판단능력도 없다.

물리적 실력의 측면에서 그가 보여준 '힘'이라는 것도 그렇다. 그의

---

9) 물론 '황제'와 돈키호테를 완전히 동일한 유형의 인물로 규정할 수는 없다. 양자 사이에는 분명한 차이점이 존재하는 것이다. 이 점에 대해서는 최혜실이 설득력 있는 설명을 제시한 바 있다. 최혜실, 『한국 근대문학의 몇 가지 주제』(소명출판, 2002), p.267 참조. 그러나 '황제'의 면모를 볼 때 우리가 금방 돈키호테를 연상하게 된다는 사실만은 부정되지 않는다. 구체적으로 어떤 점에서 '황제'의 면모가 돈키호테를 연상시키는가에 대해서는 일찍이 김현이 언급한 바를 참고할 수 있다. 김현, 『책읽기의 괴로움』(민음사, 1984), pp.211~212 참조.

힘은 기독교를 전도하러 나타난 두 명의 '연약한' 사람 정도를 상대해서는 무난하게 이길 수 있는 수준이지만, 거기까지가 한계이다. 기독교를 하위개념으로 포함하고 있는 서양문명이라는 것이 본격적으로 그 위세를 떨치며 덮쳐올 때 '황제'가 그것을 상대하여 이겨낼 수 있을까? 어림도 없는 일이다. '황제'는 기껏해야 그 자신과 소수 추종자들의 착각 속에서만 강자일 뿐, 실제로는 「롤랑의 노래」의 낡은 교리와 비교해 보아도 더 무력한 약자에 불과한 것이다.

『황제를 위하여』라는 소설은 '황제'가 세상을 떠난 후 우연히 그 인물에 관한 자료를 발견하고 그의 행적에 대한 추적에 나선 현대의 한 지식인을 일인칭의 화자로 하여 진행되는 형식을 취하고 있는 작품이거니와, 작가 이문열의 소설 속 대변인이라고 할 수 있는 이 화자는, '황제'의 그와 같은 한계를 잘 알고 있다. '황제'에 대하여 인간적인 매력을 느끼고 또 많은 점에서 공감할 만한 요소도 발견하지만, 너무나도 명백한 그의 한계에 대하여 모른 척할 수도 없는 것이 화자의 처지이다. 여기에서 그의 고민과 갈등이 빚어진다.

『황제를 위하여』를 읽어나가다 보면 '황제'의 행적 하나하나에 대해 거의 빠짐없이 '황제' 자신과 추종자들의 시각에서 본 해석 및 평가(그 행적이 '황제'다운 기품과 위대함을 드러낸다고 보는 것)와 합리적인 현대인의 시각에서 본 해석 및 평가(비정상적인 망상에 사로잡힌 자의 행위라고 보는 것)가 병치되고 있음을 발견하게 되는데, 이러한 서술 방식은 말할 나위도 없이 화자가 — 그리고 더 나아가서는 작가 자신이 — 겪고 있는 고민과 갈등의 진솔한 표현에 해당한다. 작품 전체를 다분히 해학적인 스타일로 전개해 나가고 있는 것 역시 고민과 갈등의 우회적인 표현으로 보아 잘못이 없을 것이다.

4. 두 여인이 교회를 찾아가게 된 사연

『황제를 위하여』보다 조금 뒤에 씌어진 『영웅시대』는 6·25 당시를 시대적 배경으로 삼고 있는 소설이다. 이 작품에서는 남로당 소속의 공산주의자로서 지하투쟁을 전개하다가 6·25를 맞아 북한측에 합류한 후 전세의 역전으로 그쪽이 황급히 후퇴할 때 단신 북행길에 오르는 이동영의 이야기와, 그 당시 미처 이동영을 따라가지 못하고 남한 땅에 남겨진 그의 가족(노모, 아내, 어린 자식들)의 이야기가 교대로 이어지며 진행된다. 이러한 골격을 지니고 있는 『영웅시대』라는 소설 속에서 기독교가 중요한 존재로 등장하는 것은 주로 이동영의 노모 및 아내와 관련해서이다.

물론 이동영의 이야기에 해당되는 부분에서도 기독교가 등장하는 예를 전혀 찾아볼 수 없는 것은 아니다. 신도들에 대한 책임감 때문에 피난 가기를 거부하고 은신해 있다가 발각된 목사와 이동영이 기독교와 마르크스주의라는 주제를 놓고 토론을 벌이는 장면이 있는 것이다. 하지만 이 장면은 그다지 주목을 끌 만한 것으로 생각되지 않는다. 우선 분량이 짧다. 그리고 토론의 내용 역시, 진지한 분위기를 동반하고 있기는 하나, 평범한 상식의 수준을 크게 넘어서는 것이 아니다.

거기에 비하면, 이동영의 노모 및 아내와 관련하여 기독교가 문제되는 부분은 보다 특별한 관심을 가지고 검토할 만한 면모를 지니고 있다. 우선 노모의 경우를 보자. 작품 앞부분에서 그는 기독교에 대하여 상당한 정도의 혐오감을 표시하는 인물로 나타난다. 그의 이러한 혐오감은 그가 전적으로 믿고 사랑하는 아들 이동영이 기독교와 적대적인 입장에 서 있는 인물이라는 단순한 이유 한 가지 때문이다. 기독교의 교리 자체에 대해서라면 그는 아무런 이해도, 관심조차도 없다.

이런 그가, 이동영이 떠난 후 '빨갱이 가족'으로 낙인찍혀 온갖 고난을 겪는 동안, 입장의 극단적인 변모를 보여주게 된다.

> "니도 거기 앉그라"
> 삼 남매를 앞세우고 들어서자 시어머니가 다시 정인에게 말했다. 할머니의 근엄한 얼굴에 까닭없이 기가 죽은 아이들과 함께 정인도 조용히 자리에 앉았다. 시어머니는 한동안 말이 없었다. 무언가를 한 번 더 생각하는 모양이었다. 그러다가 갑자기 손에 들고 있던 장죽을 꺾으며 말했다.
> "인제부터 우리는 예수를 믿는다. 모두 예배당에 갈 차비를 하그라"10)

한 번 이처럼 가족 모두를 데리고 교회에 나갈 것을 결심하고 실행에 옮긴 노모는 그 후로 "비가 오나 바람이 부나 새벽기도 한 번 거르지 않고 정인을 앞세우고 교회로 나"가는 삶을 그가 죽는 날까지 계속하게 된다.

그의 이처럼 극적인 변화는 기독교의 교리로부터 감명을 받은 결과로 이루어진 것이 아니다. 교회에 나가기 이전이나, 나가기 시작한 이후나, 그가 기독교의 교리에 대하여 아무런 이해도, 관심도 보여주지 않는다는 점에는 차이가 없다. 그렇다면 그의 변화를 불러일으킨 진짜 원인은 무엇인가? 그것은 바로 기독교회가 엄청난 '힘'을 가진 서양문명의 대표자 격에 해당하는 존재라는 사실에 대한 발견이다. 기독교가 도대체 무엇을 주장하는 종교인지는 알 수 없으며 알고 싶지도 않지만, 어쨌든 냉혹한 현실의 세계 속에서 기독교회가 서양문명의 대표자로서 막강한 힘을 발휘하는 존재이고 그 품에 귀의하는 사람들에게 든든한 보호막을 제공해 주는 존재임에는 틀림이 없는 바, 그렇다면, '빨갱이 가족'이라는 오명을 뒤집어 쓰고 무력하게 핍박을 당하는 약자의 처지로 떨어진 자신과 가족의 입장에서는, 이 보호막 속에서 은신처를 구하는 것이야말로 '생존

---

10) 이문열, 『영웅시대(하)』(민음사, 1984), p.433.

을 위한 지혜'에 해당한다, 그럴진대, 교회에 나가는 것을 주저할 이유가 없다, 나가도 아주 열성적으로 나가야 한다 — 이것이 그의 결론이고 그는 이 결론대로 실천하는 것이다.

> "니는 하나님이나 잘 섬기그라. 예수 믿는 거 꼭 잊지 마래이. 지금 세상 보이 그 귀신이 제일로 힘있는 거 같다. 그 많은 양놈들 면면(面面)이 잘 봐 주이 내 새끼들이라꼬 왜 안 봐 줄로? 조상귀신은 내한테 맽기고 니는 참말로 예수한테 복 받는 사람 돼야 한데이. 아아들도 모두 예배당에 데리가는 거 잊지 말고……"11)

위에 인용된 대목은 그가 임종을 앞두고 며느리인 조정인에게 남기는 유언의 마지막 부분이거니와 이 몇 마디야말로 그와 기독교 사이에서 맺어진 관계의 본질이 무엇인가를 가장 잘 압축해서 보여주는 것이라 할 만하다. 결국 여기서도 핵심적인 고려사항으로 등장한 것은 『그대 다시는 고향에 가지 못하리』에 나오는 늙은 교리나 『황제를 위하여』의 '황제'에게 핵심적인 고려사항이 되었던 것과 꼭 마찬가지로 '힘'의 문제인 것이다.

그러면 이동영의 아내인 조정인의 경우는 어떠한가? 그는 자신의 시어머니가 교회에 나가자고 말했을 때 이의 없이 따라나서며, 그 후에도 꾸준히 동행한다. 이렇게 하는 과정에서 그는 나름대로의 내적인 갈등을 겪기도 한다. 무엇보다도 그는 자신의 시어머니와는 달리 어느 정도 지적인 문제의식과 섬세한 감수성을 가진 '현대인'이었기에 그럴 수밖에 없었다. 하지만 갈등의 단계를 통과한 다음에 그가 내린 결론은, 정식으로 세례를 받고 자신의 정체성을 '신실한 기독교인'으로 고정시키는 것이었다. 그로 하여금 이런 결론에 도달하도록 이끈 가장 큰 원인은 역시

---

11) 위의 책, p.574.

'힘'의 문제에 대한 인식이었다. 구체적으로 말하자면, 자신의 힘이 너무 나 약하다는 인식과, 그런 자신을 구해줄 수 있는 큰 힘이 기독교에 있 다는 인식이었다.

> 정인은 흙바닥을 덮은 가마떼기 위에 엎드려 방금 놓여난 그 공포의 기억에 몸서리치며 기도라 할 것도 없는 중얼거림을 반복하였다.
> '주여, 구원하여 주옵소서. 주여, 저를 구하여 주옵소서'
> 그렇게 중얼거리는 동안에 차츰 마음이 가라앉고 편안해지더니 머리 속에 환한 빛이 스며드는 듯한 느낌과 함께 이상한 열기로 가슴이 훈훈 해지기 시작했다. 이 넓고 쓸쓸한 세상에 그래도 이같이 달려와 숨을 곳 이 있고 매달릴 존재가 있다는 사실이 새삼스런 기쁨과 감사를 일으켰 다. 그러나 한편으로는 그 어느 때보다도 작고 외롭고 연약한 자신의 존 재가 야릇하고 감미로운 슬픔을 자아냈다.[12]

조정인이 기독교에 대한 회의를 극복하고 온전히 그 품에 귀의하게 되는 심리적 추이의 핵심이 위의 인용 속에 요약되어 있다. '작고 외롭 고 연약한 자신'과 '그런 자신에게 숨을 자리와 매달릴 대상을 제공해 주는, 힘 있는 존재로서의 기독교' 사이의 엄청난 격차에 대한 인식, 그 것이 조정인으로 하여금 교회의 울타리 속에 안착하도록 만든 주된 이 유인 것이다. 이 점에서 보면 그의 신앙은 시어머니의 그것과 본질적으 로 아무런 차이를 갖지 않는다. 조정인 자신, 위에 인용된 대목 속에서 자신이 했던 바로 그 새벽의 기도를 문제삼고서 목사가 던진, "그 날 새 벽 만약 이곳이 교회가 아니고, 섬기는 분도 여호와와 예수 그리스도가 아니었다면 어떻게 했겠습니까? 전부터 알고 있던 절이나 용한 무당의 집이었더라도 그 새벽처럼 의지하고 기구할 수 있었겠습니까?"라는 물

---

12) 위의 책, p.658.

음에 대하여, "아마도 틀림없이 그대로 엎드려 빌었을 것입니다"라고 대답함으로써,13) 그 점을 명시적으로 시인하고 있다.

5. 민요섭의 회심과 조동팔의 자살

『그대 다시는 고향에 가지 못하리』, 『황제를 위하여』, 『영웅시대』 등 세 편의 작품을 살펴보고 난 다음, 우리는 이제 드디어 『사람의 아들』을 검토해 볼 차례에 이르렀다. 이 글의 첫머리에서 이미 언급되었던 바와 마찬가지로 『사람의 아들』은 이문열 문학과 기독교를 관련지어 검토하고자 할 때 그 중심에 놓이는 것으로 누구나 인지하고 있는 작품이다. 그렇다면 이문열은 이 작품에서 기독교 문제에 어떠한 시각으로 접근하고 있는가?

위의 물음에 대해서는 이미 수많은 연구자들이 다양한 시각에서 답변을 제시하고자 노력해 왔으며, 그러한 연구자들의 작업에 의하여 뜻있는 성과가 이루어지기도 했다.14) 그럼에도 불구하고 나는 이 문제에 대한 새로운 각도에서의 이해가 현 시점에서도 여전히 가능하다고 판단한다. 지금부터의 논의는 이러한 판단을 입증하기 위한 시도로서의 의미를 가지는 것이 되겠거니와, 그 논의를 나는, 『사람의 아들』에서 찾아볼 수 있는 기독교관(觀)이, 앞서 『황제를 위하여』와 『영웅시대』의 검토를 통하

---

13) 위의 책, p.660.
14) 『문학과 지성』 1979년 겨울호에 발표되었던 송상일의 「부재하는 신과 소설」과 같은 초기의 논의에서부터 2009년에 출간된 차봉준의 저서 『기독교 전승의 소설적 형상화와 작가 의식』(인터북스, 2009) 속에 수록된 논문 「이문열 소설의 성서 모티프 수용 양상」과 같은 최근의 연구에 이르기까지, 『사람의 아들』을 기독교 문제와 연관지어 검토한 예는 상당한 수에 달하고 있다.

여 확인되었던 내용과 어떤 식으로 이어져 있는가를 살피는 것에서부터 시작하고자 한다.

우선, 『사람의 아들』의 앞부분에서 나타나고 있는 주인공 민요섭의 기독교에 대한 회의(懷疑)의 과정, 그리고 그와 조동팔이 기독교의 울타리를 뛰쳐나간 후에 전개하는 활빈(活貧)의 행적, 민요섭이 지어낸 아하스페르츠 이야기의 내용, 민요섭의 생각과 조동팔의 생각이 함께 섞여 들어간 텍스트로 간주되는 「쿠아란타리아서(書)」의 내용 등등을 읽어나가다 보면, 이 모든 것들은 『황제를 위하여』에서 우리가 접할 수 있었던 '황제'의 기독교 비판과 동궤에 놓이는 것으로 연속성을 갖는 것임이 쉽게 확인된다. '황제'의 기독교 비판은 나름대로의 이로정연한 논리에 입각한 것임을 우리는 앞에서 살핀 바 있거니와, 방금 언급된 『사람의 아들』 속의 기독교 비판에 해당하는 내용들 역시 두드러지게 논리의 힘에 의존하는 면모를 보이고 있다.

이에 비하면, 민요섭이 나중에 가서 회심의 체험을 하고 기독교의 품으로 돌아가는 것은, 『영웅시대』에 나오는 조정인의 모습을 연상시키기에 모자람이 없다. 『영웅시대』의 조정인이 회의의 과정을 청산하고 기독교의 울타리 안에서 안주처를 구하게 되는 것은 '작고 외롭고 연약한 자신'과 '그런 자신에게 숨을 자리와 매달릴 대상을 제공해 주는, 힘 있는 존재로서의 기독교' 사이의 극단적인 대비에 대한 인식이었음을 우리는 앞에서 본 바 있는데, 『사람의 아들』의 민요섭으로 하여금 기독교로 복귀하도록 만든 내적 이유도 이와 동일한 것이다.

이처럼 『사람의 아들』이라는 소설의 한쪽 가닥은 『황제를 위하여』에서 우리가 본 바 있는 기독교 비판의 논리와 이어져 있으며, 다른 한쪽 가닥은 『영웅시대』에서 우리가 본 바 있는 귀의(歸依)의 심리와 이어져 있다. 그런데 흥미로운 것은, 『사람의 아들』 속에서 이 중 전자 쪽은 자못 긴 분량과 상세한 설명을 동반하고 있음에 반하여 후자 쪽은 아주 간략하게 처리되어 있고 설명 또한 빈약하다는 사실이다.

전자 쪽의 경우, 그 '긴 분량'과 '상세한 설명'의 내실을 채우고 있는 것은 무엇보다도 아하스 페르츠의 이야기이다. 테도스와의 만남, 아버지에 대한 질문공세, 그리고 다채로운 종교적 탐색의 과정으로 이어져 나아가는 아하스 페르츠의 편력기는 『사람의 아들』을 이루고 있는 두 개의 가닥 중 '기독교 비판론'쪽의 논리적 설득력을 강화하는 방향으로 작용한다. 그리고 그가 예수와 여러 차례 만나서 벌인 치열한 논쟁을 그리고 있는 장면들 역시 동일한 기능을 수행한다.

그렇다면 이처럼 긴 분량과 상세한 설명을 동반하면서 제시되고 있는 아하스 페르츠의 기독교 비판론에서 핵심을 이루는 것은 무엇인가? 앞서 우리는 이문열의 여러 다른 작품들에 나타난 기독교관을 검토하면서 그가 기독교 문제와 관련하여 무엇보다 큰 관심을 표시해 온 것이 다름 아닌 '힘'의 문제임을 확인한 바 있었거니와, 이로써 미루어 볼 때 우리는 위의 물음에 대한 답 역시 '힘'의 문제가 아니겠는가라는 추측을 해볼 수 있다. 그리고 과연 『사람의 아들』을 읽어볼 때 정말로 우리가 발견하게 되는 답은 그러한 우리의 추측이 틀림없는 것임을 확증시켜 준다. 한 예로, 아래의 대목을 보기로 하자.

"지금 이 땅의 민중들이 가장 열렬하게 고대하고 있는 것은 정신적인 메시아가 아니라 강력한 정치적 군사적 메시아요. 가서 저들을 조직하고 무장시켜 옛 다윗의 영광을 재현하도록 합시다. 나의 지혜와 당신의 권능을 합치면 못 이룰 일은 아무 것도 없소. 먼저 저들을 로마의 압제에서 구하고 이 땅의 왕홀(王笏)과 권세부터 손에 넣읍시다. 말씀을 전하는 일은 그 다음이라도 늦지 않소. 아니, 그래야만 당신은 보다 쉽고 힘있게 하늘에 계신 그분의 말씀을 저들에게 전할 수 있고 또 보다 확실하게 그 실천을 기대할 수도 있을 것이오."15)

위에 인용된 발언에서 아하스 페르츠가 펼치는 주장의 요점인즉, 힘을 가졌느냐 못 가졌느냐 하는 것보다 중요한 문제는 없으며, 힘을 가진 자라면, 마땅히 그것을 발휘하여야 한다는 것이다.

『사람의 아들』의 주인공 민요섭은 아하스 페르츠를 통하여 다양한 방식으로 기독교 비판론을 펼치고 있지만, 그 중 가장 대표적인 발언에 해당하는 것이 바로 아하스 페르츠가 예수를 상대로 해서 던진 위의 제안인데, 이것 하나만 보아도 여기에서는 '힘'의 문제가 핵심을 이루고 있음을 우리는 금방 인지하게 되는 것이다.

그런가 하면, 민요섭이 작성했던 초고를 조동팔이 대폭 수정하여 완성한 「쿠아란타리아서」라는 제목의 글 속에서도 '힘'의 문제는 역시 중요한 의미를 갖는 것으로 나타난다. 아하스 페르츠에게 계시를 내린 '위대한 지혜'라는 이름의 신이 야훼에게 맞서고자 하면서 동원하고 있는 자산도 결국은 힘인 것이다.

그러면 『사람의 아들』의 다른 한쪽 가닥을 이루고 있는 민요섭의 회심 과정은 어떠한가? 소설 속에서 이쪽이 아주 간략하게 처리되어 있으며 설명 또한 빈약하다는 사실은 위에서 이미 언급된 바와 같다. 이것은 작가 자신의 관심이 주로 기독교 비판의 가닥 쪽에 가 있으며 회심의 가닥 쪽에 대한 관심은 상대적으로 약한 편이라는 사실을 시사해 주는 것으로 보인다.16)

---

15) 이문열, 『사람의 아들』 개정 4판(민음사, 2004), p.265.

16) 『사람의 아들』에서 민요섭의 회심 과정이 간략하게 처리된 데 대해서는 물론 이 밖에도 다양한 해석 및 평가가 가능하다. 이 문제에 대한 또다른 해석 및 평가의 대표적인 예로는 곽광수의 것을 들 수 있다. 곽광수, 「사랑과 배리(背理)—기독교적 비극성」, 1981년판 『사람의 아들』 해설(민음사, 1981), pp.285~286 참조. 방금 여기서 '1981년판 『사람의 아들』'이라는 표현을 쓴 데 대하여 잠깐 설명해 두는 것이 의미 있을 듯하다. 원래 『사

그런데 회심의 가닥 쪽의 경우에도, 초점이 되는 것은 역시 '힘'의 문제이다. 민요섭은『영웅시대』의 조정인과 마찬가지로 자신이 약하다는 의식 때문에 기독교에로 돌아가는 것인데, 자신이 약한가 그렇지 않은가라는 문제는 말할 나위도 없이 '힘'과 관련된 문제인 것이다. 민요섭이 회심하게 된 이유가 "쓸쓸하고 두렵다"는 감정이었다고 밝힌 조동팔의 증언은 이런 점을 간명하게 압축해서 보여주고 있다.

아무튼 민요섭은 이처럼 자신이 약하다는 인식에 기초하여 기독교에로 돌아가게 되지만, 이러한 그의 회귀 과정은 아하스 페르츠 이야기 속에 반영되지 않는다. 회귀의 과정으로 들어서기 이전까지 민요섭이 밟아온 길은 그가 지어낸 아하스 페르츠 이야기 속에 고스란히 투영되어 있으며 이런 점에서 민요섭과 아하스 페르츠 사이에는 이를테면 먼 길을 함께 걸어가는 동행자의 관계가 형성되어 왔던 것인데, 그러한 관계는 민요섭이 기독교를 향한 회귀의 노정에 오르면서 끊어지게 된다. 그러므로 아하스 페르츠에게는 당연히 회심의 이야기가 없다.

민요섭이 자기나름으로 여러 가지 변화의 과정을 거쳐 오는 동안 그것을 아하스 페르츠의 이야기 속에 꾸준히 담아 내었던 것은, 그러한 변화의 성격을 분명하게 하고, 그 변화의 결과로 자신이 도달한 입장의 논리적 설득력을 강화하고자 하는 의도와 무관하지 않은 것으로 볼 수 있다. 그렇다면 그가 회귀의 과정으로 옮아가면서 그 과정까지를 아하스

람의 아들』의 최초의 단행본은 1979년 6월에 간행되었으며, 여기에는『사람의 아들』이외에 이문열의『동아일보』신춘문예 당선작인 중편「새하곡(塞下曲)」이 함께 실려 있었다. 그런데「새하곡」이 군대 내부의 문제점을 다룬 소설이었다는 점 때문에 1980년에 들어와 새로 득세한 신군부 정권의 탄압을 받게 된 것으로 보인다. 이에 민음사에서는「새하곡」을 빼고 그 자리에「제쳐논 노래」,「달팽이의 외출」,「이 황량한 역에서」등 세 편의 단편을 넣는 한편『사람의 아들』을 대상으로 한 곽광수의 해설을 추가한『사람의 아들』의 새로운 판본을 1981년 1월 30일자로 출간하였다. 이것이 '1981년판『사람의 아들』'이다.

페르츠 이야기 속에 반영시키지 않고 그만두어 버린 것은, 그의 회귀 과정이라는 것이 논리를 지속적으로 밀고 나아간 자리에서 마련된 것이라기보다는 오히려 논리를 포기한 결과에 가까운 것임을 말해 주는 것일 터이다.

그런데 이러한 민요섭의 행적을 보면서 우리는 한 가지 질문을 제기해 볼 수 있다. 민요섭은 기독교로부터 벗어나고 더 나아가 거기에 저항하기까지 하는 행동을 보여주다가 나중에는 자신의 약함을 인정하고 "쓸쓸하고 두렵다"는 심정을 고백하면서 다시 기독교의 품으로 돌아가는데, 그렇다면 이처럼 그의 전면 투항을 받아낸 기독교는 정말로 강한 존재인가라는 질문이 그것이다.

『사람의 아들』의 경우, 위와 같은 질문은, "예수는 강한 존재인가?"라는 질문으로 바뀌어 제기될 수 있다. 이 작품에서 작가의 의식과 작품의 주제를 예각적으로 드러내고 있는 것이 아하스 페르츠를 등장시키고 있는 내화(內話)이니 만큼 위의 질문에 대한 답은 주로 내화, 즉 아하스 페르츠 이야기를 검토하는 과정에서 찾아져야 마땅할 터인데, 이 이야기에서 아하스 페르츠가 민요섭의 대리자로 등장하고 있다면, 기독교를 대표하는 존재로 등장하여 그와 직접적으로 맞서고 있는 인물은 다름 아닌 예수이기 때문에, 그러하다.

이러한 전제 아래 실제로 아하스 페르츠 이야기 속에 그려지고 있는 예수의 모습을 살펴보면, 그는 분명 강한 존재임에 틀림없다는 것을 알 수 있다. 단적인 예로, 예수와 아하스 페르츠가 가버나움에서 만나 서로 맞서는 장면을 한 번 보자.

그러자 예수의 입에서는 생각지도 못한 호령이 떨어졌다.
"입을 다물어라. 너 추악한 귀신아. 그리고 이 사람에게서 썩 나가거라."

예수는 분명 아하스 페르츠를 알아보았고, 구경꾼들은 좀 어리둥절했을 그의 말도 잘 알아들었다. 하지만 예수는 그와 성가신 입씨름을 벌이는 대신 그를 당시 흔히 '귀신 들린 자'로 불리던 정신병자로 몰아붙인 것이었다. 그리고 그 호령 소리와 함께 어떤 보이지 않는 강력한 힘이 아하스 페르츠의 몸을 번쩍 들어올렸다가 땅바닥에 내동댕이쳤다. 그가 평범한 사람의 아들이었음에 비해 신의 아들인 예수에게는 처음부터 초인적인 권능이 깃들여 있었다.[17]

위에 인용된 대목에서 보다시피, 예수는 엄연한 '신의 아들'로서, '초인적인 권능'을 지니고 있으며, 마음만 먹으면 그러한 권능을 얼마든지 발휘할 수 있는 존재인 것이다.

그러나 예수는 그러한 권능을 좀처럼 사용하지 않는다. 아니, 좀처럼 사용하지 않는 정도가 아니다. 방금 인용된 장면에서 보여진 예수의 모습은 특수한 상황에서 한 번쯤 드문 예외를 만들었던 것일 따름이며, 평소의 그는 늘 자신의 '강함'을 버리고 일부러 '약한 자'의 자리에 서고자 하는 입장을 견지한다. 자신의 초인적인 권능을 적극적으로 사용하라는 아하스 페르츠의 거듭되는 권유 내지 유혹을 언제나 단호한 태도로 거부하고, 아무리 혹독한 박해 앞에서도 약자의 위치를 지키며, 마침내는 십자가에 올라가 죽음을 맞이하기까지 한다. 이를테면 약함으로써 강함을 이기고자 하는 자세를 끝까지 유지하는 것이다.

그러나 이처럼 예수가 계속 약자의 자리를 지키려 애쓰는 입장을 보여준다고 해서, 그가 정말로 자신의 권능을 다 버리고 약해져 버린 모양이라고 결론짓는다면 그것은 잘못이다. 재림(再臨)의 문제가 남아 있기 때문이다.

---

17) 이문열, 『사람의 아들』 개정4판, pp.271~272.

　　"당신은 이것으로 모든 것이 끝난 줄 알지만, 사실은 시작에 불과하오. 나는 다시 올 것이오. 그리고 언젠가는 내 아버지의 위대한 사랑을 완성할 것이오."

　　"당신이 다시 온다고?"

　　"그렇소. 나는 재림할 것이오. 의심스럽다면 기다려보시오. 틀림없이 당신은 내 아버지의 영광된 승리를 볼 것이오."18)

　　위에 인용된 대목은 예수가 십자가를 짊어지고 골고다 언덕을 향해 가던 도중에 아하스 페르츠를 만나 나누는 대화이다. 여기에서 보듯 예수는 자기가 죽은 후 되살아나 또다시 세상에 올 것이라고 장담한다. 이러한 그의 장담이 근거 있는 것이라면, 다시 말해 정말로 그가 세상에 재림할 수 있는 능력을 갖고 있는 것이라면, 그것은 그가 정말 엄청나게 강한 존재임을 증명해 주는 것이 아닐 수 없다. 어쩌면 그는 이처럼 놀라운 재림의 능력을 가지고 있는 존재이기에 아하스 페르츠 이야기가 진행되는 당대의 시점에서는 마음 놓고 '약한 자'의 자리를 택할 수 있었던 것인지도 모른다.

　　이와 같은 예수의 경우와 비교해 보면, 아하스 페르츠는 말할 나위도 없이 약한 존재에 불과하다. 예수의 권능이 한 번 발휘되었다 하면, 느닷없이 들어올려졌다가 땅바닥에 내동댕이쳐지는 정도의 수모는 속수무책으로 감당할 수밖에 없는, 평범한 인간인 것이다.19) 이처럼 상대적으

---

18) 위의 책, p.296.

19) 아하스 페르츠가 예수의 말 한 마디에 속수무책으로 번쩍 들어올려졌다가 땅 위로 내동댕이쳐지는 장면을 볼 때 우리는 대번에 『황제를 위하여』에서 '황제'가 힘으로 두 명의 기독교 전도자들을 물 속에 내동댕이쳤던 장면을 떠올리게 된다. 그런데 사실 두 작품 가운데서는 『사람의 아들』이 먼저 씌어진 것이다. 그 점을 감안하고서 보면, 『황제를 위하여』에서 기독교인들을 물 속에 내동댕이치고 있는 '황제'는, 일찍이 『사람의 아들』에서 예수에 의해 내동댕이쳐진 바 있는 아하스 페르츠를 위하여 유쾌한 보복을 한 셈이라는 해석도 가능하다.

로 약한 존재인 아하스 페르츠가 예수와 끝까지 맞붙어서 이긴다는 것
은 불가능하다. 아하스 페르츠의 이야기를 지어낸 주체였던 민요섭은 바
로 이러한 힘의 불균형을 어찌해 볼 수 없다는 사실에 낙담하고 결국은
신앙으로 복귀하는 길을 선택하는 것이다. 말이 선택이지, 굴복이라고
표현해도 별로 할 말이 없을 귀결이다.

그러나 일찍이 기독교에 맞서 도전하던 시절의 민요섭으로부터 깊은
감화를 받고 그를 따라나선 바 있는 조동팔은 민요섭과 반대로 끝까지
굴복을 거부하며 저항하는 투사의 자리를 지키고자 한다. 이처럼 완강한
투지와 고집의 주체라는 점에서 조동팔은 『황제를 위하여』의 '황제'와
동궤에 놓이는 인물이다. 그 투지, 고집이 광기로 연결되는 모습을 보여
준다는 점에서도 조동팔은 '황제'와 상통한다.

그런데 조동팔은 결국 자살로 삶을 마감한다. 신념을 계속 간직한 상
태로 감옥에 들어가는 길을 선택할 수도 있을 터인데, 굳이 자신의 생명
을 끊어 버리는 것이다. 이처럼 다른 선택지가 존재함에도 불구하고 성
급하게 죽음으로 향해 가는 것을 볼 때, 그의 자살은 절망에서 나온 것
이라 하지 않을 수 없다. 그러고 보면 조동팔이 숨을 거두기 직전에 남
기는 다음과 같은 마지막 발언에는 다분히 허장성세의 기미가 들어 있
는 것으로 판단된다.

> "그러나 나까지 패배해 쓰러졌다고 생각하지는 마시오. 지금 나를 부
> 르고 있는 것은 민요섭의 피지, 우리의 신에 대한 절망은 아니오. 이 시
> 각 이전에나 이 시각 이후에나 영원히 살아 있을 것은 우리의 신뿐이며,
> 설령 아무도 느끼지 못하더라도 그 고독한 신성은 언제나 당신들의 머리
> 위에서 빛날 것이오……."[20]

---

20) 이문열, 『사람의 아들』 개정4판, p.371.

결국, 아하스 페르츠와 예수 사이, 혹은 평범한 인간 개개인과 기독교 사이에 존재하는 힘의 불균형이란 어떻게 해 볼 수가 없을 정도로 큰 것이며, 이러한 불균형 앞에서, 『영웅시대』의 조정인이나 『사람의 아들』의 민요섭처럼 정상적인 사유 능력을 가진 사람들은 자신의 힘이 약하다는 사실을 인정하고 복종의 길을 택하게 된다. 반면에 『황제를 위하여』의 '황제'나 『사람의 아들』의 조동팔처럼 광기를 보이는 사람들은 끝까지 복종을 거부한다. 하지만 이러한 '복종의 거부'에는 나아갈 길이 없다. 그래서 조동팔은 절망 속에서 자살하지 않을 수 없었던 것이다. 물론 『황제를 위하여』의 '황제'는 절망하지도, 자살하지도 않으며 끝까지 당당함을 유지하지만, 그의 당당함이란 그가 몸을 붙이고 있는 작은 별세계(別世界) 속에서만 겨우 성립 가능하다는 한계를 지니고 있다.

그러나 곰곰 생각해 보면 작가가 마음 속에서 가장 깊은 공감을 보내고 있는 인물은 바로 이런 사람들이 아닐까라는 판단이 가능해지기도 한다. 그들이야말로 『그대 다시는 고향에 가지 못하리』에 나오는 저 늙은 교리와 동일한 부류로 묶일 수 있는 존재라는 점을 감안할 때 그러한 판단이 가능하다. 일본군 헌병대로 대표되는 '색목문명'의 침입 앞에 도끼나 쇠스랑으로 무장한 한 무리의 종들과 소작인들을 거느리고 맞섰던 교리의 정신을 『그대 다시는 고향에 가지 못하리』에서는 얼마나 드높이 찬양했던가?21) 따지고 보면 바로 그러한 교리의 정신을 조동팔이나 '황제'도 공유하고 있는 셈이다. 그러고 보면, 『그대 다시는 고향에 가지 못

---

21) 『그대 다시는 고향에 가지 못하리』에서 작중 화자는 길고 화려한 수식어를 동원하여 교리와 같은 부류의 인물들을 찬양하고 있다. 그 첫부분과 끝부분만을 인용해 보면 다음과 같다. "혹, 교리 어른은 우리들 옛 고향의 마지막 할아버지나 아니었을까. 오, 그 할아버지들. 우리들 옛 정신의 권화, 은성(殷盛)했던 시절의 흰 수염 드리운 수호부(守護符). (…) 지켜야 할 것에 엄격하셨고, 노(怒)해야 할 곳에 거침이 없으셨다. 한번 노성을 발하시면 마른 하늘에서 벽력이 울렸으며 높지 않은 어깨에도 구름이 넘실거렸다"(이문열, 『그대 다시는 고향에 가지 못하리』, p.23).

하리』에서 뚜렷한 모습으로 제시된 바 있는 명제, 즉 "힘에 밀려 색목문
명을 수용하지 않을 수 없는 상태에 이를지라도, 마음으로부터 승복하지
는 않는다"는 명제는,『그대 다시는 고향에 가지 못하리』보다 먼저 씌어
진『사람의 아들』에서나, 그보다 나중에 씌어진『황제를 위하여』에서나,
일관되게, 생생한 모습으로 살아 있는 것이다.

6. '사랑'의 교리에 대한 아하스 페르츠의 비판

지금까지의 이야기로써『사람의 아들』에 관한 검토는 어느 정도 이루
어진 셈이라 해도 좋을 듯하거니와, 이 작품에 대한 논의를 끝내기 전에,
한 가지 더 짚고 넘어갈 사항이 있다. 예수가 가르치는 '사랑'의 교리에
대한 아하스 페르츠의 비판과 관련된 문제가 그것이다. 자세히 보면, 이
작품 속에서 아하스 페르츠를 통해 제기되는, 예수에 대한 비판의 논리
는, 무엇보다도 이 사랑의 교리를 공격하는 대목에서 가장 더운 열기를
내뿜고 있다. 대표적인 예를 들자면, 다음과 같은 식이다.

　"당신은 우리를 향해 세상의 빛, 세상의 소금이 되라 하셨소. 보복하지
말라 하셨으며, 원수를 사랑하라 하셨소. 오른뺨을 치거든 왼뺨마저 내
놓고, 겉옷을 달라거든 속옷까지 주며, 오 리를 가자거든 십 리를 가 주
라 하셨소.
　진실로 묻거니와, 도대체 당신은 그 모든 가르침의 실천이 우리 인간
에게 가능하다고 믿으시오? 인간의 창조가 오직 당신 아버지의 선(善)으
로만 이루어진 것으로 믿으시오? 그러나 자신 있게 단언하지만 여인의
몸을 빌려 태어난 자 중 그 가르침을 실천할 수 있는 것은 오직 당신뿐
일 것이오. 극소수의 사람들이 당신을 따라 출발할 것이지만 결코 아무
도 도달하지는 못할 것이오."22)

앞에 인용된 아하스 페르츠의 발언은 말할 나위도 없이 '사랑'의 교리를 집약한 것으로 알려져 있는 산상수훈을 겨냥하고 있는 것이다. 산상수훈을 대상으로 한 아하스 페르츠의 공격은 위에서 보듯 자못 날카롭거니와, 그 논지를 한 마디로 줄이면, 결국 거기에서 예수가 가르치는 사랑의 교리는 비현실적인 이상론에 불과하다는 것이 될 터이다. 바로 이 산상수훈에 대한 공격을 우리는 『황제를 위하여』에서도 접했던 바가 있지만, 『황제를 위하여』에서 '황제'가 산상수훈을 비판적으로 문제삼기 이전에, 이미 『사람의 아들』 속의 아하스 페르츠가 그것을 향해 공격의 화살을 날리고 있었던 것이다.

위에 인용된 대목에 이어서 그 다음을 보면, 아하스 페르츠는 그처럼 비현실적인 이상론에 입각하여 사람들에게 사랑의 실천을 요구하는 것이 결과적으로는 사람들로 하여금 불필요한 죄의식에 사로잡히도록 만든다는 점을 지적함으로써 공격의 논지를 더욱 보강하고 있다.

> "그리고 그 나머지―대부분의 인간들에게 그 교훈은 오직 감당할 수 없는 영혼의 짐, 영원히 헤어날 길 없는 죄책감과 절망의 원인이 될 따름이오. 비록 당신으로 하여 율법은 완성될 것이지만 그것은 인간과는 별 상관이 없는 독선의 완성일 따름이오."[23]

대다수의 인간이 감당할 수 없을 정도로 드높은 이상적 기준을 세워놓고 그것을 신의 이름으로 요구한다면 인간은 죄의식에 사로잡힐 수밖에 없다, 무엇 때문에 그처럼 쓸데없이 대다수의 인간을 죄의식의 포로로 만들려 하느냐, 차라리 그런 이상적 기준을 폐기처분하는 편이 진정으로 인간을 위하는 길이 아니겠느냐 ― 대충 이러한 논리가 아하스 페

---

22) 이문열, 『사람의 아들』 개정 4판, pp.276~277.
23) 위의 책, p.277.

르츠의 주장인 셈이다.

산상수훈에 대하여 그것은 '비현실적 이상론'이자 '죄의식을 유발하는 논리'라는 이유로 공격을 가하는 아하스 페르츠의 위와 같은 주장은, 『황제를 위하여』에서 '황제'가 산상수훈을 비판하면서 내세웠던 주장, 즉 그것은 '어리석은 몽상의 논리'이면서 '교활한 위선의 논리'이기도 하다는 주장과 조금 차이가 있는 것처럼 보인다. 하지만 그 두 가지 주장은 결국 상호보완적인 관계에 놓인다고 해야 할 것이다. 그러니까 이문열은 『사람의 아들』과 『황제를 위하여』의 두 작품 속에서 동일한 산상수훈을 연이어 문제삼고 비판을 가하되, 전자에서 두 가지 이유를, 후자에서 또 다른 두 가지 이유를 제시한 것이니, 종합해 보면 총 네 가지나 되는 이유를 들어 산상수훈을 공박한 셈이 되는 것이다. 이것은 산상수훈에서 가장 극적인 표현을 얻고 있는 예수의 '사랑'의 교리에 대한 작가의 대항의식이 얼마나 강하고 집요한 것인가를 잘 보여주고 있다.

7. 2자 대립 구도에서 3자 대립 구도로

이 글의 서두에서 이미 언급되었던 바와 마찬가지로 이문열은 『사람의 아들』을 발표한 이후 오랜 세월이 지나는 동안 기독교 문제를 정면으로 다룬 작품을 좀처럼 내놓지 않았다. 이 글의 앞부분에서 검토되었던 『그대 다시는 고향에 가지 못하리』, 『황제를 위하여』, 『영웅시대』 등은 모두 『사람의 아들』 이후에 나온 작품들이지만, 그 중 어느 것도, 앞서의 논의를 통해 이미 드러났듯, 기독교 문제를 이야기의 중심에 놓은 것은 아니었다.

그러던 이문열이, 『사람의 아들』 이후 근 30년이 지난 2006년에 이르러, 기독교적 주제와 본격적으로 맞붙은 또 한 편의 작품을 모처럼 선보였다. 세 권에 이르는 대작 『호모 엑세쿠탄스』가 그것이다.

이 작품은 발표된 이후 지금까지 주로 정치소설적인 측면에서 관심의 대상이 되어 온 것으로 보인다. 그렇게 보는 시각에도 물론 일리가 있다. 하지만 내가 보기에는, 이 작품이야말로 이문열이 『사람의 아들』 이후 기독교 문제와 본격적으로 다시 맞부딪친 최초의 시도라는 사실에 주목하고 그러한 측면에서 이 작품의 성격과 의미를 규명해 나가는 것이 정치소설적 측면에 대한 논의보다 선행되어야 할 것으로 여겨진다. 그리고 정치소설적 측면에 대한 논의 자체도, 실제로 위와 같은 작업이 이루어진 다음 그것과 연결시키는 방식으로 시도될 때에 더 내실 있는 성과를 기대할 수 있을 것이다. 이러한 판단에 입각하여 나는 이제부터 기독교 문제와 관련지어 『호모 엑세쿠탄스』를 생각할 때 가장 큰 관심을 가지고 주목해야 할 요소로 여겨지는 것 한 가지를 꺼내어 집중적으로 검토하면서 이야기를 조금 더 진전시켜 보고자 한다.

그 한 가지란, 『사람의 아들』의 아하스 페르츠 이야기 속에서 예수와 아하스 페르츠 사이에 심각하게 논의되었던 주제인 '재림'의 문제와 관련된 것이다. 앞에서 『사람의 아들』을 검토하는 가운데 이미 언급했던 것처럼, 예수는 그 이야기 속에서, 비록 이번에는 십자가에 못박혀 죽지만 훗날 다시 이 세상에 올 것이라고, 즉 재림할 것이라고 장담한다. 예수가 재림할 가능성에 대해서는 전혀 생각한 바 없었던 아하스 페르츠는 예수의 그 말을 듣고 큰 충격을 받는다. 바로 여기에서, '약한 듯하지만 사실은 강한' 예수와, '실제로 약한' 아하스 페르츠 사이의 대조가 극명하게 나타난다. 그런데 그 이야기의 뒷부분을 더 보면, 야훼에 대항하여 일어서면서 인간들 가운데 아하스 페르츠를 선택하여 예수와 맞서도록 만들었던 '위대한 지혜'라는 이름의 신이, 사태를 이대로 두었다가는 자신과 아하스 페르츠의 일방적인 패배를 피할 수 없다는 사실을 인식하고, 아하스 페르츠에게 '시공을 초월'하는 능력을 부여한다. '위대한 지혜'가 그러한 조치를 취한 덕분에, 아하스 페르츠는 예수가 재림할 때를 기다려 그와 재대결을 벌일 수 있게 된다.

『사람의 아들』에서 재림에 관한 언급은 이 정도로 나오고 멈추거니와, 『사람의 아들』 이후 모처럼만에 기독교적 주제를 정면에서 부각시킨『호모 엑세쿠탄스』는, 보기에 따라서는, 일찍이 장담했던 대로 이 땅에 다시 온 예수와, 그가 재림하기만 하면 다시 한 판 대결을 벌이려고 기다려 왔던 아하스 페르츠 사이에서 벌어진 제2회전의 이야기로 읽힐 가능성을 갖고 있다. 이 글의 첫 부분에서 나는『사람의 아들』의 아하스 페르츠 이야기와『호모 엑세쿠탄스』가 전편과 후편의 관계로 이어지는 면을 가지고 있다는 점에 대하여 언급한 바가 있거니와, 사실 이러한 관계 설정은 작가가 처음부터 분명하게 의도한 것이었다. 그리고 이러한 의도의 중심에 바로 재림의 문제가 놓여 있었다. 다음과 같은 두 개의 대목만 비교해 보아도 그 점은 금방 드러난다.

> 나는 그를 이 땅에서 내쫓을 때의 바위 같은 너희 결의를 믿는다. 설령 그가 다시 온다 하더라도, 그는 너희 각성의 돌팔매에 쫓겨 또 한번 울며 그를 보낸 이에게로 되돌아가야 하리라.[24]
>
> 이도 저도 아니 될 때에는……차라리 그를 너희에게로 돌아오지 못하게 하여라. 이번에는 그로 하여금 한번 너희 눈과 귀를 꾀어보지도 못하고 그 아비에게로 울며 돌아가게 하여라.[25]

위에 인용된 대목들 가운데 첫 번째의 것은 『사람의 아들』의 내화(內

---

24) 위의 책, p.346.
25) 이문열, 『호모 엑세쿠탄스 1』(민음사, 2006), p.138.

話)에 나오는 것이요, 두 번째의 것은 『호모 엑세쿠탄스』의 앞부분에 나오는 것이다. 이들을 나란히 놓고 보면, 그 속에 담겨 있는, 예수의 재림과 관련된 발상에 있어서나, 겉으로 나타난 표현에 있어서나, 양자는 동일한 작품에서 뽑아낸 것이라 해도 어색하지 않을 만큼—아니, 동일한 작품에서 뽑아낸 것이라고 해야 자연스러울 만큼— 꼭 닮아 있음을 알 수 있다. 그리고 위의 대목들에서 공통적으로 나타나는 발상과 표현은, 『호모 엑세쿠탄스』의 뒷부분에 이르기까지도 줄기차게 이어진다. 예를 들면 재림한 예수로 추정될 수 있는 인물이 마침내 그 적대자들, 즉 적(敵)그리스도 진영의 사람들에 의해 죽음을 당하고 난 후, 적그리스도 진영의 우두머리인 '총재'라는 인물은 자기들이 행한 일의 결과를 다음과 같은 말로 요약한다.

> "그는 저를 보낸 이에게로 돌아갔다. 가서 우리의 갈망과 결의를 제 아버지에게 전할 것이다. 그 낡은 신성으로 하여금 이 땅과 사람들에게 더는 헛된 기대를 걸지 못하게 할 것이다."[26]

결국 『사람의 아들』의 내화에서 전개되었던 이야기의 줄기는 『호모 엑세쿠탄스』에 고스란히 이어져 있으며, 그런 점에서 보면 『호모 엑세쿠탄스』는 30년 가까운 세월을 기다려서 비로소 나타난, 『사람의 아들』의 후속편이라고 할 수 있는 것이다. 그러면 이상과 같은 점을 염두에 두면서, 『호모 엑세쿠탄스』라는 작품 속으로 조금 더 들어가 보기로 하자.

『호모 엑세쿠탄스』에서, 재림한 예수로 추정될 수 있는 인물은 보일러공이라는 신분을 가지고 등장한다. 이 보일러공이라는 직업은, 원래의 예수가 가졌던 목수라는 직업의 현대판이라고 생각하면, 금방 이해된다.

---

26) 이문열, 『호모 엑세쿠탄스 2』(민음사, 2006), p.252.

그런데 『호모 엑세쿠탄스』를 실제로 읽어 보면 이 보일러공과 『사람의 아들』의 예수 사이에는 근본적인 차이가 존재한다. 후자가 이미 누누이 언급되었던 대로 ‘실제로는 강한 존재인데, 자의로 그 강함을 버리고 약함을 취한 존재’인 반면, 『호모 엑세쿠탄스』의 보일러공은 정말로 약한 존재인 것이다.

물론 그는 아픈 사람들을 치유할 수 있는 신비로운 능력을 비롯하여, 초현세적인 차원과 연결되는 여러 가지 면모를 가지고 있다. 그럼에도 불구하고, 그는 분명 약한 존재이다. 무엇보다도, 그가 신비로운 능력을 발휘하여 가난한 사람들의 질병을 치유하는 활동을 개시하자마자 그 자신의 육신은 걷잡을 수 없이 쇠약해져 간다는 사실에서, 그 점이 드러난다. 이런 과정이 계속되다 보니, 얼마 안 가서 그는 제대로 기동하기도 어려울 지경이 된다. 뿐만 아니라 그는 심리적으로도 일찌감치 피로감에 사로잡힌다. 지친 육신을 겨우 추스르면서 그가 하는 다음과 같은 발언을 들어 보라.

> “실은 나도 빨리 이 가망 없는 일에서 놓여나고 싶다. 권력에의 의지
> 만큼이나 거대한 자기연민에 나는 지쳤다.”[27]

이런 말은 분명 『사람의 아들』의 예수처럼 ‘약자의 처지를 스스로 취하였으나 실제로는 끝까지 강한 존재였던 인물’에게서는 절대로 들을 수 없었던, ‘진정으로 약한 자’의 말이다.

이처럼 약한 존재이다 보니, 그는 그의 적들이 추적 끝에 그를 찾아내는 데 성공하여 공격을 가해 오자, 금방 무너져 살해당하고 만다. 어쩌면 그들이 공격을 가해 오지 않았더라도 그는 오래 가지 못해 병사했을

---

27) 위의 책, p.122.

가능성이 크다.

이처럼 가난하고 아픈 사람들을 상대로 치유의 기적을 실행해 나가는 과정에서 오래 가지 못하고 스스로 무너져 내리는 보일러공의 모습을 볼 때 우리는 그를 이런 인물로 설정한 작가의 의도가 도대체 무엇일까라는 의문에 사로잡히지 않을 수 없다. 그리고 이러한 우리의 의문은 보일러공이 육체적으로 쇠약해져 가는 과정에서 단지 기운을 잃어가는 정도로 그치지 않고 추한 모습으로 변해가기까지 하는 것을 볼 때 더욱 증폭된다. 정말 작가는 모처럼 재림한 예수로 추정될 수 있는 인물을 등장시키면서 그를 왜 이런 식으로 그려놓았을까?

이와 같은 의문을 마음속에 품은 상태로 『사람의 아들』을 다시 돌이켜 보면, 강한 자이면서도 일부러 약함을 선택했던 예수에 대하여 그 작품은 뚜렷한 비판의식을 보여주었다는 사실이 새삼 상기된다. 예수의 산상수훈에 들어 있는 '사랑'의 교리에 대한 비판이 그 작품 속에 얼마나 선명하게 나타났던가 하는 점도 상기된다. 이런 점들을 근거로 해서 우리는 위의 의문에 대하여 다음과 같은 답을 도출할 수 있을 것 같기도 하다. "『사람의 아들』에서 보여졌던 예수에 대한 비판의식이 그 후로 작가의 마음 속에서 더욱 고조되어 간 나머지, 이번에는 아예 예수를 정말 약한 존재로, 게다가 외관상 추해지기까지 하는 존재로 그리는 데까지 이른 것이다." 이런 해석은, 『호모 엑세쿠탄스』에서 재림한 예수로 추정될 수 있는 인물을 설정하고 그려 나가는 작가의 태도를 예수에 대한 일종의 '수모 주기'로 파악하는 것이다.

하지만 이러한 해석은, 얼핏 보기에는 그럴 듯한 것으로 느껴질 수도 있지만, 아무래도 지나치게 조잡하고 단순한 결론이라는 혐의를 피하기 어렵다. 그렇다면 우리는 성급한 단정을 유보하고 좀더 신중한 자세로 작품을 계속 읽어 나가는 편이 좋을 듯하다.

　이러한 생각을 가지고, 보일러공이 적들의 공격을 받고 살해당한 이후의 이야기를 계속 따라가다 보면, 작품의 끝부분 가까이에 이르러, 주목할 만한 사건을 만나게 된다. 보일러공을 숭배하여 따르던 사람들이 보일러공을 살해한 집단의 최고 책임자 두 사람을 상대로 자살 테러를 감행, 그들 모두를 살해하는 이야기가 나오는 것이다. 이것은 말할 나위도 없이 "한쪽 뺨을 때리거든 다른 쪽 뺨도 내놓으라"고 한 산상수훈의 가르침을 정면으로 위반한 행동이다. 그리고 이러한 그들의 행동을 볼 때 우리는 대번에 『황제를 위하여』에서 '황제'가 산상수훈의 가르침을 문제삼고 나섰던 대목을 상기하지 않을 수 없게 된다. 거기서 '황제'는 두 명의 기독교 전도자들을 상대로 해서 산상수훈의 가르침에 대한 비판론을 폈다. 또한 거기에서 그치지 않고 그 두 사람을 물 속에 내동댕이침으로써, 기독교인들 자신은 뺨을 맞는 것과 같은 상황에 처했을 때 과연 산상수훈의 가르침대로 행동하는가를 시험해 보기까지 했다. 그 당시 두 명의 기독교 전도자들은 산상수훈의 가르침대로 행동하지 않고 '황제'에게 대들었으나 역부족으로 패하고 말았었다. 『호모 엑세쿠탄스』에 나오는 보일러공의 추종자들도 마찬가지다. 그들 역시 산상수훈의 가르침대로 행동하지 않고, 보일러공을 죽인 가해자들에게 대들었다. 그리고 이번에는 성공했다. 비록 자기들의 생명까지 희생한다는 대가를 치르기는 했지만 말이다. 결국 두 가지 경우 모두에 있어, 산상수훈의 가르침은, 예수의 열렬한 추종자들 사이에서조차, 실현되지 않은 것이다.

　이러한 방식으로 전개되어 가는 이야기들을 대하면서 우리는, 『황제를 위하여』에서 나타났던 작가의 산상수훈에 대한 시각, 즉 그것은 '어리석은 몽상의 논리'이자 '교활한 위선의 논리'이기에 비판받아 마땅하다고 보는 시각이, 그로부터 24년이 지난 후에 씌어진 『호모 엑세쿠탄스』에서도 전혀 바뀌지 않은 채 변함없이 유지되고 있음을 실감한다. 그러는 한편으로 우리는, 『사람의 아들』에서 아하스 페르츠가 예수를 향하여 산상수훈의 문제점을 들고 나와서는 또다른 논거를 들며 비판을 가하던 대목을 금방 상기하게 되기도 한다.

여기까지 보아 오고 나면, 아무래도 『호모 엑세쿠탄스』는 예수와 기독교에 대한 작가의 비판적인 시각을 그전의 작품들에서 나타났던 그대로 유지하고 있거나 아니면 전보다도 더 강화된 형태로 제시한 소설이라는 결론을 내리는 것이 불가피할 듯싶기도 하다. 그리고 앞서 가설적으로 제시되었던 '예수에 대한 수모 주기'라는 표현이 이 작품에 대해서는 그런 대로 적절한 것이라는 결론을 내려도 좋을 듯싶기도 하다.

하지만 작품을 좀더 면밀하게 읽어 보면, 그러한 단정을 함부로 내리지 못하도록 가로막는 요인이 또 한편으로 존재한다는 점을 부정할 수 없게 된다. 이 작품 속에는 예수가 말하는 '사랑'에 대한 관심이 『사람의 아들』의 경우보다 더 뚜렷하게 나타나고 있다는 사실이 바로 그 '요인'에 해당한다.

이 작품에서 재림한 예수로 추정되는 보일러공은, 자신이 급속도로 쇠약해져서 하루하루 죽음에 가까이 가는 것을 감수하면서도, 또 날로 추한 모습으로 변해 가는 것을 감수하면서도, 자신을 찾아오는 환자를 하나도 물리치지 않고, 치료 행위를 계속한다. 자신을 사랑하는 마리라는 여성 — 복음서의 막달라 마리아에 대응되는 인물 — 이 눈물로 만류하는 것을 무릅쓰고 그렇게 한다. 자기 내면에서 좀먹어 들어오는 심리적 피로감에 시달리면서도 그렇게 한다. 그로 하여금 이처럼 비장한 살신성인의 행동을 계속하지 않을 수 없도록 만드는 것은, 아파하는 인간들에 대해서 그가 지니고 있는 무한한 사랑과 연민의 정신이다. 이러한 선성(善性)의 발현 양상이 구체적으로 제시되어 있음으로 해서 『호모 엑세쿠탄스』의 보일러공은 『사람의 아들』의 예수보다 더욱 깊은 인상을 독자들에게 남긴다. 이로써 볼 때 예수가 말하는 바와 같은 의미에서의 ‘사랑’에 대한 관심은 분명 『사람의 아들』에서보다도 이 『호모 엑세쿠탄스』에서 더 뚜렷하게 나타난다고 할 수 있다. 이런 작품을 두고서 ‘예수에 대한 수모 주기’라는 말을 하는 것은 아무래도 불가능한 일이 아니겠는가?

그런가 하면 이러한 보일러공을 끈질기게 추적한 끝에 마침내 찾아내어 죽음으로 끌고 가는 적그리스도 진영의 인물들이 극도로 흉폭하거나 음험한 악인들로 그려져 있다는 사실도 그냥 지나칠 수 없다. 이들은 『사람의 아들』 속에서 많은 사람들에게 친근감과 공감을 불러일으킬 수 있는 존재로 제시되었던 아하스 페르츠와는 전혀 다른 면모를 가진, 진짜 악당들로 나타난다. 예를 들면 천덕환은 잔인한 폭력성으로 인해, 임마누엘 박은 야비하고 천박한 기질로 인해, 그리고 유종석은 허세와 교만의 덩어리라는 인상으로 인해 각각 혐오감을 불러일으키는 인물이고, 막후의 지휘자에 해당하는 ‘총재’나 ‘대표’ 같은 사람들은 으스스한 유령이나 기계의 이미지를 풍기는 비인간적 존재로서 또다른 차원의 악을 구현하고 있는 인물들이다. 그들을 그려 나가는 이문열의 필치는 어떤 면에서 괴기 취향을 느끼게까지 할 정도이다. 바로 이런 부류의 인물들과 적대적인 관계에 놓여 있다가 마침내 그들에게 살해당하기 때문에 보일러공의 선성은 대조의 효과에 힘입어 더욱 돋보이게 되는 것이기도 하다.

그런데, 사실 따지고 보면 저 천덕환, 임마누엘 박, 유종석, ‘총재’, ‘대표’ 등의 인물들은 모두 ‘힘’을 강조하는 현실주의자의 자리에 서 있는 사람들이다. 이 점에서 그들은 분명한 아하스 페르츠의 후예들이다. 그런데 이 소설 속에서 그들은 구체적으로 마르크스주의의 유산을 적극 수용한 자칭 ‘진보파’, 즉 좌파의 모습을 갖추고 나타난다.[28] 이것은 작품의 배경이 2002년에서 2004년까지의 한국으로 되어 있으며 그 시기의 시사적 사건들이 구체적으로 작품 속에서 다루어지고 있는 것과 긴밀한 연관을 맺고 있다.

널리 알려져 있다시피, 작가인 이문열은, 자신이 살고 있는 한국의 현실 속에서, 자칭 진보파, 즉 좌파와 이념적으로 대립되는 자리를 지속적으로, 완강하게 지켜 온 사람이다. 이러한 작가의 입장이, 그로 하여금, 소설을 쓰면서 자신과 대립되는 진영의 사람들을 작품 속에 등장시키게 되었을 때, 그들을 다분히 부정적인 면모의 소유자로 그려내게끔 만든 것으로 보인다. 특히 이번의 작품 『호모 엑세쿠탄스』는 '재림한 예수와 그 적 사이에서 벌어진 제2차전'이라는 기본 설정에서부터 전통적 사실주의의 범주를 벗어난 환상 혹은 초현실의 요소를 적극적으로 도입한 소설이라는 사실이, 그로 하여금, "그러한 인물들의 부정적 면모를 구체적으로 형상화함에 있어서, 사실적 표현을 넘어선 극단의 수법까지 동원하는 일을 굳이 자제하지 않아도 무방하겠다"는 생각까지도 가지도록 유도하였던 것으로 이해된다.[29]

---

28) 여기서 나는 '자칭 진보파'라는 표현을 의도적으로 사용하고 있다. 한국의 좌파들은 늘 진보주의자를 자처하고 있지만 그들의 실상을 자세히 관찰해 보면 그들은 결코 진정한 의미에서의 진보주의자가 아니라는 것이 나의 판단이기 때문이다. 즉 그들은 진보주의자라 '자칭'하고 있지만 그것은 도저히 객관적인 사실과 부합하는 칭호로 공인받을 수 없는 '억지' 내지 '거짓 명명'이라는 것이 나의 판단이다. 이 문제에 관한 나의 견해는 내가 2006년에 출간한 책 『한국문학 속의 사회주의와 자본주의』(새미)의 「책머리에」 속에 구체적으로 개진되어 있다. 참고로 그 부분을 아래에 인용해 둔다. "흔히 진보파라고 일컬어지는 진영의 사람들을 보자. 이 진영에 속하는 사람들 가운데 상당수는 이미 세계사적인 차원에서 그 모순과 한계가 입증되어 사망선고를 받은 지 오래인 마르크스주의에 대한 미련을 아직도 버리지 못하고 있다. 우리 현대사의 정통성이 김일성—김정일 부자(父子)의 폭압적 통치체제에 의해 지배되어 온 북한쪽에 있다고 주장하는 사람들은 모두 다 이 진영에 소속되어 있다. 이 진영에 속하는 사람들 가운데 대다수는 북한 주민의 인권 문제에 대하여 별다른 관심을 표시하지 않는다. 이 진영에 속하는 사람들은 남한의 미래를 설계할 때에도 언제나 국가의 권력을 강화하는 방향으로 자기들의 구상을 펼친다. 이런 입장에 서 있는 사람들을 '진보파'라고 일컫는다는 것은 명백히 부정확하고 부당하다."

29) 그러나 이문열이 이러한 생각을 갖고 그것을 실천에 옮기기까지 한 것이 적절하거나 현

그런데 위에서 이미 말했듯 이처럼 심하게 부정적인 면모를 보이는 인물들과 맞서고 마침내 그들에게 살해당하기까지 하게 됨으로써, 이 작품 속에 나오는 보일러공의 선성은 대조의 효과에 힘입어 더욱 두드러지게 되는 것이다.

돌이켜 보면, 오래 전, 작가가 『사람의 아들』을 쓰던 시절에는, 그에게 있어서, 자칭 진보파, 즉 좌파와의 대결이 그다지 절실한 과제로 인식되지 않았었다. 그랬기 때문에 작가는 소설 속에서 다른 생각 없이 예수의 입장과 아하스 페르츠의 입장을 맞서게 해 놓고 후자의 이름으로 전자를 비판하는 일에만 전념해도 무방했다. 그러나 『호모 엑세쿠탄스』가 씌어지는 시점에 와서는 사정이 크게 변했다. 좌파에 대항하여 투쟁하는 일이, 그에게 있어서는, 엄청나게 중요한 과제로 대두되기에 이른 것이다. 좌파와 대결하는 일만큼 중요한 것은 달리 없다고 할 정도까지 되었다.[30) 그런데 이런 좌파와의 투쟁이라는 과제에 입각해서 보면, 이전까지 자신과 대립하는 상대라고만 생각되어 온 기독교는, 경우에 따라서는, 오히려 동지일 수도 있는 관계가 되었다. 기독교는, 최소한 한국

명한 처사였다고 평가하기는 어렵다. 다른 문제점을 일단 제쳐놓고 '소설을 통해 작가가 독자에게 발휘할 수 있는 논리적 설득력'이라는 측면 하나만을 고려하는 자리에 서서 보더라도, 이문열은 『호모 엑세쿠탄스』에서 위와 같은 방식을 선택한 결과 작지 않은 손실을 입고 말았다는 결론이 금방 내려진다. 진보파라고 자칭하는 한국의 좌파들 가운데 대다수가 다양한 측면에서 심각한 문제점을 노정해 온 것은 분명한 사실이며 그러니 만큼 그들에 대해 적극적인 비판을 가하는 것 자체는 바람직한 일이라고 할 수 있지만, 그러한 비판이 높은 수준의 논리적 설득력을 확보하도록 하기 위해서는, 『호모 엑세쿠탄스』에서 이문열이 채택한 방식과는 아주 다른, 보다 섬세하고 복합적이며 사려 깊은 접근방법이 필요했다고 여겨진다.

30) 『호모 엑세쿠탄스』가 발표된 시점을 전후하여 씌어진 이문열의 여러 칼럼과 에세이들을 살펴보면 이 점이 분명하게 확인된다. 그 중에서도 대표적인 예를 하나만 들자면 「신들메를 고쳐 매며」를 거론할 수 있다. 이 글은 이문열이 2000년대에 들어와 맞부딪히게 된 새로운 이념적·정치적 상황과 그것에 상응하여 일어난 그 자신의 내면적 변화를 종합적으로 진술하고 있는 장문의 에세이이다. 이문열, 『신들메를 고쳐 매며』(문이당, 2004), pp.13~53.

기독교의 전통적 주류에 속하는 보수 교단은, 좌파와 빙탄불상용(氷炭不相容)의 관계로 맞서는 존재이기 때문이다. 이러한 상황에서, 재림한 예수로 추정되는 보일러공을 바라보는 작가의 시각이나, 예수가 말하는 '사랑'의 교리를 대하는 작가의 시각이, 『사람의 아들』에서 예수나 예수의 가르침을 바라보던 시각에 비해 좀더 온화한 성격을 띠게 된 것은, 이해할 수 있는 일이다.

『호모 엑세쿠탄스』에서 재림한 예수로 추정되는 존재를 『사람의 아들』의 예수와 다르게 '정말 약한 자'로 설정한 것 역시, 이러한 맥락에서 설명이 가능할 듯하다. 돌이켜 보면 작가는 『그대 다시는 고향에 가지 못하리』에서나, 또 다른 여러 작품들에서나, 자신과 같은 동양주의자 혹은 전통주의자를 늘 '막강한 서양문명 앞에 힘겹게 맞서는 약한 존재'로 상정해 왔었다. 거기에 비하면 서양문명과 그 하위개념인 기독교는 항상 강한 자로 상정되었다. 그들은 강한 자들이었고, 강하기 때문에 이질적인 존재였으며, 강하기 때문에 더욱 분한 마음을 불러일으키는 존재였다. 『사람의 아들』에서 예수는 약한 자를 자처하고 나타났지만 그는 진짜로는 강한 자였기 때문에 여전히 이질적인 존재에 불과했다. 그런데 이제 『호모 엑세쿠탄스』에 이르러, 재림한 예수로 추정되는 자가, 그러니까 기독교 혹은 예수와 직접적으로 연결되어 있는 자가, 약한 자로 나타난다. 그렇다면 그는 더 이상 이질적인 존재가 아닐 수 있다. 적어도, 이질성이 전보다 감소된 존재일 수 있다. 분한 마음을 불러일으키는 존재도 아닐 수 있다. 약해진 바로 그만큼 그는 작가 자신과 같은 동양주의자 혹은 전통주의자의 무리와 가까워진 것이다.

이렇게 본다면 『호모 엑세쿠탄스』를 두고 앞에서 한 번 가정해 보았던 것처럼 '『사람의 아들』에서 나타났던 작가의 예수에 대한 비판의식이 더욱 고조된 결과로 나온 작품'이라고 단정짓는 것은 아무래도 오류에 해당하는 일로 여겨진다. 오히려 그 반대로 해석하는 편이 — 즉 '작가의 예수에 대한 비판의식이 전보다 약화된 결과로 나온 작품'이라는 쪽으로 해석하는 편이 — 더 큰 설득력을 가질 것으로 생각된다.

그렇기는 하지만, 이같은 '비판의식의 약화'라는 것이 갖는 의미를 지나치게 과장해서 받아들이는 태도는 경계해야 할 듯하다. 작가는, 기독교에 대한 비판의식을 전보다 조금 줄일 수야 있지만, 기독교인들과 한편이 될 생각까지는 없는 것이다. 아니, 궁극에 가서 보면 자신과 그들과는 여전히 대립적인 관계에 놓일 수밖에 없다고 생각하는 것이다. 작품의 제목인 '호모 엑세쿠탄스'와 관련된 문제를 좀더 구체적으로 짚어 보면 그 점은 선명하게 드러난다.

8. 유교주의자들의 계보와 '호모 엑세쿠탄스'

원래 『사람의 아들』에서는 예수 대 아하스 페르츠라는 2자 대립의 구도가 나타났었다. 그런데 이들 양자가 제2회전을 벌이게 된 『호모 엑세쿠탄스』의 세계로 오면, 2자 대립의 구도는 3자 대립의 구도로 바뀐다. 그리스도의 진영, 적그리스도의 진영, 그리고 앞의 양자 모두를 '처형'의 대상으로 삼는 '호모 엑세쿠탄스' 진영 등 3자가 대립하는 구도로 변경되는 것이다.

『호모 엑세쿠탄스』 속에서 벌어진 일들을 사건 차원에서 간략하게 요약하면, 앞에서 이미 이야기된 것처럼, 재림한 예수로 추정되는 사람을 적그리스도 진영 쪽에서 살해하는 사건이 먼저 일어나고, 재림 예수를 추종하던 사람들이 복수의 차원에서 적그리스도 진영의 우두머리들을 자살 테러로 살해하는 사건이 뒤따른 것으로 정리된다. 그런데 작품을 좀더 면밀하게 읽어 보면, 사태의 심층적 진실은 좀더 복잡하다는 것을 알 수 있다. 즉 먼저 일어난 사건은 알고 보면 호모 엑세쿠탄스들이 적그리스도 진영을 도구로 삼아 그리스도를 처형한 것이었고, 다음에 일어난 사건은 역시 같은 호모 엑세쿠탄스들이 그리스도 진영을 도구로 삼아 이번에는 적그리스도를 처형한 것이었다. 이것은 무척 난해하고도 은밀한 계획 및 실행의 과정을 거친 것이어서, 사건이 진행되는 과정에서는 잘 드러나지 않으며, 드러난 이후에도 쉽게 이해되지 않는다. 대립하는 두 진영을 모두 처치한다는 대단한 일을 해낸 그 엄청난 '호모 엑세쿠탄스' 진영의 인물들이 구체적으로 어떠어떠한 사람들인지도 끝내 밝혀지지 않는다.31) 그뿐만이 아니다. '호모 엑세쿠탄스' 진영에서 해냈다는 그 '대단한 일'이 정말로 현실세계 속에서 일어났던 일인지, 아니면 이매망량(魍魅魍魎)들의 한바탕 꿈 속 소동에 불과한 것이었는지조차도 분명하게 밝혀지지 않는다.

『사람의 아들』에서 우리가 보았던 예수 대 아하스 페르츠의 2자 대립구도는 무척이나 간명하고 이해하기 쉬웠던 반면, 『호모 엑세쿠탄스』에서 이야기되고 있는 3자 대립의 구도라는 것은 이처럼 난삽하다. 그렇다면, 작가가 군이 이처럼 난삽한 구도를 만들어서 작품화하는 수고를 마다하지 않은 데에는, 무언가 그 나름의 이유가 있을 것이다. 그 이유는 어떤 것일까?

---

31) 소설의 전개과정을 보면, 호모 엑세쿠탄스 진영의 사람들은 작품의 명목상 주인공이라 할 수 있는 신성민을 교묘하게 이용하여 자기들의 목적을 달성한다. 신성민은 처음에는 적그리스도 진영의 사람들을 보일러공에게 안내함으로써 보일러공이 죽음을 당하도록 만들고, 다음에는 보일러공의 추종자들을 '총재'와 '대표'가 있는 곳으로 안내함으로써 '총재'와 '대표'가 죽음을 당하도록 만든다. 이처럼 신성민은 그리스도의 진영과 적그리스도의 진영을 오가면서 두 진영 모두에 대하여 가룟 유다와 같은 역할을 수행하는데, 그로 하여금 이러한 역할을 수행하도록 만든 배후 조종자, 즉 호모 엑세쿠탄스 진영에 대하여서는 끝까지 알지 못하는 상태로 남게 된다. 독자들 역시, 작품이 끝날 때까지, 신성민과 마찬가지로 그 진영에 대하여서는 아무 것도 모르는 처지에서 벗어나지 못한다.

이 물음 앞에서 우리는 또다시 『사람의 아들』이 씌어졌던 시대와 『호모 엑세쿠탄스』가 씌어진 시대 사이에 놓여 있는 상황면에서의 차이라는 문제로 돌아오게 된다. 『사람의 아들』이 씌어졌던 시대와 달리, 『호모 엑세쿠탄스』의 시대에 이르면, 마르크스주의의 유산을 적극 수용한 좌파의 힘이 무척 커져서, 이제는 그것 자체가 하나의 또다른 신으로 군림하기에 이른 것과 마찬가지인 상황이 되었다는 것이, 작가의 인식인 듯하다. 동양주의자 혹은 전통주의자의 시각으로 보면, 그것 역시 비판받아 마땅한 존재이다. 마르크스주의의 유산이라는 것 자체가 벌써, 어차피 대항해야 할 서양문명의 한 하위개념에 해당한다. 그런데다가 그것은 그것 자체로서만 보아도 자못 난폭하며 인간말살적인 성격을 지니고 있다. 이문열은 일찍부터 좌파의 성격을 그런 것으로 파악했고, 그랬기 때문에, 『황제를 위하여』나 『영웅시대』와 같은 작품 속에서, 그리고 또 다른 여러 작품들 속에서, 이미 좌파 논리에 대하여 본격적인 비판을 행한 바 있었다. 그러나 작가의 이러한 비판에도 아랑곳없이 좌파의 힘은 그 후로 계속 커져 오기만 했다. 그렇다면 결국 『그대 다시는 고향에 가지 못하리』의 늙은 교리를 계승한 자리에 서 있는 전통주의자로서는, 기독교도 비판하고, 좌파도 비판하는 양면작전을 수행하지 않을 수 없다. 그런데 그가 보기에, 이 양자 중에서도 더 심각한 문제가 되는 것은 좌파 쪽이다. 비현실적인 점이 있을지언정, 그리고 더 나아가 교활한 위선의 논리로 규정받을 만한 소지까지도 안고 있을지언정, 그래도 예수의 산상수훈 쪽이, 마르크스주의를 비롯한 좌파 쪽의 논리보다는 낫다고 여겨지는 것이다.

그렇기는 하지만, 동양주의자 혹은 전통주의자의 입장에서 볼 때, 보일러공으로 대표되는 기독교적인 노선이라고 해서, 궁극적으로 옹호될 수는 없다. 좌파의 노선보다야 분명히 낫지만, 완전히 긍정될 수 있는 존재는 아닌 것이다. 최종 단계에 가서는 이쪽도 저쪽도 다 부정되어야 한다고 보는 것이 동양주의자 혹은 전통주의자의 버릴 수 없는 신념이다. 그리고 이것이야말로 이 작품 속에 나오는 '호모 엑세쿠탄스' 진영의 신념이다.

> 어느 방향으로 초월해도 존재는 무의미해진다. 우리는 존재의 꽃, 이미 이쪽으로의 초월을 거부했으면 저쪽으로의 초월도 부정해야 우리의 '지금'과 '여기'를 지킬 수 있다.32)

위에 인용된 구절은 'H. E.'라는 아이디33)를 쓰는 자가 발송한 이메일의 일부이거니와, 이처럼 서로 대립하는 기독교 진영과 좌파 진영 모두를 그것들이 '초월성'을 지니고 있다는 이유로 배척하는 '호모 엑세쿠탄스'의 논리에서 우리는 서양적 초월의 관념을 단호히 부정하는 유교의 입장을 금방 연상하게 된다. 그리고 보면 우리가 앞에서 동양주의자 혹은 전통주의자라는 다소 포괄적인 말로 지칭해 왔던『그대 다시는 고향에 가지 못하리』의 저 늙은 교리나『황제를 위하여』의 '황제'와 같은 인물들은, 엄밀하게 따져 보면, 동양의 전통 중에서도 특히 유교를 독실하게 신봉하여 흔들림이 없는 사람들이었다. 그런가 하면『사람의 아들』의 아하스 페르츠 역시, 비록 유대인의 외양을 하고 있기는 하지만, 그 깊은 내심에 있어서는 왕도정치의 이상을 추구하는 유교주의자였다.34) 그 유교주의자들의 계보가『호모 엑세쿠탄스』에 와서는 'H. E.'라는 아이디를 쓰는 '호모 엑세쿠탄스'로 이어진 것이다.

---

32) 이문열,『호모 엑세쿠탄스 3』(민음사, 2006), p.171.
33) 말할 나위도 없이 이것은 '호모 엑세쿠탄스'의 이니셜 표기에 해당한다.
34) 이 점은 일찍이 정상균에 의하여 지적된 바 있다. 정상균,『한국최근서사문학사연구』(집문당, 1996), p.215 참조.

그런데 바로 이러한 유교주의자인 '호모 엑세쿠탄스'가 『호모 엑세쿠탄스』라는 소설 속에서는 기독교 진영도 '처형'하고 좌파 진영도 '처형'함으로써 양쪽을 다 이 세상에서 축출한다는 놀라운 일을 해낸다. 이것은 저 『그대 다시는 고향에 가지 못하리』의 늙은 교리와 관련된 이야기가 나오던 단계에서부터 계속하여 전통주의자들로 하여금 한을 품지 않을 수 없게 만드는 원인이 되어 왔던 '약함'의 한계를 일거에 초극해 버리는 데 성공한 쾌거라 할 수 있다.

하지만 앞에서 이미 말했듯 그 '쾌거'라는 것이 소설 속의 세계에서 정말로 일어났던 일인지 아니면 한바탕 꿈 속의 헛소동이었는지가 끝내 모호하게 처리되어 있다는 사실은, 일찍이 『황제를 위하여』 속에 '황제'의 위업으로 기록되었던 모든 일들이 다 그의 '광기'와 연결된 것이었다는 사실을 떠올리지 않을 수 없도록 만든다. 『황제를 위하여』에서 '황제'의 행적을 장중한 어조로 찬양하는 입장의 기록과 그것을 한낱 과대망상증 환자의 병세에 연유한 행위로 보는 입장의 기록을 줄곧 병치하는 방식으로 표현되었던 이문열의 고민과 갈등은, 적어도 이 점에 있어서는, 그 작품 이후 24년이 지나서 씌어진 『호모 엑세쿠탄스』에 이르러서도 전혀 진전을 보이지 못하고 있는 것이다.

9. 맺는 말

지금까지의 논의를 통하여, 이문열의 소설세계 속에 나타나 있는 기독교관이 어떤 것인지는 어느 정도 명료하게 파악된 것으로 여겨진다.

그는 원래 유교를 중심으로 하는 동양정신의 전통에 대하여 깊은 애착과 믿음을 가지고 있는 보수주의자로서, 근대에 이르러 이 땅에 밀려

들어온 서양문명 일반에 대하여 분명한 대항의식을 가지고 바라보았으며, 이러한 서양문명과의 만남이라는 사건에 있어서 핵심을 이루는 것은 다름 아닌 '힘'의 문제라고 파악하였다. 이와 같은 그의 입장은, 서양문명의 한 하위개념으로 이해된 기독교를 대하는 자리에서도 그대로 관철되었다.

기독교 문제에 대한 작가의 관점을 반영하고 있는 『사람의 아들』, 『황제를 위하여』, 『영웅시대』 등을 두루 살펴보면, 기독교에 대한 대결의식과, 이러한 대결의 자리에서 핵심이 되는 요소는 '힘'이라는 인식이 일관되게 나타난다. 그런데 이때에 제기되는 어려운 문제는, '힘'이라는 기준에 입각해서 볼 때, 동양 혹은 전통주의 쪽의 패배가 피할 수 없는 것으로 보인다는 사실이다. 여기서 두 개의 길이 나뉘어지게 된다. 『사람의 아들』의 민요섭이나 『영웅시대』의 이동영 어머니 및 조정인의 경우처럼 패배를 인정하고 기독교에 귀의하는 길과, 『사람의 아들』의 조동팔이나 『황제를 위하여』의 '황제'처럼 끝까지 저항의 자세를 유지하는 길이 그것이다. 그러나 후자의 길을 택한다 하여 사태가 바뀔 수 있는 것은 아니다. 조동팔의 경우나 '황제'의 경우나, '광기'를 동반하지 않고서는 후자의 길이 성립될 수 없었다는 사실에서, 그 점은 분명하게 드러난다.

그런데, 앞서 거론된 작품들과 20년 이상의 시간적 간격을 둔 2006년에 이르러서 발표된 『호모 엑세쿠탄스』를 보면, 그 동안 '마르크스주의의 유산을 적극 수용한 좌파 진영'과의 대결이 작가에게 절박한 과제로 새로이 부각되었다는 사정을 반영하여, 기독교에 대한 작가의 비판의식이 다소 약화된 모습을 보이고 있으며, 거리감도 줄어든 느낌이 있다. 그러나 이러한 다소간의 변화에도 불구하고, 전체적인 기조는 바뀌지 않고 있다. 기독교는 여전히, 궁극에 있어서는 작가 자신의 동양적 전통주의와 대립적인 관계에 놓일 수밖에 없는 존재로 상정되고 있다. 그리고 이 작품의 경우, 그 대립 관계가 소설의 결말 부분에서 처리되는 방식은, 『황제를 위하여』에서 '황제'의 광기를 통해 가까스로 저항의 논리를 관철시켰던 선례를 연상시키는 것으로, '그 대립 관계의 진정한 해소 내지 극복'이라는 과제 앞에서 작가의 사유가 아직도 별다른 진전을 보이지 못하고 있다는 사실을 시사한다.

이문열의 소설에서 확인되는 기독교관의 실상은 대략 위와 같은 내용으로 정리될 수 있거니와, 이러한 기독교관을 담고 있는 그의 소설들에 대한 평가는, 그 평가를 시도하는 사람의 입장에 따라 다양한 방식으로 내려질 수 있을 것이다.

나로서는, 일단, "인류 문명사 혹은 정신사의 큰 틀을 어떻게 이해하고 어떤 방식으로 거기에 대응할 것인가?"라는 질문과 곧바로 이어지는 거대한 주제를 자신의 과제로 삼아 씨름하는 것을 망설이지 아니한 작가의 치열한 문제의식과 패기에 깊은 인상을 받게 된다.

그러나 이러한 점을 십분 존중하면서도, 나는, 그만한 문제의식과 패기, 그리고 소설가적 재능에 의하여 이루어진 작품세계가, 위에서 이미 자세하게 논의되었듯 "누구의 '힘'이 더 강한가?"라는 측면에 초점을 두는, 다분히 세속적이고 현실적인 대결 관계를 그려나가는 것으로 시종하였을 뿐, 진정한 의미에서의 상호 대화라든가 열림은 끝끝내 이루어지지 않았고 그것에 대한 시사조차 찾기 어렵다는 사실을 확인하면서, 착잡한 느낌을 갖지 않을 수 없다. 『그대 다시는 고향에 가지 못하리』에서나 『황제를 위하여』에서나, 또 『사람의 아들』의 아하스 페르츠 이야기에서나 『호모 엑세쿠탄스』에서나, 독자가 목격할 수 있는 것은 그런 종류의 대결 관계뿐이다. 서로 대립하는 두 개의 진영 중 어느 편에서도 상대편을 향하여 스스로를 열고 접근해 보려는 움직임은 찾아볼 수 없다. 그저 제 길로만 내닫는 두 개의 직선 사이에서처럼 메마르고 경직된 평행 관계

가 발견될 뿐이다. 여기에 비하면 『영웅시대』의 등장인물들과 『사람의
아들』의 민요섭에게서 나타나는 회심의 이야기는 조금 다른 의미를 지
니는 것 같이 보일 수도 있지만, 그것 역시 자세히 보면 단순한 '힘'의
열세를 인지한 데서 기인한 굴복일 따름이라는 점에서, 평행 관계의 문
제점을 근본적으로 해소한 것은 아님이 확실하다.

그런데, 곰곰 생각해 보면, 사실 이러한 문제는, 이문열이라는 작가의
개인적 한계로 지적될 수 있는 범위를 넘어서는 것인지 모른다는 느낌
이 들기도 한다. 이러한 느낌은, 이문열보다 한참 앞선 시점에서 이미
동양의 전통적 정신과 기독교 사이의 맞부딪침이라는 주제를 장편소설
의 규모로 탐구해 보였던 김동리의 『사반의 십자가』(1957)라든가, 기독교
진영과 좌파 진영 양자를 20세기의 이 땅에 불청객으로 찾아든 '손님'으
로 규정하여 한꺼번에 문제시하면서 그 양자 모두에 대한 대립항으로
전통적 무(巫)의 세계를 맞세웠던 황석영의 『손님』(2001) 같은 작품들을
떠올려 보면, 더욱 확실한 것으로 굳어진다. 그 작품들은 물론 구체적인
성격이나 지향점에 있어서는 이 글에서 다루어진 이문열의 소설들과 작
지 않은 차이를 갖는 터이지만, 작품 속에 나타나 있는 동양 정신과 기
독교 사이의 관련 양상을 볼 때 '진정한 의미에서의 상호 대화'라든가
'열림'과 같은 것보다 '메마르고 경직된 평행 관계'쪽이 더 두드러지는
것으로 보인다는 점에서는 그 모두가 마찬가지인 것이다.

사정이 그러하다면, 위에서 내가 이야기했던 '착잡한 느낌'이라는 것
은, 이제 이문열의 작품세계라는 범주를 넘어, '동양의 전통적 정신과 서
양문명 사이의 만남이 갖는 의미'라는 세계사적 차원의 주제 자체에 대
한 성찰로 이어져야 할 것이다. 또한, "그러한 만남은 구체적으로 한반
도라는 공간 속에서 지난 수백 년 동안 어떠한 역사적 전개 과정을 밟아
왔으며 지금은 어떠한 양상으로 나타나고 있는가? 그리고 거기에서 발

견되는 문제점은 무엇인가?"라는 물음과 관련된 성찰로 이어져야 할 것이다. 이러한 성찰의 필요성을 이야기하는 것으로써 나는 이 글을 끝마치고자 한다.

정찬의 소설과 기독교

1. 머리말

1983년 『언어의 세계』를 통하여 등단한 정찬의 소설세계에는 기독교와 관련된 문제가 지속적으로 큰 의미를 지니고 나타난다. 1989년도에 발표된 그의 초기 단편 「수리부엉이」에서부터 최근(2006)에 발표된 단편 「두 생애」에 이르기까지 정찬은 기독교에 대한 관심을 꾸준히 작품 속에 표명해 오고 있는 것이다.

정찬이 그의 소설세계를 통하여 이처럼 기독교에 대한 관심의 표명과 탐구를 지속적으로 수행해 온 점은 이미 여러 논자들에 의해 지적된 바 있지만[1] 이 사실에 대하여 종합적이면서도 심도 있는 논의가 본격적으로 이루어진 일은 아직 없다. 지금까지 이와 관련되어 이루어진 성과로는 장편 『세상의 저녁』에 대한 해설의 형식으로 쓰여진 김주연의 글 「하느님의 슬픔, 문학의 슬픔」과, 또다른 장편 『빌라도의 예수』를 대상으로

---

1) 이 점에 대해 언급한 대표적인 예로는 홍정선의 「영혼의 언어를 찾는 소설」(정찬 창작집 『기억의 강』(현암사, 1989)의 해설), 하응백의 「신성한 길, 소설의 길」(『문학동네』 1995. 겨울), 박진의 「꿈을 폐기한 시대의 꿈꾸기」(『작가세계』 1999. 겨울) 등을 들 수 있다.

해서 내가 쓴 몇 편의 글[2])이 있으나 그것들은 모두 특정 작품 한 편만을 대상으로 한 것이며 글의 성격도 본격적인 논문과는 거리가 있는 것이다.

이 글에서는 이러한 단계에서 한 걸음을 더 나아가, 기독교 문제에 대한 관심을 드러내고 있는 정찬의 대표적인 작품들을 두루 검토하여 그 구체적인 양상을 확인하고, 그것의 의미를 심층적으로 탐구하고자 한다. 그리고 이러한 그의 작품들이 한국의 소설사 속에서 어떤 의의를 갖고 있는가를 규명하고자 한다.

정찬의 소설들 가운데서 기독교 문제에 대한 작가의 관심이 특히 뚜렷한 모습으로 나타나는 작품은 중편 「수리부엉이」, 「기억의 강」, 장편 『세상의 저녁』, 『빌라도의 예수』, 단편 「두 생애」 등 다섯 편이다. 물론 그의 작품들 가운데 기독교에 대한 관심을 조금이라도 반영하고 있는 경우는 그 밖에도 적잖게 있지만, 이 다섯 작품이야말로 정찬이 기독교 문제를 본격적이면서도 명시적으로 다루고 있는 대표작이자 문제작이다. 따라서 이 글에서는 이 다섯 작품들을 중심으로 하여 논의를 전개해 나아가고자 한다.

2. 증오 없이 저항하는 예수 – 「수리부엉이」와 「기억의 강」

1989년에 출간된 정찬의 첫 창작집 『기억의 강』에 수록된 작품들을 살펴보면, 정치 권력에 의해 행해지는 억압과 그것에 대한 저항이라는

---

2) 이 글들은 모두 나의 저서 『한국 현대소설과 종교의 관련 양상』(푸른사상, 2005)에 수록되어 있으며 그 제목은 다음과 같다―「복음서의 빌라도, 필로와 요세푸스의 빌라도, 정찬의 빌라도」, 「『빌라도의 예수』에서 예수를 다룬 방식」, 「쿠스너의 야웨와 정찬의 예수」, 「『구약성서』의 실체와 『빌라도의 예수』」.

주제가 지배적인 것으로 나타난다. 이러한 주제를 담고 있는 작품들을 쓰면서, 정찬은 철저한 도덕적 이상주의자의 자세를 일관되게 견지한다. 이러한 도덕적 이상주의자의 자세는 그의 소설세계가 선명한 색채와 비극적인 아름다움을 획득하도록 만든다는 점에서는 긍정적으로 기여하지만, 선과 악이 복잡하게 뒤엉켜 있는 인간 현실의 다면성을 소설 속에 제대로 담아내지 못하도록 만든다는 점에서는 한계를 낳는 원인으로 작용하기도 한다.

아무튼 정찬은 이처럼 정치 권력의 억압과 그것에 대한 저항이라는 문제에 주로 초점을 맞추되 도덕적 이상주의를 견지하는 가운데서 자연스럽게 예수에게 관심을 표시하게 된다.

> "유대교의 핵심은 신이 아니라 신의 목소리입니다. 로마인들은 조각된 돌을 통해 신의 모습을 보지만 유대인들은 목소리를 통해 신의 모습을 느낍니다. 그런데 예수는 그 목소리가 타락하고 있다고 생각했습니다. 신의 목소리가 아니라 그 목소리를 전달하는 인간의 목소리가 타락했다고 생각한 것입니다. 타락한 인간들이 신의 순결한 목소리를 율법과 회당의 틀 속에 가두어 놓고 있다고 판단했습니다. 예수는 그 틀을 깨뜨리고 갇힌 목소리를 해방시키려 하다가 죽임을 당한 것입니다."[3]

위에 인용된 대목은 『기억의 강』에 수록되어 있는 중편 「수리부엉이」속에서 마사다 전투 당시의 로마군 사령관인 실바에게 소설의 주인공 요세푸스가 들려주는 대사의 일부로 제시되어 있는 것이다.[4] 여기서 보

---

3) 정찬, 『기억의 강』, p.95.
4) 「수리부엉이」의 주인공으로 등장하는 요세푸스는 『유대 고대사』, 『유대 전쟁사』 등의 저서를 남기고 있는 실존 인물이다. 이러한 요세푸스가 예수에 대해서 위와 같은 생각을 갖고 있었다는 것은 작가인 정찬이 만들어낸 허구이다. 실제로 요세푸스가 예수의 존재를 알고 있었는지, 알고 있었다면 예수에 대해 어떤 견해를 갖고 있었는지에 대해서는, 학자들 사이에 많은 논란이 있다. 지금 남아 있는 요세푸스의 저서 『유대 고대사』를 보면 예

다시피 「수리부엉이」 속에서 강조되고 있는 예수는 어디까지나 '정치 권력에 저항하다가 비극적인 죽음을 맞이한 존재로서의 예수'이다. 복음서에 기록되어 있는 그의 숱한 이적(異蹟)들이나 그의 부활, 신의 독생자(獨生子)라는 그의 지위 같은 것은 관심의 대상이 되지 못한다.5)

정찬은 정치 권력에 대한 저항이라는 주제를 탐구하는 과정에서 왜 하필 예수에게 관심을 기울이게 되었을까? 「수리부엉이」 속에서 이 물음에 대한 답을 가장 뚜렷하게 시사해 주는 곳은 위에 인용된 대목에서 조금 더 아래로 내려간 지점에 있다. 요세푸스의 이야기를 듣고 난 실바가 퉁명스럽게 "그는 유대인을 저주하였다"고 말하자 요세푸스는 다음과 같이 반론을 펴는데, 이 반론이 주목된다.

> "그는 타락된 유대인의 말을 슬퍼하였습니다. 예언자를 돌로 쳐죽인
> 예루살렘을 위해 눈물을 흘렸습니다."6)

요세푸스의 위와 같은 대사에서 강조되고 있는 것은 예수가 권력의 억압에 대하여 저항하되 증오 없이 저항하였다는 것, 억압을 자행하는 자들을 위하여 오히려 눈물을 흘려 주는 마음을 가지고 저항하였다는 것이다.

수에 대한 간단한 언급이 나오기는 한다. 하지만 이 텍스트의 진위 문제에 대한 학자들의 입장이 여러 갈래로 나뉘어져 있기 때문에 논란이 종식되지 못하고 있는 것이다. 스티브 메이슨, 『요세푸스와 신약성서』(유태엽 역, 대한기독교서회, 2002), pp.226~242 참조.

5) 이적, 부활, 신의 독생자라는 지위 등을 무시하고 '인간' 예수에게 관심을 집중한다는 점에서 「수리부엉이」는 현대 지식인들의 일반적인 예수관(觀)과 부합하는 면모를 가지고 있다. 이는 반드시 무신론이나 불가지론, 혹은 회의론의 입장을 취하고 있는 지식인들에게만 한정되는 이야기가 아니다. 실제에 있어서 현대의 많은 진보적인 기독교 신학자들도 이러한 입장에 서서 새로운 예수상(像)을 정립해 가고 있는 터이다. 그러한 노력의 성과를 담고 있는 저술들 가운데 대표적인 예를 하나만 들자면 존 쉘비 스퐁의 『만들어진 예수 참 사람 예수』(이계준 역, 한국기독교연구소, 2009)를 거명할 수 있다.

6) 정찬, 앞의 책, 같은 페이지.

본래 정찬이 도덕적 이상주의자의 입장에 서서 정치 권력의 억압과 그것에 대한 저항을 문제 삼는 동안 심각하게 고민했던 문제의 하나는, 억압에 대한 저항이 증오로 무장할 경우 그것 자체가 하나의 폭력이 될 수 있다는 점이었다.[7] 이런 문제점을 잘 보여주는 예가 창작집 『기억의 강』에 수록되어 있는 또다른 중편 「기억의 강」에 등장하는 시인 C와 같은 인물이다. 이와 같은 문제를 극복할 수 있는 길을 찾기 위해 고민하는 정찬에게, 예수가 보여준 '증오 없는 저항'의 실례는 특별한 관심을 기울일 만한 것으로 받아들여졌던 것이다. 그는 예수가 보여준 그러한 실례야말로 문학이 따라야 할 모범이라고 생각한다. 그러한 모범을 따르는 것이 쉽지는 않겠지만, 그렇게 하고자 노력하는 것은 가능하다고 생각한다. 「기억의 강」에 등장하는 소설가 윤명수는 문학인에게 가능한 그러한 노력을 실제로 보여준 인물로 설정되어 있다.

> 푸른 강이 떠올랐다. 빛이 넘쳐 흐르고 소금이 들의 백합화처럼 가득한 강. 흰 옷을 입은 사람이 배를 젓고, 그의 노래가 물이 되어 흐르는 강. 마태의 강이었다. 그 강을 향해 한 사내가 걸어오고 있었다. 등에 무엇인가를 짊어지고 휘청이며 걷고 있는 사내. 그는 윤명수였다. 입은 굳게 다물고 있었고, 반쯤 감긴 눈 위로 핏물 같은 땀이 흘러 내렸다. 여윈 등 위의 짐을 받치고 있는 그의 손이 천천히 펴지고 있었다. 앙상한 손바닥에 움푹 팬 구멍이 얼핏 보였다. 못의 형해였다.[8]

위에 인용된 대목은 「기억의 강」에 등장하는 소설가 윤명수의 참다운 모습이 어떤 것인가에 대한 작가의 견해를 드러내기 위해 작품 속의 화자인 장영규의 환상을 활용하고 있는 부분이다. 여기에 담겨 있는 정찬

---

7) 이 점에 대해서 일찍이 지적한 논자는 홍정선이다. 홍정선, 앞의 글, p.310.
8) 정찬, 앞의 책, p.65.

의 메시지는, 문학인이 문학의 가장 바람직한 방향을 선택하여 끝까지 나아갈 경우, 그는 예수와 닮은 모습을 지니게 된다는 것이다.[9) 이러한 이야기를 뒤집어서 보면, 예수야말로 바람직한 길을 걷고자 하는 문학인의 이상적인 모델이 된다는 논리가 가능해지는데, 그때의 예수는 바로 '증오 없는 저항'을 행하고 그로 인해 '수난'을 당한 존재로서의 예수인 것이다. 예수가 행한 '증오 없는 저항'의 초점에 놓여 있었던 것이 앞서 「수리부엉이」로부터 인용된 요세푸스의 대사에서 보듯 '타락된 말'의 문제였다는 사실도, 이처럼 예수를 문학인의 이상적 모델로 설정하는 논리를 뒷받침해 주는 한 가지 요소로 기능한다.

그런데 「기억의 강」의 전개과정을 보면 이처럼 예수와 닮은 문학인의 형상으로 나타나는 소설가 윤명수는 정신이상의 징후를 보이는 상태에서 실종되고 만다. 다분히 비극적인 분위기를 남기는 결말이다. 그런데 사실 이런 식의 비극적인 분위기는 창작집 『기억의 강』에 수록된 대부분의 작품이 공유하고 있는 것이다. 그리고 정찬의 소설세계는, 『기억의 강』 이후의 시기로 넘어간 이후에도, 그러니까 1990년대나 그 후의 2000년대에 이르러서까지도, 이 점에서는 그렇게 큰 변화를 보이지 않는다.

정찬의 초기 소설세계에서 가장 큰 관심사로 부각되었던 정치 권력의 문제에 있어서 1990년대부터는 변화가 일어났음에도 불구하고, 다시 말해 정치 권력에 의해 행해지는 억압의 양상이라는 측면에서 개선이 있었음에도 불구하고 이처럼 비극적인 분위기가 그의 소설세계 속에서 큰 변화 없이 유지되게 된 것은, 정찬이 정치 권력의 문제에 대한 관심을 계속 유지하는 가운데, 대략 1990년대부터 자본주의 체제에 대한 저항

---

9) 「기억의 강」의 윤명수와 예수 사이의 연관 관계에 대해서는 하응백이 언급한 바 있다. 하응백, 앞의 글, p.108.

의식이 그의 주요한 관심 목록에 본격적으로 추가되었다는 사실과 관련된다.[10]

3. 무한한 위로를 주는 자로서의 예수 -『세상의 저녁』

자본주의 체제에 대한 비판에 관심을 기울이게 되면서 정찬은 '자기중심적 욕망'의 문제를 자신이 탐구해야 할 과제의 핵심으로 파악한다. 그에 따르면 자본주의 체제는 인간의 자기중심적 욕망이 절제 없이 발호하도록 만드는 가운데서 성립되고 유지되는 체제이며, 그런 만큼 자기중심적 욕망을 어떻게 넘어설 수 있는가를 탐구하는 것이야말로 자본주의 체제와의 대결에서 가장 중요한 과제가 된다. 여기서 확인되는 것처럼 그는 정치 권력을 주로 문제 삼는 자리에서 보여주었던 철저한 도덕적 이상주의자의 자세를 이 자리에서도 변함없이 견지하고 있다. 그리고 이처럼 도덕적 이상주의자의 자세를 견지하는 가운데 자기중심적 욕망을 넘어서는 길이 무엇인가를 탐구하는 과정에서, 정찬에게는 또다시 기독교가 중요한 관심의 대상으로 떠오르게 된다. 그 점을 보여주는 대표적인 사례가 바로 정찬의 첫 번째 장편소설인『세상의 저녁』이다.

『세상의 저녁』은 외형상 주인공 황인후의 일대기로 볼 수 있다. 황인후는 사생아로 태어난 데다가 간질이라는 질환을 앓고 있는 인물이다. 『세상의 저녁』은 이처럼 이중의 불행을 짊어진 주인공 황인후가 긴 고뇌의 골짜기를 통과한 끝에 마침내는 한 사람의 성자와 같은 경지에 도

---

10) 정찬의 소설이 대략 1990년대로 들어오면서부터 자본주의 체제를 적극적으로 문제삼기 시작했다는 점에 대해서는 박진과 성민엽이 언급한 바 있다. 박진, 앞의 글, pp.84~86 및 성민엽,『변하는 것과 변하지 않는 것』(문학과지성사, 2004), pp.396~397 참조.

달하고, 성자로서 사랑의 실천을 행하다가 죽어가는 과정을 따라간다. 그러면 황인후는 어떠한 계기에 의해 그가 좀처럼 벗어날 수 없었던 고뇌의 골짜기로부터 탈출하는 데 성공하고, 급기야는 성자의 경지에까지 올라설 수 있었던가? 이 물음에 대한 답은 한두 가지로 간단히 요약될 수 없다. 상당히 다양한 요인들이 복합되어 있기 때문이다.[11] 하지만 그 다양한 요인들 중 맨 마지막으로 나타나 결정적인 계기를 만든 것이 무엇인지는 확실하게 한 가지로 제시되어 있다. 그것은 황인후의 아버지인 빈첸시오 신부에 의해 그에게 제시된, 기독교의 신과 예수의 성격에 대한 설명이다. 우선 기독교의 신에 대해서 빈첸시오 신부는 다음과 같이 이야기한다.

> "우리가 고통을 당할 때 누군가 똑같이 그 고통을 느끼면서 슬퍼하고 있다고 생각해보게. 한없이 큰 위로가 될 걸세. 이 위로야말로 고통을 응시하고 초극하게 하는 힘이지. 더구나 슬퍼하는 이가 무한히 높은 존재라면 위로의 힘은 한층 더 클 걸세. 반면 혼자서 고통받고 있다고 생각된다면 억울하고 부당하다는 감정으로 빠져들면서 고통의 실체를 왜곡하게 되네. 고통의 왜곡은 필연적으로 증오를 불러들이네. 운명을 저주하고, 자신을 이렇게 만든 세상과 신을 저주하게 되지. 하느님을 전지전능한 분으로 생각하는 이들은 내 생각에 펄쩍 뛰겠지. 하지만 그들은 하느님의 권능, 하느님의 영광이라는 이름하에 저지른 기독교인의 죄를 곰곰이 생각해볼 필요가 있어. 하느님에게는 권능도 영광도 없어. 오직 슬퍼하는 능력만 갖고 계시지. 이런 하느님의 모습에서 난 비로소 신성을 느낄 수 있었다네. 그런데 자넨 자신의 아들조차 살리지 못하는 무능한 하느님에게 기적을 간구했네. 이제 알겠나? 그것이 얼마나 큰 탐욕인가를."[12]

---

11) '타자성'의 개념을 키워드로 삼아 황인후의 변모 과정을 분석한 장수익의 작업은 그 다양한 요인들 가운데 한 가지를 선명하게 밝혀 준 업적에 해당한다. 장수익, 「인간의 존재방식에 대한 두 가지 탐구」, 『살림과 대화로서의 문학비평』(월인, 1999) 참조.

『세상의 저녁』의 빈첸시오 신부에 의해 서술되고 있는 이러한 신의 모습은 일찍이 일본의 기독교 신학자 기타모리 가조(北森加藏)가 제창했던 '하나님의 아픔의 신학'을 연상시킨다.[13] 그런가 하면 미국의 유대교 랍비인 해롤드 S. 쿠스너에 의해 제시되었던 신의 면모와도 아주 가까운 성격을 지니고 있다.[14] 그러니 만큼, 『세상의 저녁』에 나타나 있는 신관(神觀)이 반드시 새롭기만 한 것은 아니다. 하지만 그것은 적어도 이 작품을 읽는 대부분의 독자들에게는 상당히 낯설고 참신한 것으로 다가갈 수 있는 가능성을 갖고 있다. 아무튼 빈첸시오 신부는 기독교의 신에 대해 위와 같은 견해를 제시하고, 그것의 연장선상에서, 다시 예수에 대해서도 자기류의 설명을 내놓는다.

> "소경이 눈을 뜨지 못하고, 앉은뱅이가 일어서지 못하고, 귀신 들린 자가 깨끗한 몸이 못 되었을지언정 기적의 꽃은 그분의 숨결이 닿는 곳마다 피어났네. 그분은 무력한 하느님, 인류의 고통과 슬픔에 대해 함께 아파하고 눈물 흘리는 능력밖에 없는 하느님의 모습으로 지상에 나타났던 것일세."[15]

위에 인용된 대사들에서 빈첸시오 신부가 제시하고 있는, '타자의 고통과 슬픔을 온전히 자기의 것으로 하여 함께 슬퍼하며 그렇게 함으로써 무한한 위로를 주는 자'로서의 신과 예수는, 자기중심적 욕망의 악마성을 넘어서고자 소망하는 인간들에게 고귀한 모범으로 다가올 수 있는 존재이다. 정찬은 이러한 존재에 대한 설명을 관념적으로 제시하는 데서

---

12) 정찬, 『세상의 저녁』(문학동네, 1998), p.210.
13) 기타모리 가조의 신학사상은 그의 주저(主著)인 『하나님의 아픔의 신학』(박석규 역, 양서각, 1987)에 잘 나타나 있다. 이 책의 원서는 제2차 세계대전이 끝난 해인 1945년에 처음으로 출간되었다.
14) 해롤드 S. 쿠스너, 『착한 사람이 왜 고통을 받습니까』(김쾌상 역, 심지, 1983) 참조.
15) 정찬, 『세상의 저녁』, p.218.

그치지 않고,『세상의 저녁』의 주인공 황인후가 그 모범을 본받아 열정적으로 실천하는 삶을 펼치다가 죽는 모습을 구체적으로 그려 보임으로써, 거기에 소설적인 육체를 부여하려 애쓰는 단계로까지 나아갔다.『세상의 저녁』의 해설을 쓴 김주연은 이런 황인후에 대해 "거의, 부활이 생략된 예수의 모습으로 나타난다"16)는 평을 한 바 있는데, 정찬이 그의 작품들 속에서 시사하고 있는 대로, 또 현대의 많은 진보적 기독교 신학자들이 생각하고 있는 대로 예수도 사실 육신으로 부활한 것이 아니라면,『세상의 저녁』의 마지막 단계에서 성자의 경지에 도달한 황인후와 예수는 거의 겹치는 수준에 접근한다고 할 수 있다.

이처럼『세상의 저녁』에서 정찬이 빈첸시오 신부에 의한 관념적 설명과 황인후에 의한 구체적 실천의 형상화라는 두 가지 방법을 병행하면서 제시한 새로운 기독교적 신과 예수의 초상화는, 그가「수리부엉이」라든가「기억의 강」과 같은 초기 소설들에서 보여주었던 '저항과 수난의 주체'로서의 예수의 모습과 상통하는 면을 가지면서 또한 분명하게 구별되기도 하는 존재로, 그가 주로 문제삼고 비판하는 대상이 늘어남에 따라 응전의 전략도 다양해지게 된 것을 선명하게 드러내고 있다.

이러한 점을 주목하면서, 한 가지 덧붙여 언급해 둘 것이 있다. 정찬은「기억의 강」에서 소설가 윤명수의 경우를 통하여 예수라는 모델과 문학인의 길 사이의 관계에 대한 자신의 사유를 담아낸 바 있거니와,『세상의 저녁』에서는 이러한 문제에 대한 작가의 새로운 사유가 나타나고 있는 것이다. 이 작품의 경우, 예수라는 모델과 문학인의 길 사이의 관계는, 황인후와 최정오 사이의 관계라는 양상으로 제시된다.

"사랑은 저를 기다리고 있었고, 저는 어쩔 수 없이 보았습니다. 그리고

---

16) 김주연,「하느님의 슬픔, 문학의 슬픔」,『세상의 저녁』, p.315.

지금 저는 그분을 사랑합니다. 이 이해할 수 없는 사랑이 저를 행복하게
하고 있습니다. 비로소 저는 이것이 그분의 마지막 신성의 발현임을 깨
달았습니다. 하지만 그분의 신성을 더 이상 가두어놓아서는 안 된다는
것을 알고 있습니다. 갇혀 있는 사랑은 진정한 사랑이 아니니까요. 누군
가에게 그 사랑을 전해주어야지요. 때로는 지붕 위에 올라가 소리치고
싶은 충동에 사로잡히기도 합니다. 그 사랑에 대해."[17]

이 작품에서 최정오는, 위에 인용된 대사에서 보듯, 황인후를 따라다
니며 관찰하다가 급기야는 그에게 사랑을 느끼게 되고 그를 세상에 널
리 알리고 싶은 열망에 사로잡히는 존재로 나타난다. 이러한 최정오의
존재양상은 김주연이 지적했듯 작가, 즉 문학인의 존재양상에 대한 정찬
의 생각을 담아내고 있는 것이다.[18] 그런데 이처럼 『세상의 저녁』 속에
서 문학인의 존재양상에 대한 정찬의 생각을 담아내고 있는 인물인 최
정오와, 거의 예수와 겹치는 수준에 도달해 있는 성자적 인물인 황인후
사이의 관계는, 「기억의 강」에 나오는 윤명수와 예수 사이의 관계와는
상당히 다르다. 윤명수는 예수와 닮은 존재라고 이야기될 수 있었지만
최정오가 황인후와 닮은 존재라는 논리는 성립할 수 없다. 그는 어디까
지나 관찰자, 애정에 사로잡힌 자, 그리고 증언자로 머무를 뿐이며, 그
자신이 황인후와 같거나 비슷하게 되는 일은 일어나지 않는다.

이러한 사실은 문학인의 존재양상에 대한 정찬의 사유의 폭이 이 시
기에 이르면 「기억의 강」을 쓰던 시기에 비해 좀더 넓어지게 되었음을
입증한다. 이 시기에 이르러 그는 문학인 스스로 예수의 모델을 닮게 되
기를 희망하고 또 그것이 가능하다고 믿는 입장과 더불어, 좀더 침착하
고 절제된, 그러면서 더 현실성이 있는 입장에 대해서도 관심을 기울이

---

17) 정찬, 『세상의 저녁』, p.301.
18) 김주연, 앞의 글, p.313 참조.

게 된 것이다.

4. 저항하는 예수와 위로하는 예수 - 『빌라도의 예수』

지금까지 살펴본 바와 같이, 창작 활동의 초기에 자신이 생각하는 예수의 한 가지 모습을 보여주고, 1998년에 발표된 『세상의 저녁』에서 또 다른 예수의 모습을 보여주었던 정찬은, 2004년에 이르러, 『빌라도의 예수』라는 장편을 발표한다. 이 작품에서 정찬은 그전에 자신이 제시하였던 두 가지 예수상을 하나의 작품공간 속에 담아내고자 하는 시도를 행하고 있다.

『빌라도의 예수』는, 제목만 보아도 짐작할 수 있는 바와 같이, 예수가 활동하고 처형되던 당시 로마 제국의 유대 총독으로 재임하고 있었던 실존 인물인 빌라도(로마식 표기로는 폰티우스 필라투스)를 외형상의 주인공으로 내세우고, 이 빌라도를 안내자로 삼아 예수 및 기독교라는 대상으로 접근해 들어가는 방식을 취하고 있는 작품이다. 역사적인 인물로서의 빌라도가 어떤 사람이었는가에 대해서는 복음서에서 전해지고 있는 내용과 그 당시의 유대 역사에 대한 기록을 남기고 있는 대표적 지식인인 필로 및 요세푸스의 저술에서 전해지고 있는 내용이 '서로 다르다'는 정도를 넘어서 아예 정반대에 가까운 양상을 보이고 있거니와 정찬은 이 두 가지 중의 어느 편에도 일방적으로 기울어지지 않고 자기나름의 빌라도상을 새롭게 창조해 내고 있다.[19]

그런데 빌라도를 어떠한 성격의 인물로 그려내든, 예수가 생존했던 당

---

19) 이 문제에 관한 자세한 논의는 나의 글 「복음서의 빌라도, 필로와 요세푸스의 빌라도, 정찬의 빌라도」에서 이루어진 바 있다.

시 유대 지역 최고의 정치 권력자였던 빌라도를 작품의 전면에 내세웠다는 사실 자체만 보고서도, 『빌라도의 예수』라는 소설은 예수를 다룸에 있어 정치 권력과 관련된 측면에 초점을 맞추게 되리라는 것을 독자들은 예상할 수 있다. 그리고 실제로 『빌라도의 예수』는 그러한 예상을 비켜 가지 않는다.

이 작품 속에는 예수가 중요한 작중인물의 한 사람으로 직접 등장하는데, 그가 죽음에 이르기까지의 기간 동안에 펼치는 행적은 언제나 정치 권력과의 관계 속에서 조명되고 해석된다. 바로 이런 점에서, 『빌라도의 예수』에서 생전의 예수에게 접근하는 작가의 관점은 앞서 「수리부엉이」에서 나타났던 관점을 충실히 계승하고 있다. 즉 '정치 권력에 저항하다가 비극적인 죽음을 맞이한 존재로서의 예수'에게 집중적인 관심이 부여되며, 그의 이적이라든가 부활, 신의 독생자라는 지위 같은 것은 논외로 돌려지는 것이다. 또한 예수가 그 같은 저항과 죽음의 행로를 거쳐 가는 동안 일체의 '증오'가 배제된다는 점에서도 두 작품은 동일하다. 두 작품 사이에 차이가 있다면, 「수리부엉이」에서는 예수의 그 같은 면모가 요세푸스의 대사에 의해 간단히 요약되는 것으로 그쳤던 반면, 『빌라도의 예수』에서는 예수가 직접 등장하여 행동하는 모습을 구체적으로 보여준다는 점뿐이다.

그런데, 앞에서 이미 언급되었던 바와 같이, 『빌라도의 예수』 속에서 정찬은, 이처럼 증오 없이 정치 권력의 억압에 저항하고 수난을 당하는 존재로서의 예수뿐 아니라, 『세상의 저녁』에서 제시되었던, 타자의 고통과 슬픔을 온전히 자기의 것으로 하여 함께 슬퍼하는 존재로서의 예수까지도 함께 제시하고자 했다. 『빌라도의 예수』 속에서 그러한 존재로서의 예수는, 예수가 죽고 나서 얼마의 시간이 흐른 후 사울에 의하여 펼쳐지는 긴 대사를 통해 처음으로 제시된다.

"무력하다구요? 천만의 말씀입니다. 우리들의 신은 인간의 고통을 가장 깊이 느낍니다. 고통의 당사자보다 더 깊이 느낍니다. 우리들의 신은 인간의 슬픔을 가장 깊이 느낍니다. 슬픔의 당사자보다 더 깊이 느낍니다. 우리들의 신은 인간의 기쁨을 가장 깊이 느낍니다. 기쁨의 당사자보다 더 깊이 느낍니다. 자, 생각해보십시오. 고통과 슬픔에 빠진 자가 자신보다 더 깊이 아파하고 더 깊이 슬퍼하는 거룩한 존재를 느끼는 순간을 말입니다. 그보다 더한 위로가 또 있을까요? 위로는 고통과 슬픔을 작게 합니다. 고통과 슬픔을 기쁨으로 변화시킬 수도 있습니다. 기뻐하는 자가 자기 자신보다 더 기뻐하는 거룩한 존재를 느낄 때 그의 기쁨은 한없이 커질 것입니다."[20]

위에 인용된 부분은 그 긴 대사의 일부에 해당한다. 정찬은 『빌라도의 예수』에서 빌라도를 복음서에 기록된 그의 모습과는 다르게 자기나름으로 새롭게 창조하여 등장시켰듯 사울(나중의 바울)도 자기나름의 방식으로 새롭게 변용시켜 등장시키고 있거니와, 이렇게 변용된 작중인물로서의 사울이 가장 뚜렷한 모습으로 부각되는 장면이, 바로 위의 대사를 포함하고 있는 장면이다. 이 장면에서 사울은 전부터 안면이 있던 빌라도를 방문하여 대화를 나누는 가운데, 자신이 예수의 생전에 그를 따라다니면서 파악한 가장 의미심장한 예수의 모습을 위와 같은 방식으로 그려 보이고 있는 것이다.[21]

이상에서 본 것처럼 정찬은 「수리부엉이」와 「기억의 강」에서 제시되었던 한 가지 예수상과 『세상의 저녁』에서 제시되었던 또 한 가지 예수상을 『빌라도의 예수』라는 하나의 작품 속에서 동시에 제시하고 있다.

---

20) 정찬, 『빌라도의 예수』(랜덤하우스중앙, 2004), p.400.
21) 사울이 예수 생존시에 그를 따라다녔다는 것은 물론 정찬이 창작한 허구이다. 『신약성서』의 모든 기록이 일치해서 전하고 있는 바에 따르면, 사울은 예수를 따라다니기는커녕 생전의 예수를 목격한 일조차 없었다.

하지만 『빌라도의 예수』 속에서 이 두 가지 예수상은 유기적으로 통합되지 못하고 별개의 존재로 분리되어 있다. 예수가 직접 등장하는 대목을 보면, 오로지 정치적 저항자로서의 예수만이 그려질 뿐이다. '자기중심적 욕망의 악마성을 넘어서는 길을 모범적으로 가리켜 보여주는 존재', '함께 슬퍼하는 존재'로서의 예수는 여기에서는 전혀 나타나지 않는다. 그러한 예수에 대한 언급은 사울의 대사 속에서 처음으로 등장한다. 이런 식으로 서로 분리되어서 나타나기 때문에 독자로서는 이 작품을 읽으며 예수상에 관한 '종합'의 효과를 감지하는 것이 쉽지 않다.

이와 더불어 또 한 가지 지적되어야 할 점은, 예수의 첫 번째 면모가 예수의 행동을 통하여 어느 정도 구체적으로 그려지고 있는 것과 달리 그의 두 번째 면모는 사울의 대사를 통하여 다분히 관념적인 수준에서 제시되고 있을 따름이기 때문에 실감이 미약하다는 사실이다. 그것의 필연적인 결과로, 호소력 역시 약하다. 비록 작품의 끝부분 가까이에 가서 빌라도 자신이 그 나름의 고난을 겪는 가운데 일찍이 사울로부터 들었던 바와 같은 예수의 존재를 희미하게 경험하는 내용이 배치됨으로써 약간의 구체화가 이루어지고 있기는 하나, 그 효과는 크지 않다. 이런 점 때문에, 예수의 두 번째 면모에 대한 작가의 사유를 생생한 실감과 더불어 전달한다는 과제를 수행함에 있어서, 『빌라도의 예수』는 『세상의 저녁』보다 뒤떨어지는 수준에서 그치고 있다.

방금 지적된 바와 같은 한계를 안고 있기는 하지만, 어쨌든 이 『빌라도의 예수』에 이르러서 예수에 대한 정찬의 사유가 가장 넓고 본격적인 모습으로 드러나게 된 것만은 틀림없는 사실이다. 그리고 또 한 가지, 이 작품에서 이루어진 의미 있는 진전으로 언급되어야 할 사항이 있다. 기독교라는 종교의 교리와 조직에 대해서 문제의식을 가지고 관심을 표하는 작가의 모습이 여기에서 처음으로 나타나고 있다는 사실이 바로 그것이다.

『빌라도의 예수』에서 예수 사후에 사울이 보여주는 행동과 발언으로 서술되어 있는 내용은, 그런 점에서 주목할 만한 가치를 가지고 있다. 이 작품의 마지막에 가까운 부분에서 사울은 빌라도를 찾아와 대화를 나누는데, 이 자리에서 그는 예수의 죽음을 '희생 제물'의 죽음으로 규정한다. 예수의 죽음이 갖는 의미를 이런 식으로 규정하는 내용이 나오는 것은 작품 속에서 이 대목이 처음이다. 그러니까 『빌라도의 예수』에서 예수의 죽음에 대한 이와 같은 규정은 예수 자신이 한 것이 아니라 사울이 한 것으로 되는 셈이다. 사울은 예수의 죽음에 대한 이와 같은 의미 규정에 입각하여, 그의 죽음을 "아무도 몰랐던", 심지어 예수 자신조차도 몰랐던 "우주적 드라마의 시작"으로 규정한다. 이 대목에서 길게 서술되고 있는 사울의 대사는, 기독교라는 종교의 교리가 지니는 의미와 성격에 대한 심층적 사유의 실마리를 풍부하게 담고 있다.22) 한편 사울의 발언을 듣고 나서 소설 속의 빌라도가 보여주는 반응에 대한 다음과 같은 서술 역시 주목할 만한 가치가 있다.

"내가 두려운 것은……"
빌라도는 어두운 눈으로 사울을 보았다.
"드라마의 통속화이오. 그대가 말했소. 참된 기적은 눈에 보이지 않는

---

22) 『빌라도의 예수』의 이 대목에서 예수의 죽음이 갖는 의미에 대해 사울이 해석하는 내용과 그러한 해석을 바탕으로 하여 사울이 전개하는 논리의 성격을 한 마디로 압축하면 대속(代贖)의 개념이 된다. 방금 살펴본 내용으로 보아 알 수 있듯 『빌라도의 예수』는 이 대속의 사상을 바울에게 독점적으로 귀속시키고 있는데, 이것은 정찬이 기독교 교리의 형성과정에 대하여 상당히 심도 있는 검토를 행한 바 있으며 그러한 검토의 결과 기독교 교리의 이데올로기적 성격을 예수 자신의 가르침과 분리하여 파악하는 데까지 나아가게 되었음을 시사하는 것일 수 있다. 이 점에서 『빌라도의 예수』는 미셸 옹프레, 그리고 류영모를 계승한 박영호의 사상과 비교, 검토될 만한 요소를 가지고 있다. 미셸 옹프레의 『무신학의 탄생』(강주헌 역, 모티브북, 2006) 및 박영호의 『잃어버린 예수』(교양인, 2007)를 참조할 것.

데에 있다고. 하지만 대중은 눈에 보이는 기적을 원하오. 그대가 말했소. 신의 거룩함은 인류의 고통에 무력한 데에 있다고. 하지만 대중은 전지전능한 신을 원하오. 이 통속적 욕망 앞에서 개인이 할 수 있는 일이 무엇이겠소? 먼 훗날, 육신이 썩고 썩어 흔적도 없이 사라졌을 때 그대와 난 허구적 존재가 되어 있을 것이오. 통속적 드라마 속에서."23)

사울의 발언에 대한 빌라도의 반응이 위와 같은 내용으로 서술되어 있다는 사실은, 기독교와 관련된 정찬의 사유가 이 시점에 이르러서는 예수에 대해서만 집중하는 단계를 넘어, 현실 속에서 역사적으로 성립되고 변모하면서 현재까지 존재해 오고 있는 기독교 교회 조직의 문제에 대한 관심으로까지 확대되기 시작했음을 시사하고 있다.

정찬은 『빌라도의 예수』 속에서 위와 같은 대목을 보여준 이후, 꾸준하게 이런 문제에 대한 그 나름의 사유를 진행해 나갔던 것으로 보인다. 『빌라도의 예수』를 출간한 지 2년이 지난 시점인 2006년에 이르러, 기독교 교회 가운데서도 특별히 강력한 그룹 가운데 하나인 가톨릭의 수장이었던 교황 요한 바오로 2세에게 초점을 맞춘 단편 「두 생애」를 발표한 것이, 그 단적인 증거이다.

5. 예수의 길과 교회 조직 사이에 선 교황 – 「두 생애」

일인칭 소설의 형식을 취하고 있는 「두 생애」에서 화자로 등장하는 인물은 TV방송국의 PD라는 직업을 가지고 있다. 어린 시절에 천주교 신앙을 버린 후 신에 대해 계속 회의적인 입장을 고수해 오던 그는 교황

---

23) 정찬, 『빌라도의 예수』, p.402.

요한 바오로 2세에 대한 방송 프로그램을 기획하고 제작하는 일을 맡게 된다. 그 일을 하게 되기 이전의 시기에 그가 교황이라는 존재에 대해서 갖고 있던 생각은 다분히 부정적인 것이었다.

> 나는 교황이라는 존재 자체를 수상쩍게 보고 있었다. 예수는 평생 남루한 옷을 입고 다녔다. 하지만 교황은 화려한 금실로 수놓은 옷을 입는다. 예수의 머리에는 가시 면류관이 씌워졌다. 하지만 교황의 머리에 씌워지는 것은 금관이다. 예수가 십자가에 매달린 것은 예루살렘 권력의 심장부인 성전을 무너뜨리고자 했기 때문이다. 성전의 우두머리인 대사제는 신의 대리자로서 공동체를 속죄할 수 있는 권능을 지닌다. 그런 그가 예수를 십자가에 매다는 데 앞장섰다. 나는 바티칸 궁이 예루살렘 성전의 재현이 아닐까, 의심했다.[24]

화자는 위와 같은 '의심'을 간직한 상태에서 요한 바오로 2세에 대한 조사와 취재의 작업을 시작한다. 그러나 실제로 조사와 취재의 과정이 진행되어 감에 따라 요한 바오로 2세에 대한 그의 시각은 점점 호의적인 것으로 바뀌어 간다. 그것은 일차적으로는 요한 바오로 2세가 가톨릭 교회 조직의 수장이라는 직책을 이용하여 적극적으로 전개한 정치적 활동에 대한 화자의 긍정적 평가에서 연유한다. 요한 바오로 2세는 그의 조국인 폴란드를 비롯한 동유럽의 여러 국가들이 공산주의 체제를 벗어나 자유화되게끔 하는 데 영향력을 행사하며, 공산주의 국가들의 체제 붕괴가 일단락된 후에는 자본주의 세계의 병폐를 비판하는 일에 열정을 기울이는데, 이 모든 것이 화자에게는 긍정적인 평가를 받을 만한 것으로 비친다.

여기에 덧붙여 화자는 요한 바오로 2세의 진솔한 성품에도 이끌리며,

---

24) 정찬, 『두 생애』(문학과지성사, 2009), p.14.

그의 '간절함'을 믿을 수 있다는 생각을 갖게 된다. 화자가 이러한 생각을 갖게 되는 과정은, 요한 바오로 2세도 한 인간으로서의 고통을 가지고 있는 존재이며 그처럼 고통을 가진 사람으로서 화자 자신과, 그리고 고통을 겪는 세상의 수많은 사람들과 연대의 관계 속에 놓일 수 있다는 사실에 대한 발견과 병행하여 이루어진다. 더구나 요한 바오로 2세가 자신의 인간적 고통을 대하는 자세에 있어서 다음의 인용이 보여주듯 예수의 모범을 따르고자 하는 자세를 견지하고 있다는 사실은 그에 대한 화자의 호의적 입장을 결정적인 것으로 만들어 준다.

> 그는 고통에 시달리는 자신의 육신을 결코 숨기려 하지 않았다. 일부 추기경들은 육체적 쇠약이 교황의 위엄을 훼손시킨다면서 우려를 나타냈다. 그런 그들에게 교황은 이렇게 말했다. 고문당하고, 사람들의 침으로 더럽혀지고, 피까지 철철 흘리며 십자가에 못박힌 그리스도가 과연 위엄 있게 보였을까요?[25]

대략 이상과 같이 요약되는 내용을 담고 있는 「두 생애」는, 앞에서 언급되었던 바와 마찬가지로, 정찬이 『빌라도의 예수』를 쓴 이후 예수에 대해 관심을 보이는 것으로 그치지 않고 기독교 교회의 조직에 대한 성찰로까지 사유의 폭을 확대해 나갔다는 사실을 잘 보여준다. 그리고 이 작품에서 확인되는 그 성찰의 잠정적 결론은, 작품 속의 화자가 애초에 품었던 의심, 즉 "바티칸 궁이 예루살렘 성전의 재현이 아닐까"라는 의심을 일단 부정하는 쪽으로 내려지고 있다.

그런데 「두 생애」의 이러한 잠정적 결론은 두 가지 점에서 앞으로 더 탐구될 만한 여지를 남겨 놓고 있다. 첫째, 널리 알려진 것처럼 요한 바오로 2세는 가톨릭 교회 바깥의 문제들에 대해서 진보적이었던 반면 교

---

25) 위의 책, p.34.

회 내부의 문제들에 대해서는 보수적인 입장을 고수하였으며26) 그의 이런 양면성이야말로 정찬이 지속적으로 견지해 온 작가의식의 성격에 비추어 볼 때 적극적인 탐구 혹은 비판의 대상이 될 만한 것인데 이 점이 「두 생애」에서는 인식되지 않고 있다. 둘째, 이 작품의 화자가 나중에 가서 인정하게 되는 요한 바오로 2세라는 '개인'의 진솔한 성품이나 '간절함'이라는 것과 교회 '조직' 자체의 성격은 사실 별개의 것인데 이 점에 대한 분명한 인식도 「두 생애」에서는 발견되지 않는다.

6. 맺는 말

정찬은 그의 초기작인 「수리부엉이」, 「기억의 강」 등에서, 정치 권력에 의한 억압에 '증오 없는 저항'으로 맞서고 그로 인해 수난을 당했던 인물로서의 예수에 주목했다. 그 후, 1998년에 발표된 『세상의 저녁』에서는, 예수와 더불어 기독교의 신에 대해서까지 관심을 드러냈다. 이 작품에서 이야기되는 예수와 신은, 타자의 슬픔을 온전히 자기의 것으로 하여 함께 슬퍼하고, 그렇게 함으로써 인간 욕망의 자기중심성을 넘어선 경지의 모범을 보여주는 존재이다. 이러한 존재로서의 예수와 신에 대한 정찬의 탐구가 이루어진 것은, 초기에 정치 권력과 관련된 문제 제기에 관심을 집중했던 그가 자본주의 체제에 대한 비판으로 관심의 폭을 넓히기 시작한 것에 대응한다. 한편, 2004년에 발표된 『빌라도의 예수』에 이르면, 그 동안 정찬의 소설세계 속에 모습을 드러냈던 서로 다른 예수상(像)을 하나의 작품공간 속에 담아내려는 시도가 이루어진다. 이러한

---

26) 한스 큉, 『가톨릭 교회』(배국원 역, 을유문화사, 2003), pp.243~244 참조.

시도를 보여준 『빌라도의 예수』는 그가 기독교의 교리와 조직에 대해서까지 문제의식을 갖기 시작했다는 사실을 보여주는 작품이기도 하다. 그의 이런 새로운 문제의식은 2006년에 발표된 「두 생애」에로 계속하여 이어지고 있다.

기독교 문제에 대한 관심을 뚜렷이 드러내고 있는 정찬의 작품들을 검토한 결과는 대략 이상과 같이 요약될 수 있다. 이러한 일련의 작품들은 정찬의 문학세계 속에서 독특한 의의를 갖고 있으며, 또한 한국의 현대소설사 속에서도 독특한 의의를 갖고 있다. 우선 전자의 측면부터 논의해 보기로 한다.

본래 정찬은 정치 권력에 의한 억압을, 그리고 더 나아가서는 자본주의 체제의 기저에 자리 잡고 있는 인간의 자기중심적 욕망을 심각한 문제로 파악하고, 그것에 맞서 대결하는 것을 자신의 문학적 과제로 삼는 가운데, 다양한 응전의 방법론을 탐색해 온 바 있다. 본고에서 논의된 작품들은 그 중에서도 정찬이 예수를 중심으로 한 기독교의 세계에 주목하고 그것을 정찬 자신의 문제의식과 연결시킨 성과라는 점에서 독자성을 지닌다. 이러한 작품들에서는 다음과 같은 두 가지 장점이 발견된다.

첫째, 예수를 중심으로 한 기독교의 세계가 지니고 있는 구체성의 힘과 정서적 환기력을 통하여, 자칫하면 추상적인 관념에 갇히기 쉬운 정치 권력 비판이라든가 자본주의 비판과 같은 주제에 생생한 실감을 부여했다.

둘째, 기독교가 전인류의 구원을 문제삼는 보편종교의 성격을 지니고 있으며 또한 그 전개과정에서 세계사적인 폭을 확보한 존재라는 사실에 힘입어, 자칫하면 현대사, 그 중에서도 한국 현대사를 중심으로 한 국지적 범위에 작품의 시야가 한정될 위험성을 극복했다.

위와 같은 점들로 하여 정찬의 작품세계 속에서 독특한 의의를 갖고 있는 그의 기독교 관련 소설들은, 한국의 현대소설사 속에서도 역시 독자적인 의의를 지니고 있다. 원래 한국의 현대소설사 속에서는 기독교 관련 소설들의 계보가 이미 뚜렷한 흐름을 형성해 오고 있거니와, 본고에서 살펴본 정찬의 작품들은 이러한 계보에 이어지면서도 독자성을 확보하고 있는 것이다.

한국 현대소설사에서 뚜렷한 흐름을 형성하고 있는 기독교 관련 소설들 중에서도 가장 큰 비중을 차지하면서 풍부한 문학적 성과를 이룩한 것은 두 가지 유형이다. 첫째는 기독교를 외부세계, 좀더 구체적으로 말하자면 서양으로부터 들어온 하나의 도전적인 힘으로 파악하고, 그것에 대한 대결의식 혹은 대항의식을 펼쳐 보이는 소설 유형이다. 김동리의 『사반의 십자가』(1957), 이문열의 『사람의 아들』(1979), 현기영의 『변방에 우짖는 새』(1982), 황석영의 『손님』(2001) 등이 이 유형을 대표하는 작품들이다. 둘째는 기독교인들이 권력에 의한 박해에 직면하여 고난을 겪는 이야기를 펼쳐 보이는 소설 유형이다. 김의정의 『목소리』(1967), 서기원의 『조선백자마리아상』(1979), 한무숙의 『만남』(1986) 등이 이 유형을 대표한다.

그런데 정찬의 기독교 관련 소설들은 위의 두 가지 유형 가운데 어느 편에도 속하지 않는 성격을 지니고 있다. 첫 번째 유형과 다른 것은 물론이고, 두 번째 유형과도 차이를 갖는다.

권력의 문제가 큰 비중을 차지한다는 점에서 얼핏 보면 위의 두 번째 유형에 속하는 것으로 간주될 가능성을 갖고 있지만, 사실은 다르다. 위의 두 번째 유형에 속하는 대표작들이 예외 없이 조선 시대의 천주교 박해라든가 공산주의자들에 의한 기독교도 학살과 같은 한국사 속의 구체적인 사건들에 대한 관심으로부터 출발하여 다분히 역사소설적인 성격을 띠는 방향으로 나아가는 데 반해,[27] 정찬의 기독교 관련 소설들은 그러한 성격과 무관한 자리에서 권력이라든가 인간의 자기중심적 욕망과 같은 문제의 본질적 차원에 집중하는 모습을 지속적으로 보여주고 있는 것이다. 정찬의 기독교 관련 소설들이 드러내는 이러한 특징은 한국 소설의 지형도 속에서 분명 그 나름의 고유성을 갖고 있다.

정찬의 기독교 관련 소설들이 한국 현대소설사 속에서 독특한 의의를 확보하고 있다는 사실은, 접근의 각도를 바꾸어서 예수에 대한 문학적 탐구와 형상화라는 문제에 초점을 맞추고 관찰할 경우에도 마찬가지로 확인된다. 한국의 현대소설에서 예수에 대한 문학적 탐구와 형상화의 작업이 이루어진 대표적 사례로는 김동리의 『사반의 십자가』와 이문열의 『사람의 아들』이 일반적으로 지목되지만, 정찬은 이들과 구별되는 그만의 독자적인 예수상을 창조해 내는 데 성공했다.

정찬이 창조해 낸 이 새로운 예수상은, 현대적인 종교 상황의 요청에 부응할 수 있는 가능성을 상대적으로 크게 지니고 있는 것이라는 점에서도, 앞의 두 작품에서 제시되었던 예수상과 구별되는 면모를 보여준다. 『사반의 십자가』에 나오는 예수는 뚜렷한 타계(他界)지향적 성격을 지니는 존재로서, 현대적인 상황의 요청에 부응하는 것과는 거리가 있는 인물이다. 그런가 하면 『사람의 아들』의 내화(內話)에 등장하는 예수는 인간들 위에 무자비하게 군림하는 신의 권위를 대변하는 존재로서, 역시 현대적인 상황의 요청에 부응하는 것과 거리가 있는 인물이다. 정찬은 이들과 달리 그 자신의 예수상을 창조하는 자리에서 '권력자에 대한 저항 투쟁'과 '한없는 위로를 주는 자의 역할'이라는 두 가지 요소를 핵심으로 삼았는데, 이 두 가지 모두 한국 소설사의 맥락에서 볼 때 독자성

---

27) 『목소리』, 『조선백자마리아상』, 『만남』이 공통적으로 가지고 있는 위와 같은 성격에 대해서는 진작에 내가 검토한 바 있다. 이 책에 수록된 나의 논문 「한국 현대소설에 나타난 가톨리시즘」과 나의 또다른 저서 『한국소설 속의 신앙과 이성』(역락, 2007)을 참조할 것.

을 확보하고 있는 것일 뿐만 아니라, 현대적인 종교 상황의 요청에 적극적으로 부응하는 면모까지도 지니고 있는 것이다.[28] 이 점에 관한 보다 구체적인 논의는 별도의 기회를 기다려서 시도하고자 한다.

---

28) '현대적인 종교 상황의 요청'이라는 표현에 담겨 있는 구체적인 내용에 대해서는 다음 두 권의 책을 특별히 참조할 만하다. 돈 큐피트, 『신, 그 이후』(이한우 역, 해냄, 1999) ; 존 쉘비 스퐁, 『기독교 변하지 않으면 죽는다』(김준우 역, 한국기독교연구소, 2001).

정찬이 고쳐 쓴 복음서

『빌라도의 예수』

1. 빌라도 – 외형상의 주인공

정찬의 장편 『빌라도의 예수』 속에는 예수가 직접 등장하며, 그것도 자못 큰 비중을 가지고 등장한다. 한 작가가 이처럼 예수를 본격적으로 등장시키면서 소설을 전개해 나간다는 것은, 복음서를 자기나름의 방식으로 고쳐 쓰는 일이 된다. 그리고 이와 같은 '복음서 고쳐 쓰기'의 작업에는 응당 복음서에 대한 작가 자신의 해석이 개입되게 마련이다. 복음서의 내용 가운데 일부는 그대로 채용하고, 일부는 적극적으로 수정하며, 어떤 부분은 의도적으로 무시하고, 어떤 부분은 특별하게 강조하는 그 모든 행위 속에 작가의 해석이 개입되는 것이다. 물론 이런 모든 해석 행위의 기저에 놓여 있는 것은 작가 자신의 독자적인 문제의식이다.

정찬의 경우, 그가 가진 문제의식의 핵심에는, 언제나 권력과 자유라는 개념이 자리 잡고 있다. 그가 가진 문제의식의 핵심이 이런 것임을 알고 나면, 그가 그 나름의 '복음서 고쳐 쓰기'를 시도하면서 왜 그 작품의 제목을 『빌라도의 예수』로 정했는가, 그리고 실제 작품의 전개과정에서도 다른 사람 아닌 빌라도를 외형상의 주인공으로 내세우기에 이르렀는가 하는 점은 용이하게 이해된다. 예수가 활동하던 당시 로마의 유대 총독으로 재임하고 있었던 빌라도야말로 예수 이야기가 전개되는 공간에서 권력의 세계를 대표할 수 있는 최상의 적임자이기 때문이다.

정찬은 이처럼 당시 로마의 유대 총독으로 재임했던 빌라도를 외형상의 주인공으로 내세워 놓고서는, '빌라도가 총독이 될 수 있었던 것은 그 시대 로마 제국 권력 판도의 한 축을 담당했던 세야누스의 후원 덕분이었다'라는 상황을 설정한다. 이런 설정에 바탕을 두고 그는 세야누스를 중심으로 전개된 당대 로마 제국의 피비린내 나는 권력투쟁사를 상당히 자세하게 서술하고 있다. 이 권력투쟁사를 뒤덮고 있는 음습하고 잔혹하며 타락의 분위기로 찬 공기는, 예수를 둘러싸고 있는 청정하고 자유로운 진리의 세계와 극단적인 대조를 이루며, 후자를 더욱 돋보이게 만드는 효과를 낳는다.

그런데, 바로 이런 빌라도라는 인물과 관련된 복음서의 기록을 검토해 보면, 네 편의 복음서들 상호간에 조금씩은 차이가 있지만, 중요한 점에 있어서는 그 네 복음서의 기록이 모두 일치하는 것을 확인할 수 있다. 그 중요한 점이란, 빌라도가 다소 유약한 성격의 소유자였으며, 그런 성격을 가진 사람답게 예수의 처형을 무척 주저하였다는 것이다. 복음서에 그려져 있는 이와 같은 빌라도의 모습은, 그 시대의 유대 역사를 후대의 사람들에게 알려 주는 귀중한 자료로 가치를 인정받고 있는 필로나 요세푸스 같은 사람들의 기록이 우리에게 전해 주는 빌라도의 모습, 즉 난폭하고 잔인한 폭군적 인간의 모습과는 사뭇 다른 것이다.[1] 거의 정반대되는 것이라고 해도 좋다. 그러면 정찬은 『빌라도의 예수』를 쓰면서

---

1) 필로와 요세푸스가 전해 주고 있는 빌라도의 인간상에 대해서는 스티브 메이슨의 『요세푸스와 신약성서』(유태엽 역, 대한기독교서회, 2002), pp.146~148을 참고할 수 있다.

이처럼 상호 대조적인 빌라도상(像)을 앞에 놓고 어떤 태도를 취했는가? 그가 선택한 길은, 서로 대조되는 양상을 보이고 있는 두 가지 빌라도상 중 어느 쪽도 일방적으로 편들지 않고 아예 그 자신의 빌라도를 새롭게 만드는 것이었다.

『빌라도의 예수』를 읽어 보면, 정찬은 빌라도가 유대 총독으로서 수행한 일들 중 역사적으로 알려진 대표적인 사건 세 가지를 빠짐없이 다루었음을 알 수 있다. 군기(軍旗)와 관련된 시위 사건, 수로(水路) 건설과 관련된 시위 사건, 그리심산에서 일어난 폭동 사건 등이 그것이다. 소설 속에서 이 사건들을 처리하는 가운데 빌라도가 보여주는 생각과 행동에는, 복음서에서 그려지고 있는 유약함도 없고, 필로나 요세푸스가 전해 주고 있는 잔인함도 없다. 정찬이 독자들에게 보여주는 빌라도의 초상은, 적당한 수준의 인간미도 가지고 있으면서 정치적 계산 능력도 갖추고 있는, 대체로 유능하다고 평가받을 만한 총독의 초상이다.[2)

정찬은 '총독으로서의 빌라도'를 위와 같은 유형의 인물로 설정하면서, 이와 더불어, 총독으로서의 직책과 반드시 무관하다고 생각해야 할 이유는 없지만 그것과 반드시 관련시켜서 생각할 이유도 없는, 또 한 가지의 색다른 성격적 특징을 빌라도에게 부여하고 있다. 그것은 종교나 철학 분야의 문제들에 대하여 커다란 호기심을 가지고, 많건 적건 이 분야의 지식을 제공해 줄 만한 사람을 만나기만 하면 질문을 멈추지 않는, 열성적인 탐구자의 면모이다.

정찬은 빌라도에게 이와 같은 탐구자의 면모를 부여하고 그로 하여금 그가 만나는 이 사람 저 사람을 상대로 온갖 질문을 던지도록 만듦으로

---

2) 나는 지금까지 언급된 문제를 「복음서의 빌라도, 필로와 요세푸스의 빌라도, 정찬의 빌라도」라는 글에서 좀더 자세하게 검토한 바 있다. 이 글은 나의 책 『한국 현대소설과 종교의 관련 양상』(푸른사상, 2005)에 수록되어 있다.

써, 그 시대 종교나 철학의 여러 가지 양상과 쟁점들에 대한 풍부한 설명을 『빌라도의 예수』의 독자들에게 제공해 줄 수 있게 된다. 이러한 측면에서 보면, 빌라도는, 정찬이 독자들을 상대로 한 설명을 쉽게 하기위해 만들어낸 하나의 편리한 소설적 장치라는 의미를 크게 갖는다.

정찬은 이러한 장치로서의 빌라도를 당연히 예수에 대한 이해라는 문제와 관련해서도 적절하게 활용한다. 『빌라도의 예수』를 보면 빌라도가그의 보좌관인 메테리우스라든가 메테리우스의 친구로 등장하는 사울과같은 인물들에게 예수와 관련된 질문을 던지고 거기에 대해 상대방이답변하는 장면이 여러 번 나오거니와 이러한 장면을 통해 정찬은 예수에 대한 자신의 관점을 독자들에게 효율적으로 설명하고 거기에 대한독자들의 동의를 구할 수 있게 되는 것이다.

그런데 소설의 마지막 부분에 가서 보면, 정찬이 예수에 대한 자신의관점을 독자들에게 설명하기 위해 빌라도를 활용하는 방식은 단순히 '질문과 답변'이라는 상황을 설정하여 이용하는 수준을 넘어서서, 좀더 심층적인 면모를 띠게 된다. 이 부분에 이르러 빌라도는 개인적인 번뇌와고통에 허덕이며 인생무상을 절감하는 가운데 '자기와 함께 있는 존재,자기의 고통을 함께 아파하는 존재'로서의 예수를 감지하게 되거니와,소설 마지막 부분의 이와 같은 전개를 통해 정찬은 빌라도에게 단순히편리한 소설적 장치라는 차원을 넘어서는 '인간적' 면모를 얼마만큼이라도 부여하고자 한 것으로 생각된다.

2. 액자소설의 형태가 만들어준 자유

형식적인 측면에서 보면, 『빌라도의 예수』는 액자소설의 면모를 지니고 있다. 도입부에만 액자가 제시되고 결말부에서의 액자 제시는 생략되어 있지만, 어쨌든 외화(外話)와 내화(內話)의 이중 구조를 갖는 액자소설임에는 의문의 여지가 없다.

도입부에만 나오는 외화는 일인칭 서술로 진행되는데, 여기에 등장하는 일인칭 서술자는 다분히 작가인 정찬 자신을 연상시키는, 현대 한국의 어느 소설가이다. 그는 자신이 처음으로 유럽으로 여행했을 당시 스위스의 필라투스산에 가 보고 그곳에 말년의 빌라도가 은거했었다는 전설이 있다는 사실을 알게 되었음을 이야기한다. 그리고 유럽 여행에서 돌아온 후 빌라도를 중심 인물로 내세운 소설을 쓰기로 작정했음을 이야기한다. 여기까지가 외화이고, 그 다음에 곧바로 이어서 내화가 전개되기 시작하여, 작품의 끝까지 이어진다. 그것이 바로 외화의 서술자가 쓴, '빌라도를 중심 인물로 내세운 소설'이라는 것이다.

이러한 구조로 되어 있는 『빌라도의 예수』를 피상적으로만 보면, '무엇 때문에 굳이 액자소설의 형태를 취했을까?'라는 의문이 생길 수도 있다. 그러한 의문은, 다른 말로 표현하자면, '무엇 때문에 내화만으로 소설 전체를 채우지 않고 굳이 외화를 작품 첫부분에다 배치했을까?'라는 의문이 되기도 한다.

그러나 이러한 의문은 소설을 조금만 주의 깊게 읽으면 금방 해소될 수 있다. 이 소설의 외화에 해당하는 부분은 요컨대 작가의 창작 경위를 겉으로 드러내는 역할을 수행하고 있는 셈인데, 이렇게 함으로써, 작품의 내화 전체가 어디까지나 고대로부터 멀리 떨어진 현대라는 시대에 살고 있는, 또 로마나 유대 지방으로부터 멀리 떨어진 한국이라는 지역에 살고 있는 어느 소설가에 의해서 '창작'된 것이라는 사실이 두드러지게 강조된다. 그렇게 됨으로써, 내화가 굳이 사실적인 묘사나 표현의 조건에 자신을 맞추려고 애쓰지 않아도 독자들이 자연스러운 것으로 승인하고 받아들일 수 있는 분위기가 만들어지는 것이다.

단적인 예를 하나만 들자면, 내화의 전개 과정 속에서는 유난히 연도에 대한 언급이 많이 나오는데, 그 연도 표기라는 것이 모두 서력 기원 몇 년으로 되어 있다. 지문에서 그러할 뿐 아니라, 작중인물들 사이에서 교환되는 대사 속에서까지도 그렇게 되어 있다. 작가가 사실성의 최소 기준조차도 무시해 버린 처사라고 하지 않을 수 없다.3) 하지만 외화의 존재로 인해 작품의 첫머리에서부터 '이것은 모두 현대 한국 소설가에 의해 창작된 내용이다'라는 사실이 독자의 머리속에 강하게 각인되어 있기 때문에, 이런 것이 별로 어색하게 느껴지지 않는 것이다.

이처럼 연도를 서력 기원으로 표시하는 것조차도 수용될 정도이니, 내화가 진행되는 동안 서술자의 강의식 설명이 여러 차례 장황하게 나오는 것이라든가, 작중인물들의 대사가 온통 현대적인 언어와 사고방식으로 채워져 있는 것 정도는, 다 용이하게 납득되는 것이 당연하다.

이런 방식으로 사실적 묘사나 표현으로부터 자유로운 소설의 전개를 가능하게 만들어 놓고서 정찬은 내화의 전개를 통해 앞에서 말한 '자기 나름의 복음서 다시 쓰기'를 적극적으로 실천한다. 그러면 정찬은 구체적으로 복음서의 내용에 어떤 수정을 가미하여 '정찬식의 고쳐 쓴 복음서'를 만들었는가? 이제부터 그 점을 짚어 보기로 한다.

3. 성전의 권력에 맞서서 싸우는 투사

정찬이 『빌라도의 예수』에서 새롭게 만들어낸 예수는 갈릴리 지방의

---

3) 주지하다시피 '서력 기원 몇 년'이라는 연도 표기 방식은 예수의 출생을 기준으로 삼은 것으로서, 기독교가 유럽 세계를 지배하는 힘을 갖게 된 이후에 비로소 정착된 것이다.

한 가난한 목수인 요셉과 그의 아내인 마리아 사이에서 태어난 아들이다. 그의 출생에는 아무런 신비한 점이 없다. 천사에 의한 수태고지(受胎告知)도, 동정녀가 출산을 하는 기적도, 동방박사들의 방문도 없다. 그저 평범한 한 쌍의 부부 사이에서 일상적인 방식대로 아들 하나가 태어난 것일 뿐이다. 예수의 출생을 이런 식으로 처리함으로써 『빌라도의 예수』는 예수의 신이한 출생에 관한 복음서의 기록 일체를 적극적으로 부정한다.4)

『빌라도의 예수』는 예수의 죽음에서도 일체의 신비를 제거해 버린다. 산헤드린에 의해 재판을 받고 십자가에 못박혀 죽었다는 점에서는 『빌라도의 예수』의 예수와 복음서의 예수가 동일하지만, 전자의 경우, 그의 죽음에 즈음하여 특이한 사건은 아무 것도 일어나지 않는다. 그가 처형될 때, 성전의 휘장이 찢어졌다든가, 하늘이 캄캄해졌다든가 하는 얘기를 복음서는 하고 있지만, 『빌라도의 예수』에서 그런 것은 모조리 배제된다. 이 작품에 나오는 예수는 특별히 따로 매장되지도 않는다. 그의 처형을 집행한 형리들이 그의 시신을 다른 두 사형수의 시체와 같이, 한꺼번에 처리해 버린다.

> 그들은 세 구의 시신을 미리 판 구덩이에 던졌다. 던질 때 누구인지 확인도 하지 않았다. 그들에게는 똑같은 시체일 뿐이었다.5)6)

---

4) 이 점에서 『빌라도의 예수』는 존 쉘비 스퐁의 다음과 같은 진술에 대한 소설적 화답처럼 느껴진다. "처녀탄생 이야기는 문자 그대로는 참된 것이 아니라고 내가 지금 주장하고 있는가? 대답은 간단명료하게도 '그렇다!' 물론 이들 이야기는 문자 그대로는 참이 아니다. 별들이 여행하지는 않으며, 천사들이 노래하지도 않고, 처녀가 아이를 낳을 수는 없으며, 동방의 현자들이 먼 거리를 여행하여 어린 아기에게 예물을 드리지 않고, 목자들이 새로 태어난 구세주를 찾아 돌아다니지도 않는다"(존 쉘비 스퐁, 『성경을 해방시켜라』(한성수 역, 한국기독교연구소, 2002), p.296).
5) 정찬, 『빌라도의 예수』(랜덤하우스중앙, 2004), p.366.
6) 예수가 십자가에서 처형된 후 그의 시신이 어떻게 처리되었는가라는 문제에 대한 답을 『빌

부활의 문제에 대해서도 『빌라도의 예수』는 복음서의 주장을 따르지 않는다. 예수가 십자가에서 처형되고 난 후 온전한 육신 그대로 다시 살아나고 그렇게 살아난 모습으로 사람들 앞에 등장하는 장면은 전혀 나오지 않는다.[7] 정찬은 그런 장면을 전혀 보여주지 않는 데에서 그치지 않고, 한 걸음을 더 나아간다. 이 문제와 관련해서도 복음서의 주장에 대한 '적극적 부정'을 행하고 있다는 이야기이다. 엠마오를 향해 가는 두 명의 인물이 등장하는 대목을 보면 그 점을 잘 알 수 있다. 예수가 죽은 후 엠마오로 가는 길에 올랐던 두 명의 제자들에게 부활한 예수가 나타났다고 「누가복음」 24장은 전하고 있거니와,[8] 정찬은 예수가 처형

라도의 예수』가 이런 식으로 제시하고 있는 것은 매우 흥미롭다. 그리고 『빌라도의 예수』에서 제시되고 있는 위와 같은 답은, 냉철하게 생각해 보면, 복음서의 기록보다 훨씬 설득력 있는 것임을 부정하기 어렵다. 이 문제에 대해서 미셸 옹프레는 일찍이 다음과 같은 주목할 만한 설명을 제시한 바 있다. "예수가 십자가에서 처형당한 게 사실이라고 인정하더라도, 십자가에서 처형당한 죄인은 그대로 매달아 두는 것이 원칙이었다. 이때 십자가의 높이는 2미터를 넘지 않았기 때문에 십자가에서 처형당한 죄인은 맹금류와 늑대들의 밥이 되기 쉬웠고, 야수들에 물어뜯긴 몸은 결국 공동의 묘혈에 던져졌다. 그렇게 죽은 죄인이 무덤에 묻힌다는 것은 생각할 수도 없는 일이었다. (모든 복음서들의 기록은—인용자 보충) 이 부분에서도 날조의 냄새가 풍긴다"(미셸 옹프레, 『무신학의 탄생』(강주헌 역, 모티브, 2006), p.185).

7) 실제로, 부활한 예수의 출현을 이야기하고 있는 복음서들의 모든 기록은 너무나도 부자연스러워서 설득력이 매우 약하다. 박영호는 이 점과 관련하여 다음과 같은 말을 한 바 있다. "예수가 몸으로 소생하였다면 십자가에 못 박히기 전처럼 똑같은 언행이 있어야 자연스럽다. 더구나 죽었다가 사흘 만에 다시 살아났으니 그 사흘 동안에 체험한 것을 제자들에게 들려주어야 할 것이다. 그런데 몸으로 다시 살아났다는 예수는 도깨비처럼 이곳저곳에 문자 그대로 신출귀몰하니 부자연스럽기 그지없다. 꾸민 이야기임을 드러내는 데 지나지 않는다. 아직도 예수가 몸으로 부활하였다고 억지소리를 하는 이들이 적지 않다. 그렇게 우겨야 자기의 신앙이 돈독하다는 것을 증명할 수 있다고 착각하는 것 같다"(박영호, 『잃어버린 예수』(교양인, 2007), pp.508~509).

8) 부활한 예수가 엠마오로 가는 길 위에서 제자들에게 나타났다는 기록은 네 편의 복음서 가운데 유일하게 「누가복음」에만 들어 있다. 이 점을 지적하면서, 한 가지 덧붙여 말해 둘 사항이 있다. 실제로 네 편의 복음서를 나란히 놓고 읽어 보면 예수의 부활과 관련된 기록이 전부 상이하게 나타난다는 점이 그것이다. 그 차이점들은 너무나 크고 전면적이어서, '상호 모순'이라는 말로밖에 표현할 수 없다. 만약 그 중 어느 하나를 사실에 충실한 기록이라고 인정한다면 나머지는 전부 틀린 것일 수밖에 없다는 이야기다. 존 쉘비 스퐁

당한 후 한 사람의 무두장이와 한 사람의 푸줏간 주인이 함께 엠마오로 향해 가는 장면을 『빌라도의 예수』 속에 일부러 설정해 놓고는 끝까지 그들이 실망과 낙담의 언어를 서로 주고받을 뿐 아무 특별한 일도 겪지 않도록 만듦으로써, 「누가복음」의 그러한 기록에 대한 적극적 부정의 작업을 의도적으로 수행하고 있는 것이다.

그렇다면 도대체 부활의 문제에 대해서는 어떻게 생각하는 것이 타당한가? 정찬은 이 물음에 대한 자신의 답변을 『빌라도의 예수』 속의 다른 대목을 통해서 암시하고 있다. 그 '다른 대목'이란, 빌라도가 로마 총독으로 임명받고 임지를 향해 가는 여로의 중도에서 이집트를 방문하고

은 『성경을 해방시켜라』 속에서 이 점에 대하여 다음과 같이 언급한 바 있다. "오히려 문제는 여러 복음서에 있는 부활 이야기의 상세한 내용이 서로 조화되지 않는다는 것을 알고 나서부터다. 여기 기독교 이야기의 중심 되는 중요한 순간에 상세한 내용의 중대한 차이가 있어서, 그들 부활 이야기를 서로 비교하면 문자주의는 그만 무너지고 만다"(존 셀비 스퐁, 앞의 책, p.301). 그는 이렇게 언명한 후, 그 상호 모순의 구체적인 양상을 약 5페이지에 걸쳐서 간략하게 정리해 보이고 있다. 그 중 두 개의 대목만 인용해 보기로 하자. "주일 첫날 새벽에 무덤에 갔던 사람은 누구였나? (…) 「마가복음」에는 막달라 마리아, 야고보의 어머니 마리아, 살로메가 갔다고 되어 있다(16장). 그러나 「누가복음」에는 막달라 마리아, 야고보의 어머니 마리아, 요안나, 그리고 다른 여자들이 갔다고 되어 있다(24:10). 한편 「마태복음」에는 막달라 마리아와 다른 마리아만이 갔다고 쓰여 있다(28:1). 또한 「요한복음」에서는 막달라 마리아 혼자서만 갔다(20:11). 이것은 성경의 한 마디 한 마디가 오류가 없다는 주장을 하지 않는 한, 그다지 중대한 세부사항은 아니다. 그러나 만일 그런 주장을 하게 되면, 아주 사소한 불일치라도 크나큰 재앙이 될 것이다"(같은 페이지). "「누가복음」에서는 부활한 그리스도가 제자들에게 그들이 성령을 받아 권능을 부여받을 때까지는 예루살렘에 남아 있으라고 매우 노골적인 명령을 하였다. 즉, 마가에서는 천사가 갈릴리로 가라고 명령을 했고, 마태에서는 갈릴리로 가라는 설명을 한 것과는 반대로, 누가는 갈릴리로 가지 말라고 했다. 그러고 나서 누가는 부활 후 예수 현현이 예루살렘 지역에서 단 한 번 이루어졌다고 주장했다. 누가에게 그 장소란 한 다락방과 예루살렘에서 약 10km 떨어진 엠마오 마을에서였다. 누가는 갈릴리에서 나타남은 없었다는 뜻으로 말했는데, 왜냐하면 주님의 나타나심은 예루살렘 근교에서 일어난 승천사건으로 끝장나 버렸기 때문이다. 그러나 요한은 누가와 마찬가지로 처음 나타나심은 예루살렘에서 일어난 것으로 말했으나, 누가와는 달리, 그는 나중 제21장에서 계속하여 갈릴리에서의 부활 전승을 기록하였다"(pp.302~303). 스퐁이 이런 사례들을 약 5페이지에 걸쳐 언급하고 더 이상 자세한 설명을 하지 않은 것은 그가 아직 한국어로 번역되지 않은 *The Easter Moment*라는 다른 저서에서 이 문제를 상세하게 다룬 바 있기 때문이다.

거기에서 오시리스 부활의 신앙이나 디오니소스 부활의 신앙과 같은 다양한 종교들의 부활 신앙들을 접하는 것으로 설정되어 있는 대목을 가리킨다.9)

여기에 해당하는 대목들은 빌라도가 아직 자신의 임지인 유대 지역에 도착하기도 전의 단계를 시간적 배경으로 삼고 있는 만큼, 작품 속에서 그 대목들에 배정되어 있는 자리는 예수의 공적 활동과 거기에 뒤이은 체포 및 처형의 사건들보다 훨씬 앞선 위치에 해당한다. 바로 이런 위치에다 빌라도의 이집트 방문이라는 사건 단락을 자리잡게 해 놓고서 정찬은 그 단락을 활용하여 오시리스 숭배라든가 디오니소스 숭배와 같은 종교를 갖고 있는 사람들의 부활 신앙에 대하여 자못 상세하고 친절한 설명을 제시해 주고 있는 것인데, 독자들이 이런 그의 설명들을 따라가다가 보면, 부활 신앙 혹은 부활의 교리라는 것은 그 당시의 지중해권 문명 세계에서는 상당히 흔한 것이었다는 사실을 깨닫게 된다. 적어도

---

9) 티모시 프리크와 피터 갠디는 오시리스 부활의 신앙, 디오니소스 부활의 신앙, 그리고 예수 부활의 신앙을 비교 검토한 결과 다음과 같은 결론에 도달한 바 있다. "우리가 오시리스-디오니소스 신화의 다양한 변형들을 연구하면 할수록, 예수의 이야기 역시 그 변형들이 지닌 온갖 특성을 따르고 있다는 것이 명백해졌다. 우리는 오시리스-디오니소스와 관련된 신화의 골자를 추려 내면 예수의 전기를 사사건건 재구성할 수 있다는 사실도 알게 되었다. '*오시리스-디오니소스는 육체를 가진 신이며, 구세주이고 '하나님의 아들'이다. *그의 아버지는 하나님이며 어머니는 인간 처녀(동정녀)이다. *그는 3명의 양치기가 찾아오기 전인 12월 25일에, 동굴이나 누추한 외양간에서 태어난다. *그는 신도들에게 세례 의식을 통해 다시 태어날 기회를 준다. *그는 결혼식장에서 물을 술로 바꾸는 기적을 행한다. *그가 나귀를 타고 입성할 때 사람들은 종려나무 가지를 흔들고 찬송하며 그를 맞이한다. *그는 세상의 죄를 대신 짊어지고 부활절 무렵에 죽는다. *죽은 지 사흘 만에 부활해서 영광되이 하늘로 올라간다. *신도들은 최후의 날 심판자로 그가 다시 돌아오기를 기다린다. *그의 죽음과 부활은 그의 몸과 피를 상징하는 빵과 포도주 의식으로 기념된다.' 이것들은 오시리스-디오니소스의 이야기와 예수의 전기에 똑같이 나타나는 것들 가운데 핵심만 추린 것이다. 이처럼 너무나도 흡사하다는 사실을 우리는 왜 전혀 몰랐던 것일까? 나중에 우리는 초기 로마 교회가 그런 사실을 감추기 위해 안간힘을 썼다는 걸 알게 되었다"(티모시 프리크·피터 갠디, 『예수는 신화다』(승영조 역, 동아일보사, 2002), pp.26~27).

신화적인 차원에서의 부활이라는 관념은 거의 진부한 것으로 느껴질 만큼 흔했다는 사실을 인지하게 되는 것이다. 이런 사실을 알고 나면, '예수의 부활이라는 것도 오시리스의 부활이나 디오니소스의 부활을 조금 변형시켜 반복한 정도에 불과한 것이 아닌가?'라는 생각이 들지 않을 수가 없게 되어 있다.

예수의 부활이 그런 반복에 불과한 것이 아니고 유일성과 절대성을 확보한 것이 되도록 하려면, '오시리스나 디오니소스의 부활은 신화적인 상상에 불과한 것이지만 예수의 부활은 현실적인 역사 속에서 실제로 일어난 것이었다'라는 주장이 성립되어야 한다. 그러나, 앞에서 이미 언급되었던 바와 마찬가지로, 『빌라도의 예수』는 나중에 가서 예수가 공적인 활동을 전개하다가 체포되어 처형당하는 대목의 이야기를 전개할 때 현실 속에서 예수가 실제로 부활했다는 복음서의 주장을 지지하기는커녕 그 주장에 대한 적극적 부정을 행하는 방향으로 나아간다. 『빌라도의 예수』는 이러한 방향으로 나아감으로써, 예수의 부활이 유일성과 절대성을 지닌 것이라는 주장에 대한 반대의 입장을 확고히 하고 있는 것이다.

이와 동일한 지적을 동정녀 탄생의 문제와 관련해서도 해 볼 수 있다. 『빌라도의 예수』는 빌라도의 이집트 방문이라는 설정을 활용하여 오시리스 및 디오니소스의 부활 신앙을 설명하는 바로 그 부분에서 오시리스와 디오니소스의 어머니는 모두 "남자의 정액 없이 아들을 낳은 동정녀"[10]로 믿어져 왔으며 그와 같은 동정녀 출산의 신화는 "아티스의 어머니 키벨레와, 아도니스의 어머니 미라"[11] 같은 존재에게도 똑같이 적용되는 것임을 언급하고 있거니와, 굳이 이처럼 동정녀 탄생 신앙의 다양한 실례들을 드러내어 강조해 놓고서, 정작 예수의 어머니 마리아는,

---

10) 정찬, 앞의 책, p.94.
11) 위의 책, p.112.

동정녀 탄생 같은 신이한 기적은 상상도 해 볼 수 없었던 평범한 아내이자 어머니에 불과한 것으로 그리고 있다. 이렇게 함으로써『빌라도의 예수』는, 예수의 부활이라는 복음서의 교리에 대한 적극적 부정의 뜻을 표명했던 것과 마찬가지로, 예수의 동정녀 탄생이라는 교리에 대해서도 적극적 부정의 뜻을 명확하게 하고 있는 것이다.

　지금까지 상세하게 살펴본 것처럼『빌라도의 예수』를 쓰면서 정찬은 복음서가 예수에게 씌워 놓은 '신의 외아들'로서의 신이성을 대부분 배제해 버렸다. 다시 말하거니와『빌라도의 예수』에 등장하는 예수는 신의 외아들이 아니라 평범한 목수 요셉과 그 아내 마리아의 아들일 따름이다. 물론, 상식적인 기준으로 볼 때 쉽사리 설명되지 않는 비범한 면모가 그에게 한 가지 있기는 하다. 특정한 종류의 환자들을 치유하는 데 있어서 종종 탁월한 능력을 발휘한다는 점이 바로 그것이다. 하지만 이 점과 관련해서도『빌라도의 예수』는 '그런 요소 때문에 예수가 평범한 사람의 아들이 아니라고 판단할 것까지는 없다'는 생각을 독자들이 가질 수 있도록, 합리적인 설명의 논리를 마련해 두고 있다. '예수가 특수한 치유의 능력을 발휘할 수 있었던 것은 환자의 병이 당시의 유대인들 사이에 흔했던 죄의식과 결부되어 있어서 죄의식을 제거해 주면 치유가 가능했던 경우였다. 그러니까 예수의 치유 행위는 심리 치료의 성격을 강하게 지니는 것이었다'는 설명이 바로 그것이다.

　이런 식으로 예수를 신의 외아들이라는 위치에서부터 끌어내려 평범한 인간의 자리로 옮겨 오게 해 놓으면서 정찬은 그처럼 복음서의 틀을 벗어나 새롭게 규정된 예수에게 한 가지 뚜렷한 면모를 부여한다. 그것은 성전의 권력에 맞서 싸우는 투사의 면모이다.『빌라도의 예수』속에서 성전은 고정된 권력, 부패한 권력, 타락한 언어에 기초를 둔 권력의 상징으로 등장하고 있거니와,『빌라도의 예수』에 나오는 예수에게 있어 이런 성전 권력과의 투쟁만큼 중요한 의미를 지니는 다른 사항은 아무 것도 없는 셈이다.

예수에게 이와 같은 투사의 면모를 부여하기 위해 우선 정찬은 네 편의 복음서들 가운데 어디에도 없는 이야기를 하나 만들어낸다. 공생애를 시작하기 이전, 아직 나사렛의 한 이름 없는 목수로 생활하고 있을 당시, 예수가 푼푼이 저금한 돈을 들고 어머니 마리아와 함께 모든 유대인들의 꿈인 예루살렘 성전 순례의 길에 올랐다가 그 어마어마한 타락과 부패를 생생하게 목격하고서 고통스러운 충격에 사로잡혔다는 이야기가 그것이다. 『빌라도의 예수』에서 이 이야기를 담고 있는 대목은 매우 구체적이며 생생한 묘사를 동반하고 있기 때문에 독자들에게 강한 인상을 남기는 데 성공하고 있다. 그리고 『빌라도의 예수』 전체를 통해, 공적인 활동에 나서기 이전의 예수가 보여준 행적을 얼마쯤이라도 자세하게 언급하고 있는 대목은 사실 이것 하나밖에 없다. 예수와 성전 권력 사이의 숙명적인 대결 관계를 특별히 부각시키는 데 정찬이 얼마나 마음을 쓰고 있는가를 독자들은 여기서 이미 실감할 수 있다.

예수와 성전 권력 사이의 대결 관계를 강조하고자 하는 작가의 의도는 공적인 활동에 나선 이후의 예수를 다룰 때에도 마찬가지로 나타난다. 예수의 다른 활동은 대체로 간단간단하게 처리하면서, 유독 '예수의 성전 정화(淨化) 사건'으로 알려져 있는 부분만은 자세하게, 정성을 기울여 묘사하고 있는 것이다. 당시 유대교 집단의 최고 실력자였던 안나스라든가 안나스의 사위이며 바로 그 때의 대제사장이었던 가야파와 같은 종교적 지배자들이 예수를 체포하여 죽이기로 결심하게 된 동기도 성전 정화 사건이었던 것으로 설정한다. 그런가 하면, 예수의 육성이 직접화법의 방식으로 제시되는 것도 성전 정화 사건에서이다. 예수가 성전의 뜰에서 탁자를 뒤엎고, 의자를 내던지고, 상인들을 채찍으로 후려치면서 다음과 같은 말을 했다고, 『빌라도의 예수』의 서술자는 직접화법의 형태를 빌려 전달하고 있는 것이다.

> "하느님의 집을 누가 강도의 소굴로 만들었느냐? 내가 이 집을 헐어버
> 릴 것이니, 다시는 세우지 못하리라."12)

예수의 육성이 직접화법의 방식으로 제시된 사례는, 그가 체포된 후 빌라도와 만나는 장면에서의 시적(詩的)인 발화를 제외하면, 이것 하나뿐이다. 이처럼 여기에서 예외적으로 예수의 육성을 제시함으로써 강조의 효과를 만들어낸 것 역시, 작가의 의도를 뚜렷하게 읽을 수 있도록 만드는 조치라 하지 않을 수 없다.

그런데 이처럼 예수에게 성전 권력에 맞서 싸우는 투사의 면모를 부여하고 그러한 방향에 맞추어 소설을 전개하는 과정에서 작가는 예수 자신의 내면으로 결코 들어가지 않는다. 작가가 그렇게 한 덕분에 『빌라도의 예수』에 나오는 예수는 평범한 사람의 아들이면서도 나름대로의 신비성을 끝까지 유지하게 된다.

공적인 활동에 나서기 이전의 예수가 등장하는 대목을 보면, 예수의 내면은 직접 제시되지 않고, 예수에 대한 마리아의 관찰만이 계속해서 나온다. 그런데 『빌라도의 예수』에 그려져 있는 마리아는 단순하고 소박한 촌부일 따름이다. 마리아가 특별한 통찰력을 지닌 사람으로 설정되어 있더라도 오로지 마리아의 시선에만 의지하는 한 예수의 내면을 드러내는 데에는 한계가 따를 터인데, 하물며 마리아가 단순 소박한 촌부의 자리에 머물러 있고 보면, 그의 시선을 통해 관찰되는 예수는 도무지 내면을 알 수 없는 신비로운 존재로 남을 수밖에 없다.

---

12) 위의 책, p.310.

공적인 활동에 나선 이후의 예수에 대해서는 어떠한가? 이 부분은 공적 활동 이전의 예수를 다루는 부분에 비해 양적으로나 질적으로나 훨씬 큰 비중을 차지하고 있거니와, 이 단계에 이르면, 떠도는 소문들과 자신의 심복 부하인 메테리우스의 보고에 근거한 빌라도의 관찰을 통해서 파악된 예수의 모습이 주로 제시된다. 역시 예수의 내면은 직접적으로 드러나지 않는다. 예수를 사모하는 여인과 예수의 마지막 만남을 묘사하는 장면을 보아도, 오로지 여인의 내면만이 직접적으로 제시될 뿐이다. 예수에 대해서는, 여인이 마리아와 마찬가지로 단순 소박한 수준의 관찰력을 가지고 외부에서 본 것 이외에는 아무 것도 드러내지 않고 있는 것이다. 이런 식으로 일관하기 때문에 예수의 내면은 끝까지 신비로운 수수께끼의 면모를 유지하게 된다.

그런데 여기에서 우리가 유념해야 할 것은, 이처럼 내면의 실상은 알려지지 않은 채 외부에서의 관찰만으로 독자에게 소개되는 예수의 이미지를 결정짓는 바로 그 관찰의 주체로서 압도적인 비중을 갖고 있는 것은 결국 빌라도인데, 그 빌라도가 따지고 보면 정치권력자라는 사실이다. 빌라도가 정치권력자인 만큼 그에 의해 행해지는 관찰이나 추론이나 해석이 속속들이 정치적인 측면에 초점을 맞추고 있는 것은 당연한 일이 된다.

이상에서 검토된 것처럼 정찬은 『빌라도의 예수』에서 예수 자신의 내면으로는 결코 들어가지 않는 방식을 예수의 공생애 이전 부분에서나 공생애를 다룬 부분에서나 일관되게 고수하고 있는데, 이것은 예수에게서 다른 부분은 되도록 축소하거나 제거하고 성전의 권력에 맞서 싸우는 투사의 면모를 일방적으로 강조하고자 한 그의 의도에 부합하는 창작 전략을 적절히 선택한 것으로 평가될 만하다. 결국 정찬은 「기억의 강」이나 「수리부엉이」와 같은 작품을 쓰던 당시에 이미 제기되었던, '권력의 문제, 자유의 문제, 정치적 언어의 문제를 중요한 것으로 생각하는 사람에게 예수가 가질 수 있는 의미는 무엇일까?'라는 물음을 다시 한 번 제기하고 그 물음에 대한 본격적 탐구를 수행하는 자리로『빌라도의 예수』라는 장편의 공간을 설정하고, 복음서의 예수를 그 공간의 성격에 걸맞은 존재로 새롭게 변형시키려 한 것인데, 그러한 작업을 효율적으로 수행하기 위해서는 예수 자신의 내면을 직접 드러내지 않는 편이 유리했던 것이다.

앞에서 잠시 언급되었던, 직접화법으로 예수의 대사를 전달하는 대목이 도합 두 군데밖에 나오지 않는다는 사실도, 이러한 맥락에서 이해될 수 있다. 그 두 군데 중의 하나는 성전 정화 장면에서의 발언이고, 다른 하나는 빌라도와 만나는 장면에서의 '시적인 발화'이다. 전자는 앞에서 이미 인용된 바 있거니와 후자까지 인용한다면 그것은 아래와 같다.

> "당신이 어떤 힘으로 병을 치유했는지 알고 싶소."
> "하느님의 향기입니다."
> (…) "하느님의 향기?"
> "죄가 살해하는 것은 생명이지만, 하느님의 향기가 살해하는 것은 죄입니다. 죄에 살해된 생명이 하느님의 향기로 깨어나는 것이 치유입니다."
> "하느님의 향기를 어떻게 병자들에게 맡게 하오?"
> "하느님의 말씀에는 하느님의 향기가 있습니다."
> "그대의 말은 하느님의 말씀이오?"
> 그는 입가에 엷은 미소를 지었을 뿐 다시 침묵했다.[13]

이상이 후자의 전부이다. 읽어 보면 알 수 있듯 여기에 제시된 예수의

---

13) 위의 책, pp.356~357.

발언에 담겨 있는 의미는 그다지 복잡한 것이 아니지만, 그것은 고도의 시적 상징을 동반하고 있는 것이어서, '인간 예수'의 내면을 진솔하게 보여주는 것과는 거리가 있다. 그러고 보면 성전 정화 장면에서 예수가 했다고 하는 발언 역시 인간 예수의 내면을 진솔하게 보여주는 것과는 거리가 먼 존재였다. 그것은 외관상으로만 직접화법에 의한 제시의 양상을 갖추었을 뿐 실인즉 서술자에 의한 요약의 성격이 강한 것이었기 때문이다.

게다가 이 두 장면에서 예수가 들려주는 대사의 내용을 보면 모두 권력으로부터의 해방이라는 문제와 긴밀하게 관련된 것임을 알 수 있다. 성전을 헐어버리겠다고 하는 예수의 대사가 성전 권력으로부터의 해방을 선언하는 것임은 말할 나위도 없거니와, 자신의 치유 행위를 가리켜 '죄에 살해된 생명을 깨어나게 하는 것'이라고 설명하는 예수의 대사 역시, 그 치유 행위의 핵심이 아픈 사람을 성전의 권력으로부터 해방시키는 데 있음을 명시하고 있는 것에 다름 아니기 때문이다. "체제의 근간인 세금 제도를 유지해야 하는 성전의 권력계층은 백성의 병을 죄의 결과로 돌렸"던 것이고, "병을 치유하기 위해서는 죄를 씻어야 하며, 죄를 씻기 위해서는 성전에 희생 제물을 바쳐야 한다"[14)는 논리를 만들어 냄으로써 민중들 위에 군림하는 자기들의 권력을 공고히 해 왔던 것인데, 예수의 치유는 바로 그런 논리의 힘을 무너뜨린 행위였고, 그 점에서 민중을 성전의 권력으로부터 해방시키는 효과를 발휘한 행위였던 바, 위에 직접 인용의 형태로 제시된 예수의 '시적인' 대사는 바로 그 점을 설명하고 있는 것이다. 이처럼 직접 인용의 형태로 제시되는 예수의 대사를 모두 권력으로부터의 해방이라는 문제와 긴밀하게 관련된 것만으로 한

---

14) 위의 책, p.304.

정한 작가 정찬의 조치는, 철저하게 자신의 주제에만 집중하고자 하는 그의 의지가 얼마나 확고한가를 새삼 실감하게 만드는 행동이라고 평가할 만하다.

4. '우주적 드라마'의 시작

지금까지의 논의를 통하여 거듭 분명하게 드러났듯, 『빌라도의 예수』 속에 그려진 예수의 모습에서 핵심을 이루는 것은, 성전의 권력에 맞서서 투쟁하는 해방자의 면모이다. 그렇다면, 예수가 처형되고 난 이후에 생겨나서 발전한 기독교라는 종교의 성격은 어떤 것인가? 『빌라도의 예수』는 이 물음에 대한 작가 정찬의 답변도 제시해 주고 있다. 그것은 작품 속에서 여러 가지 경로를 통해 나타나지만, 특히 사울이 빌라도에게 들려주는 이야기들을 통해서 가장 명료하고 구체적인 형태로 제시된다. 『빌라도의 예수』 속에서 사울은 메테리우스의 친구로 등장하며, 메테리우스와의 인연으로 해서 빌라도를 여러 차례 만나 이야기를 나누는 것으로 설정되어 있다.

사울이 빌라도에게 들려주는 고백에 따르면, 그는 예수의 생애가 그 마지막 단계에 가까워졌을 무렵 그를 찾아가 따라다니기 시작했다고 한다. 예수가 처형당하기 직전 마지막으로 행한 이적이 베다니 마을에서 죽은 사람을 살려낸 것이었고, 그 일이 있은 직후에 예루살렘 성전 정화 사건을 벌였던 것인데, 사울은 예수의 이런 행동들을 보고 감명을 받아 그를 찾았다는 것이다.

『빌라도의 예수』에 나오는 이런 이야기는 물론 『신약성서』의 내용과 아주 다른 것이다. 주지하는 바와 같이, 『신약성서』에 따르면 사울(나중의 바울)은 생전의 예수를 본 일이 없다. 정찬은 『빌라도의 예수』에서 예수의 삶과 죽음에 대한 기록을 자신의 의도에 따라 자유롭게 고쳐 쓴 것처럼 예수와 사울의 관계도 과감하게 바꾸어 버린 것이다.

이처럼 사울을 생전의 예수를 보았을 뿐 아니라 따라다니기까지 한 인물로 만들어 놓고, 정찬은 사울로 하여금 여러 가지 중요한 이야기를 하게 만든다. 우선, 예수가 베다니에서 죽은 사람을 살려내는 이적을 보여준 직후, '그 이적은 사실인즉 당사자의 특수한 체질을 활용한 연극의 성격이 강한 것이었다'는 이야기를 사울이 빌라도에게 한다. 그러니까 그것은 정치적 효과를 염두에 둔 일종의 이벤트였다는 것이다. 그리고 이때의 정치적 효과란 역시 성전 권력에 대한 공격의 효과에 다름 아니었다고 사울은 해석한다.

> "제가 베다니 사건에서 주목한 것은 시간과 장소입니다. 시간이 유월절과 맞물려 있다면, 공간은 예루살렘과 맞물려 있습니다. 예수는 전 세계의 유대인이 몰려드는 시간에 맞추어 예루살렘과 아주 가까운 마을에서 사건을 일으켰습니다. 아시다시피 성전의 정체성은 신의 은총을 받을 수 있는 유일한 공간이라는 데에 그 뿌리를 두고 있습니다. 베다니 사건은 그러한 성전에 대한 통렬한 조롱입니다."15)

베다니 사건이 이러한 성격을 갖는 것이라면, 그것은 빌라도가 일찍부터 관찰했던 것처럼 "예수는 탁월한 정치적 감각의 소유자였"16)다는 사실의 증거 목록에 자료를 하나 더 추가하는 셈이 된다. 실제로 빌라도는 자신이 총독직에서 물러난 후 사울을 다시 만나게 되었을 때 예수에 대한 자신의 그와 같은 판단을 다시 한 번 강조한다.

---

15) 위의 책, p.324.
16) 위의 책, p.397.

그러나 이때의 만남에서 빌라도의 그러한 말에 대해 사울은, 예수에게서 자기가 본 것은 '신의 모습'이었다는 뜻밖의 말로 답한다. 그렇다면 어떤 점에서 사울은 예수로부터 신의 모습을 보았다는 것인가? 이 물음에 대해 사울이 빌라도에게 제시하는 구체적인 설명은 더욱 뜻밖의 내용을 담고 있다. 그의 설명은 웅변조의 수사법을 동반하면서 여러 페이지에 걸쳐 길게 이어지거니와, 이 자리에서는 그 중 일부만을 인용해 보기로 한다.

"죄 없는 어린아이가 무서운 고통 속에서 죽어가고 있습니다. 곁에서 그분이 한 일이란 아이를 응시하는 것이었습니다. 무엇을 응시했겠습니까? 아이의 고통을 응시했습니다. 응시한다는 것은 견딘다는 것을 뜻합니다. 견딜 힘이 없으면 눈을 감겠지요. 그분은 눈을 감지 않았습니다. 그분이 견딘 것은 아이의 고통이었습니다. 아이와 함께, 아이와 똑같이 고통을 견디고 있었습니다. 죽어가는 아이를 왜 보고만 있었느냐고 물으셨지요. 그분에게는 아이를 살릴 능력이 없었습니다. 고통을 없앨 수도, 줄일 수도 없었습니다. 그분이 할 수 있는 일이란 아이와 고통을 함께 느끼는 것뿐이었습니다. (…) 진정한 기적은 아이를 살리는 것이 아닙니다. 왜 그 아이만 살립니까? 고통받는 모든 아이를 살려야지요. 기적의 신성은 스스로 아이가 되어 아이의 고통을 온몸으로 느끼는 모습에 깃들어 있었습니다. (…) 무력하다구요? 천만의 말씀입니다. 우리들의 신은 인간의 고통을 가장 깊이 느낍니다. 고통의 당사자보다 더 깊이 느낍니다. 우리들의 신은 인간의 슬픔을 가장 깊이 느낍니다. 슬픔의 당사자보다 더 깊이 느낍니다. 우리들의 신은 인간의 기쁨을 가장 깊이 느낍니다. 기쁨의 당사자보다 더 깊이 느낍니다. 자, 생각해보십시오. 고통과 슬픔에 빠진 자가 자신보다 더 깊이 아파하고 더 깊이 슬퍼하는 거룩한 존재를 느끼는 순간을 말입니다. 그보다 더한 위로가 또 있을까요? 위로는 고통과 슬픔을 작게 합니다. 고통과 슬픔을 기쁨으로 변화시킬 수도 있습니다. 기뻐하는 자가 자기 자신보다 더 기뻐하는 거룩한 존재를 느낄 때 그의 기쁨은 한없이 커질 것입니다."[17)

예수에게서 자신이 본 신성(神性)을 위와 같은 성격의 것으로 규정하면서 사울은 다시 아래와 같은 말을 덧붙인다.

> "그분에게는 육신의 죽음이 필요했습니다. 꿈의 언어를 견디기 위해서는 비역사적 공간, 초월의 공간으로 비상할 수밖에 없었습니다."[18]

사울에 따르면, 예수와 같이 유례를 찾을 수 없는 위로의 능력으로 해서 신성을 소유하게 되는 사람은, 육신으로는 하나의 희생 제물이 되어서 죽을 필요가 있었다. 이런 사람이 희생 제물이 되면, 그 희생 제물의 죽음에서부터 위대한 '우주적 드라마'가 시작되는 것이다. 예수 자신도 이 점까지는 몰랐다고 사울은 말한다. 그 점을 알고 있었던 것은 단 한 사람, '밀고자'뿐이었다고 한다.

> "그것이 우주적 드라마의 시작인 것을 아무도 몰랐던 것은 세계가 고요했기 때문입니다. 하늘이 어두워지지 않았고, 땅도 갈라지지 않았습니다. 희생 제물조차 몰랐습니다. 오직 한 사람만 알고 있었습니다. 밀고자였습니다."[19]

'그 밀고자가 사울, 당신이냐?'라는 빌라도의 질문에 대해 사울은 긍정의 답변도, 부정의 답변도 주지 않는다.[20] 그 대신, 아래와 같은 예언

---

17) 위의 책, pp.399~400.
18) 위의 책, p.400.
19) 위의 책, p.401.
20) 예수의 죽음과 관련하여 '밀고자'의 문제가 제기될 경우, 대부분의 사람들은 금방, 거의 자동적으로, 가룟 유다라는 이름을 떠올릴 것이다. 그러나 『빌라도의 예수』에서 정찬은 '밀고자'의 문제를 제기하면서도 정작 가룟 유다에 대한 언급은 완전히 배제해 버리고 있다. '그 밀고자가 구체적으로 누구인가?'라는 물음에 대해서 그는 '사울일 가능성이 있다'라는 답변 한 가지만을 열어놓고 있는 셈인데, 여기에서 우리가 읽어낼 수 있는 사실 한 가지는, 그가 가룟 유다에 대한 논의를 의도적으로 배제하고 있다는 점이다. 이것은 충분히 수긍이 가는 조치이다. 실제로 가룟 유다라는 인물은 네 복음서에 모두 등장

자적 진술을 던지고서, 자신의 열정적인 발언을 끝맺는다.

> "밀고자의 시선은 (…) 그분의 죽음 너머를 향하고 있었습니다. (…) 그 장엄한 드라마는 지금 인류의 눈앞에 펼쳐지고 있습니다. 언젠가 그것은 소아시아와 그리스를 넘어 로마로, 에스파냐로, 갈리아로, 게르마니아로 퍼져나갈 것입니다."[21]

이제까지 우리는 『빌라도의 예수』에 나오는 사울의 발언을 비교적 자세하게 살펴본 셈이다. 그 발언의 내용은 대부분 쉽게 이해된다. 단, 발언의 끝부분에서 사울이 말하는 '우주적 드라마', '장엄한 드라마'라는 것만은 그렇지 않다. 표현이 거창한 그만큼, 그 말의 참다운 의미는 상당히 모호한 것으로 느껴진다.

이 지점에서 우리에게는 『빌라도의 예수』의 또다른 대목을 검토해 볼 필요가 생겨난다. 그 또다른 대목이란, 예수가 처형된 후 한 신흥 종파

하기는 하지만 실제로 존재했던 인물이라고 볼 수는 없다. 허구의 인물임이 확실한 것이다. 그런 허구의 인물을 굳이 만들어낸 복음서 기록자들의 태도에 대해서 어떤 긍정적 의미를 부여하기도 어렵다. 그들로 하여금 그와 같은 허구적 인물을 창작하는 데까지 나아가도록 만든 원인으로는 그들의 반유대주의 이외에 다른 것을 찾아내기 어렵기 때문이다. 존 쉘비 스퐁은 이 점과 관련하여 다음과 같은 말을 하고 있다. "유다에 관한 이야기의 모든 것이, 이 이야기가 예수를 죽인 죄책과 책임을 로마인들로부터 유태인들에게로 전가하기 위하여, 1세기 후반에 기독교인들의 변증적 필요에 봉사하는 미드라쉬적 방법으로 만들어진, 후대에 발전된 전설이라는 사실을 소리쳐 절규하듯 알려주고 있다. (…) 나는 지금 이 책에서 예수가 체포되고 처형당했다는 이야기가 기록될 즈음, 기독교인들이 로마인들이 아니라 유태인들을 기독교 이야기의 원흉으로 만들었다는 것은 무섭고 엄청난 비극이었다는 것만 명심하고자 한다. 미드라쉬적 전통에 따라 거룩한 성서(구약성서를 말함―인용자) 여기저기에서 조금씩 떼어내어 유태인 배반자 이야기를 만들어내고, 그 배반자에게 바로 유태 민족의 이름인 유다라는 이름을 붙여줌으로써 이 일을 완성하였다는 것을 주장하는 바이다. 그 결과, 그 때로부터 오늘에 이르기까지 예수를 죽인 책임을 유태인의 원형(Jewish prototype)인 유다뿐만 아니라 전체 유태인들의 등에다 짊어지웠던 것이다"(존 쉘비 스퐁, 『예수를 해방시켜라』(최종수 역, 한국기독교연구소, 2004), pp.349~350).
21) 정찬, 앞의 책, p.401.

가 새롭게 등장했고, 그 신흥 종파에서 내세운 가장 뚜렷한 특징이 예수 부활 신앙이었으며, 이런 신앙을 내세우는 신흥 종파를 만든 것이야말로 사울이 평소에 지녔던 꿈인 "신의 이성에 참여하는 것"22)을 실천하는 방식이었다고 한 대목이다. 이 대목과 앞에서 제시된 소설 속 사울의 발언을 나란히 놓고 생각을 거듭해 보면, 이른바 '우주적 드라마', '장엄한 드라마'라는 것은 요컨대 예수의 부활이라는 교리와 관련해서 의미를 갖는 것이 아닌가 하는 짐작이 들게 된다.

이를테면 정찬은 위에서 말하는 '신흥 종파'가 확대·발전된 결과로 출현한 종교인 기독교에서 수천 년 동안 강조해 오고 있는 예수 부활의 교리는 기실 사울이 말하는 '우주적 드라마'라는 픽션과 직결되어 있는 것으로 파악하고 있다는 추론이 가능한 것이다. 앞에서 이미 자세하게 살펴보았던 바와 마찬가지로, 『빌라도의 예수』는 예수가 육신으로 부활하였다고 하는 복음서의 주장을 분명히 거부하는 입장에 서 있다. 더 나아가, 이 작품에 등장하는 예수는 육신의 부활에 대한 생각 자체를 갖고 있지 않았던 것으로 이야기된다. 작품 속의 어느 부분에도 예수가 부활을 언급하거나 부활 문제에 대한 의식을 가지고 있었다는 내용은 나오지 않는 것이다. 그런 예수가 사후에 부활하였다고 하는 믿음을 만들어 낸 것은 사울이고, 사울은 그런 믿음을 중심으로 해서 하나의 '우주적 드라마', '장엄한 드라마'를 꾸몄다는 것이다. 자신의 사후에 자신을 주인공으로 한 이같은 드라마가 만들어질 줄은 '희생 제물 자신', 즉 예수도 몰랐다는 것이다. 따지고 보면 예수를 하나의 '희생 제물'이라고 규정한 것도 사울이다. 그러니까 예수에게 희생 제물이라는 성격을 부여한 것부터가 사울이 만들어낸 '드라마'의 일환인 셈이다.23)

22) 위의 책, p.378.
23) 이처럼 『빌라도의 예수』에서 예수 부활의 교리라든가 예수를 희생 제물로 규정하는 발

이렇게 되면 예수의 부활이라는 것은 궁극에 있어서는 오시리스의 부활이나 디오니소스의 부활과 동일한 맥락에 놓이는 것이 된다. 오시리스나 디오니소스의 부활은 단순한 신화일 뿐이지만 예수의 부활은 실제로 일어난 사건이라는 기독교측의 주장은 인정되지 않는 것이다.

그렇다면 이처럼 예수의 부활에 대한 기독교측의 주장을 명백히 부정하는 입장에 서 있는 『빌라도의 예수』 속에서 예수의 진정 중요하고 의미심장한 면모로 인정되고 있는 것은 무엇인가? 이 물음에 대한 답은 지금까지의 논의 속에서 충분히 드러난 셈이거니와, 그것을 요약해 보면 결국 두 가지가 된다. 첫째는 성전의 권력에 과감히 맞서서 죽음에 이를 때까지 싸운, '자유를 위한 투사'의 면모이다. 그리고 둘째는, 사람들의

상과 같은 것을 모두 사울(바울)에 의해 꾸며진 픽션으로 파악하여 문제시하고 있는 것을 보면, 『잃어버린 예수』의 다음과 같은 서두 부분이 금방 연상된다. "바울로는 사랑할 수도 미워할 수도 없는 사람이다. 예수의 이름을 세상에 널리 알리는 데 일등 공인(功人)인가 하면 예수의 가르침을 세상에 바로 알리는 데 일등 반인(叛人)이기 때문이다. 문제는 지금의 기독교가 예수의 이름을 빌린 바울로의 교의(敎義)이지 예수의 정교(正敎)가 아니라는 데 있다. 기독교에 있어서 이것을 바로잡는 일보다 더 긴급하고 중대한 문제가 어디에 있겠는가? (…) '예수는 주님이시라고 입으로 고백하고 또 하느님께서 예수를 죽은 자들 가운데서 다시 살리셨다는 것을 마음으로 믿는 사람은 구원을 받을 것입니다. 곧 마음으로 믿어서 하느님과의 올바른 관계에 놓이게 되고 입으로 고백하여 구원을 얻게 됩니다'(「로마서」, 10: 9~10). 바울로가 한 이 말로 인하여 2천 년 동안 그리스도교가 오도되어 온 것이다. (…) 류영모는 누구보다 성경을 깊게 읽은 사람인데 이러한 말을 하였다. '성경에는 무엇인지 말이 많습니다. 솔직히 말하면 이 사람도 처음에는 거짓말을 듣고 속았습니다. 예수의 십자가 보혈이 이 몸을 사하는지는 모르겠습니다. 나와는 상관이 없습니다'(류영모, 『다석강의』). 수리철학자이면서 과정신학자로도 알려진 화이트헤드는 주저없이 이렇게 말하였다. '예수의 가르침을 그 누구보다도 왜곡하고 피폐하게 만든 장본인이 나는 바울로라고 생각합니다. 예수의 다른 제자들이 바울로를 어떻게 생각했는지 궁금합니다. 모르긴 해도 그들은 필시 바울로를 받아들일 수 없었을 것입니다. 바울로의 교리화한 그리스도교 교의신학만큼 비 예수 그리스도적인 것을 상상할 수가 없을 것입니다. 예수 그리스도도 필시 바울로를 이해할 수 없을 것입니다'(알프레드 화이트헤드, 『화이트헤드와의 대화』). (…) 하루를 믿어도 예수의 가르침을 바로 알아보자는 생각이 있다면 정신을 차리고 최면에서 깨어야 한다. 그래서 우리가 다 함께 잃어버린 예수를 찾아보자는 것이다"(박영호, 앞의 책, pp.17~18). 그런가 하면 미셸 옹프레도 바울과 예수와의 관계를 "바울은 예수라는 개념적 인물을 독점하여 제멋대로 옷을 입히고 갖가지 사상을 덧씌웠다"라는 말로 설명한 바 있다(미셸 옹프레, 앞의 책, p.187).

고통을 그 당사자보다 더 괴로워하고 사람들의 슬픔을 그 당사자보다 더 슬퍼하며, 그렇게 함으로써 더 없는 위로를 선사해 준, '연민과 사랑으로 충만한 위로자'의 면모이다. 이 가운데 전자는 소설 속에서 생전의 예수가 실제로 보여준 활동에 대한 서술을 통해 진작부터 제시되어 왔던 것이고, 후자는 예수가 죽은 후 빌라도를 향해서 건네진 사울의 설명에 의해 처음으로 제시되는 것이다.

그런데 『빌라도의 예수』 속에서 예수의 진정한 면모로 제시되는 이 두 가지는, 깊이 생각해 보면, 그 실감의 정도에 있어 서로간에 현저한 차이를 갖는 것임을 알 수 있다. 전자는 생전의 예수가 실제로 보여준 활동에 대한 서술을 통해 거듭거듭 구체적으로 제시되고 있는 만큼 자못 생생한 실감을 동반한다. 반면에 후자는 그렇지 않다. 예수에 대한, '연민과 사랑으로 충만한 위로자'라는 식의 규정은, 『빌라도의 예수』라는 소설의 흐름 전체를 놓고 볼 때 작품의 앞부분에서부터 자연스럽게 차근차근 준비되어 온 것이 아니고 다분히 돌발적인 양상으로 제기되는 것이라 할 수 있다. 『빌라도의 예수』 속에서 이러한 모습의 예수는 그가 살아서 활동하고 있던 기간 동안 한 번도 독자들 앞에 구체적으로 나타난 바가 없기 때문이다. 그러니 만큼, 이러한 예수에 대한 사울의 설명 자체는 앞에서도 말했듯 대체로 '쉽게 이해되는 것'이라 할 수 있지만, 그 때의 이해는 다분히 관념적인 수준의 것일 뿐, 실감을 동반하는 것이 되지 못한다. 사울의 설명이 구사하고 있는 '웅변조의 수사법'이 아무리 화려해도, 이러한 한계는 그대로 남는다.

물론 정찬의 소설을 그 동안 꾸준히 읽어 온 독자라면 그가 자신의 작품 속에 예수를 직접 등장시킨 이상 그 예수에게 '연민과 사랑으로 충만한 위로자'의 면모를 부여하고자 할 것이라는 점을 처음부터 얼마쯤 예상할 수 있었을 터이다. 정찬은 그러한 '위로자'의 면모가 어느 정도 실감을 동반하면서 제시된 작품을 진작에 쓴 바 있기 때문이다. 1998년에 발표된 그의 첫 번째 장편소설 『세상의 저녁』이 바로 그 작품이다.

이 작품을 보면, 주인공 황인후가 그 생애의 마지막 단계에 이르러 바로 그 같은 '위로자'의 면모를 획득하게 된다. 이러한 면모를 획득하게 되기까지 황인후가 거쳐 가는 내적 성장의 여정은 상당한 수준의 밀도와 자연스러움을 동반하고 있기 때문에 독자들로서는 그를 보고서 돌발적이라거나 관념적이라는 느낌을 별로 느끼게 되지 않는다. 그리고 이러한 면모를 획득함으로써 황인후는 어느 면 예수와 가까운 인상을 소설 속의 주변 사람들에게, 그리고 이 소설을 읽는 독자들에게 남겨 주게 된다.24)

그리고 보면 『빌라도의 예수』의 예수가 보여주는 두 번째의 핵심적인 면모는 『세상의 저녁』의 황인후를 그대로 계승하고 있는 셈이다. 이 점에서 보면 그것은 결코 '돌발적'으로 제기된 것이 아니다. 하지만 『빌라도의 예수』라는 작품 하나만을 놓고 살펴보는 자리에서는 그것이 돌발적으로 제기되고 있다는 지적을 하지 않을 수가 없는 것이다. 그리고 돌발적으로 제기된 그만큼 예수의 그러한 면모는 관념적인 성격을 강하게 띠고 있다. 결국, '위로자'의 면모를 지닌 인물을 제시하면서 그에게 생생한 실감을 부여한다는 과제를 수행함에 있어서는 아쉽게도 『빌라도의 예수』가 『세상의 저녁』보다 후퇴한 것이라고 볼 수밖에 없다.

다시 앞의 이야기로 돌아가 논의를 계속하기로 하자. 지금 나는 『빌라도의 예수』에 제시된 예수에 대한 두 가지 규정 사이에 '실감의 정도에 있어서의 차이'가 가로놓여 있음을 문제 삼고 있는 것이거니와, 이런 차이는 소설 속의 빌라도도 감지하는 것으로 되어 있다. 소설 속의 빌라도

---

24) 실제로 황인후를 가리켜 '부활이 생략된 예수'라고 표현한 평론가도 있다. 김주연, 「하느님의 슬픔, 문학의 슬픔」, 정찬, 『세상의 저녁』(문학동네, 1998), p.315.

는, 앞에서 이미 구체적으로 언급되었던 바와 같이, 이 가운데 전자에 대해서는 일찍부터 잘 알고 있었으며, 구체적인 실감도 확보하고 있었던 터이다. 그러나 후자에 대해서는 사울의 설명을 듣고서야 겨우 처음으로 인식을 하게 된다. 인식이라 했지만, 역시 그것은 다분히 추상적이고 개념적인 인식일 따름이며, 실감과는 무연한 것이다.

　다만, 작품의 끝부분 가까이에 이르러서 보면, 빌라도가 후자의 측면에 관해서도 어느 정도 실감에 가까운 느낌을 갖게 되는 상황이 설정되기는 한다. 사울로부터 후자의 측면에 관한 이야기를 듣고 나서 얼마쯤의 세월이 더 흐른 후, 내면의 고뇌를 안고 죽음의 고통에 사로잡혔다가 되살아나는 체험을 하면서, 그는 후자의 측면에 관해서도 어느 정도 실감에 가까운 느낌을 갖게 되는 것이다.

> 　그가 질투와 수치심의 괴로움에 사로잡혀 있을 때 그와 똑같은 괴로움에 사로잡힌 어떤 존재가 있었다. 그가 죽음의 고통에 사로잡혔을 때 어떤 존재 역시 죽음의 고통에 사로잡혔다. 그가 새롭게 태어났을 때 그 순결함 앞에서 눈부셔하는 어떤 존재가 눈앞에 환히 떠올랐다.[25]

　빌라도로 하여금 이러한 과정을 거치도록 만듦으로써, 앞에서 이미 지적되었던 것처럼 정찬은 빌라도라는 인물을 단순히 편리한 소설적 장치라는 차원에서 끌어내고 그로 하여금 어느 정도 '산 인간'으로서의 생동감을 갖게 만드는 효과를 내고 있다. 그리고 이와 동시에, 소설 속에서 제시된 예수의 핵심적 면모 두 가지 가운데 실감이 현저하게 결여된 쪽이었던 두 번째의 면모가 그나마 얼마만큼의 실감을 부여받게 되는 효과도 얻고자 했던 것으로 보인다.

---

25) 정찬, 『빌라도의 예수』, p.408.

아무튼 소설 속의 빌라도는 이처럼 예수의 두 가지 중요한 면모를 모두 체험에 입각하여 확인하는 것으로 그려지고 있다. 빌라도가 이런 방식으로 확인하게 되는 예수의 두 가지 중요한 면모 — 그것이야말로 예수가 왜 고귀하고 소중한 존재로 인류사 속에서 기억될 수 있는가를 말해 주는 근거가 된다고, 『빌라도의 예수』의 작가는 보고 있는 셈이다.

그런데 작가는 예수에 대해 이와 같은 관점을 가지는 한편으로, 현실 속에 존재하는 기독교라는 종교는 상당히 문제가 많은 것이라는 판단을 내리고 있는 것으로 보인다. 사울이 개진하는 '신흥 종파'의 교리를 서술하고 있는 부분에서도 그 점이 암시되지만, 사울이 그의 열변을 '우주적 드라마', '장엄한 드라마'에 대한 언급과 더불어 끝맺었을 때 그 말을 받아서 빌라도가 꺼내는 답변을 보면, 그 점은 더욱 분명하게 나타난다.

> "내가 두려운 것은……"
> 빌라도는 어두운 눈으로 사울을 보았다.
> "드라마의 통속화이오. 그대가 말했소. 참된 기적은 눈에 보이지 않는 데에 있다고. 하지만 대중은 눈에 보이는 기적을 원하오. 그대가 말했소. 신의 거룩함은 인류의 고통에 무력한 데에 있다고. 하지만 대중은 전지전능한 신을 원하오. 이 통속적 욕망 앞에서 개인이 할 수 있는 일이 무엇이겠소? 먼 훗날, 육신이 썩고 썩어 흔적도 없이 사라졌을 때 그대와 난 허구적 존재가 되어 있을 것이오. 통속적 드라마 속에서."[26]

위에 인용된 빌라도의 대사에서 우리는, 현실의 교회 속에서는 대중의 값싼 욕망에 근거를 둔 '통속적 드라마'가 큰 비중을 차지해 왔다고 하는 작가의 우울한 판단을 읽을 수 있는 것이다.

---

26) 위의 책, p.402.

『구약성서』의 실체와 『빌라도의 예수』

1. 「창세기」를 보는 시각

중세 서양 사람들은 『구약성서』의 「창세기」에 나오는 모든 기록이 역사적 사실을 그대로 기술한 것이라고 믿었다. 근대 초기까지도 대부분의 서양 사람들은 이런 믿음을 견지하고 있었다. 근대에 들어오면서 기독교는 비서양지역에까지 광범하게 확대되었는데, 기독교를 새로 알고 믿게 된 비서양지역의 사람들 가운데 다수도 이런 믿음을 그대로 받아들였다.

오늘날에는 기독교인들 중에서도 특별히 경직된 보수주의를 고수하는 사람들만이 이런 신념을 그대로 간직하고 있다. 서양의 경우나 비서양지역의 경우나 마찬가지다.

(이 지점에서 한 가지 언급해 두고 지나가야 할 사항이 있다. 기독교인들 가운데 이처럼 특별히 경직된 보수주의를 고수하는 사람들의 비율이 유난히도 높은 나라로 한국을 들 수 있다는 사실이 바로 그것이다.)

특별히 경직된 보수주의를 고수하는 사람들을 제외한 나머지 기독교인들은 「창세기」의 기록이 신화의 성격을 지니고 있다는 사실을 대체로 인정하는 편이다. 자세히 살펴보면, 그 사람들은 다시 두 가지 부류로 구분될 수 있다. '흔쾌히' 인정하는 사람들이 한 부류이고, '마지못해' 인정하는 사람들이 다른 한 부류이다.

(여기서도 한국의 특수한 양상에 대하여 언급해 둘 필요가 있겠다. 이 두 가지 부류 가운데 전자가 '유난히' 적고, 후자가 '압도적으로' 많다는 것이 바로 그 특수한 양상이다.)

2.「출애굽기」이하를 보는 시각

그런데, 특별히 경직된 보수주의를 고수하는 사람이든, 그렇지 않은 사람이든, 또 '그렇지 않은 사람' 중에서 구체적으로 어떤 부류에 속하는 사람이든, 일단 기독교의 신앙을 가진 것으로 자임하는 사람이라면, 『구약성서』 가운데 「출애굽기」와 그 다음에 이어지는 부분들의 기록에 대해서는, 「창세기」에 대해서와는 달리, 대부분 동일한 믿음을 가지고 있는 것으로 생각된다. 즉, 그 기록은 근본적으로 역사적 사실의 기술이라는 믿음을 가지고 있는 것으로 생각된다.

물론 그 기록의 구체적인 세목들과 관련해서는, 다시 견해가 나뉘어지고 있다. 예를 들어 말하자면, 모세와 아론이 이집트 영토 내의 모든 티끌을 이[蝨]로 변하게 만들었다고 한 「출애굽기」 8장 17절의 기록을 과연 '역사적 사실의 기술'로 인정할 수 있느냐 없느냐 하는 문제에 대해서는, '인정할 수 있다'는 견해와 '인정할 수 없다'는 견해가 나뉘어지고 있다.

하지만, 「출애굽기」와 그 다음에 이어지는 부분들에 담겨 있는 내용의 '큰 줄거리'가 '역사적 사실의 큰 줄거리'를 충실하게 반영하고 있다는 점에 대해서는, 거의 견해가 나뉘어지지 않는다. 「창세기」의 기록을 사실이 아닌 신화로 해석하는 데 대하여 '흔쾌히' 동의하는 입장에 서 있는 사람들조차도 대부분 그러하다.

그 '큰 줄거리'를 알기 쉽게 항목화해서 요약해 보면 대략 다음과 같이 될 것이다.

(1) 이집트에서 고난을 받던 유대인들이 모세의 인도 아래 성공적으로 집단 탈출을 감행하였다.

(2) 시나이 반도의 광야에서 40년간 힘든 유랑 생활을 하였다.

(3) 가나안 지방에 미리부터 자리 잡고 있던 여러 도시국가들을 여호수아의 지휘 아래 무력으로 공격하여, 정복했다.

(4) 다윗의 시대와 거기에 뒤이은 솔로몬 시대에 부강을 자랑하며 최전성기를 누렸다.

다시 말하거니와, 이상 네 가지 항목으로 정리되는 '큰 줄거리'가 '역사적 사실의 큰 줄거리'를 충실히 반영한 것이라는 점에 대하여서는 대부분의 기독교인들이 하등의 의심을 품지 않고 있다. 그들 각자가 가지고 있는 신앙 경향에 있어서의 세부적인 차이가 어떤 것이든 관계없이 그러하다.

3. 최근의 연구들이 밝혀낸 것

그런데, 최근 수십 년 동안, 수많은 학자들이 엄청나게 발달한 현대 학문의 역량을 총망라하여 『구약성서』의 세계를 천착해 들어간 결과, 위의 네 가지 항목과 관련된 한 가지 중대한 진실이 의심의 여지 없이 명백하게 밝혀졌다. 위의 네 가지 항목 모두가 역사적 사실과는 아득하게 먼 거리에 있다는 것이 바로 그 진실이다.

한 가지만 예를 들자. 위의 (2)번 항목을 보면, 이집트로부터 탈출한 수십만 명의 유대인들이 시나이 반도의 광야에서 40년 동안이나 유랑 생활을 했다고 되어 있다. 현대의 고고학자들은 오랜 세월에 걸쳐 최첨 단 장비와 기술을 총동원하면서 문제의 지역을 샅샅이 탐사하였다. 현대 고고학의 수준은, "사냥과 채집 생활을 했던 원시인이나 유목민들이 남 긴 매우 희소한 자취조차 전 세계 곳곳에서 찾아낼 수 있"[1]는 수준이다. 이런 수준의 역량이 해당 지역의 탐사에 아낌없이 투입된 것이다. 그 결 과는? 수십만 명의 사람들이 수십 년에 걸쳐서 유랑하던 지역이었다고 기록된 그곳에서, 기록의 사실적 충실성을 입증할 수 있는 증거라고는 단 하나도 발견되지 않았다. 가데스바네아의 경우를 보자. 가데스바네아 는 유대인들이 40년의 방랑생활 가운데 38년 동안 야영생활을 했다고 『구약성서』에 기록되어 있는 곳이다. 이 가데스바네아의 위치는 정확하 게 조사되어 있다. 그런데 이 가데스바네아에서, 아무 것도 발견되지 않 았다.

> 이 지역 전체를 발굴하고 조사했으나 청동기 시대의 인간활동의 증거 를 하나도 발견하지 못했다. 공포에 떨며 피난하는 소규모의 도망자들이 남겼을 만한 토기 파편 하나 발견되지 않았다.[2]

「출애굽기」 이하의 모든 기록에 대한 정밀한 학술적 탐사의 결론은, 모두가 다 이런 식으로 나왔다. 예외가 없었다. 이 모든 연구 성과를 종 합하여, 위의 네 가지 항목을 역사적 사실에 맞도록 고쳐 써 보면, 결국 다음과 같게 된다.

---

1) 이스라엘 핑컬스타인·닐 A. 실버먼, 『성경 : 고고학인가 전설인가』(오성환 역, 까치, 2002), p.81. 이 책의 원제는 *The Bible Unearthed*이다.
2) 위의 책, pp.82~83.

(1) 유대인들은 이집트로부터 집단 탈출을 감행한 일이 없다.

(2) 그들이 광야에서 집단적인 유랑 생활을 한 일도 전혀 없다.

(3) 유대인들이 가나안 지방의 여러 도시국가들을 정복한 일도 물론 없다.

(4) 다윗과 솔로몬이라는 인물은 실존했을 가능성이 있지만 그들이 실존하였을 가능성이 있는 시대의 유대는 초라했으며『구약성서』의 기록과는 전혀 거리가 먼 모습을 하고 있었다. 조금 더 구체적으로 소개하면 그 모습은 대략 다음과 같았다.

> 다윗 시대의 고원지대 물질문화는 단순한 수준이었다. 그 지역에는 농촌지대가 압도적으로 많았고 문물을 갖춘 왕국의 기능 발휘에 필요한 광범한 문자 보급의 흔적이나 기록문서, 비문의 흔적이 발견되지 않는다. 인구의 측면에서 볼 때 이스라엘인들의 인구 구성은 단일민족과는 거리가 멀었다. 통일된 문화나 중앙집권 국가의 증거를 찾아보기 어렵다. 예루살렘 북쪽 지방은 인구가 상당히 조밀했던 데에 비해서 미래에 유다 왕국의 중심을 이루게 되는 예루살렘 남쪽 지방은 아직 인구가 희박했다. 예루살렘 자체는 기껏해야 전형적인 고원 지방의 농촌 마을에 불과했다.[3]

위에 인용된 글 가운데, '이스라엘인들의 인구 구성은 단일민족과는 거리가 멀었다'고 한 대목은 각별한 주목을 필요로 한다. 위에 인용된 글이 언급하고 있는 대상은 그 첫머리에 나오는 것처럼 '다윗 시대'의 역사적 실상인데, 이 시기에 이르러서조차도 이스라엘인들의 인구 구성은 '단일민족'이라는 것과 거리가 멀었다는 것이다. 그러니 그보다 수백 년이나 이전의 시대에야 오죽했으랴?

---

3) 위의 책, p.175.

여기서 우리가 내릴 수 있는 결론은 자명하다. 앞의 (1), (2), (3) 항목을 되돌아볼 때, 거기서 말하고 있는 '이집트 탈출'이니 '광야에서의 유랑'이니 '가나안 정복'이니 하는 '사건들'이 역사적으로 실재하지 않았음은 말할 나위도 없으려니와, 그렇다고 해서, 그 사건들의 담당자로 되어 있는 '유대인'이라는 이름의 집단이 다른 어떤 '사건들'을 만들어내면서 역사의 한 시기를 통과해 왔다는 이야기도 성립될 수 없다는 결론이 불가피하게 되는 것이다. 어째서 그런가? '유대인'이라는 실체 자체가 그 당시에는 아예 존재하지 않았음이 분명하기 때문이다. 그런 실체가 이 세상에 처음으로 출현하게 된 것은 다윗이나 솔로몬의 시대보다도 나중이며, 나중 치고도 한참 더 시간이 흐르고 난 다음인 것이다.

4. 『빌라도의 예수』에서 말하고 있는 것 (1)

정찬의 소설 『빌라도의 예수』를 보면 이러한 사실이 직접적으로 언급되고 있다. 정찬이 이처럼 소설작품 속에다 이 문제에 대한 논의를 도입하게 된 것은, 말할 나위도 없이, 그가 일찍부터 지속적으로 견지해 왔던, 권력과 이데올로기의 유착관계 속에 깃든 문제점들에 대한 치열한 관심과 비판의식이, 그로 하여금 이 문제에 대한 관심을 갖도록 촉발하였기 때문일 터이다.

소설 속에서 이 문제에 대한 설명은, 새로 유대의 총독으로 부임하게 된 빌라도가 유대의 역사와 문화를 제대로 이해하기 위하여 자신의 자문단(諮問團) 가운데 한 사람인 메테리우스라는 지식인과 문답하는 장면을 통하여 제시된다. 메테리우스는 유대인이지만 특이한 운명의 개입으로 말미암아 로마에서 자라나는 동안 광범하면서도 균형 잡힌 지성을 갖추기에 이른 인물로 설정되어 있다. 그는 모세의 이야기도, 여호수아의 이야기도 다 꾸며낸 것이며, 가나안인과 구별되는 유대인이라는 종족 집단이 일찍부터 따로 존재하지도 않았다는 사실을 빌라도에게 말해 준다. "다윗과 솔로몬의 찬란한 왕국은 성서가 만든 환상의 역사"4)에 불과하다는 사실도 가르쳐 준다. 메테리우스라는 허구적 인물을 수단으로 삼아 『빌라도의 예수』 속에서 제시되는 이 모든 설명들은 매우 정확하며, 간결한 가운데서도 요점은 빠뜨리지 않고 다 담아내고 있다.

5. '가짜 역사'의 정체

여기까지 이르고 보면 우리는 다음과 같은 물음에 맞닥뜨리지 않을 수가 없게 된다 : "그렇다면 모세의 출애굽에서 솔로몬의 찬란한 영화에까지 이르는 저 엄청난 '가짜 역사'는 대체 누가, 언제, 무슨 목적으로 기록한 것인가?"

핑컬스타인과 실버먼 두 사람은 그들이 함께 쓴 책 속에서 위의 물음에 대한 답을 다음과 같이 명쾌하게 제시하고 있다.

(1) 누가 기록했나? — 유다 왕국의 요시야 왕을 보좌한 한 무리의 궁정 지식인들이 기록했다.

(2) 언제 기록했나? — 요시야가 유다의 왕으로 재위하고 있던 기원전 7세기에 기록했다.

(3) 무슨 목적으로 기록했나? — 요시야의 웅대한 정치적 야심을 실현하는 데 도움이 되는 이데올로기적 장치를 갖추고자 하는 목적으로 기록

---

4) 정찬, 『빌라도의 예수』(랜덤하우스중앙, 2004), p.177.

했다.

위의 세 가지 항목에 해당하는 것은, 모세에서 솔로몬에까지 이르는 기간을 대상으로 한 기록들만이 아니다. 「창세기」의 기록도 여기에 똑같이 해당된다. 이 점을 염두에 두면서, 핑컬스타인·실버먼 두 사람의 저서 가운데, 그들의 핵심적인 메시지를 요약하고 있는 부분을 조금 더 구체적으로 인용해 보기로 한다.

> 아시리아가 북쪽의 옛 이스라엘 왕국 영토에서 물러남에 따라 유다인들이 볼 때 오랫동안 기다렸던 기적과도 같은 상황이 만들어진 것처럼 보였던 것이 분명했다. (…) 드디어 유다가 북쪽으로 영토를 확장하여 멸망한 고원지대의 북쪽 왕국 영토를 차지하고 이스라엘인들의 종교의식을 통일하고 거대한 범이스라엘 국가를 창설하는 것이 가능해 보였다.
> 그러한 야심적인 계획에는 적극적이고 강력한 선전이 필요했을 것이다. (…) 신명기적 역사와 모세 5경 일부를 집필하고 편집한 사람들이 옛 이스라엘 백성들의 가장 소중한 전설을 수집하여 재구성한 이유가 여기에 있을 것이다. 그들은 위대한 민족의 투쟁에 앞서 동포들을 준비시킨 것이다.[5]

「창세기」의 아담에서 「출애굽기」의 모세를 거쳐 「열왕기」의 솔로몬에까지 이르는 화려한 역사의 전설이 언제, 어떤 식으로 맨 처음에 만들어졌고 또 발전해 왔는지는 정확하게 알 수 없다. 하지만 그것이 현재의 『구약성서』에서 보는 바와 같은 형태로 멋있게 정리되고, 윤색되고, 체계화되고, 편집된 것은 요시야의 시대에, 요시야의 명을 받은 일군의 궁정 지식인들에 의해서였음이 확실하다. 그들은 많은 부분을 자기들의 필요에 맞춰 정리·윤색·체계화·편집했겠지만, 또 많은 부분을 아예 창

---

5) 핑컬스타인·실버먼, 앞의 책, pp.329~330.

작하기도 했을 것이다.

그들의 이러한 노력에 의하여, 지금까지 전인류에게 엄청난 영향력을 발휘해 온 저『구약성서』의 골격이 만들어진 것이다. 이만한 '작품'을 만들어낼 때까지 그들이 쏟아부은 에너지는 과연 얼마만한 것이었을까? 생각하면 현기증이 나는 것을 금할 수 없다.

6.『빌라도의 예수』에서 말하고 있는 것 (2)

정찬의 소설『빌라도의 예수』는 요시야의 시대에 이루어진 이러한 정리·윤색·체계화·편집·창작 작업에 대해서도 역시 정확한 설명을 제공하고 있다. 지면관계상 그 중에서도 핵심에 해당하는 한 대목만 인용해 두기로 한다.

> "그들의 야심은 북왕국의 영토까지 아우르는 범이스라엘 국가의 창설이었습니다. 여기에서 요구되는 것이 새로운 신을 주인공으로 하는 민족 서사시의 창조였습니다. 아시다시피 지중해 동부의 신들은 역사의 신입니다. 강력한 국가를 구축하려면 강력한 신은 필수불가결한 요건입니다. 개혁 세력이 족장들의 방랑생활과 이집트 탈출 등 민중 사이에서 구전으로만 떠돌던 서사시에 눈을 돌린 것은 당연한 귀결이었습니다."[6]

7. 끝나지 않은 질문 –『구약성서』를 어떻게 볼 것인가?

그런데 요시야와 그를 따르는 일군의 궁정 지식인들이 '북왕국의 영

---

6) 정찬, 앞의 책, p.182.

토까지 아우르는 범이스라엘 국가의 창설'이라는 거대한 야심을 가지고 그처럼 어마어마한 노력을 경주하여 만들어낸 이데올로기적 성과물은, 현실의 세계에서는, 어처구니없을 정도로 참혹한 실패의 자취만을 남긴 채 일찌감치 그 수명을 다하고 말았다. 웅대한 포부로 한껏 부풀어 있던 요시야 왕이 이집트 왕에게 무리하게 대들다가 때 이른 죽음을 자초하고 만 것이다. 기원전 609년의 일이었다.

하지만 요시야가 죽고 그와 그를 따랐던 궁정 지식인 그룹의 꿈이 물거품으로 돌아간 다음에도, 『구약성서』에 한번 기록된, 아담에서 솔로몬에까지 이르는 저 찬란한 '가짜 역사'는 살아남았다. 살아남아, 모든 유대인들의 거룩한 성전(聖典)이 되었다. 그리고 더 나아가서는 기독교인들의 경전으로까지 받아들여졌다. 기독교의 세력이 전 세계를 제패하게 되자, 그 기록의 감화력은 문자 그대로 전 세계에 고루 다 미치게 되었다.

『구약성서』의 핵심을 이루고 있는, '아담에서 솔로몬에까지 이르는 역사 이야기'의 실체는 이상과 같은 것이다.

'아담에서 솔로몬에까지 이르는 역사 이야기'의 실체가 이상과 같은 것임을 일단 알게 되고 났을 때, 우리는, 과연 『구약성서』를 어떤 시선으로 보아야 할 것인가? 이 물음에 대하여서도 핑컬스타인과 실버먼 두 사람은 명쾌한 해답을 주고 있다.

성경의 진실성은 홍해가 갈라지고 여리고 성벽이 나팔소리에 무너지고 다윗이 팔매 들고 골리앗을 죽인 것 등의 특정한 사건이나 인물의 실존을 뒷받침하는 충실한 역사적 '증거'에 좌우되는 것이 아니다. 성경 서사시의 위력은 인간의 해방, 압제에 대한 끊임없는 저항, 사회적 평등의 추구 등 시공을 초월한 여러 가지 주제를 설득력이 강하고 명확하게 표현한 데에서 우러나온다.[7]

---

7) 핑컬스타인 · 실버먼, 앞의 책, p.368.

앞의 설명에 따르면, 『구약성서』의 진정한 가치는 거기에 기록되어 있는 역사가 '진짜 역사'인가 '가짜 역사'인가에 따라서 달라지는 것이 아니라고 한다. 『구약성서』의 기록이 진짜 역사인 줄 알고 읽어 오던 사람이 '그것은 진짜 역사가 아니라 가짜 역사다'라는 사실을 알고 난 다음에 다시 그 기록을 읽어 보더라도, 그 사람이『구약성서』에 대해서 내리는 평가에는 변화가 있을 수 없으며,『구약성서』의 기록으로부터 받을 수 있는 감동의 무게에도 변화가 있을 수 없다는 것이다. 왜?『구약성서』의 가치는 그것이 인간의 해방이라든가, 압제에 대한 끊임없는 저항이라든가, 사회적 평등의 추구라든가 하는 것과 같은 여러 중요한 범인류적 주제들을 '설득력이 강하고 명확하게' 표현한 데에서 우러나오는 것이니까!라고 그들은 대답한다.

과연 그럴까? 그렇게 말할 수 있을까?

『구약성서』에는 인간의 해방에 대한 의식의 표현이 있는가 하면, 참다운 인간해방에 정면으로 역행하는 사상의 표현도 강하게 나타나 있지 않은가?

『구약성서』에는 압제에 대한 저항의 표현이 있는가 하면, 압제를 정당화하는 논리의 표현도 얼마든지 들어 있지 않은가?

『구약성서』에는 사회적 평등을 추구하는 의식의 표현이 있는가 하면, 사회적 불평등과 차별을 정당화하는 주장의 표현도 숱하게 발견되지 않는가?

『구약성서』의 많은 부분에서 적나라한 모습으로 나타나고 있는 종족적 배타주의의 문제를 한번 생각해 보자. 추호의 망설임도 유보도 없이 전투적으로 전개되는 그 종족적 배타주의는, 인간 해방의 정신에, 압제에 대한 저항의 정신에, 사회적 평등을 추구하는 정신에 모두 날카롭게 대립하는 것이 아닌가?

　19세기의 미국에서 흑인 노예제를 정당한 것으로 볼 수 있느냐 없느냐를 놓고 백인 지식인들 사이에서 격렬한 논쟁이 전개되었을 때, 흑인을 노예로 부리는 것이 정당하다고 주장하는 사람들이 자기들의 논리를 뒷받침해 주는 가장 유력한 근거로 끌어댄 것이 바로 『구약성서』였다. 『구약성서』 속에서 그들은 신의 이름으로 노예제도를 정당화해 주는 대목들을 얼마든지 찾아낼 수 있었기 때문이다.[8]

　이런 이야기를 한다고 해서 내가 『구약성서』에는 아무런 긍정적 가치도 없다고 주장하려는 것은 아니다. "『구약성서』에 그 어떤 긍정적 가치가 존재할 수는 있다. 그 가치가 어떤 것인지 나 자신은 구체적으로 모른다. 하지만 『구약성서』의 긍정적 가치에 대한 핑컬스타인/실버먼의 설명이 틀렸다는 것만은 알고 있다."—바로 이것이, 지금 내가 이 글을 끝맺으면서 마지막으로 하고 싶은 말이다.

---

8) 김형인, 『두 얼굴을 가진 하나님 : 성서로 보는 미국 노예제』(살림출판사, 2003) 참조.

정찬의 「두 생애」가 남기고 있는 문제들

　정찬이 그의 소설 속에서 기독교 교회를 다룰 때마다 일관해서 보여주는 한 가지 특징이 있다. 언제나 가톨릭 교회에 대해서만 관심을 보이며, 개신교를 비롯한 비교적 자유로운 형태의 교회들에 대해서는 언급이 없다는 점이 그것이다. 그래서 그의 소설을 보면 신부는 여러 번 나오고 심지어 교황까지도 나오지만 목사는 등장하지 않는 것이다.

　정찬이 이러한 특징을 보이고 있는 데에는 어쩌면 그의 개인적 체험이나 환경이 관련되어 있는 것인지도 모른다. 그런 것이 아니라면, 그가 기독교와 관련하여 집요하게 문제 삼아 오고 있는 '권력'이라는 주제가, 개신교의 경우보다는, 획일적 중앙집권제와 엄격한 위계적 조직, 그리고 금욕적인 독신주의를 고수하고 있는 가톨릭 교회의 경우에 좀더 선명하게, 강렬하게, 긴장된 형태로 제기되기 때문에 이왕이면 그쪽을 소재로 다루는 편을 선호하게 되었을 것이라는 추론이 가능하다.

　이처럼 주로 가톨릭 교회를 관심의 대상으로 삼는 가운데에서 정찬이 실제로 보여주고 있는 교회관은 어떤 것인가? 이 물음에 대한 답변은 간단한 문장 하나로 정리될 수 있다. '현실 속에 존재하는 교회에서는 대중의 값싼 욕망에 근거한 통속적 드라마가 큰 비중을 차지해 왔음을 부정할 수 없지만, 그렇다고 해서 현실의 교회에 대한 전면적 부정으로 나아갈 필요까지는 없다'는 문장이 그것이다. 이것을 조금 각도를 바꾸어서 표현하자면, 정찬은 그가 생각하는 바 예수의 진정 가치 있는 부분과 대중의 욕망에 근거한 통속적 요소들이 뒤섞인 채로 갈등을 일으키는 공간으로 교회를 파악하면서, 되도록 그 가운데 전자의 측면을 적극적으로 주목하고 그것으로부터 의미를 찾으려 노력하는 입장에 서 있다고 말할 수도 있다.

정찬이 교회를 이끌어 나가는 성직자들을 그릴 때 그다지 날카로운 문제 제기를 하지 않고 넘어가는 것은 이러한 그의 교회관이 반영된 결과로 보인다. 그는 신부를 등장시키고 있는 「기억의 강」이나 『세상의 저녁』과 같은 작품에서 기독교 성직자에 대해 인습적으로 정착되어 있는 막연한 우호적 고정관념을 대체로 충실히 따르는 태도를 보여준다. 그런가 하면 교황 요한 바오로 2세를 집중적으로 관찰하는 화자를 등장시키고 있는 「두 생애」에서는 그 화자가 처음에는 교황에 대해 다분히 부정적인 의심의 시선을 보내다가 차츰 심경의 변모를 일으키고 결국에는 교황으로부터 인간적 매력을 느끼며 그의 '간절함'을 믿을 수 있겠다는 결론에 도달하는 모습을 보여주고 있는데, 「두 생애」의 이런 전개 역시, 「기억의 강」이나 『세상의 저녁』에 나타난 작가의 관점과 궤를 같이하는 것이라고 볼 수 있다.

그런데 「두 생애」의 그와 같은 전개 양상을 보면서 우리는 작가에 대해서 한 가지 의문을 제기할 수 있다. 이 작품의 화자가 나중에 가서 인정하게 되는 요한 바오로 2세라는 '개인'의 인간적 매력이나 '간절함'이라는 것과 교회 '조직' 자체의 문제점은 별개의 것이 아닌가? 작품의 앞부분에서 제기되었던 '바티칸 궁은 예루살렘 성전의 재현이 아닐까'라는 질문은, 가톨릭 교회의 '조직'을 문제 삼는 자리에서 볼 때, 작품이 끝날 때까지 아무런 답변도 얻지 못하고 있는 것이 아닌가?

문제는 또 있다. 논의의 초점을 '개인'의 차원으로 한정시켜도 남는 문제가 있는 것이다. 정찬이 「두 생애」에서 관찰의 대상으로 삼고 있는 요한 바오로 2세가 정작 교리의 측면에서 보면 반동적 보수주의자의 억압적인 노선을 고수했다는 점을 우리는 간과할 수 없기 때문이다. 요한 바오로 2세의 재위 당시에 나왔던, 가톨릭 신학자 한스 큉의 다음과 같은 말을 들어 보자.

> 요한 바오로 2세 교황의 모순된 행동은 끝없이 이어지는 것처럼 보인다. 인권에 관한 멋진 연설은 있지만 신학자와 여성 종교단체에 대한 정의는 구현되지 않고 있다. 사회의 차별에 관해서 엄중한 항의를 나타내지만 정작 교회 내에서는 여성들에 관해, 특히 산아 제한과 낙태와 신부 서품에 관한 차별이 진행되고 있다. 자비에 관한 장문의 교황 회칙을 공포하지만 정작 이혼한 사람들과 1만 명이 넘는 결혼한 사제들에 관한 자비는 찾아볼 수 없다.
>
> 매사가 이런 식이다. 다른 말로 한다면 지금이 바로 흉년의 시대인 것이다.[1]

위의 글을 쓴 큉은 20세기의 가장 위대한 가톨릭 신학자로 널리 인정받고 있는 인물이면서, 요한 바오로 2세가 교황의 자리에 오른 바로 그 이듬해인 1979년에 교황청에 의해 가톨릭 교수직을 박탈당한 사람이기도 하다. 이처럼 큉을 교수 자리에서 축출당하게 만든 요한 바오로 2세의 보수주의는, 존 셸비 스퐁의 지적에 따르면, "가톨릭 공동체에서 모든 창의적 사상을 조직적으로 억압"하는 것이었다. 그러한 억압 정책에 의해 큉만이 아니라 "에드워드 쉴레빅스, 찰스 큐란, 레오나드 보프, 매

---

1) 한스 큉, 『가톨릭 교회』(배국원 역, 을유문화사, 2003), pp.243~244.

튜 폭스 등 저명한 가톨릭 사상가들이 교수직에서 해직되고 곤욕을 치르고 퇴출되거나 침묵 당할 수밖에 없었"고, 이런 사상 통제의 결과로 "오늘날 로마 가톨릭의 학풍은 사제들에게서 사라지고 말았다"고 스퐁은 말하고 있다.2)

이처럼 일체의 창의적 사상을 억압하는 요한 바오로 2세의 입장에 서서 본다면, 정찬이 『빌라도의 예수』를 비롯한 여러 작품들에서 고안하여 제시한 새로운 예수상이라는 것도 당연히 단호한 배척의 대상이 될 수밖에 없는 것일 터이다. 정찬이 「두 생애」에서 다른 사람 아닌 교황 요한 바오로 2세를 관심의 초점에 놓고 있으면서 이와 같은 문제점을 전혀 건드리지 않은 채 넘어간 것은 어떤 이유 때문일까? 그 이유를 정확하게 알아내기는 어렵다. 그러나 약간의 조심스러운 추측을 시도해 볼 수는 있을 것이다.

우선, 짧은 단편의 규모를 가지고 있는 「두 생애」를 쓰면서 위와 같은 문제까지 고려의 범위 속에 포함시키는 것은 작품의 통일성을 손상시킬 위험성이 있으므로 아쉽지만 그 문제는 배제하는 것이 좋겠다고 하는 판단이 작용한 결과일 수 있다. 이것은 충분히 가능한 이야기이다.

하지만 내가 생각하기에는 그보다 더 개연성의 정도가 높은 추측이 있다. 본래 정찬은 현대 사회의 다원주의, 세속주의, 자유방임주의 등을 마음 속 깊은 곳에서 적대시하는 입장에 서 있다는 점에서, 그가 표면상 일관되게 내세워 온 '권력에 대한 저항'의 논리에도 불구하고, 사실은 요한 바오로 2세의 그와 같은 반동적 보수주의에 대해 공감을 느낄 만

---

2) 존 쉘비 스퐁, 『만들어진 예수 참 사람 예수』(이계준 역, 한국기독교연구소, 2009), p.205. 참고로 덧붙이자면, 요한 바오로 2세가 서거한 후 교황의 자리를 이어받은 베네딕토 16세는 요한 바오로 2세 재위 당시부터 '모든 창의적 사상에 대한 조직적 억압'을 실제로 주도해 온 인물이다. 그런 만큼 교황청의 사상 억압 정책은 현재의 시점에서도 흔들림 없이 지속되고 있다.

한 부분이 있으며, 그런 점 때문에, 이 예민한 문제와 본격적으로 맞부딪치는 것을 회피하고 만 것이 아닌가라는 추측이 그것이다.3)

만약 이런 추측에 일리가 있는 것이라면, 그것은 정찬 문학의 심부에 도사리고 있는 한 가지 모순을 말해 주는 것이 된다. 흥미로운 모순이고, 의미 있는 모순이라 할 수도 있겠지만, 어쨌든 모순은 모순이다. 아무튼, 이런 점 때문에, 실제로 쓰여진 「두 생애」라는 작품의 호소력이 일말의 손상을 입고 있는 것은 부정할 수 없다.

---

3) 현대 사회의 다원주의, 세속주의, 자유방임주의 등에 대한 정찬의 뿌리깊은 적개심은 '공산주의를 어떻게 볼 것인가?'라는 물음과 관련하여 우려를 금할 수 없게 만드는 문제점을 낳기도 했다. 소련과 동유럽 여러 나라들의 공산주의 체제가 붕괴한 지 수년이 지난 시점에서 그가 발표한 중편 「섬」(『문예중앙』, 1994. 가을)은 그러한 문제점이 상당히 심각한 수준에 도달해 있는 것임을 적나라하게 보여준다. 나는 이 문제에 대한 일반의 관심을 환기해야겠다는 의무감을 느끼고, 「섬」과 관련된 글을 네 차례나 쓴 바 있다. 여기서는 그 중 「정찬의 「섬」을 다시 논한다」 하나만을 들어 두기로 한다. 이 글은 나의 책 『한국문학 속의 사회주의와 자본주의』(새미, 2006)에 수록되어 있다. 이 글의 마지막 부분에 나는 다음과 같은 말을 적었다.
"정찬은 「슬픔의 노래」라는 소설에서, 아우슈비츠에서의 인권 유린에 대하여 커다란 분노와 슬픔을 표시한 일이 있다. 이러한 면모를 보여준 바로 그 동일한 작가가, 잔인무도한 인권 유린 사례의 대표자라는 자리를 놓고 아우슈비츠와 겨룰 만한 존재인 대규모의 굴락(Gulag)을 만들어낸 궁극적 책임자로 간주되어야 할 마르크스와 부(副)책임자 제1호로 간주되어야 할 레닌, 이 두 사람에 대하여, 아우슈비츠를 만들어낸 사람들에 대해서와는 전혀 다른—거의 백팔십도로 대립되는—태도를 취하고 있는 것을 우리는 「섬」에서 본 셈이다. 이것은 놀라운 일이다. 또한, 참으로 슬픈 일이기도 하다.
다시 말하거니와, 소련의 공산주의 체제는 대규모의 굴락을 만들어낸 체제이다. 대규모의 굴락을 만들어냈다는 것 한 가지만으로도, 이 체제는, 하늘에 사무치는 죄를 지은 체제이다. 그 점은, 아우슈비츠를 만들어냈다는 것 한 가지만으로도, 히틀러의 나치 체제가 하늘에 사무치는 죄를 지은 체제로 간주되어야 하는 것과 동일하다. 그런가 하면, 소련의 공산주의 체제는, 굴락을 제외한 그 체제 속의 나머지 공간들도 전부 준(準)굴락에 해당하는 성격을 가지지 않을 수 없도록 강제한 체제이기도 했다. 이 점 역시, 히틀러의 나치 체제가 아우슈비츠를 제외한 그 체제 속의 나머지 공간들도 전부 준(準)아우슈비츠에 해당하는 성격을 가지지 않을 수 없도록 강제한 체제였다는 점과 일치하는 면모를 보여준다. 그런데 바로 이런 소련의 공산주의 체제가 붕괴한 것을 두고, 「섬」이라는 소설은 '슬픔'을 운위하고 있다. 그리고 그 체제의 붕괴를 기뻐하는 사람들을 향하여, '어이없다,' '천박하다' 운운의 독설을 퍼붓고 있다. 놀라운 일이 아닐 수 없다. 그리고 진정으로 슬퍼해야 할 일이 아닐 수 없다"(pp.77~78).

소설가가 대신 쓴, 한 이상적인 인물의 자서전

이청준의 『낮은 데로 임하소서』

지난 2008년에 만 69세를 일기로 세상을 떠난 소설가 이청준은, 1965년에 처음 등단한 이후부터 40년이 넘는 기간 동안, 참으로 풍성하면서도 격조 높은 문학세계를 지속적으로 창조해 왔다. 이러한 이청준의 작품들 가운데 특별히 많은 독자들의 사랑을 받은 것의 하나로, 1981년에 홍성사에서 출간된 장편 『낮은 데로 임하소서』가 있다.

이 작품은, 물론 많은 허구가 섞여 있기는 하지만, 근본적으로는 안요한 목사라는 실존 인물의 일대기로 규정될 수 있다. 작중에서 '나'로 등장하는 주인공 안요한은 그 이름이 암시하듯 목사의 아들로 태어났으나 성장하는 과정에서 기독교의 감화를 받기는커녕 거기에 대한 반발만을 키우게 된다. 대학을 졸업한 후 목사의 직업을 물려받게 하려는 부친의 간곡한 권유를 물리치고 실사회에 뛰어든 안요한은 거기에서 탁월한 성공을 거둔다. 그러나 그의 앞길에는 뜻 아니한 복병이 기다리고 있었으니 그것은 현대 의학으로도 치료가 불가능한 포도막염이라는 질환의 발병으로 말미암은 시력의 상실이었다. 오랜 투병도 소용 없이 완전한 암흑에 갇힌 신세가 되자 그는 끝없는 절망에 싸여 자살을 기도하기에 이른다. 바로 이 순간에 신이 자기를 찾아와 격려하는 것을 느끼고 그는 새로운 생명으로 거듭난다.

이후로 안요한이 그려 보이는 삶의 궤적은 아름다운 '인간 승리'의 한 모델을 현시해 준다. 서울역 광장에 쭈그리고 앉아 한 푼을 구걸하는 장님 거지로 살아 가면서 그는 가난하고 힘 없는 사람들의 아픔을 속속들이 알 수 있었거니와, 그런 가운데서도 희망을 잃지 않고 최선을 다해 노력한 결과 드디어 그는 한국신학대학을 졸업하고 목사의 자격을 획득하며 다시 자신의 교회를 세우는 데 성공한다. 이때부터 그는 빛 없는 어둠과 가난 속에서 살아가는 수많은 사람들의 벗으로서, 위안자로서, 그리고 교사로서 자신의 남은 생을 채워 나가게 된다.

『낮은 데로 임하소서』의 줄거리는 대충 이상과 같이 요약될 수 있거니와, 이런 간략한 경개만 보더라도 이 작품이 독자들에게 줄 수 있는 감동의 크기와 성격에 대해서는 짐작이 갈 것이다. 그 독자가 기독교인인가 그렇지 않은가에 따라 반응이 다르게 나올 소지도 조금은 있겠지만 그 점이 그렇게 큰 작용을 할 것으로는 보이지 않는다. 안요한 목사의 이야기가 불러일으키는 감동의 힘은 특정 종교를 거론하기 이전, 가장 보편적인 인간 정신의 공감대를 그것이 자극한 결과로 해서 빚어지는 측면이 크기 때문이다. 사실 따지고 보면 이 작품을 쓴 작가인 이청준 자신부터가 개인적으로는 기독교 신앙을 갖고 있지 않은 사람이다.

그렇다면 기독교 신자가 아닌 이청준은 어떠한 연유로 하여 안요한의 일대기를 장편소설로 쓰는 작업에까지 나아가게 되었을까? 이 물음에 대한 구체적이고 실제적인 답을 제3자인 우리가 찾아내는 것은 물론 불가능하다. 하지만 이청준이 『낮은 데로 임하소서』를 쓰기 직전의 시기에 발표한 중요한 작품들 가운데 「자서전들 쓰십시다」(단편)라든가 『당신들의 천국』(장편)과 같은 소설이 들어 있다는 사실을 확인하면서 그 작품들과 『낮은 데로 임하소서』를 연결시켜 검토해 보면, 이청준으로 하여금 이 작품을 쓰게 만든 내면적인 배경 내지 동기는 자연스럽게 파악이 된다. 그리고 이 작품이 가지고 있는 또 다른 중요한 의미를 포착해 내는 것도 가능해진다.

우선 「자서전들 쓰십시다」와 『낮은 데로 임하소서』가 어떤 식으로 연결되는가 하는 문제부터 생각해 보자. 「자서전들 쓰십시다」의 주인공은 윤지욱이라는 자서전 대필업자이다. 그는 이미 십여 권이 넘는 자서전을 대필하면서 돈을 벌어 온 인물인데, 두 유명인사의 자서전 대필 작업으로부터 연이어 갈등을 겪게 된 것을 계기로 해서, 자신의 행위에 대한 전면적인 반성을 경험하게 되고, 우여곡절 끝에 결국 자신의 직업을 버리게 된다.

이처럼 허구의 주인공 윤지욱이 자서전 대필의 작업을 포기하게 되는 경위를 그리고 있는 작품이 「자서전들 쓰십시다」인데, 『낮은 데로 임하소서』에 이르면 윤지욱 아닌 실제의 인간인 이청준이 자서전 대필업자가 되어, 안요한의 자서전을 대필하고 있는 광경을 보게 된다. 이 점을 우리는 어떻게 생각해야 할까?

이 물음에 대한 답을 찾기 위해서는 윤지욱이 무슨 이유로 자서전 대필업을 그만두게 되었던가를 다시 한 번 상기해 보아야 한다. 그것은 그가 자서전 대필의 일로 만난 두 사람 중 하나에게서는 허위를, 다른 하나에게서는 독선을 보았고, 그 양자가 '말'과 '진실'의 괴리를 보여준다는 점에서 공통됨을 느끼고 절망에 사로잡혔기 때문이었다. 이 점을 뒤집어서 생각해 보면, 안요한의 자서전을 이청준이 대필할 수 있었던 것은, 적어도 그의 경우에는 허위와 독선의 그늘이 보이지 않았고 그래서 말과 진실의 괴리도 감지되지 않았기 때문이라는 결론이 가능하다.

그러나 허위와 독선이 없다는 것, 말과 진실의 괴리가 없다는 것 ─

이런 정도만으로 이청준을 '자서전 대필'로 이끌어낼 만한 요인이 성립될 수 있었을까? 그가 안요한을 그냥 만나는 데 그치지 않고 그의 자서전을 대신 쓴다는 힘든 작업에까지 나설 수 있었던 것은 그같이 소극적인 방식으로 규정된 덕성 이상의 어떤 무엇이 작용한 덕분이 아닐까? 더 구체적으로 말하자면, 이청준은 자신이 오랫동안 모색해 왔던 이상적인 인간형에 가까운 모습을 안요한에게서 보았고 그랬기에 굳이 그의 자서전을 대신 쓰고자 하는 의욕을 가지게 되는 단계에까지 나아가기에 이르렀던 것이 아닐까?

이런 식으로 추측을 해 가다 보면 우리의 관심은 자연스럽게 『당신들의 천국』에로 향하게 된다. 왜냐하면 『당신들의 천국』은 '이상적인 인간'에 대한 이청준의 치열한 추구가 가장 선명하게 드러난 작품이며 바로 이 점에 있어서 『낮은 데로 임하소서』와 뗄 수 없는 관계를 맺고 있기 때문이다.

『당신들의 천국』은 소록도의 나환자 수용소를 무대로 삼고 있는 작품이다. 군사혁명 후 새 원장으로 이곳에 부임한 조백헌 대령은 소록도를 환자들의 천국으로 만들겠다는 이상을 품고 대대적인 사업을 벌인다. 그런데 정작 환자들 자신은 이러한 원장의 이상에 감동하고 협력하기는커녕 끊임없는 의심의 눈길만을 던질 뿐이다. 어째서 이런 사태가 벌어지는가? 작품 속에서 비판적 지식인을 대표하는 존재로 부각되어 있는 이상욱에 의하면 해답은 다음과 같다.

> "원장님은 이 섬이나 섬사람들과 운명을 같이하시지 못합니다. 운명을
> 같이하지 못하는 사람들 사이에선 절대의 믿음이 생길 수 없습니다."[1]

---

1) 이청준, 『당신들의 천국』(문학과지성사, 1976), p.382.

조백헌과 환자들은 우선 원장 대 원생, 즉 치자(治者) 대 피치자(被治者)의 관계로 대립되어 있으며 또한 건강인 대 환자의 관계로도 대립되어 있기 때문에 절대로 공동운명체가 될 수 없고 따라서 진정한 신뢰가 생겨날 리도 없다는 것이다.

그러나 조백헌은 이러한 논리에 좌절하지 않고 자신의 노력을 계속해 간다. 그의 열정과 집념은, 원장의 임기를 마치고 섬을 떠난 후 아무런 직책 없이 다시 돌아와 봉사와 헌신의 삶을 살기로 작정하는 데까지 나아간다. 이렇게 함으로써 그는 위에서 언급된 두 가지 대립의 벽 가운데 하나, 즉 치자와 피치자 사이에 놓여 있는 벽을 허물게 된다.

그러나, 건강인과 환자의 대립관계는? 그것만은 조백헌이 아무리 사랑의 이념에 충실한 삶을 살더라도 허물어뜨릴 수가 없다. 그리고 이 최후의 벽이 남아 있는 한 조백헌과 환자들은 여전히 공동의 운명체는 되지 못한다.

이런 상황 앞에서, 이상적인 인간형의 모델을 자신의 문학세계 속에 우뚝 세우고자 애써 오던 이청준은 얼마나 큰 안타까움을 느꼈을 것인가— 그것을 우리는 이해할 수가 있다. 그리고 이 작가가 안요한을 만났을 때 특별한 반가움과 기쁨을 느꼈으리라는 것도 짐작할 수가 있다.

안요한—그는 조백헌이 나환자들의 지도자였듯 맹인들의 지도자다. 다시 말해, 지도자라는 점에서는 두 사람이 마찬가지인 것이다. 그러나 안요한은 그를 따르는 사람들과 완전한 공동운명체가 될 수 있고 전폭적인 상호신뢰의 관계를 마련할 수 있다는 점에서 조백헌과 뚜렷하게 구별된다. 그러면 어째서 조백헌에게는 거절되었던 이런 행복이 안요한에게는 허용되는가? 대답은 명백하다. 안요한은 그 자신이 맹인인 것이다.

이러한 사연으로 해서 자신을 따르는 많은 사람들과 운명을 같이하는 공동체의 구성원으로서 행복한 화합을 이룰 수 있었고, '당신들의 천국'

이 아닌 '우리 모두의 천국'을 건설해 나가는 자리에 앞장설 수 있었던 사람의 이야기를, 작가가 그 사람의 자서전을 대필한다는 방법에 의거하여 기록한 것 — 그것이 『낮은 데로 임하소서』이다. 이런 점에서 보면 이 작품은, 이청준이 평생의 중요한 화두로 삼았던 '권력'의 문제와 '글쓰기'의 문제를 한꺼번에 다루면서, 그 양면 모두에 걸쳐 긍정적인 의미가 확인되는 사례를 모처럼만에 발견한 기쁨을 독자들과 함께 나누고자 했던 시도의 산물로 그 의미가 규정될 수 있다. 물론 안요한과 같은 경우는 좀처럼 다시 나오기 어려운 것이며 그 점에서 이 『낮은 데로 임하소서』의 의의도 다분히 예외적인 사례의 기록이라는 제약을 감수할 수밖에 없는 터이기는 하지만, 그렇다 하더라도, 이런 기록에 담겨 있는 정신의 깊이는 분명 많은 사람의 관심을 받을 만한 가치를 가진 것이다.

III

▮ 동아시아에서의 근대성과 근대화

▮ 인간 · 언어 · 서사

동아시아에서의 근대성과 근대화

1. '근대' 논의와 '근대화' 논의

　동아시아에서 '근대'에 대한 본격적인 관심이 생겨난 계기는 서양과의 충돌이었다. 조금 더 구체적으로 말하자면, 19세기 중엽에 발생한 서양 세력과의 무력 충돌에서 충격적인 패배를 겪고 위기상태에 빠져들면서 스스로의 한계를 실감하게 된 것이 바로 그 계기였다. 그런 계기를 통하여 근대에 대한 관심이 생겨났기 때문에, 동아시아에서의 근대 논의는 동아시아의 역사, 전통, 문화 전체에 대한 재점검과 자기비판을 행하면서 새로운 변화를 모색하는 작업이라는 성격을 처음부터 강하게 지녔다. 그러니까 동아시아에서 이루어진 '근대' 논의의 핵심은 늘 '근대화' 논의였다. "우리 동아시아인들은 근대화에 있어서 서양보다 뒤처졌으며 그 결과 많은 고통, 굴욕, 불편을 겪게 되었으니 이제부터라도 근대화를 제대로 해야 한다"—이런 생각이 동아시아에서 이루어진 근대 논의의 한가운데에는 항상 자리 잡고 있었다.

2. 두 가지 질문

그런데 사실 동아시아와 서양과의 만남 자체는 동아시아에 한(漢) 제국이, 그리고 서양에 로마 제국이 각각 군림하고 있던 고대부터 조금씩 시작된 이후 오랜 세월 동안 다소의 기복을 겪으면서도 꾸준하게 유지되어 온 것이었다. 그러한 만남의 역사 속에서 주종을 이룬 것은 경제 교류였고 문화 교류도 어느 정도의 비중을 차지했다. 반면에 무력 충돌이라고 할 만한 것은 극히 드물었다. 더더구나 문명권 전체의 위기가 문제될 만큼 심각한 충돌은 단 한 번을 제외하고는 없었다고 할 수 있다.

그런데 이 단 한 번의 심각한 무력 충돌에서 문명권 전체의 위기에 직면했던 것은 19세기의 경우와는 정반대로 서양쪽이었다. 칭기즈칸 이후 유라시아 전체를 석권할 기세로 팽창해 가던 몽골의 군대가 칭기즈칸의 손자 바투의 지휘 아래 서쪽으로, 서쪽으로 진군을 거듭한 끝에 1241년 지금의 폴란드 영토 안에 있는 레그니차 근교의 발슈타트에 이르러 유럽 연합군과 결전을 벌였던 바, 이 전투에서 유럽 연합군은 궤멸적인 패배를 당했던 것이다. 바투가 이 승리의 여세를 휘몰아 진군을 계속했더라면 세계 역사는 그 이후에 실제로 전개된 모습과는 완전히 다른 양상을 띠게 되었을 것이다.

그런데 이때 아무도 예상하지 못했던 사건이 일어난다. 바투의 숙부이며 칭기즈칸의 뒤를 이어 몽골 제국의 제2대 군주로 재위했던 오고타이칸이 사망했으므로 그 후계자를 결정하기 위한 회의가 열리니 참석하라는 연락이 바투에게 왔던 것이다. 서쪽에서 얼마간의 땅을 더 정복하는 것보다 대제국의 후계자를 결정하는 일에 참여하여 자신의 지분을 확보하는 문제가 훨씬 중요했던 바투는 미련 없이 군대를 되돌렸고, 유럽은 몽골군의 말발굽에 유린당할 뻔한 위기에서 뜻하지 않게 구출되었다.

몽골은 오늘날 동아시아 문명권에서 적자(嫡子)가 아닌 존재처럼 취급되고 있으므로 동아시아의 문제가 논의될 때 큰 관심의 대상이 되지 못하고 있지만 소속을 따져 보면 엄연히 동아시아의 일부임에 틀림없다. 이러한 몽골을 대표자로 한 동아시아 세력과 서양 세력과의 사이에서 문명권 자체의 사활을 건 무력 충돌이 벌어졌을 때 전자가 승리했었다는 것, 그러나 어느 모로 보든 우연으로밖에 설명할 수 없는 사태의 전개를 통해 후자가 구출되었다는 것은, 역사 속에서 우연이라는 것이 차지하는 비중의 크기를 새삼 생각하게 한다.

어쨌든, 그런 사건이 있은 후 약 6백 년이 흐른 시점에서, 동아시아와 서양 사이에는 다시 무력 충돌이 발생했다. 지난번의 무력 충돌이 동아시아쪽의 팽창에 따른 결과로 발생했던 것과 대조적으로, 이번의 충돌은 서양쪽의 팽창에 따른 결과로 발생하였다. 서양은 그 동안 나름대로 힘을 길러 왔고 특히 대략 콜럼부스의 신대륙 발견(1492)이라든가 마젤란의 세계일주(1519~1522)와 같은 성취가 이루어진 15세기 말~16세기 초의 시점에서부터는 본격적인 팽창의 역사를 펼쳐가기 시작했던 바, 그 팽창의 기운은 19세기 중반에 이르면 마침내 동아시아를 무력으로 열어젖히고자 하는 단계에까지 도달하게 되었던 것이다. 그리하여 그들은 중국에 대해서는 아편전쟁(1840~1842)을 도발하고, 일본에 대해서는 페리 제독을 내세워 개항을 강요(1853)하게 된다. 이러한 과정을 통해 이루어진 이번의 무력 대결에서는 서양쪽이 압승을 거둔다. 동아시아의 대표주자로 자임한 중국의 경우, 아편전쟁에서 한 번 패배한 것에 굴하지 않고 그 후에도 여러 번 서양과의 무력 대결을 시도해 보았지만 결과는 서양쪽의 연전연승이었다. 그리고 이번에는 바투의 회군 같은 역사의 우연도 없었다. 서양 세력은 한 번 확보한 거점을 놓치지 않고 줄기차게 밀고 들어오는 작업을 계속했다.

이런 사태의 전개는 동아시아인들에게 깊은 충격을 줄 수밖에 없었다. 그것뿐만이 아니었다. 일단 무력 대결에서 좌절감을 맛본 동아시아인들은, 그 후 다양한 방식으로 이루어진 서양 사회와의 교류를 통해 서양이 도달해 있는 정치적, 사회적, 경제적, 기술적 성취의 수준을 파악하게 되면서, 거듭되는 충격의 체험을 가지게 되었다. 이렇게 되고 보니, 많은 동아시아인들 사이에서는, 앞에서 이미 말했듯, 동아시아의 역사, 전통, 문화 전체에 대한 재점검과 자기비판을 행하면서 새로운 변화를 모색하는 작업이 치열하게 일어나는 것이 당연했다.

이러한 작업에서는, 역시 앞에서 이미 말했듯, '근대화'라는 개념이 지배적인 위력을 행사하였다. 서양이 이긴 것은 서양이 '근대성'을 선취한 덕분이라고 보고, "그렇다면 우리도 근대화를 해야 되겠다"고 다짐하는 태도가 일반화된 것이다. 이러한 사고방식은 그때 이후 지금에 이르기까지 동아시아 역사의 진행에 참으로 큰 영향을 계속해서 미쳐 오고 있다.

그런데 사실 우리가 거시적인 안목을 갖고 고대 이래 지금까지 2천 년 이상에 걸쳐 전개된 역사의 흐름을 돌이켜 보면, 19세기 이전까지의 경우, 그 대부분에 해당하는 기간 동안, 서양은 동아시아의 대표라 할 수 있는 중국보다 현실적으로 앞서 있지 못했다는 사실을 발견하게 된다. 특히 오늘날 보통 '중세'라는 이름으로 일컬어지고 있는 천 년 이상의 기간을 보면 중국쪽의 부강한 면모와 서양쪽의 그렇지 못한 면모가 아주 인상적인 대조를 보인다. 발슈타트 전투에서의 승패부터가 그 점을 상징적으로 압축해서 말해 주지만, 굳이 그런 직접적 충돌의 사례에 주목하지 않고 천 년 이상의 기간을 총괄적으로만 검토해 보아도 그 점은 분명하게 드러난다. 그러던 것이, 서양에서 말하는 그들 역사 속의 '근대' 초기에 해당하는 무렵부터 서서히 우열관계의 역전이 이루어지기 시작했고, 그러한 역전이 대략 완료된 시점에서 양자간의 무력 충돌이 발생했으며, 그 충돌에서 서양이 승리했다.

역사의 전체적인 전개 과정이 이러했던 만큼, 동아시아인이든 서양인이든 아편전쟁 이후의 역사 전개 과정에만 주목하고 거기서 발견되는 서양쪽의 우세 현상에 마음을 빼앗긴 나머지 역사의 긴 전체적 과정 속에서 서양쪽이 늘 우위를 점해 왔던 것처럼 생각하는 일이 있다면, 그것은 착각에 불과한 것이다.

그렇다면 우리는 여기서 두 가지 질문을 할 수 있게 된다. "어째서 역사의 긴 기간 동안 중국이 서양보다 우세한 면모를 보여줄 수 있었던가?"라는 질문이 그 하나이고, "그러한 우열의 관계가 어떻게 해서 역전되고 말았던가?"라는 질문이 다른 하나이다. 그런데 사실 이 두 가지 질문은 하나로 통합되어 제기될 수 있는 질문이며, 그 질문에 대한 답변역시 통합적으로 주어질 수 있는 성격의 것이다.

바로 위의 질문에 대한 답을 찾기 위해 지금까지 동서양의 수많은 학자들이 심혈을 기울였고 그 결과 다양한 이론이 제출된 바 있거니와, 내가 보기에 그 가운데 특히 강한 설득력을 갖고 있는 것은 김필년에 의해 제시된 답변이다. 김필년은 위의 질문에 대한 자신의 통합적인 답변을 그의 저서인 『자본주의는 왜 서양문명에서 발전했는가』(1993) 속에서 제시하였다. 그리고 2001년에는 자신의 이론틀을 중국사 연구에 좀더 구체적으로 적용하여 『시련과 적응 : 보편사적 시각에서 이해한 중국문명』이라는 저서를 출간한 바도 있다. 이제부터는 김필년이 위의 두 저서에서 제시한 답변의 내용을 요약하면서 거기에 나의 견해를 덧붙임으로써 '근대성'의 개념에 대한 정리를 시도해 보기로 한다.

3. 서양이 승리할 수 있었던 이유

중국은 일찍이 그 역사의 초기 단계에서 심한 분열의 시대를 거쳤다. 기원전 722년부터 221년까지 약 5백 년 동안 이어진 이른바 춘추전국시대가 그것이다. 이 시대에 중국 대륙에서는 수많은 작은 나라들이 치열한 상호경쟁을 벌였으며, 이러한 경쟁을 통하여 매우 효율적인 정치체제, 행정제도, 법률제도, 기술 등이 발달하였다. 그러한 발전의 성과는 안정된 통일제국의 출현으로 이어졌다. 진(秦, 기원전 221~206)을 거쳐 한(기원전 206~기원후 220)으로 나아가면서 중국에서는 통일제국의 틀이 완성되었다. 이 틀 속에서 권력의 정점에 서 있는 존재는 황제였다. 종교는 정치에 종속되어 독립성을 주장하지 못했다. 그래서 세속적인 권력의 정점에 서 있는 황제가 '천자'라는 이름으로 종교적인 권위의 정점까지도 아울러 차지하는 것이 당연시되었다. 그 아래에서 일정한 자격시험을 통해 선발된 전문적인 관료들이 권력과 권위를 함께 가지고 국가를 운영했다. 이런 틀은 매우 안정되고 효율적인 것이었으므로, 그 후 2천 년 가까운 세월이 흐르는 동안 구체적인 왕조의 교체는 빈번하게 일어났지만 그 틀 자체가 흔들리거나 의문의 대상이 되는 일은 없었다. 이렇게 해서 안정은 자연스럽게 정체성(停滯性)으로 연결되었다. 그리고 이러한 사회에서는 정치의 경제에 대한 우위, 정치엘리트의 경제엘리트에 대한 우위가 확고하였다. 이런 점으로부터, 김필년이 다음과 같이 설명하는 현상이 결과된다.

유학자와 관료들이 정치적·문화적 실권을 행사하고 사회 전체에 통용되는 규범을 창출, 관철하는 사회에서는 경제적 유력자들이 자부심을 갖고 그들의 활동에 매진할 수 없었다. 이 사회에서는 경제가 독자적 생활영역으로 발전할 수 없었고, 정치에 종속된 사회영역에 머물러 있었다.

유력한 경제인들은 경제적 이해와 사회적 명망 때문에 관료들에게 종속
되고자 했고, 관료들 역시 이들을 자기의 세력권에 통합코자 했다.[1]

한편, 서양에서는 이와 대조적인 방향으로 역사가 전개되었다. 서로마
제국이 멸망한 이후 약 천 년에 걸친 세월 동안 서양에서는 종교적 권위
를 독점한 교황과 세속적 권력을 장악한 군주가 분리되어 상호독립적으
로 존재하면서 치열한 투쟁을 벌이는 상황이 계속되었다. 중국의 경우와
는 정반대의 양상이 펼쳐진 것이다. 게다가 서양의 경우 세속적 권력을
소유한 군주는 단수가 아니었다. 서양은 수많은 국가들로 나뉘어져 있었
고 그 국가들마다 독립된 군주가 있어서 상호간에 치열한 세력경쟁을
벌였다. 중세가 끝나가면서 교황의 권위가 줄어들고 여러 군주국들이 공
화국으로 바뀌는 등의 변화가 발생했지만 '치열한 세력경쟁'의 존재 자
체와 그 강도는 변화하지 않았다. 중국을 지배한 안정과는 대조적인 불
안정이 서양의 특징이 되었다. 그것은 곧 정체성과 대비되는 개념인 역
동성이 서양의 특징을 이루게 되었다는 사실을 뜻하는 것이기도 했다.
이런 사회에서 정치는 경제에 대해 우위를 주장하기 어려웠다. 정치엘리
트가 경제엘리트에 대해 우위를 주장할 수도 없었다. 경제는 정치 앞에
서 당당할 수 있었고 경제엘리트는 정치엘리트 앞에서 자부심을 가질
수 있었다. 그리고 이러한 특징은 여러 가지 파생효과를 낳았다. 김필년
의 글을 조금 인용해 보자.

중세 이래 서구의 전체적 권력구조 속에서는 늘 경쟁이 '불가피'하게
있어 왔다는 점과 그것이 서구문명의 동태적 발전에 미친 영향은 아무리
강조해도 지나치지 않는다. 중세에는 세속권력들과 교회, 그리고 교회가
영향력과 권위를 상당히 잃었던 근대 이후에는 국가와 국가가 끊임없이

1) 김필년, 『자본주의는 왜 서양문명에서 발전했는가』(범양사 출판부, 1993), pp.164~165.

경쟁해 온 것이 서구사회의 중요한 특징이었다. 자본주의 발전에 결정적
역할을 했던 원인들, 즉 경제행위가 가치 있는 것이라는 문화적 배경의
형성, 경제인의 자부심의 발전, 국가의 합리적 경제정책 수행, 경제적 자
유를 위한 법적·제도적 보장 등은 모두 근원적으로는 서구사회의 전체
적 권력구조에 기인하는 것이었다.[2]

위에서 보듯, 서양의 경우 중세 이래 전체적 권력구조의 양상에 있어
분열과 경쟁이 특징을 이루었으며 이것이 경제엘리트들의 독자적인 세
력 신장과 자신감 넘치는 활동을 가능하게 했다는 사실이야말로 다른
곳 아닌 서양에서 자본주의가 발전하게 된 핵심적 원인을 이룬다는 것
이 김필년의 설명인 셈인데, 앞에서 이미 언급했듯 내가 보기에 이러한
설명은 큰 설득력을 가지고 있다.[3] 그리고 이러한 논의를 우리의 당면
주제와 연결시켜 볼 경우, 이른바 '근대' 혹은 '근대성'의 문제에 대한 명
료한 이해를 획득하는 것도 그다지 어려운 일이 아닌 것으로 여겨진다.
　종교적 권력과 정치적 권력이 확실하게 분리되어 상호 각축전을 벌이
고, 다양한 정치적 권력들 사이에서도 격렬한 투쟁 혹은 경쟁이 진행되
며, 그런 가운데서 경제의 중요성이 긍정되고 경제엘리트의 독립과 자부
심이 인정받는 세계—이런 세계에서는 결국 경제인(homo economicus)의 논
리와 생리가 세상을 이끌어가는 기본 동력의 자리를 차지하게 된다. 그

---

2) 위의 책, p.135.
3) 근자에 복거일도, 제레드 다이아몬드의 '최적 분열 원리' 개념을 참조하면서, 김필년의 이
　론과 기본적으로 동일한 취지의 분석을 다음과 같이 보여준 바 있다. "경제 분야의 자율
　성이 유럽에서 처음 자본주의가 자라나고 경제가 발전하도록 만든 요소라는 점에 대해서
　는 경제학자들 사이에 너른 공감대가 존재한다. (…) 유럽의 정치구조에는 진취적인 상인
　들과 기술자들이 비교적 자유롭게 활동할 틈새가 있었다. 중국이나 이슬람 문명권과는 달
　리, 로마제국 이후의 유럽은 작은 나라들로 잘게 나뉘어졌다. 그래서 재능과 아이디어와
　자본을 놓고, 여러 나라들 사이에 경쟁이 나왔고, 그런 경쟁은 상인들이나 기술자들이 자
　유롭게 활동할 공간을 제공했으며, 마침내 자율적인 경제 분야가 나오도록 했다"(복거일,
　『한반도에 드리운 중국의 그림자』(문학과지성사, 2010), pp.16~18).

러한 사람들의 논리와 생리에 따르면, 정확한 사실과 계산에 바탕을 둔 합리주의가 세상을 지배하는 것이 옳다. 또한, 혈통에 근거를 둔 신분 중심의 사회가 아니라 자유로운 의사에 따라 행해진 계약에 기반을 두는 사회를 만들어나가는 것이 옳다. 전통에 얽매이지 않는 진취적 기상과 개성은 마땅히 각별한 존중을 받아야 한다. 그뿐만이 아니다. 일정한 장소에 머무르기보다는 끊임없이 새로운 공간을 찾아 나아가며 궁극적으로는 세계 전체와 교류하고자 하는 의지도 또한 각별한 존중을 받아야 한다.

그런데, 방금 열거된 몇 가지 내용을 음미해 보노라면 그것이 바로 '근대'의 특징, 즉 '근대성'이라는 것을 이루는 구체적 세목들이라는 사실을 깨닫게 된다. 서양이 '근대성'을 선취하였다는 말은 바로 이런 것을 남들보다 먼저 확보해 가졌다는 말이 된다. 실제로 서양은 '종교적 권력과 정치적 권력이 확실하게 분리되어 상호 각축전을 벌이고, 다양한 정치적 권력들 사이에서도 격렬한 투쟁 혹은 경쟁이 진행되며, 그런 가운데서 경제의 중요성이 긍정되고 경제엘리트의 독립과 자부심이 인정받는 세계'라는 특징을 지니게 되면서, 그 '자연스러운' 결과로, 위에서 열거된 몇 가지 항목들이 성립되는 세계도 서서히 이루어나가게 되었던 것이다.

서양이 이런 세계를 이루어나가게 됨에 따라, 서양을 제외한 다른 어떤 지역의 문명권과 충돌을 일으켜 싸우는 상황에 놓이게 되더라도 압도적인 승리를 거둘 수 있는 힘이 서양에게는 '자연스럽게' 주어졌다. 그리하여 서양은 세계 전체의 패자(覇者)가 되고 세계사 전체의 선두주자가 되었다.

이런 모습으로 서양은 19세기에 동아시아와 만나 충돌했다. 그리고 승리를 거두었다. 그들의 승리에는 '근대성을 선취한 자의 승리'라는 사후 규정이 따랐다. 여기서 이들과의 충돌에서 패배를 맛보고 더 나아가 서양이 도달해 있는 정치적, 사회적, 경제적, 기술적 성취의 수준을 파악하게 되면서 충격에 빠진 동아시아인들이 '근대성의 획득' 즉 '근대화'를 자신의 목표로 삼게 된 것은 당연한 일이 아닐 수 없다. 그것은 곧 위에서 제시된 바와 같은 항목들을 스스로도 얼른 갖추어야겠다는 다짐을 하게 되었다는 말에 다름 아니었다.

4. 역사 속에서 우연이 차지하는 비중

19세기 중엽, 서양과의 충돌에서 패배를 맛보고 더 나아가 서양이 도달해 있는 다양한 영역에서의 성취까지 확인하게 되면서 충격에 빠진 동아시아인들 가운데 상당수는, 서양에 대한 열등감에 사로잡히게 되었다. 그들이 느끼게 된 열등감은, 많은 경우, 앞에서 언급된 바 있는 착각, 즉 '긴 역사의 전체적 과정 속에서 서양쪽이 언제나 우위를 점해 왔다'는 착각을 동반하는 것이었다. 그러나 이것은, 다시 강조하지만, 전혀 근거 없는 착각에 지나지 않았다.

그리고 19세기에 일어난 무력 충돌에서의 승패를 통하여 내려진 바로 그 시점에서의 우열 판정, 즉 '서양이 우월하고 동아시아는 열등하다'는 판정도, 사실 그렇게까지 대단한 의미를 갖는 것은 아니었다. 우선 여기서의 '우'와 '열'이라는 것은 근본적으로 '힘'에 있어서의 우와 열일 뿐이었다. 그런 '힘'의 우열관계라는 것도, 한 번 더 말하거니와, 긴 역사의 거시적인 흐름 전체에 걸쳐 일관된 것이 아니라, 분명한 '역전'의 과정을 거쳐 일시적으로 성립된 것에 불과했다.

그뿐만이 아니다. 이처럼 분명한 역전의 과정을 거친 후 19세기에 이르러 동아시아에 대한 서양의 '힘'에서의 현저한 우위라는 현상이 확인될 수 있게 된 것은, 어떤 의미에서 보면, 우연한 결과에 지나지 않았다. 인류 역사상 서양에만 독특하게 나타났던 권력구조에 있어서의 복잡한 분열과 경쟁 관계라는 것이 궁극적으로 서양의 힘을 키운 원인이 되었다는 사실을 우리는 앞에서 보았거니와 서양의 우세가 겨우 이런 원인에서 결과된 것이라면 그것은 다분히 우연의 소치라는 면모를 갖는 것이며 서양의 본질적인 우월성을 입증해 주는 것일 수 없다. 13세기에 서양 세계가 무적의 기세를 자랑하던 몽골 군대에게 짓밟히지 않고 보존될 수 있었던 원인이 알고 보면 단순한 우연이었음을 앞에서 본 바도 있지만, 19세기에 이르러 서양이 동아시아보다 힘에 있어 우월한 위치에 서고 더 나아가 전 세계를 힘으로 제패할 수 있게 만든 원인을 한 단어로 줄여서 말하라고 한다면 우리는 역시 우연이라는 단어보다 더 나은 다른 대답을 찾기 어려운 것이다.

서양 사람들 스스로를 포함하여, 이 세상의 어느 누구도 이런 미래를 기획하지 않았다. 예상하지도 않았다. 그런 방향으로 나아가고자 노력하지도 않았다. 서양인들이 지구상의 다른 지역 사람들보다 더 현명했던 것도 아니다. 더 부지런했던 것도 아니다. 무슨 역사의 신이 조종하는 세계사 전개의 필연적 법칙이 여기에 작용했던 것도 물론 아니다. 마르크스를 비롯한 몇몇 서양 사람들이 19세기 이래 각자 나름대로 역사 전개의 필연적 법칙에 대한 여러 가지 그럴 듯한 이론을 제시한 적이 있지만 그런 필연적 법칙이라는 것은 세상에 존재하지 않는다.

이런 점을 계속 생각하면서 서양 세력과 중국 사이의 무력 충돌이 실제로 일어났던 아편전쟁 당시의 상황을 새삼 다시 들여다보노라면, 어쩌면 좀 엉뚱하다고 할 수 있는 상상이 한 가지 떠오르는 것을 막을 수 없게 된다. 역사에서 큰 힘을 행사하는 우연이 그 작용의 양상을 조금 바꾸어서, 서양인들로 하여금 1840년이 아닌, 그보다 더 이른 시기에 — 아주 한참 이른 시기도 아니고, 그보다 겨우 반세기 정도만이라도 앞서서 — 중국을 상대로 무력 도발을 하게 했더라면 어떤 결과가 나타났을까 하는 상상이 그것이다.

중국의 역사에 관심이 있는 사람이라면 누구나 알고 있는 바와 같이, 중국에서 한 왕조가 지속된 평균적인 기간은 대략 200년 내지 250년 정도였다. 그러한 평균적 지속 기간을 가지고 있는 역대의 왕조들은 예외 없이 건국-발전-극성(極盛)-쇠퇴-멸망의 주기를 거쳤다. 어떻게 해서 이런 현상이 반복적으로 발생하게 되었는가에 대해서는 다양한 학설이 제시되고 있지만 어쨌든 이런 현상 자체의 존재는 누가 보더라도 금방 확인할 수 있는 터이다.

그런데 서양과 무력 충돌을 벌어야 하는 운명에 놓여졌던 청(淸) 왕조의 경우, 1616년에 건국된 이 나라는, 1840년쯤이면, 이미 쇠퇴의 단계에 진입해 있었다. 나라 전체로 혼란과 피로의 징후가 완연하였다. 그전에 나타났다가 사라져 간 수많은 다른 왕조들의 전례로 보건대, 이렇다 할 외부 세력의 개입이 없더라도, 건국된 지 2백 년을 넘긴 이 나라는 1840년 이후 계속 내리막길만 가다가 수명을 다하게 되어 있었다. 서양의 군대가 일전의 결의를 불태우며 달려왔을 바로 그 당시 중국을 지배하고 있던 왕조의 처지는 이러하였다.

그러나 18세기의 청 제국은 전연 다른 양상을 보여주었다. 역사에 드문 명군으로 일컬어지는 건륭제(乾隆帝)가 1735년부터 1796년까지 60년 이상을 통치하였는데 이 기간 동안 청은 부유하고 강건한 제국으로서의 위용을 유감없이 과시하였다. 특히 건륭제는 전쟁을 지휘하는 일에서도 탁월한 역량을 보여주었으니, 그의 치세 동안 청나라는 열 번 전쟁을 해서 열 번 모두 승리를 거두었다. 건륭제가 만년에 스스로를 십전노인(十

全老人)이라고 칭한 것은 바로 이 '열 번 모두의 승리'를 기념하기 위해서였다.

물론 건륭제와 싸워서 패배했던 적대 세력 가운데 어느 누구도 서양 세력만큼 강대한 존재는 아니었다. 하지만 어쨌든 청 왕조가 극성의 영화를 누리고 있던 건륭제 시대쯤에 서양과의 충돌이 일어났더라면 그 결과는 이미 쇠퇴기에 접어든 이후에 충돌이 벌어진 경우와는 많이 달랐을 것이다. 청 왕조가 활력 넘치는 발전의 길을 내닫고 있던 17세기 후반기쯤에 충돌이 일어났을 경우에도 역시 다른 결과가 나왔을 것이다. 왜 중국은, 그런 시대를 다 보내고 나서, 청 왕조가 이미 석양을 향해 기울어지기 시작한 다음에야, 서양과 무력 충돌을 벌여야 하는 처지에 놓이게 되었더란 말인가? 역사에서 우연이 차지하는 비중을 인식하는 사람에게는 이러한 질문이 무의미한 것으로만 보이지 않는 것이다.

5. 동아시아, 근대화의 과정을 이루어내다

그러나 어쨌든 실제의 역사는 인간의 상상 혹은 가정과는 무관하게, 현실에만 바탕을 두고 전개되는 것이 사실이다. 이 경우 실제의 역사에 해당하는 것은, 서양 세력과 중국 사이의 무력 충돌이 현실적으로 일어난 시점은 청의 쇠퇴기에 해당하는 시기였다는 사실이며, 이처럼 청의 쇠퇴기에 해당하는 시기에 충돌이 벌어졌다는 사정도 작용한 결과 그 충돌에서의 승패가 도무지 누구도 어떻게 해 볼 도리가 없을 만큼 확연하게 갈려 버렸다는 사실이다. 그리고 이렇게 된 상황에서 중국을 비롯한 동아시아 지역 대부분의 사람들은 서양이 승리하고 동아시아가 패배한 원인을 '서양이 근대성을 선취한 반면 동아시아는 그렇게 하지 못했다'는 점에서 찾았고, 그리하여 이 무렵부터 서양이 갖추었다고 생각되는 의미에서의 '근대성'을 획득하고자 하는 노력, 달리 말해 '근대화'를 이룩하고자 하는 노력이 중국, 일본, 한국 등 동아시아 모든 나라의 역사에서 핵심적인 위치를 차지하게 된 것이다.

그러나 이러한 노력을 실제로 수행해 나가는 과정에서 세 나라가 공동의 보조를 취한 것은 아니다. 공동의 보조를 취하기는커녕, 정히 그 반대에 해당하는 것으로 규정될 수밖에 없는 사태가 전개되었다.

일본과 청이 전쟁을 벌였고, 이 전쟁에서 승리한 일본은 그 여세를 몰아 그로부터 15년 후에 한국을 식민지로 만들어 버렸으며, 나중에는 중국을 완전히 정복하겠다는 목표를 세우고 전쟁을 일으켜 수많은 일본·중국·한국 사람들을 죽게 만들었다. 일본의 식민지가 되었던 한국은 서양 세력에 해당하는 미국과 소련이 일본과 싸워서 이긴 덕분으로 해방을 맞이했으나 남한과 북한으로 분단되었다. 북한이 남한을 침략하여 전쟁이 일어났을 때 중국은 북한의 후원자라는 자격으로 이 전쟁에 참가하여 남한과 싸웠다.

이런 간략한 정리만 보아도 금방 알 수 있듯 동아시아의 여러 나라들이 '근대화'를 목표로 삼고 달리기 시작한 19세기 후반기 이래의 역사는 그 나라들이 과연 서양 세력의 진군 앞에 맞선 동아시아 문명권의 공동 구성원으로 함께 묶일 수 있기나 한가를 의심하게 만들 정도로 빈번한, 그리고 요란한 상호 충돌을 빚어내었던 기록으로 가득 차 있다.

그러나 동아시아의 여러 국가들 상호간에 이처럼 요란한 충돌의 과정이 길게 이어지긴 했지만, 그리고 그 국가들 각각의 내부에서도 자못 복잡한 드라마들이 전개되었으며 그러한 전개의 여정 속에서는 겨우 힘들여서 왔던 길을 거꾸로 돌아가고자 하는 움직임이 나타났던 경우도 여러 번 있었지만, 그 모든 우여곡절들을 거치면서 동아시아 문명권의 구성원들 중 다수가 지금까지 걸어온 길은, 그 길 전체를 거시적인 안목으로 보았을 때, 결국 '근대화'를 실천하는 방향으로 나아가는 길이었다. 달리 말해, '근대성'의 구체적인 세목들이 갖추어진 세상을 만들어내는 방향으로 나아가는 길이었다.

'근대성'의 구체적인 세목들이 무엇인가 하는 것은 앞에서 제시된 바 있다. 정확한 사실과 계산에 바탕을 둔 합리주의가 세상을 지배하는 원리로 인정받는 사회, 혈통에 근거를 둔 신분 중심주의 대신 자유로운 의사에 따라 행해진 계약에 기반을 두는 사회, 전통에 얽매이지 않는 진취적 기상과 개성이 존중받는 사회, 일정한 장소에 머무르기보다는 끊임없이 새로운 공간을 찾아 나아가며 궁극적으로는 세계 전체와 교류하고자 하는 의지가 존중받는 사회ー이런 사회라면, '근대성'이 갖추어진 사회라고 말할 수 있다. 한 마디로 줄여 표현해서, 경제인의 논리와 생리가 세상을 이끌어나가는 기본 동력으로 작용하는 것이 공인된 사회라면, '근대성'이 갖추어진 사회라고 말할 수 있다.

많은 우여곡절을 거친 끝에, 이제는 북한을 제외한 동아시아의 모든 나라에서, 이런 사회가 자리 잡았다. 북한의 경우는 워낙 특수한 사례여서 그 자체로 긴 논의를 필요로 하는 것이기에 이 자리에서 상론할 수 없으나 어쨌든 이러한 북한 하나를 제외하고 보면 19세기 당시 수많은 동아시아인들이 극심한 충격 속에서 자신들의 유일한 활로로 상정했던 '근대화'의 과정은 동아시아 대부분 지역에서 일단 실현되었다고 할 수 있다.

근대화의 과정을 실현하게 되면서, 동아시아는 이제 서양과의 사이에서 힘의 충돌이 일어날 경우 일방적인 패배를 각오할 수밖에 없는 약자의 처지로부터 벗어났다. 그런 처지로부터 벗어나게 됨에 따라 이제는 세계사의 무대 속에서 어느 정도의 자신감도 가지게 되었다.

그리고 우여곡절 끝에 이루어진 이러한 근대화의 과정, 즉 근대성 획득의 과정은, 많은 동아시아 사람들에게 그 밖에도 여러 가지 뜻깊은 선물을 가져다 주었다.

서양에 있어서와 마찬가지로 동아시아에 있어서도 근대성이 정착되어 가는 과정은 급속한 경제적 발전을 동반했다. 근대화 과정이라는 것 자체가 한 마디로 요약하면 '경제인'의 논리와 생리가 세상을 이끌어가는 기본 동력의 자리를 차지하게 되는 과정이었던 만큼, 그것은 당연한 결과였다. 그 덕분으로 많은 동아시아 사람들은 유사 이래 없었던 물질적 풍요를 누리게 되었다. 그 누림의 정도는 국가에 따라, 계급에 따라, 또 개인에 따라 차이가 있지만, 어쨌든 전체적인 평균을 놓고 근대화 이전과 비교해 볼 때 '유사 이래 없었던 물질적 풍요'라는 말은 조금도 과장이 아니다.

그리고 근대화 과정을 통하여 신분제가 철폐되고 '자유로운 의사에 따라 행해진 계약'이 사회의 기반을 이루게 됨에 따라, 유사 이래 어떤 동아시아인도 일찍이 알지 못했던 법적 평등이 확보되었으며, 자유의 공간이 크게 넓어졌다. 물론 이러한 변화가 동아시아의 모든 나라들에서 똑같이 완전한 수준으로 성취된 것은 아니지만, 19세기 중엽 이전에 동아시아의 모든 나라들이 법적 평등과 자유라는 측면에서 도대체 어떤 양상을 보이고 있었던가 하는 점을 돌이켜 점검해 보면, 오늘날 북한을 제외한 모든 동아시아 국가의 국민들이 근대화의 과정을 거쳐서 도달해 있는 지점이 이런 측면에서 현저한 진보를 이룩한 지점이라는 사실에 대해서는 의문을 가질 여지가 없다.

6. 몇 겹으로 놓여 있는 과제들

그러면 이제 동아시아인들은 이러한 근대화의 성취에 만족하면서 그 성취의 열매를 누리기만 하면 되는 것인가? 그렇지 않다. 반드시 해결해야 할 과제들이 몇 겹으로 놓여 있는 것이다.

그 과제들 가운데 한 가지는 방금 앞의 논의에서 이미 드러난 바 있다. 나는 방금 앞에서 법적 평등의 확보와 자유의 신장이라는 두 가지 사항이 동아시아의 모든 나라들에서 똑같이 완전한 수준으로 성취된 것은 아니라는 점을 언급한 바 있거니와, 이러한 지적은, 그 두 가지를 모든 곳에서 완전한 수준으로 올려 놓아야 한다는 숙제가 오늘의 동아시아인들 앞에 힘든 과제로 놓여 있으며 이러한 과제를 이룩하기 위한 동아시아인들의 노력은 앞으로도 끈질기게 계속되어야 한다는 사실을 곧바로 가리키고 있는 것이기도 하다.

그런데, 가만히 생각해 보면, 위와 같은 과제를 성취하기 위한 노력은, 근대화의 과정 자체에 들어 있는 긍정적인 요소를 놓치지 않고 계속 살려내면서 더욱 힘있게 그 과정을 밀고 나가고자 애쓰는 노력이라는 성격을 갖는 것이다. 이런 것이 있는 반면에, 근대화라는 주제와 관련하여 동아시아인들 앞에 놓여 있는 '몇 겹'의 과제들 가운데에는, 그와 정반대되는 성격을 갖는 것도 있다. 근대성이라는 것 자체에 내재해 있는 부정적인 문제점과 맞붙어 대결하고 궁극적으로는 그것을 극복해 내야 한다는 과제가 또 한편에 존재하는 것이다.

앞에서 나는 여러 번, 근대화 과정이라는 것은 한 마디로 말하면 경제인의 논리와 생리가 세상을 이끌어가는 기본 동력의 자리를 차지하게 되는 과정이었다는 사실을 지적한 바 있다. 경제인의 논리와 생리가 세상을 이끌어가는 기본 동력으로 자리잡았기에 근대화 과정에서의 급속한 경제적 발전이 가능하였다는 사실도 지적한 바 있다. 그런데 이처럼 근대화 과정에서 주역의 자리를 차지하고 커다란 힘을 행사해 온 '경제인의 논리와 생리'라는 것을 한 단어로 요약하면 '황금만능주의'가 된다. 황금만능주의는 화폐로 표현되는 교환가치를 절대시한다. 화폐로 표현되는 교환가치에 비하면 그 어떤 가치도 부차적이다. 이러한 가치관에 입각하고 있는 황금만능주의는 앞에서 말했듯 급속한 경제적 발전을 가능하게 하고 법적 평등의 확대와 자유의 신장을 가져왔지만 바로 그러한 가치관 자체의 문제점 때문에 또 한편으로 많은 문명비판자들이 지적하는 것처럼 극단적으로 과열된 경쟁의 보편화, 인간 심성의 황폐화, 소외 현상의 만연 등을 비롯한 수많은 부작용을 낳았음을 부정할 수 없다.

이러한 부작용의 존재는, 근대성 자체의 핵심에 자리 잡고 있는 가치관의 문제점으로부터 연유된 것이기에, 서양이거나 동아시아이거나, 그 밖의 또 다른 지역이거나를 막론하고, 근대화의 과정이 전개된 곳이면 어디든 예외 없이 나타난다. 그러니 만큼 이러한 부작용을 문제로 인식하고 그것을 치유해 나가며 궁극적으로는 근대성의 부정적 문제점 그 자체로부터 벗어날 길을 모색하고자 노력해야 하는 과제를 안고 있다는 점에서는 서양인이나 동아시아인이나 근본적인 차이가 없다고 말할 수 있다.

그런가 하면, 동아시아인들에게는 심각한 고민거리로 다가오지만 서양인들은 알지 못하는 종류의 문제도 있다. 동아시아인들의 근대화 과정이 어쨌거나 '서양 따라가기', '서양 모방하기'의 성격을 띠고 이루어졌다는 사실 때문에 발생한, 동아시아인들의 자기 전통과의 단절 혹은 그것에 대한 거부와 관련된 문제가 그것이다.

많은 동아시아인들은 근대화의 과정 속으로 들어서면서 자기 전통과의 단절을 어쩔 수 없는 운명으로 받아들이거나 혹은 더 나아가서 아예 적극적으로 자신의 전통을 거부하고자 했다. 하지만 이런 단절 혹은 거부라는 것은 의식의 차원에서는 가능했어도 무의식의 차원에서는 불가능했으며, 관념의 차원에서는 가능했어도 생활의 차원에서는 불가능했다. 그러했으므로 전통의 맥락이 실제로 완전히 끊어지는 일은 발생하지 않았다. 하지만 근대화의 과정이 기본적으로 서양 따라가기, 서양 모방하기의 성격을 띠고 전개되는 동안, 자기 전통과의 관련을 어떤 식으로 설정하는 가운데 삶을 영위해 갈 것인가라는 문제를 놓고서 많은 동아시아인들이 내면의 혼란을 겪고 상처를 입은 것은 부정할 수 없다.

그리고 앞에서 동아시아인들이 근대화의 과정을 수행하는 동안 약자의 처지로부터 벗어나면서 어느 정도의 자신감을 가지게 되었다는 말을 했지만, 19세기의 충격적 체험을 통해 형성되기 시작했고 그 후로도 긴 기간 동안 생명력을 유지했던 열등감의 압박에서 이제 완전히 회복되었다고 말할 수는 없다. 비서양인으로서의 열등감은, 적지 않은 동아시아인들의 내면에, 어느 정도 완화된 수준에서나마, 지금도 끈질기게 자리잡고 있다. 때로는 그 열등감의 반동작용에 의해 지나친 자존자대(自尊自大)를 일삼는 행태가 나타나기도 한다. 열등감 자체에 의해 시달리는 것이나, 근거 없는 자존자대의 행태를 보이는 것이나, 심리적 불안정에 해당하는 것이라는 점에서는 마찬가지이다. 이러한 불안정성을 어떻게 떨쳐버리느냐 하는 것도 근대성의 문제와 관련하여 동아시아인들의 해결을 위한 노력을 요청하고 있는 '몇 겹의 과제' 중 하나라고 할 수 있다.

7. '근대 넘어서기'와 역사의 자의성(恣意性)

지금까지, 근대성이라는 주제와 관련하여 우리 동아시아인들이 자신의 과제로 인식하고 해결의 방책을 찾아나가야 할 몇 가지 문제들을 간략하게 정리해 보았거니와, 이러한 문제들을 풀어내고 더 나아가 그런 것들이 더 이상 문제로 대두되지 않는 세상을 만들기 위해 노력하는 일을 간단히 한 마디로 요약하면 결국 '근대 넘어서기'가 된다. 이제 동아시아인들은 동아시아인들 나름으로 근대화의 과정을 실현한 성과 위에서, 그 성과를 딛고, 근대 넘어서기의 단계로 나아가야 할 시점에 도달해 있는 것이다.

근대화의 성과를 딛고서 다시 근대를 넘어선다고 하는 것은 참으로 거대한 과제이다. 이처럼 거대한 과제를 수행함에 있어서 단시일내에 뚜렷한 가시적 성과가 나타나기를 기대하기란 어려운 노릇이다. 우리는 인내심을 가지고 각자가 지닌 최선의 지혜를 동원하면서 장기적인 노력을 기울이는 수밖에 없다.

이러한 노력의 길에 동참하고자 하는 사람이라면 누구라도 진지하게 참고할 만한 메시지 하나를 오래 전에 접하고 감명을 받은 기억이 있기에 여기 인용해 보고자 한다. 조동일이 '중세문학의 재인식' 3부작 가운데 마지막 권인 『문명권의 동질성과 이질성』에 수록한 「성자전(聖者傳)」이라는 글의 결론 부분에서 이야기한 내용이다.

> 근대는 기업활동에서나 정치에서나 지식에서나 남과 경쟁해서 이기는 것을 최상의 목표로 삼는 투쟁사회이다. 근대 지식인의 학문은 투쟁의 양상을 밝혀 논하는 것을 가장 긴요한 과제로 삼았다. 그런데 투쟁이 극단화되어 승리자이든 패배자이든 공멸의 길에 들어서지 않을 수 없게 되어, 근대 극복이 요망된다.
> 화해의 철학을 찾아내서 실제로 적용할 수 있어야 한다.[4]

---

4) 조동일, 『문명권의 동질성과 이질성』(지식산업사, 1999), p.409.

이러한 화해의 철학을 실제로 보여준 모범적인 사례를 조동일은 중세 성자들의 삶 속에서 발견한다. 하지만 그렇다고 해서 조동일이 중세 성자들의 세계를 오늘에 그대로 되살리자는 주장을 하고 있는 것은 아니다. 그의 논의는 다음과 같은 방향으로 이어진다.

> 그러나 중세의 성자들이 갈등을 아주 배제한 무조건의 화해를 내세운 것이 그 해답이 아니다. 그것은 현실과 동떨어진 이상주의에 머물러 효력이 부족하다. 초월적인 이상을 절대시하는 중세의 이원론을 다시 실현할 수는 없다. 다음 시대는 현실과 이상이 일원화된 시대여야 하는 점에서 근대와 다르지 않다. 그러므로 싸움이 화해이고, 갈등이 조화라고 하는 생극론(生克論)을 정립해서 실행해야 근대를 넘어설 수 있다.
> (…) 유럽문명권이든 다른 문명권이든 근대의 이념인 물질주의와 갈등론을 시정하기 위해서 정신주의와 조화론을 되돌아보아야 한다. 그렇게 해서 중세로 되돌아가자는 것은 아니다. 정신이 물질이고 물질이 정신이며, 조화가 갈등이고 갈등이 조화임을 분명하게 하는 생극론을 새로운 시대의 이념으로 함께 이룩해서 세계사의 위기를 극복하고, 문명의 충돌을 해결해야 한다.[5]

위에서 이미 말했듯 조동일의 이러한 메시지는 '근대 넘어서기'를 지향하는 노력의 과정에 참여하고자 하는 사람이라면 누구라도 진지하게 검토해 볼 만한 가치를 지니고 있는 것으로 여겨진다.

그런데 우리가 실제로 근대 넘어서기를 지향하는 노력의 과정에 참여할 경우, 잊지 말고 기억해야 할 것이 한 가지 있다. 앞에서 서양이 근대 세계의 패자(覇者)로 등장하게 된 과정을 검토하는 가운데 우리가 확인할 수 있었던, 역사라는 것에서 우연이 차지하는 비중의 크기가 그것이다. 우연이라는 말이 거부감을 준다면, '인간의 기획대로 되지 않는 부분'이라는

---

5) 위의 책, pp.409~410.

말로 풀어서 표현해도 좋다. 역사에는 인간의 기획대로 되지 않는 부분이 너무나도 크다. 이러한 이야기는 이를테면 앞에서 인용된 조동일의 글 속에 보이는 기획 같은 것에 대해서도 물론 예외 없이 적용되는 것이다.

역사에서는 인간의 기획대로 되지 않는 부분만 큰 것이 아니다. 그 정도를 넘어서, 아예 인간의 예상을 벗어나 버리는 부분이 너무나도 크다. 아무리 광범한 자료를 종합해서 검토하고 신중에 신중을 더하는 가운데 예상을 시도해 보아도 그러하다. 이런 것을 가리켜 역사의 자의성(恣意性)이라고 불러야 할지도 모르겠다.

역사의 자의성은 다른 각도에서 이야기될 수도 있다. 역시 이미 앞에서 나왔던 내용이거니와, 역사 속에서는 남보다 현명한 사람들에게 반드시 축복이 오는 것이 아니라는 점에서, 또 남보다 부지런한 사람들에게 반드시 축복이 오는 것도 아니라는 점에서, 우리는 역사의 자의성을 말해 볼 수 있을 것이다. 나의 경우, 이 역사의 자의성이라는 것이 얼마나 강렬한 것으로 느껴지는가 하면, 일찍이 일본의 생물학자 기무라 모토(木村資生)가 적자생존(適者生存)의 법칙(the survival of the fittest)이라는 다윈주의의 기본 개념에 맞서서 진화의 원리로 제시했던 길자생존(吉者生存)의 법칙(the survival of the luckiest)이라는 개념이 인류의 역사에도 적용된다고 보아야 하지 않을까, 라는 생각이 때때로 스치기까지 할 지경이다.

하지만 이런 생각이 허무주의로 이어지는 것이라고 염려한다면 그것은 오해이다. 나 자신, 길자생존의 법칙이 궁극적으로 역사를 지배하는 것이라고 믿는 수준에까지 이르러 있는 것도 아니지만, 설령 그런 수준에까지 나아간다 하더라도, 앞에서 말한 바 '각자가 지닌 최선의 지혜를 동원하면서 장기적인 노력을 기울이는 일' 자체의 가치는 여전히 존재하는 것이기 때문이다. 그런 일은 결과와 상관 없이, 그것 자체로서 가치를 갖는 것이다. 세상의 많은 중요한 일들이 그러한 것처럼 말이다.

인간 · 언어 · 서사

1. 들어가는 말

서사는 원래 문학의 영역에만 주로 관련되는 것으로 생각되어 왔던 존재이고, 그런 만큼 서사에 대한 논의도 과거에는 문학 분야의 연구자들에 의해 거의 독점적으로 수행되어 왔었다. 그러나 근자에 이르러서는 양상이 많이 달라지고 있다. 이런 사실을 실감나게 해 주는 한 가지 예로, 지금은 경희대로 옮긴 최혜실이 카이스트에 재직하고 있던 시절에 쓴 글 가운데 나오는 다음과 같은 술회를 들어 볼 수 있다.

> 12년간을 이공계 중심 대학에 있다 보니, 전산, 경영, 산업디자인 계통의 사람들과 자주 일을 하게 된다. 스토리텔링에 대한 이들의 관심은 대단하다. 디자인 기획 과정에서 시나리오를 쓰는 디자인 계통은 물론이거니와, "상품을 팔지 말고 이야기를 팔라"고 주장하는 랄프 옌센의 스토리텔링 마케팅을 신봉하는 경영학과, 게임 제작에서 시나리오의 중요성을 주장하는 전산과, 심지어는 이야기야말로 자신의 고유 영역이라고 주장하는 신문방송학과 사람들 앞에서 어리둥절하는 나 자신······.[1]

---

[1] 최혜실, 『서사의 운명』(역락, 2009), p.9.

한 국문학자에 의해 행해진 위와 같은 술회에서 단적으로 시사되듯, 서사에 대한 관심은 이제 문학의 범주를 멀리 뛰어넘어 참으로 폭넓은 학문 분야에서 공통적으로 나타나는 현상이 되었다. 위의 인용문에서 언급된 분야 이외에도, 철학, 역사학, 교육학, 법학 등등, 인문·사회과학 분야에 속하는 참으로 다양한 학문 분야에서, 서사에 대한 관심이 증대되는 양상을 확인할 수 있는 것이다. 더 나아가서는 자연과학의 세계도 서사의 이론과 전혀 무관한 것이 아니라는 판단 아래, 새로운 논의를 전개하는 모습이 나타나기도 한다. 위의 인용문에서 이미 '전산과'가 언급된 바 있지만, 그 밖에도 예컨대 생물학과 같은 분야에서 나타나고 있는 서사에 대한 관심의 정도는 웬만한 인문·사회과학의 경우와 비겨 조금도 덜하지 않다.

이처럼 폭넓은 범위에 걸쳐서 이루어지고 있는, 서사에 대한 관심의 증대는, 일차적으로는, 바로 그런 다양한 학문 분야들이 서사의 세계와 무관하지 않다는 인식으로 전개된다. 그리고 이러한 인식은 다시, 그 분야의 전문적인 연구자들이 서사의 이론에 관심을 갖고 더 나아가 서사이론의 발전에 주체적으로 관여해야 한다는 인식으로 이어지고 있다.

이처럼 서사에 대한 관심이 다양한 분야에 걸쳐서 새롭게 제고되고 있는 데에는 여러 가지 원인이 있을 것이다. 전자·영상문화가 엄청난 발전을 이룩한 것과 병행하여 서사의 세계가 다양한 영역에 걸친 현대인들의 삶 전반에 예전보다 더욱 큰 위력으로 파고들게 된 것을 우선 그 한 원인으로 지목할 수 있을 법하다. 그런가 하면, 포스트모더니즘의 시대가 본격화되면서, 이른바 진리라는 것의 상대성, 허구성, 시간적 가변성 등등에 대한 인식이 강화된 것을 또 다른 원인으로 지목할 수 있을 것이다.[2] 그 밖에도 여러 가지 원인을 생각해 볼 수 있을 터이다.

그 원인이 어찌 되었든, 이제 다양한 학문 분야에 걸쳐 서사에 대한 관심이 확대 · 강화되는 경향은 누구도 부인할 수 없는 대세가 되었다. 그렇다면 이러한 경향이 단순히 논의의 혼란을 유발하는 것으로 그치지 않고 진정 깊이 있으며 또한 지속성 있는 학문적 발전으로 이어지도록 하기 위해서는, 이 문제에 관심을 갖고 있는 여러 분야의 학자들이 서로 머리를 맞대고 지혜를 교환하는 가운데 학제적인 연구를 적극 수행해 나가는 것이 바람직할 것이다.[3]

오늘의 학술대회[4]는 바로 그러한 학제적 연구의 모범적인 실례들을 다양한 분야에 걸쳐서 선보이는 자리가 될 것으로 예상된다. 그 점에 대한 기대를 피력하면서, 오늘의 발표자 가운데 한 사람으로 참여하게 된 기회를 이용하여, 필자는, 종교의 시각에서 서사를 생각할 경우에 제기될 수 있는 논의 가운데 몇 가지를 간략하게 검토해 보고자 한다. 좀더 구체적으로 말하자면, 다양한 종교들 가운데서도 특별히 불교의 세계관을 가지고 서사라는 주제에 접근할 때 어떤 논의가 가능한가를 몇 가지로 짚어 보고자 한다.

필자가 이러한 작업을 구상하게 된 것은, 오늘 예정된 다른 분들의 발표 가운데 종교와 관련된 것이 없는 만큼, 오늘의 학술발표회에서 비어 있는 자리 하나를 메운다는 의미를 이것이 가질 수 있으리라는 생각에서 출발하였다. 그리고 이와 더불어, 필자의 그와 같은 작업은, 인간에게 있어 서사라는 것이 가지는 의의, 비중, 성격 등의 근본적인 문제에 대해 다시 한 번 생각해 보는 기회를 마련한다는 의미도 가질 수 있을 것

---

2) 이 두 번째 점에 대해서는 나병철이 자세하게 논의한 바 있다. 나병철,『근대 서사와 탈식민주의』(문예출판사, 2001)의 제1부 제1장「근대성과 서사」참조.
3) 우한용이『내러티브』창간호(2001. 5)에 발표한「우리시대, 왜 서사가 문제인가」는 그와 같은 학제적 연구의 필요성을 일찌감치 제기하고 그 구체적인 방향까지 종합적으로 언급한 선구적 논문으로 의의가 있다.
4) 2010년 12월 3일에 개최된 한국서사학회의 2010년도 하반기 정기 학술대회를 말한다.

으로 생각된다. 종교의 시각에서 어떤 대상을 생각한다는 일 자체에 본
래적으로 수반되는 의미의 한 가지가 그런 것이니 만큼, 이것은 자연스
러운 귀결이라 할 수 있다.

2. 인간과 언어의 문제

불교적 시각에서 본 우주의 존재 양상에 대한 언급으로부터 필자의
본론을 시작하기로 하자.

우주는 무수한 존재자들로 가득 차 있다. 우주를 가득 채우고 있는 그
무수한 존재자들은, 많은 경우 서로 아무런 상관 없이 독자적으로 따로
떨어져 존재하고 있는 것처럼 보인다. 하지만 그 심층을 살펴보면 결코
그렇지 않다. 우주의 모든 존재자들은 그 심층에 있어서는 무한한 상호
연관성의 그물로 연결되어 있는 것이다. 그리고 그 존재자들은 다른 모
든 존재자들과 무한한 상호의존성의 관계로 맺어져 있는 것이기도 하다.
즉 우주 속의 모든 존재자들은 다른 존재자들에 의지함으로써 비로소
존립이 가능한 존재이다. 불교의 유식학(唯識學)에서는 이를 간단히 의타
기성(依他起性)이라는 말로 표현하고 있거니와, 이런 의타기성을 제대로
인지하지 못하고 모든 존재자들을 제각기 따로 떨어진 존재로, 뿔뿔이
흩어진 존재로 잘못 보는 것, 그것을 변계소집성(遍計所執性)이라 이른다.
유식학은 바로 이런 변계소집성에서 온갖 번뇌와 오류가 발생한다고 말
한다. 그러면 변계소집성의 망념에서 벗어나, 우주 속에 존재하는 모든
존재자들의 참된 성질을 직관할 때에는 무엇을 깨닫게 되는가? 우주의
모든 존재자들은 바로 무한한 상호연관성과 상호의존성의 관계로 맺어
진 존재자들이기에, 궁극적으로는 하나이며, 하나일 수밖에 없다는 사실

을 깨닫게 된다. 이런 방식으로 깨달아지는 우주의 일체성, 그것을 유식학에서는 원성실성(圓成實性)이라고 일컫는다.[5]

이처럼 변계소집성, 의타기성, 원성실성의 세 가지 개념으로 파악되는 우주 내 모든 존재자들의 보편적 존재 양상에서, 인간이라는 존재자도 물론 예외일 수 없다. 인간이라는 존재자 역시 의타기성이라는 말로 설명될 수 있는 존재자이며, 그런 그를 망념의 자리에서 보면 변계소집성의 담지자로 나타나고, 깨달음의 자리에서 보면 원성실성을 구현하고 있는 존재자로 드러나는 것이다.[6]

그런데 인간들은, 대부분의 경우, 원성실성의 차원을 깨닫지 못하고, 의타기성의 차원조차도 인식하지 못하며, 모든 존재자들을 제각기 따로 떨어진 존재로, 뿔뿔이 흩어진 존재로 잘못 보는 변계소집성의 차원에 붙들려 헤어나지를 못한다. 불교에 대해서 잘 모르는 사람들도 익히 알고 있는 용어를 빌려서 다르게 표현해 보면, 연기(緣起)의 이치에 무지한 상태로부터 벗어나지를 못하는 것이다. 어째서 이런 사태가 벌어지는가? 이 물음에 대한 답은 여러 가지로 제시될 수 있거니와, 그 중 하나로, 빼놓을 수 없는 답변이, '언어라는 것이 인간들의 무지에 힘을 실어 주기

---

5) 유식학의 기본 텍스트인 세친(世親, 바수반두)의 『유식삼십송(唯識三十頌)』 중, 변계소집성, 의타기성, 원성실성의 삼성(三性)에 대해서 언급하고 있는 것은 제20송부터 제22송까지이다. 참고로 이 부분에 대한 현장(玄奘)의 한역(漢譯)을 적어 보면 다음과 같다. "由彼彼遍計 遍計種種物 此遍計所執 自性無所有 依他起自性 分別緣所生 圓成實於彼 常遠離前性 故此與依他 非異非不異 如無常等性 非不見此彼." 이것을 김명우는 다음과 같이 국역하고 있다. "갖가지의 변계(분별)에 의해 갖가지의 사물을 변계(분별)한다. 이 변계소집의 자성은 존재하지 않는다. 의타기성은 분별의 조건(緣)에 의해 생기한다. 원성실성은 저것(의타기성)에 있어서 언제나 앞의 것(변계소집성)을 멀리 떠나 있는 것이다. 따라서 이것(원성실성)과 의타기성은 다르지도 않고, 다르지 않음도 아니다. 무상 등의 본질과 같이. 이것(원성실성)을 보지 않고서는 저것(의타기성)을 볼 수 없다"(김명우, 『유식삼십송과 유식불교』(예문서원, 2009), pp.212~213).

6) 오카노 모리야(岡野守也)의 『불교심리학 입문』(김세곤 역, 양서원, 2003), pp.58~64를 보면 의타기성, 변계소집성, 원성실성 사이의 상호관련성이 간결하면서도 명료하게 설명되어 있다.

때문이다'라는 대답이다. 이 점에 관한 김윤수의 설명을 잠시 인용해 보기로 한다.

언어가 우리의 무지에 힘을 실어 주는 계기는 언어 본연의 용도와 관계되어 있습니다. 무슨 뜻인가 하면 언어는 기본적으로 어떤 고정된 사상(事相)을 제시하기 위한 것이라는 점입니다. 그래야만 사람의 의사소통에 기여한다는 언어 본연의 목표를 달성할 수 있기 때문이지요. 그런데 고정된 사상을 지시한다는 성격은, 모든 현상이 연기하고 있다는 진실과는 상반될 수밖에 없는 성질입니다.

그럼에도 우리는 모든 현실의 지각을, 언어를 통하여 하고 있습니다. 지각[想]이라는 것이 표상[相]을 통하여 이루어진다는 것은, 표상을 지시하는 언어를 매개하여 이루어진다는 것과 다르지 않습니다. 근본적으로 진실과 괴리될 수밖에 없는 인식구조를 갖고 있다는 것이지요.

(…) 그리고, 연기하고 있기 때문에 서로 불가분적으로 연결되어 있어 분리할 수 없는 모든 현상을, 우리는 언어를 매개로 해서 서로 구별하여 나누어서[分] 식별[別], 즉 '분별'합니다. 이것은 분별하는 의식이, 형성을 조건으로 연기하는 데에도 언어가 기여하고 있다는 것을 뜻합니다.[7]

위에 인용된 글에서 잘 설명되고 있듯, 언어는 근본적으로 '고정'과 '나누기'의 세계를 지향하며 그런 세계에서만 존립이 가능한 것이기에, 원성실성의 경지에로 나아가기를 거부하고 변계소집성의 영역에 스스로를 잡아매거나 그 영역을 더욱 확대시키려는 쪽으로 작용할 수밖에 없으며, 그런 만큼 인간의 무지 — 불교적인 용어로 말하자면 무명(無明) — 를 조장하는 기능을 하게 마련인 것이다.

하지만 그렇다고 해서 인간이 언어를 버릴 수는 없다. 언어를 버리고서 인간이 깨달음에, 혹은 구원에 도달할 수 있는 길은 없다. 저 원성실

---

7) 김윤수, 『불교는 무엇을 말하는가』(한산암, 2007), pp.146~147.

성의 경지조차도 따지고 보면 언어를 통해서만 드러날 수 있다.

일찍이 『중론(中論)』을 비롯한 수많은 명저들을 저술함으로써 중관철학(中觀哲學)의 세계를 개척한 용수(龍樹, 나가르주나)는 승의제(勝義諦)와 세속제(世俗諦)의 두 가지 차원을 구분하면서도 그 양자간에 상의적(相依的)·상대적(相待的)인 관계가 인정된다는 점을 밝힌 바 있다.8) 용수의 이러한 설명을 음미해 보면, 근본적으로 세속제의 차원에 터전을 두고 있는 언어를 통하여, 그것을 통해서만 승의제의 차원도 포착될 수 있다는, 인간과 언어 사이의 관계 양상의 양면적 진실이 선명하게 인지된다.

그런가 하면 유식학파의 중요한 사상가 가운데 한 사람인 안혜(安慧, 스티라마티)는 세속의(世俗義)를 시설(施設)로서의 세속, 행위로서의 세속, 현현(顯現)으로서의 세속 등 세 가지로 해석한 바 있기도 하다.9) 이러한 논리에 따른다면 언어는 승의제의 고차원적 진리를 인식시키고 펼쳐내는 데 필요한 시설이요, 그렇게 하는 행위이며, 그것의 현현이기도 한 것으로서 적극적인 의의를 가질 수 있다는 결론이 가능해진다.

이처럼 언어가 적극적 의의를 가질 수도 있음을 인정하고 나면, 그 다음으로 제기되는 문제는, 언어의 이러한 적극적 가능성을 어떻게 활용하여 저 승의제의 고차원적 진리를 인식하고 펼쳐내는 데 유익하게 쓸 것인가 하는 문제가 될 것이다. 그러나 이 문제에 대해 생각해 보는 것은 조금 뒤로 미루고, 이쯤에서 잠시 논의의 방향을 돌려, '서사'의 문제를 생각해 보기로 한다.

---

8) 서영애, 『불교문학의 이해』(불교시대사, 2002), pp.544~556 참조.
9) 위의 책, pp.564~568 참조.

3. 서사와 시간

언어를 이용한 표현의 방식을 두고서는 다양한 분류가 가능하겠지만 그 중 가장 대표적인 것을 들라면 무어니 해도 서정과 서사 두 가지라고 해야 할 것이다. 이 중에서 특히 서사는 '시간'의 문제와 긴밀하게 관련된다.

불교적 시각에서 볼 때 시간의 차원은 매우 큰 중요성을 갖는다. 양형진이 요령 있게 정리해 준 것처럼 불교의 핵심적 개념인 연기는 "시간적 인과성, 시공간적 상호연관성, 인식 주관과 객관의 상호 작용에 의한 세계 인식이라는 세 가지 기본적 의미를 지닌다고 할 수 있"[10]는 것이어니와, 그 세 가지 기본적 의미항 가운데에 '시간적 인과성'이라는 항목이 들어 있다는 사실 하나만 보아도, 불교에서 시간의 차원이 차지하는 중요성의 크기를 쉽게 짐작할 수 있다. 물론 이러한 시간적 인과성으로서의 연기는 주로 '우리들 자신의 외부에서 일어나는 사건들 사이의 인과', 즉 외연기(外緣起)의 영역에 관련된다고 보아 그 비중을 축소할 수도 있지만, 내연기(內緣起)[11]에 해당하는 12연기의 해석에 있어서도 삼세양중인과설(三世兩重因果說)[12]에서 보는 바와 같이 시간의 차원에 결정적인 무게를 부여하는 해석이 커다란 세력으로 존재하는 터이고 보면, 역시 불교에서는 우주법계 전체를 논할 때나 인간의 삶을 논할 때나 시간적 차원을 중요시하는 가운데 사유를 전개해 나가고 있다고 해석하는 것이 온당하다. 요컨대 우주법계 전체도, 그 속에서 움직이는 존재자로서의

---

10) 양형진, 『산하대지가 참빛이다』(장경각, 2001), p.52.
11) 외연기와 내연기의 개념에 대해서는 위의 책, pp.52~53 참조.
12) 12연기에 대한 시간중심적 해석을 '삼세양중인과설'이라 부르는 것은, "삼세에 걸쳐 '전생-금생'과 '금생-내생'이라는 두 겹[兩重]의 인과를 밝힌 것"이 12연기에 대한 설명이라고 보는 까닭에 그렇게 부르는 것이다. 김윤수, 앞의 책, p.132.

인간도, 시간적 존재로서의 면모를 뚜렷하게 가지고 있는 것이다.

그런데 이처럼 우주나 인간을 모두 시간적 존재로 파악하는 입장에 서면서 '언어'라는 세속제의 도구를 활용하고자 할 때 가장 직접적으로, 적극적으로, 또 풍부한 결실을 기대하면서 채택할 수 있는 방법이 바로 서사이다.

일찍이 제랄드 프랭스는 "그 어느 쪽도 다른 한 쪽의 필수 전제이거나 당연한 귀결이 아닌 최소한 2개의 현실 또는 허구의 사건 및 상황들을, 하나의 시간 연속을 통해 표현한 것"이 바로 서사물이라고 정의한 바 있다.13) 서사물에 대한 프랭스의 이러한 정의는 상당한 설득력을 가지고 있는 것으로 판단되며, 그가 위와 같은 정의를 내리면서 제시한 실례들을 보면 그러한 판단은 더욱 확실한 것으로 굳어지게 되거니와, 서사물에 대한 프랭스의 이처럼 설득력 있는 정의에서도 '시간 연속'이라는 것이 결정적인 중요성을 가지고 있음을 볼 때, 그리고 인간이라는 존재자가 본래적으로 가지고 있는 '시간적 존재자'로서의 면모를 다시 상기할 때, 언어를 이용한 표현의 방법으로서 서사가 커다란 중요성과 활용 가치를 가질 수 있다는 사실은 새삼 재언할 필요조차 없는 것임이 확인된다.

서사에 대한 전문적 연구의 전통을 축적해 온 문학 이론 분야에서 대략 20세기 중반 무렵으로 오면서부터 서사에서 '시간'이 차지하는 비중과 의의에 대해 이전보다 더 큰, 특별한 무게를 부여하기 시작한 것은, 이 점에서 볼 때, 자연스러우면서도 바람직한 이론적 진전으로 판단된다. 한용환에 의하면 여기에는 특히 구조주의 이론가들의 기여가 컸다고 한다. 다음에 인용하는 그의 설명이 이 점을 요약해서 말해 준다.

---

13) 제랄드 프랭스, 『서사학』(최상규 역, 문학과지성사 1988), pp.15~16.

이야기가 심미적으로 구조화되기 위해 행동과 사건의 단위들을 의미 있게 순서지우고 그것들을 상호 흥미 있는 관계로 연결시켜 주는 것은 무엇인가? (…) 구조주의자들은, 그것은 시간이라고 본다. 그리고 이야기의 논리를 결정짓는 것이 '시간－논리'라는 주장에는 상당한 설득력이 있어 보인다.[14]

언어 서사물에 내포된 시간 성분을 세밀하고도 조직적으로 분석해낸 것은 구조주의 시학의 무엇보다도 눈에 띄는 성과인 것처럼 생각된다. 스토리와 담론의 양편 모두에게 시간은 필수불가결한 요소이며 서사 텍스트의 분석은 스토리와 담론의 시간 관계의 분석에 다름 아니라는 주네트의 주장은 설득력을 얻고도 남는다.

요컨대 구조주의자들은 두 가지 시간간의 관계가 밝혀지면 플롯에 대한 별도의 고찰은 필요없게 된다고 믿는 것이다. 그 같은 믿음은 크게 잘못된 것이라고 생각되지 않는다.[15]

그런데 지금까지 필자가 언급해 온 바와 같은 점들을 주목하면서 서사의 중요성을 재삼 확인하고 그것의 활용 가능성을 가능한 한 크게 잡아 보는 것은 아무런 문제가 없는 일이지만, 그렇다고 해서, 지나친 서사제일주의 혹은 서사만능론이라 일컬어질 만한 태도에 빠져드는 것은 경계할 필요가 있다고 여겨진다. 시간의 차원이 그토록 중요한 만큼, 시간의 흐름을 넘어서거나 그것으로부터 벗어나 있는 차원 역시 중요한 것이며, 그것의 당연한 반영으로, 서사의 차원이 중요한 만큼, 예를 들어 서정의 차원이라든가 초(超)서사・초서정적인 신비의 차원과 같은 존재들도 중요한 것이기 때문이다. 서사에 대한 우리의 모든 논의는 이런 점을 존중하는 가운데서 이루어져야 할 것으로 생각된다. 그것은 곧 절도

---

14) 한용환, 『서사 이론과 그 쟁점들』(문예출판사, 2002), p.223.
15) 위의 책, p.225.

와 균형의 감각을 유지하는 가운데서 서사에 대한 모든 논의가 이루어
져야 한다는 말이기도 하다.

4. 언어로 승의제(勝義諦)를 말하는 방법

이제는 앞에서 잠시 미루어 두었던 문제에로 돌아가 보기로 하자. 종
교의 시각에서 볼 때, 언어는 분명 세속제에 속한다. 이런 언어를 가지
고서, 고차원의 진리를 인식하고 펼쳐내는 일을 수행하고자 할 경우, 어
떤 방법이 바람직할 것인가?

이 물음에 대한 답을 찾고자 할 때 뜻있는 시사를 얻을 수 있는 것 가
운데 한 가지는 조동일이 그의 저서『한국의 문학사와 철학사』의 맨 앞
에 수록한 논문이다. 그 논문에서 조동일은,『삼국유사』의「낙산이대성
(洛山二大聖)」조에 나오는, 의상이 관세음보살을 친견했다는 설화라든가,
향가「제망매가(祭亡妹歌)」, 그리고「찬기파랑가(讚耆婆郞歌)」 등을 두루 검
토하면서, 그 작품들이 기세간(器世間) · 중생세간(衆生世間) · 지정각세간(智
正覺世間)의 세 단계를 유기적으로 연결시키는 창작방법에 의해 씌어졌음
을 밝히고 있다.

여기서는 우선『화엄경』으로부터 ― 그리고 보다 직접적으로는 의상
이 스스로「화엄일승법계도(華嚴一乘法界圖)」를 지은 동기를 설명한 글로부
터 ― 가져 온 기세간 · 중생세간 · 지정각세간이라는 용어가 어떤 사람
들에게는 생소한 느낌을 줄 수 있는데, 조동일은 이 용어들에 관하여 다
음과 같은 언급을 하고 있다.

셋으로 나누는 것은 단계적인 발전을 말하는 데 적합하다. 기세간 · 중

생세간·지정각세간도 과연 그렇다. 기세간이 물질적 영역이라면, 중생세간은 생명의 영역이고, 지정각세간은 정신의 영역이라고 할 수 있다. 기세간에는 물질의 법칙이 존재할 따름이나, 중생세간의 생명체는 자기 보존과 확장의 의지를 실현하기 위해 어느 정도 예기치 않은 활동을 하는 점이 서로 다르며, 지정각세간의 정신은 물질의 법칙은 물론 생명의 의지에서도 벗어난 자유로움을 깨달아 실행하는 경지에 이른다고 하기 위해 셋을 구분했다 하겠다.16)

기세간·중생세간·지정각세간의 개념을 위의 설명에 따라서 이해하고 나면, 조동일에 의해 검토되고 있는 텍스트들이 그 세 단계를 유기적으로 연결시키는 방법에 의해 씌어졌다는 사실은 쉽게 납득된다.

예컨대, 「낙산이대성」조에 나오는, 의상이 관세음보살을 직접 만났다는 내용의 설화를 보자. 여기서 기세간의 차원에 대응되는 것은 동해 낙산의 해변에 있는 동굴이다. 중생세간의 차원에 대응되는 것은 그 동굴에 관세음보살이 있다는 중생들의 믿음 혹은 소문이다. 지정각세간의 차원에 대응되는 것은 의상이 "예사 중생으로 머무르지 않으려는 결단을 내리고 진실과 만나 깨달음을 얻고자 했다"는, 격조 높은 종교적 상상이다. 이 세 차원을 종합해서 생각해 보면, "자기는 중생세간에 갇혀 있는 사람들이, 중생세간 위에 지정각세간이 더 있다는 증거를 의상이 보여주었다고 인정했기에, 의상을 주인공으로 삼아 그러한 이야기를 만들어냈을 것"이라는 결론이 도출된다.17)

「제망매가」의 경우에도 세 가지 차원이 서로 만나는 방식은 위와 동일하다. 조동일의 설명을 직접 인용해 보자.

---

16) 조동일, 『한국의 문학사와 철학사』(지식산업사, 1996), p.20.
17) 위의 책, p.21.

　"어느 가을 이른 바람에 이에 저에 떨어질 잎"은 기세간에 속한다. 가을이 되면 당연히 일어나는 자연 현상이 그럴 따름이다. 그런데 중생세간 사람들이 이별을 서러워하는 마음을 투영시켜, 낙엽 자체가 슬픈 것처럼 만들었다. 중생세간의 느낌을 그 자체로 표출하면 형체가 없어 막연하므로, 기세간에 속하는 것을 중생세간으로 끌어와 중생세간의 느낌을 전달하게 했다. 그것이 문학 창작, 특히 시 창작의 일차적인 방식이다. (…) 그런데 이 작품에서는 "한 가지에서 나고 가는 곳 모르"는 중생세간의 한계를 벗어나기를 염원하고, 지정각세간으로 나아가고자 했다. 스스로 그 경지에 이를 수는 없다고 여겨, 죽어 헤어진 누이와 미타찰에서 다시 만나기 위해 도를 닦으면서 기다리겠다고 했다.[18]

　위의 설명에서 언급되고 있는 방식, 즉 중생세간 차원의 마음 혹은 느낌을 기세간 차원의 대상에 투영시키는 한편, 그것을 지정각세간의 차원으로까지 연결시켜 보다 심오하고 고원한 의미의 세계로 끌어올리는 방식이야말로, 세속제에 속하는 언어라는 도구를 가지고 승의제의 차원을 탐색하거나 전달하고자 할 경우에 적극적으로 채택될 수 있는 한 가지 방법이라고 인정되어 모자람이 없을 것으로 보인다. 그리고 이러한 결론은, 위에서 검토된 텍스트가 서사와 서정 양쪽에 걸쳐 있다는 사실만 보아도 알 수 있듯, 서사의 경우이거나 서정의 경우이거나를 구별하지 않고 두루 성립되는 것이라 할 수 있다.

　또한, 이러한 방식에 따른 분석이나 해석이 적극적으로 활용되어 의미 있는 성과를 창출할 수 있는 가능성은, 반드시 불교와 관련된 작품을 다룰 경우만으로 한정되지 않는다. 용어를 다르게 선택하거나, 같은 용어를 쓰더라도 그 의미의 영역을 가능한 한 폭넓게 열어놓을 경우, 위와 같은 방식의 접근은 예컨대 기독교와 같은 다른 종교의 텍스트를 대상

---

18) 위의 책, p.22.

으로 하는 작업에서도 충분히 의미 있는 결실을 기대할 수 있을 것으로 생각된다.

5. 현대의 글쓰기와 불교

그런데 위와 같은 사실을 인정하면서 우리가 또 한편으로 잊지 말고 기억해 두어야 할 것이 있다. 주지하는 바와 같이 현대로 올수록 문학을 비롯한 대부분의 글쓰기에서 특정한 관념 혹은 이념, 교훈 등등으로 요약될 수 있는 주제의 제시가 기피되고 있는 추세를 무시할 수 없다는 점이 그것이다. 우선, 일급의 작가일수록 그러한 주제의 직접적인 제시를 기피하는 경향이 강하다. 또한, 독자의 입장을 중심으로 놓고 보더라도, 동일한 현상을 관찰할 수 있다. 그러한 주제가 직접적으로 제시되어 있는 작품보다는 그렇지 아니한 작품을 높이 평가하는 경향이, 비평가나 연구자들을 비롯한 고급 수준의 독자들 사이에서는 보편적으로 나타나고 있는 것이다. 그러한 추세가 과연 바람직한 것인가, 아닌가 하는 점은 별도로 진지하게 논의될 필요가 있는 사안이지만, 어쨌든 그러한 추세의 존재 자체는 결코 무시될 수 있는 것이 아니다. 그저 '무시되지 않아야 된다'는 정도가 아니라, '중시되어야 마땅하다'고 말해지는 것이 적절하다고 여겨질 만큼, 그러한 추세의 힘은 강력하고 전방위적이다.

불교와 직접 연관된 것은 아니지만, 비슷한 맥락으로 이해될 수 있는 기독교 문학의 경우를 통하여 이 점을 잠깐 일별해 보기로 하자. 예컨대, 독실한 기독교 신앙을 견지하고 있으면서도 기독교적인 주제의 명료한 제시를 결코 보여주지 않는 프랑수아 모리악이라든가 플래너리 오코너와 같은 작가를 20세기의 위대한 종교적 작가로 드는 데에는 아무도 이의를 제기하지 않지만, 기독교 신앙에 입각하여 뚜렷한 교훈적 주제를 제시하고 있는 찰즈 셸든이나 A. J. 크로닌 같은 작가는 적어도 본격적인 비평가나 연구자들 사이에서는 도무지 진지한 관심의 대상이 되지 못하고 있다. 그런가 하면, 같은 작가의 작품 가운데서도, 메시지가 뚜렷한 작품보다는 그렇지 않은 작품에 더 높은 평가가 주어지는 것이 일반적이다. 예를 들면, 그레이엄 그린의 작품 가운데『사건의 핵심』을『사랑의 종말』보다 더 훌륭한 작품으로 꼽는 경향이 일반화되어 있는 데에는, 다른 이유도 있을 수 있겠지만, 방금 언급된 점이 아무래도 크게 작용하고 있는 것으로 보인다.

이처럼 특정한 관념 혹은 이념, 교훈 등등으로 요약될 수 있는 주제의 제시가 기피되거나 낮게 평가되는 추세가 현대로 오면서 강력한 흐름을 이루게 된 데에는, 이 글의 첫 부분에서 언급했던, '포스트모더니즘의 시대가 현대에 이르러 본격화되었다'는 점이 분명 중요한 원인의 하나로 작용하고 있을 것이다. 그런데 바로 이 지점에서 우리가 각별한 관심을 가지고 주목하지 않을 수 없는 참으로 흥미로운 사실은, 이런 포스트모더니즘의 시대에 새로운 조명을 받으며 관심의 초점으로 부각될 가능성을 다른 어떤 것보다도 풍부하게 지니고 있는 존재가 바로 불교라는 사실이다. 일찍이 박경일은 "데리다의 해체철학의 핵심을 이루는 텍스트 이론은 불교의 연기설에 대한 현대적 주석처럼 느껴진다"[19]라든가 "해체론은 '인연소생법(因緣所生法), 아설즉시공(我說卽是空)'의 교의를 현대 철학에 재연하고 있는 것처럼 보인다"[20]라는 등의 말을 한 바 있는데 전적으로 동의할 수 있는 말들이다.

---

19) 박경일, 「니르바나의 시학 : 불교적─포스트모던적 영문학 읽기」, 한림대학교 인문학연구소 편, 『서양문학에 비친 동양의 사상』(예문서원, 2000), p.32.
20) 위의 논문, p.33.

그렇다면 불교의 이러한 현대적·해체론적 면모와, 앞에서 말한 기세간·중생세간·지정각세간을 연결시키는 글쓰기 방법 사이의 관계 양상은, 어떤 방식으로 새롭게 정립시킬 수 있을 것인가? 그리고 불교 이외의 다른 종교의 경우와 관련해서는, 이런 문제를 어떻게 생각하면 좋을 것인가? 지금으로서는 이런 물음들에 대한 답을 제시하기가 쉽지 않다. 앞으로의 과제로 남겨 두고자 한다.

IV

‖『겨울의 유산』은 좋은 불교소설인가?

‖신동혁의 수기와 친북 좌파 문학

‖문학, ‘대중의 검열’을 두려워 말아야

‖여섯 권의 책

‖야웨와 여호수아

‖야웨와 예수의 관계를 어떻게 볼 것인가?

‖조선 천주교인들의 수난사는 왜 우리의 탄식을 불러일으키는가?

『겨울의 유산』은 좋은 불교소설인가?

동국대 인도철학과의 김호성 교수는 불교의 세계를 다룬 우리나라의 소설들 전반에 대하여 다음과 같은 불만을 토로한 바 있다.

> 왜 우리 불교소설, 특히 장편의 경우는 한결같이 파계(破戒) 모티프밖에 취할 수 없는가? 왜 욕망과 계율의 대립 구조로밖에 이야기를 끌고 가지 못하는 것인가? 너무 안일한 태도는 아닌가?[1]

내가 보기에 김호성의 위와 같은 지적은 우리 문학인들이 진지하게 경청해야 할 내용을 담고 있다. 오래 전 이광수가 발표했던 『꿈』과 같은 소설들에서부터 오늘날의 현역 작가인 한승원이나 김성동의 여러 작품들에 이르기까지, 불교에서 소재를 구해 온 우리나라의 소설들 중 상당수는 종교적 계율과 성적 욕망 사이의 갈등이라는 진부한 착상의 틀 안에 갇혀서 벗어나지 못하고 있는 것이 사실이기 때문이다.

물론 이광수만 하더라도 『세조대왕』이나 「육장기」와 같은 예에서 볼 수 있듯 위와 같은 비판이 적용되지 않는 작품들을 여럿 썼던 것이 사실

---

1) 김호성, 『불교, 소설과 영화를 말하다』(정우서적, 2008), pp.65~66.

이고, 20세기 후반기의 우리 소설계에서도 고은의 『화엄경』처럼 본격적인 불교사상소설이 나온 바 있는 만큼, 김호성이 위의 비판을 제기하면서 사용했던 '한결같이'라는 표현에 대해서는 수정이 필요하다. 그렇기는 하지만 한국 현대 불교소설의 전통 속에서 '파계' 모티프라는 것이 지나치게 큰 비중을 차지하고 있다는 것은 누구도 부정할 수 없는 사실이며, 그러한 모티프를 사용한 소설들이 전반적으로 안일하고 통속적인 발상을 보여주면서 진부성의 늪으로 빠져 버렸다는 것도 부정할 수 없는 사실이다. 현실이 이러니, 나로서는, '우리 문학인들은 김호성의 위와 같은 지적을 경청해야 한다'는 말을 하지 않을 수가 없는 것이다.

그러나 김호성이 한국 불교소설의 일반적인 문제점을 지적하는 데서 한 걸음을 더 나아가 좋은 불교소설의 한 모범으로서 다치하라 세이슈(立原正秋 ; '다치하라 마사아키'로도 읽힌다)의 『겨울의 유산』을 들고 있는 데 대해서는 동의하기가 어렵다.

김호성의 저서 『불교, 소설과 영화를 말하다』를 보면 『겨울의 유산』과 관련된 글이 다섯 편이나 실려 있다. 이 점 하나만 보아도 『겨울의 유산』이 김호성에게 얼마나 인상적인 작품으로 다가왔던가를 짐작할 수 있거니와, 그 글들을 실제로 읽어 보면 김호성에게 이 작품이 준 감명은 참으로 큰 것이었음을 확인하게 된다. 다음에 인용하는 대목이 그 좋은 예이다.

> 임제선(臨濟禪)의 세계를 이 작품 『겨울의 유산』만큼 잘 표현한 소설을 저는 아직 만나 본 일이 없습니다.
>
> "이런 작품이 많이 읽혀야 하는데……"
>
> 아내가 저의 말을 받습니다. "불교인만이라도 읽어야 하는 것 아닌가요?"

　"그게 오늘 우리 불교의 현실인지 모르지요."[2]

　이만큼 감명이 깊었기에 김호성은 다른 일로 일본에 갔을 때 일부러 시간을 내어 가마쿠라의 즈이센지(瑞泉寺)에 있는 다치하라의 묘를 아내와 함께 찾아가 보기까지 한다. 아내와 함께 다치하라의 묘를 찾아갔을 때의 일을 그는 다음과 같이 기록하고 있다.

> 　아내와 나는 합장을 하고 예를 올렸다. 그러고서는 당신의 작품『겨울의 유산』이 한국어로 두 번이나 번역되었다는 사실, 그리고 평생의 문우였던 다카이 유이치가 쓴 평전이 우리말로 번역되어 있다는 것 등을 보고하였다. 그리고 다시『겨울의 유산』이 새롭게 번역될 수 있도록 노력하겠다는 약속도 하였다. 그때까지 계속해서 다치하라 세이슈 당신과『겨울의 유산』을 이야기하겠노라고.[3]

　그러면 김호성(과 그 아내)에게 이토록 깊은 인상을 안겨준『겨울의 유산』이란 어떤 소설인가. 이 작품은 한 마디로 말하면 일인칭으로 등장하는 시게유키(重行)라는 인물의 성장과정을 다룬 소설이다. 그는 한국인 아버지와 일본인 어머니 사이의 혼혈아로 태어난다. 그의 아버지는 무량사라는 절에 적을 두고 있는 승려이다. 젊은 학승들을 상대로 조선불교사와『벽암록(碧巖錄)』의 강의를 담당할 정도로 학식과 인망이 있으며, 승려 사회에서 일정한 지위에 도달하기도 한 사람이다. 그는 처자가 살고 있는 속계의 집과 무량사를 정기적으로 왕래하며 살아간다. 일본식 대처승의 생활방식이다. 그런데 이런 아버지가 생의 무상함을 통감한 나머지 처자식을 아무런 대책 없이 내버려 둔 채 한 편의 시를 남기고는 청산가

---

2) 위의 책, p.78.
3) 위의 책, pp.100~101.

리를 먹고 자살한다. 주인공이 아직 어렸을 때이다. 아버지가 자살하고 난 후 주인공의 어머니는 일본으로 돌아간다. 주인공은 얼마 동안 어머니와 떨어져 한국에서 지내다가 결국은 일본으로 건너가서 일본 여성과 결혼하고 완전한 일본인으로 살아가게 된다.

이상과 같은 이야기가 진행되는 동안 소설 속에는 일관되게 무상감(無常感)이 흐른다. 그리고 그 무상감은 앞서 인용된 김호성의 글 한 대목에서도 언급되었던 것처럼 임제선의 분위기를 동반하고 있다. 수많은 선시(禪詩)가 인용되고, 선승들과 주인공 사이의 공감 어린 교류가 이야기된다. 바로 이런 무상감, 그리고 임제선의 분위기가 김호성을 그처럼 진한 감동으로 사로잡았던 원동력으로 작용한 듯하다.

그러나 나로서는『겨울의 유산』에 나오는 '학식과 인망을 갖춘, 거기다가 처자식까지 있는 불교 승려의 염세자살'이라는 모티프가 너무나 황당한 것으로 느껴지기 때문에, 김호성이 피력하고 있는 '감동'에 대하여 공감이 가지 않는다. 이 작품을 좋은 불교소설의 예로 추천할 마음도 물론 들지 않는다.

소설을 다시 읽어 보면, 주인공 아버지의 그와 같은 자살에 대하여 아무런 비판도 제기되지 않는다. 승려가 염세자살을 한다는 것은 '상견(常見)과 단견(斷見)의 양극단을 모두 넘어서서 올바른 중도(中道)를 견지해야 한다'는 대승불교의 가장 기본적인 가르침을 위반한 것으로 엄중한 비판의 대상이 되어야 마땅한 것임에도 불구하고, 무량사의 원로 노승을 비롯한 여러 승려들 중 어느 누구도 그의 자살을 비판적으로 대하지 않는다. 주인공 역시 비판적으로 대하지 않는다. 아버지가 자살한 바로 그 시점에서는 주인공의 나이가 워낙 어렸으므로 별다른 생각을 할 여지가 없었다 하더라도, 그가 성장하면서는 여러 가지 각도에서 비판적 문제제기를 하게 되는 것이 당연할 듯한데, 그런 것이 전연 없다. 아버지는 그에게는 그저 일관되게 존경의 대상으로 남아 있을 뿐이다. 아버지는 고상한 인물이었던 것으로 그의 기억 속에 남아 있고 아버지의 죽음 역시 그에게는 '고상한 것'으로 간주되기 때문에 그런 모양이다. 오히려 아버지가 죽고 난 후 생계 문제로 악전고투하며 고상한 정신의 세계 따위와는 먼 지점에서 살 수밖에 없었던 어머니는 그에게 경멸의 대상이 된다.

이런 주인공의 일인칭 회상과 자기주장으로 이루어져 있는 소설이 어떻게 '좋은 불교소설'이 될 수 있는가?

여기서 다시 김호성의 글 한 대목으로 돌아가 보기로 한다.

> 이들 파계 모티프의 소설들이 독자에게 어떤 여운을 남겨 주는 걸까? 불교를 모르는 일반대중에게 과연 어떤 이미지를 남겨 주게 될 것인지 염려되었다.[4]

위에 인용된 것은, 파계 모티프를 중심으로 삼고 있는 한국의 여러 불교소설들을 비판하는 자리에서 김호성이 한 말이다. 위의 말은 그 자체로는 옳다.

그러나 "불교를 모르는 일반대중에게 과연 불교에 대한 어떤 이미지를 남겨 주게 될 것인지 염려된다"는 지적은 『겨울의 유산』에 대해서도 똑같이 적용되는 것이라고 생각한다. 이 소설에 나오는 승려라는 사람이 처자식을 두고 있는 것 자체는 일제 강점기라는 시대적 특성을 고려할 때 일단 넘어갈 수 있다고 치자. 광우 스님의 부친인 혜봉 스님의 예에서 보듯 당시에는 고승 가운데서도 그런 사람들이 여럿 있었다. 하지만 이 승려는 어떤 승려인가? 불교의 승려라는 사람이, 그 중에서도 학식과

---

4) 위의 책, p.66.

인망을 갖춘 승려라는 사람이 처자식을 무책임하게 내버려둔 채 염세자
살을 한다. 그리고 이 소설에서 그의 염세자살은 '선가(禪家)의 분위기에
어울리는 고상한 행동'으로 미화될 뿐이며, 그것에 대해 아무런 비판도
주어지지 않는다. 그렇게 해 놓고서 이 소설은 계속하여 임제선의 분위
기를 내보이며 선시를 들려주거나 선사의 말을 전해주거나 하는 일을
반복한다. 이런 소설을 읽고서 '불교를 모르는 일반대중'이 과연 불교를
어떤 것으로 생각하게 될지, 나로서는 자못 염려가 되지 않을 수 없는
것이다.

『겨울의 유산』을 쓴 다치하라 세이슈에 대해서 간단히 짚고 넘어가기
로 하자. 그는 1926년 경북 안동에서 김경문과 권음전 부부의 아들로 태
어났으며, 원래의 이름은 김윤규였다. 그의 부모는 두 사람 다 순수한
한국인이다. 김윤규의 회상에 따르면 김경문은 안동 부근에 있는 불교
사찰인 봉정사의 승려였다고 하는데, 여기에 대해서는 의문의 여지가 있
다.5) 어쨌든 김경문은 김윤규가 여섯 살 나던 해에 사망했다. 『겨울의
유산』에 그려진 바와 같은 자살은 아니었고 병사(病死)한 것이었다. 김경
문이 죽은 후 김윤규가 걸어간 길은 『겨울의 유산』에 그려진 것과 비슷
하다. 결국 그는 일본에 정착하여 일본 소설계의 큰 인물이 되었다. 그
런데 그는 죽을 때까지 순수한 한국인 혈통이라는 자신의 정체성을 숨
기고자 했다. 그가 생전에 작성한 자필 연보에는 다음과 같이 기록되어
있다.

아버지는 가나이 케이분(金井慶文), 어머니는 오토코(晉子). 부모 모두
가 한·일 혼혈이며 아버지는 조선 말기의 귀족 이가(李家)에서 출생해,

---

5) 다카이 유이치(高井有一), 『한국사람 다치하라 세이슈』(오석윤 역, 고려원, 1993), p.12.

가나이 가(金井家)에 양자로 가게 되어 처음에 군인, 나중에는 선승(禪僧)
이 되었다.6)

　다치하라가 죽을 때까지 이런 허위의 외피를 두르고 살았다는 것에
대해서는 김호성도 언급했듯7) 정신분석적 접근이 필요한 것으로 보인
다. 그가 『겨울의 유산』이라는 제목으로 자전적 소설8)을 쓰면서 자기
부친의 죽음을 극적인 요소가 희박한 '병사'에서 훨씬 드라마틱하고 '고
상'해 보이는 '자살'로 바꾸어 놓은 것에 대해서도 역시 정신분석적 접
근이 필요할 것이다.

---

6) 위의 책, p.46.
7) 김호성, 앞의 책, p.89.
8) 『겨울의 유산』이 자전적 소설이라는 사실은 여러 가지 각도에서 입증될 수 있다. 한 가지
　만 예를 들자면 『겨울의 유산』의 주인공은 소설 속에서 범해선문(梵海禪文)이라는 법명을
　받게 되는데, 다치하라 자신의 묘 앞에 서 있는 판오륜탑(板五輪塔)에 적혀 있는 이름이
　바로 '능소원범해선문거사(凌宵院梵海禪文居士)'이다(위의 책, p.100 참조).

신동혁의 수기와 친북 좌파 문학

북한을 탈출하여 한국으로 온 신동혁의 수기 『세상 밖으로 나오다』(북한인권정보센터, 2007)를 읽으면 큰 충격을 받게 된다. 북한 생활의 참상을 기록한 수기는 전에도 이미 다양하게 나온 바 있지만, 그런 수기들을 이미 읽었던 사람들에게도, 신동혁의 책은 새로운 경악과 공포를 안겨준다.

신동혁이 태어나 살아온 북한의 완전통제구역은 바로 지옥 그 자체이다. 이곳은 철없는 어린아이에게 불고문이 가해지는 곳이며, 어머니를 공개처형하는 자리에 자식을 강제로 입회시키는 곳이다. 한데, 이러한 지옥의 실상도 실상이지만, 그 실상을 증언하고 있는 신동혁의 언어가 벌써 우리를 전율하게 한다. 이 책에서 신동혁이 보여주는 문체는 흡사 인간의 언어 이전 단계에서 나오는 듯하다. 아무리 끔찍한 일도 마치 컴퓨터의 기계음으로 딱딱 끊어 말하는 듯 단조롭고 무미건조하게 전달하는 그 문체는 너무나 건조해서 거꾸로 초현실주의의 문학작품을 보는 듯한 착각마저 불러일으키며, "사람이 얼마나 철저히 비인간적인 환경에서 시달리면 언어조차 이렇게 되는가"라는 의문을 품게 만들 정도이다.

이러한 문체로 기술되어 있는 신동혁의 '지옥 보고서'는 '문학' 이전이면서 '문학'을 넘어선다는 느낌을 준다. 이러한 책을 읽으면서 새삼 한국의 친북 좌파 '문학'을 떠올리게 되는 것은 자연스러운 마음의 움직임이라고 하지 않을 수 없을 것이다.

돌이켜보면, 친북 좌파의 논리를 내세우는 작품들이 우리 문학계에 본격적으로 등장하기 시작한 것은 1980년대 중반부터였다. 친북 좌파가 운동권의 주류로 올라서게 된 것도 이 무렵부터였던 것으로 기억한다. 이처럼 문학계와 운동권에서부터 본격적으로 대두하였던 친북 좌파의 논리는 1990년대에 들어서면서 우리 사회 전체로 확산되어, 큰 영향을 미쳤다. 그러니까 친북 좌파 논리가 우리 곁에 커다란 비중으로 자리 잡아 온 세월도 20년 이상의 연륜을 기록하고 있다.

그 기간 동안 우리 사회는 이 친북 좌파 논리 때문에 줄곧 큰 손실을 입어 왔다. 그 손실은 정치, 경제, 사회, 외교 등등 실로 넓은 측면에 두루 걸쳐 있다. 그리고 또 한 가지, 그것들보다 눈에 잘 안 뜨이기 쉽지만 실제로는 어떤 다른 것 못지않게 중요한 손실이 있다. 바로 윤리적인 측면에서 우리 사회 전체가 입어 온 손실이다. 그것은 친북 좌파 논리가 횡행하는 세태 속에서, 윤리의 근간을 이루어야 하는 기본적 가치들의 훼손이 일상화된 데에 연유한다. 이것은 대략 세 가지로 이야기될 수 있다.

첫째, 자유, 인권, 민주주의, 법치 그리고 '기회의 평등'과 같은 가치들이 존중받아야 한다는 윤리적 당위가, 친북 좌파 논리에 의해 훼손되어 왔다. 북한은 위의 가치들 전부를 말살한 자리에서 성립 운용되어 온 체제이거니와, 이러한 체제를 옹호하는 친북 좌파 논리의 득세가 우리 사회 속에서 위의 가치들이 지니는 위상에 타격을 입히게 되는 것은 필연적인 귀결이었다.

둘째, 근본적으로 증오와 시기, 배타주의의 심리에 바탕을 두고 있는 북한의 체제와 이데올로기를 옹호하는 친북 좌파의 논리가 우리 사회에서 득세한 것은, 그러한 심리가 그 반대편의 심리를 누르고 더 큰 힘을 발휘하도록 부추기는 방향으로 작용했다.

셋째, 북한이 역사적 사실의 왜곡과 변조를 끊임없이 자행해 왔음에도 불구하고 이러한 북한을 옹호하는 친북좌파 논리가 우리 사회에서 득세했다는 것은, 우리 사회에서 사실의 왜곡이나 변조를 대수롭지 않게 받아들이는 풍조가 만연하도록 만든 한 원인이 되었다.

친북 좌파 논리에 물들었던 여러 분야들 가운데서도 문학은 위와 같은 윤리적 측면에서의 손실을 특히 크게 입었으며, 또한 우리 사회 전체에 걸쳐 그러한 손실이 더욱 악화되도록 만드는 데 큰 힘을 발휘했다. 문학이라는 것이 원래 윤리적인 요소를 큰 비중으로 함유하는 존재이기 때문에, 그렇게 될 수밖에 없었다.

그런데 이러한 친북 좌파 문학 가운데 상당수는 독자 대중의 인기를 끌어 왔고, 비평가들로부터도 후한 평가를 받아 왔다. 그 중 일부(예를 들면 조정래의 『태백산맥』 같은 작품)는 이미 거대한 문학사적 가치를 확보한 것으로 공인되어 있다시피 하다. 하지만 이런 문학 작품들이 그처럼 인기와 영광을 누려 왔다는 사실은, 진정한 윤리적 가치의 견지에서 보면, 20세기 후반기 한국문학의 수치로 기록되어야 마땅할 것이다.[1]

흥미로운 것은, 이러한 친북 좌파 문학의 주역들 가운데 지금까지도 기왕의 노선을 일관되게 고수하고 있는 사람은 거의 없다는 사실이다. 그러나 진지한 자기성찰의 자취를 보여주거나 분명하게 방향전환의 뜻을 밝힌 사람도 역시 없다. 다들 "시대가 바뀌긴 바뀐 모양인데, 지난일은 다시 논하지 말고, 대충 넘어가자"는 식의 자세를 취하고 있는 것이다. 그러면서도 과거에 친북 좌파 작품들을 통해 얻었던 인기와 영광은

---

1) 조정래의 『태백산맥』이 왜 철저한 비판의 대상이 되어야만 하는가를 나는 「조정래의 『태백산맥』이 역사를 왜곡했다는 주장」이라는 글에서 상세하게 설명한 바 있다. 이 글은 나의 책 『한국문학과 인간해방의 정신』(푸른사상, 2003)에 실려 있다. 94쪽 분량의 긴 글이다.

계속해서 즐기려고 한다.

이러한 그들의 자세는, 친북 좌파 운동권의 핵심을 이루었던 사람들 가운데 일부가 진지한 자기성찰과 명시적인 방향전환의 과정을 거친 후 윤리적 가치에 충실한 활동가로 새로운 삶을 살고 있는 모습과 인상적인 대조를 보여준다.

이러한 일들이 벌어지고 있는 동안, 우리 문학의 주류는 어느 새, 다분히 개인적이고 일상적인 삶의 영역에 관심을 집중하거나 존재론적인 차원의 탐구에 주력하는 경향으로 변모했다. 이것은 그 나름으로 의미있고 자연스러운 변화이다.

하지만 이러한 문학과 나란히, 앞에서 언급된 윤리의 기본적 가치들을 문학의 언어로 올바르게 살려내는 길을 찾기 위해 고민을 거듭하면서 역사와 이데올로기의 세계에 정면으로 맞부딪치는 문학도 누군가에 의하여 개척되어 가야 할 것이다. 그러한 문학을 활발하게 창조해 내는 것이야말로 20세기 말의 친북 좌파 문학이 남긴 불명예의 기록을 씻는 길이 되기도 할 터이다.

이러한 문제의식을 가지고 새로운 문학의 길을 열어 가고자 하는 사람에게, 문학 이전이면서 또한 문학을 넘어서는 존재로 느껴지는 신동혁의 『세상 밖으로 나오다』와 같은 책은 참으로 뜻깊은 시사를 다양하게 던져줄 것이다. 수많은 사람들이 막연하게 되뇌곤 하는 '통일 문학'이라는 것도, 그것이 진정 윤리의 근본을 살리는 방향에서 시도되는 '문학'이고자 한다면, 바로 이런 책의 메시지에 귀 기울이는 데서 시작해야 하는 것이 아닐까.

문학, '대중의 검열'을 두려워 말아야

1968년 초,『조선일보』지면을 주된 무대로 하여, 평론가 이어령과 시인 김수영 사이에 전개되었던 유명한 논쟁이 있다. 거기서 다루어졌던 쟁점은 "문학의 자유에 대하여 적대적인 상황 앞에서 문학인은 과연 어떤 자세로 임해야 하는가?"라는 것이었다. 이 문제를 놓고 벌였던 두 사람의 논쟁은 그 당시 우리 문학의 지적 수준을 대표할 만한 무게를 갖는다.[1]

그런데, 곰곰 생각해 보면, 위와 같은 문제는 비록 세부적인 차이는 있을지언정 근본적으로는 똑같은 방식으로 오늘날의 문학인들에게도 여

---

[1] 이 논쟁에 대해서는 지금까지 다수의 논문들이 씌어진 바 있거니와, 그 중에서 가장 상세한 논의를 담고 있는 것은 바로 나 자신이 쓴 것이다. 나의 저서『한국문학 속의 도시와 이데올로기』(태학사, 1999)에 수록되어 있는「1960년대 말의 '참여' 논쟁에 관한 고찰」이 바로 그 글이다. 이 글은 (1) 이어령－김수영 논쟁과 (2) 선우휘의 글「현실과 지식인」(『아세아』창간호, 1969. 2)을 중심으로 벌어졌던 논쟁 등 두 개의 논쟁을 다룬 것으로, 총 97페이지의 분량을 가지고 있다. 이 글에서 내가 상세한 논증의 과정을 거쳐서 밝혀낸 사실 가운데 한 가지는, 김수영의 논쟁문들이 "글의 전반부와 후반부 사이에서 모순을 일으킨다든가, 느닷없이 환상적 낙관론으로 비약해 버린다든가, 같은 용어를 이런 뜻으로도 썼다가 저런 뜻으로도 썼다가 하면서 아무런 설명을 붙이지 않는다든가 하는 등등의"(p.227) 심각한 오류들을 여럿 포함하고 있다는 점이다. 이런 점들을 냉정하게 짚어보고 나면, 지금까지 김수영의 논쟁문들이 부당한 과대평가를 받아 왔다는 결론에 도달하는 것이 불가피해진다.

전히 던져지고 있는 것이다. 그 점을 염두에 두면서 그 때의 논쟁문들을 정독해 볼 때 무엇보다도 인상적으로 다가오는 부분은 당시의 수많은 문학인들이 '대중의 검열자'를 겁내고 있다고 지적한 이어령의 발언이다.

지금에 와서 볼 때 이 부분이 가장 인상적인 이유는, 그 논쟁이 있은 후 수십 년의 세월이 흐르는 동안, 그 논쟁에서 언급된 다른 두 가지 억압적 요소들 중 첫 번째 항목인 '정치권력의 탄압'은 많이 약화되었고 두 번째 항목인 '상업주의의 횡포'도 얼마쯤 극복되었지만 바로 이 '대중의 검열자' 문제만은 아무런 변화 없이 지속되고 있기 때문이다.

이어령이 '대중의 검열자' 문제를 거론하면서 구체적으로 든 예는, '공산주의 국가에서 벌어지고 있는 인권 탄압을 비판하면 우리 사회 내에서 어용 문학인으로 몰리지 않을까 하는 두려움'이었다. 이런 종류의 두려움은, 다시 말하지만, 오늘날의 대다수 문학인들 사이에서도 그대로 남아 있는 것이다.

이어령이 사용한 '대중의 검열자'라는 표현을 좀더 익숙한 말로 바꾸면 '다수의 통념'이 될 것이다. 이 통념에 정면으로 맞서는 작품을 발표하는 것이 문학인들에게는 두려운 일로 남아 있다는 얘기다.

예를 들어, 유능하고 정력적이며 그렇기 때문에 많은 수입을 올리는 기업인들을 긍정적으로 다룬 작품을 발표하는 것은 두려운 일이다. 그런 긍정적 기업인이 엄연히 존재하며 그들의 존재가 현대 사회에서 분명 중요한 역할을 수행하고 있음에도 불구하고 그러하다. 그런 작품을 발표했다가는 독자들로부터 '자본주의 체제의 어용 문인'으로 비난당할 거라는 두려움이 있는 것이다. 그러니까 미국 작가 에인 랜드의 야심적 대작 『아틀라스』(원제 : Atlas Shrugged)와 같은 작품이 우리나라에서는 나오기가 어렵다.

노조의 횡포 때문에 정작 노동자가 피해를 입고 고통을 겪는다는 내용의 작품을 발표하는 것도 두려운 일이다. 현실 속에 그런 사례가 실제로 있으며 그것이 중요한 사회적 의미를 함축하는 것임에도 불구하고 그러하다. 그러니까 영국 작가 앤소니 버제스의 화제작 『1985년』과 같은 작품이 우리나라에서는 나오기가 어렵다.

해방 직후에서 6·25까지의 기간 동안에 전개된 좌익과 우익의 역사적 투쟁을 다룰 때, 좌익쪽의 폭력성과 과오가 우익쪽의 그것보다 훨씬 컸다는 것이 엄연한 진실이라 하더라도, 그 점을 작품 속에 정직하게 반영하는 것은 여전히 두려운 일이다. 자칫하면 극우니 파쇼니 하는 말로 공격당할지 모른다는 공포가 있기 때문이다.

바로 이런 종류의 공포를 극복하고, 대중의 통념이 어떠하든, 리얼리스트의 관점에서 포착된 '의미 있는 것'이라면 망설임 없이 작품세계 속에서 살려내는 용기야말로, 우리 문학인들이 문학의 자유를 제대로 확보하기 위하여 마지막으로 갖추어야 할 덕목이다. 그 점을 새삼 확인하게 되는 것이, 수십 년 지난 논쟁을 끄집어내어 음미해 보는 일의 보람 가운데 하나이다.

위와 같은 사실을 지적하면서, 마지막으로 한 가지 덧붙여 말해 둘 것이 있다. 그것은 궁극적으로는 다수의 통념을 형성하는 대중들 자신도 바뀌어야 한다는 점이다. 대중들 자신도 현실의 참모습 앞에 마음을 열 줄 아는 존재로, 역사적 진실에 대해 리얼리스트의 시각을 가질 수 있는 존재로, 거듭나야만 한다.

여섯 권의 책

1. 한 미국인이 동양의 지혜를 만나 구원받다
― 서머싯 몸의 『면도날』

영국의 소설가 서머싯 몸(1874~1965)은 전 세계에 걸쳐 수많은 애독자를 가지고 있는 인기작가이다. 그의 소설들은 풍부한 이야기의 재미를 선사하는 가운데 인간의 본성에 대한 날카로운 통찰을 다각도로 과시하는, 세련된 지적 문학의 진수를 보여준다. 그러나 대부분의 경우, 깊고 큰 울림 같은 것은 없다. 도스토예프스키나 토마스 만 같은 작가의 걸작에서 우리가 만나게 되는, 영혼의 심부(深部)가 뒤흔들리는 것 같은 감동은, 몸의 세계와는 별다른 인연이 없다. 일찍이 김윤식은 몸에 대해 언급하는 자리에서 '늙고 꾀많은 몸'1)이라는 표현을 쓴 바 있는데 몸 문학의 전반적인 특징을 아주 적절하게 드러낸 표현이라고 생각된다.

그러나 몸이 만 70세 되던 해인 1944년에 발표한 장편소설 『면도날』은 몸의 많은 소설들 중에서도 자못 색다른 빛을 발하고 있는 작품으로,

---

1) 김윤식, 『낯선 신을 찾아서』(일지사, 1988), p.104.

특별한 논의를 필요로 하는 존재라 할 수 있다. 이 작품에서는 심오한 초월적 영성(靈性)의 세계에 대한 작가의 열정 어린 관심과 높은 수준의 이해가 나타나 있기 때문이다.2) 그런 한편으로, 위에서 말한 몸 소설의 일반적인 장점 즉 '풍부한 이야기의 재미'와 '인간의 본성에 대한 날카로운 통찰'도 잘 살려져 있다. 그러면서 이러한 두 가지 측면, 즉 '『면도날』에서만 독특하게 발견되는 측면'과 '몸 소설의 일반적인 장점에 해당하는 측면'이 서로 자연스럽게 융합되어 전체적으로 통일성을 이루고 있다는 사실도 지적되어야 할 것이다.

이 작품은 일인칭으로 진행되는 소설이다. 일인칭으로 등장하는 화자는 영국 국적의 소설가이다. 그러니까 몸 자신을 연상시키는 인물인데, 사실은 그 정도가 아니라 아예 몸이라는 실명이 나오고, 그의 작품도 언급된다. 물론 그렇다고 해서 『면도날』이라는 소설 자체의 내용이 작가의 체험을 그대로 반영한 것이라고 생각한다면 그것은 착각이다. 방금 말한 몸이라는 이름의 화자의 존재는 이 작품의 내용에 대한 독자들의 무의식적인 신뢰도를 최대한도로 높이기 위해 몸이 '늙고 꾀많은 작가'다운 재치를 발휘하여 만들어낸 장치로 보면 충분하다.

이런 장치를 만들어 놓고서 몸은 소설 속에서 그 화자와 친밀한 교류를 가진 몇 사람의 미국인들이 약 20년의 기간에 걸쳐서 그려 나가는 삶의 궤적을 보여준다. 그 기간은 제1차 세계대전이 끝날 무렵에서부터 제2차 세계대전이 시작될 무렵까지에 이르는 기간이다. 화자와 교류를 가진 미국인들은 모두 교양 있는 중산층 혹은 그 이상의 신분에 속하는 사람들이지만 성격이라든가 인생관, 그리고 결과적으로 도달하게 되는

---

2) 이러한 소설의 제목이 왜 '면도날'인가에 대한 해답은 이 작품의 서두에 실려 있는 『카타우파니샤드』로부터의 인용문에서 찾을 수 있다. 그 문장은 다음과 같다: "면도칼의 날카로운 칼날을 넘어서기는 어렵나니./ 그러므로 현자가 이르노니, 구원으로 가는 길 역시 어려우니라." 서머싯 몸, 『면도날』(안진환 역, 민음사, 2011), p.7.

사회적 위치에 있어서는 각자 뚜렷한 개성과 다채로운 편차를 보여준다. 몸은 그처럼 다채로운 편차를 가진 여러 인물들 사이에서 빚어지는 인생 드라마를 능숙한 솜씨로 전개하고 있는데, 이 자리에서는 그들 중에서도 가장 중요한 인물, 래리 대럴 한 사람에게 초점을 맞추어 보기로 한다.

래리는 원래 그 명랑함과 건실함으로 해서 누구에게나 호감을 주기는 하지만 전체적으로 보면 평범한 청년이었다. 그런 그가 제1차 세계대전에 참전하여 인생관이 뒤흔들리는 체험을 겪는다. 특히 그의 전우가 그의 생명을 구해 주고 대신 죽은 사건은 그의 내면에 도저히 지울 수 없는 흔적을 남긴다.

전쟁이 끝난 후 제대한 그에게는 좋은 취직 자리가 주어지지만 그는 그것을 거절한다. 그는 죽음과 삶의 본질, 선과 악의 근본 성격, 신의 본성 등등 가장 근원적인 문제들에 대한 의문을 해결하는 데 전력투구하는 삶을 살기로 작정한 것이다. 그에게는 사랑하는 약혼녀가 있었는데 두 사람 사이의 애정에는 아무런 변화가 없지만 결국 두 사람은 맺어지지 못한다. 약혼녀 이자벨은 래리의 친구 그레이와 결혼하고 나름대로 행복한 삶을 산다. 래리는 약간의 연금으로 생계를 유지하면서 치열한 구도자의 길을 계속 간다. 파리로, 독일로 떠돈다. 체험의 공간을 넓히기 위해 막노동을 하기도 한다. 가톨릭의 수도원에 들어가서 경건한 종교적 공동체 생활을 경험해 보기도 한다. 그러나 자신의 내면에서 끝없이 솟아오르는 의문에 대한 답을 발견하지 못하고 거기를 떠난다.[3]

---

3) 래리는 그가 왜 신에 대한 기독교의 교리를 받아들일 수 없었는가 하는 점을 화자와의 대화 속에서 상세히 설명하고 있다(위의 책, pp.421∼424). 이 대목은 정독할 만한 가치가 있다. 그 내용을 간단히 요약해 보면 아래와 같은 다섯 가지로 정리될 수 있다.
　(1) 기독교에서는 신이 그 자신의 영광을 위해 이 세상을 창조했다고 말한다. 그러나 영광 따위는 대수로운 것이 아니다. 베토벤을 생각해 보라. 그는 자기의 영광을 위해 그 많

그러다가 인도에 가서 새로운 세계를 발견한다. 아쉬람이라는 독특한 영적 공간에서 수년을 지내며 명상과 수행의 삶을 익힌다. 또 성(聖) 가네샤라는 현자로부터 뜻깊은 가르침을 받는다. 이러한 과정을 거친 후의 어느 순간 그는 이를테면 위대한 선사(禪師)들이 화두(話頭) 수행 끝에 도달하는 돈오(頓悟)의 경지와도 같은 법열과 영적 각성의 체험을 한다. 그 체험 이후 그는 완전한 마음의 평정을 얻고, 전에 없던 영적 통찰력을 획득한다.

이런 존재가 되어 서양 세계로 돌아온 그는 그때까지 나오던 연금도 끊고 완전한 무소유의 상태에 들어가 자유인의 삶을 살기로 결심한다. 기계를 다루는 기술이 있으니 먹고 사는 데에는 지장이 없다고 생각한다. 일단 프랑스에서 남은 일들을 정리한 다음에는 미국으로 돌아가기로 마음먹는다. 미국에 가서는 트럭 운전기사가 되어 온갖 곳을 자유롭게 돌아다닌 후, 택시 기사가 되어서 뉴욕에 정착하기로 계획을 세운다.

은 명곡을 작곡한 것이 아니라, 자기 영혼 속에 있는 음악이 표현을 요구했기 때문에 작곡한 것이며, 그 일에 최선을 다한 것일 뿐이다.

(2) 「주기도문」에 신에게 일용할 양식을 달라고 비는 내용이 들어 있는 것은 이상하다. 세상의 어린애들이 자기 아버지에게 먹을 것을 달라고 애원할까? 그들은 그 정도는 당연한 일로 생각하고 기대한다. 그리고 실제로 먹을 것을 주었을 때 별로 고마워하지도 않으며, 사실 그럴 필요도 없다. 신이 인간을 창조했다면 세상의 정상적인 아버지들이 자식들에게 해주는 정도의 서비스는 알아서 해주어야 할 것이 아닌가?

(3) 점잖은 사람이라면, 누군가가 자기의 면전에서 자기를 칭찬할 경우, 쑥스러워할 것이다. 하물며 신이 그런 것을 바랄까? 구차하게 아첨을 하면서 구원을 비는 인간 부류를 신이 좋아할까?

(4) 아무리 흉악한 악인이라 해도 그를 영원한 지옥에 떨어뜨리는 것은 너무 잔인하다. 선한 신이 그런 짓을 할 수 있을까? 악이라는 것들 중 많은 경우 유전이나 환경에 그 책임이 있다는 사실을 감안하면 더더구나 그럴 수는 없을 것 같다. 뿐만 아니라 인간을 그런 존재로 창조한 자는 바로 신 자신이다. 인간이 죄를 짓게 되어 있다면 그것도 신의 뜻이다. 그런데 웬 지옥인가?

(5) 어떤 사람에게 심부름을 하도록 지시하여 보내 놓고서 그의 도정에 일부러 온갖 장애물을 설치해 놓는다면 누구라도 이상한 행동이라고 할 것이다. 시련과 은총에 대한 기독교의 교리는 신을 바로 그런 짓이나 하는 존재로 만드는 이론이다.

『면도날』에 나오는 래리의 행적은 여기서 끝난다. 화자는 위와 같은 단계에 있던 래리를 파리에서 마지막으로 우연히 만난 후 더 이상은 그를 만나거나 그의 소식을 듣지 못했다고 말하면서 이야기를 매듭짓고 있다. 그러나 사실 우리가 래리를 이해하고, 그를 통하여『면도날』의 작가 몸이 말하고자 했던 바를 음미하는 데에는 이것으로 충분하다.

몸은『면도날』에서 래리라는 인물을 창조하고 그를 이 소설의 중심이 되는 자리에 놓음으로써 앞서 말한 것처럼 '심오한 초월적 영성(靈性)의 세계에 대한 열정 어린 관심과 높은 수준의 이해'를 보여주었다. 그런데 이러한 방면에 대한 관심과 이해라는 것은 역시 앞에서 말했던 바와 같이 몸의 다른 소설들에서는 찾아보기 어려운 요소이다. 그러면 어찌하여 몸은 이 작품에서 그처럼 몸에게서는 다소 생소하다고 해야 할 면모를 보여주게 되었던 것일까?

이 물음에 대해서는 우선 몸 자신이 1938년에 처음으로 인도를 가 보고서 깊은 감명을 받았다는 사실을 가지고 답할 수 있을 것이다. 그러나 인도 여행의 결실이 제2차 세계대전이 한창이던 1944년이라는 시점에서, 다름 아닌 래리와 같은 인물의 창조라는 형태로 나타나게 된 좀더 구체적인 내면적 이유에 대해서는, 일찍이 1987년에『면도날』을 번역했던 윤종혁이 그의 해설에 적어놓은 다음과 같은 말을 통해 분명한 해답을 찾아볼 수 있을 것 같다.

주인공 래리의 전쟁 체험은 제1차 대전을 무대로 하고 있다. 그러나 물론 문제는 영원적인 그것이다. 바야흐로 제2차 대전이라는 같은 전쟁의 운명 속에서 살기를 강요당하고 있던 미국 청년들이 이 근원적인 문제에 깊이 감동받았으리란 것은 쉽게 이해할 수 있을 것이다. 아마도 그것은, 이미 자신은 70세에 가까운 노인이었다고는 하지만, 손자 같은 수백만 청년의 청춘이 날마다 유혈의 싸움터에서 쓰러져 가는 것을 보고

들고 있던 몸 자신으로서도 역시 근원적인 문제였는지도 모른다.[4]

이상과 같은 연유로 해서 몸이 창조해 내고 『면도날』이라는 소설의 중심 인물로 내세운 래리는 여러 가지 면에서 우리가 주목할 만한 가치가 있는 인상적인 인물임에 틀림없다.

첫째로 그는 죽음과 삶의 본질, 선과 악의 근본 성격, 신의 본성 등등 가장 근원적인 문제들에 대해 서양의 종교나 철학이 전통적으로 제공해 온 해답들로부터 만족을 얻지 못하고 동양의 지혜에로 눈길을 돌려 탐구를 계속한 끝에 비로소 참다운 마음의 평화를 얻는 데 성공한 서양인으로 우리 앞에 나타난다. 바로 이런 서양인이 오늘날에는 엄청나게 증가하고 있다는 사실을 우리는 잘 알고 있거니와, 일찍이 1930년대에 이미 이러한 길을 걸어갔던 래리는 그런 점에서 하나의 큰 흐름을 앞장서서 열어보인 한 사람의 선구자로 자리 매김될 수 있는 셈이다.

둘째로 그는 가난과 무명(無名)에 대해 조금도 두려움을 품지 않고 사회적 지위의 높고 낮음에 개의치 않으며 오로지 자신의 내면에 간직된 진정한 보화에 대한 확신에만 의거하여 밝게, 또 건강하게 살아나가는 자유인의 초상으로 우리 앞에 나타난다. 그는 원래부터 명랑하고 건실한 청년의 면모를 지니고 있었으며 구도의 길을 걷는 과정에서도 그러한 면모를 잃어버린 적이 없었거니와 인도에서의 체험을 통해 정신적 깨달음에 도달한 다음에는 그러한 면모에 다시 더 높은 경지의 평화로움과 자유로움이 부가된다. 이러한 인물과 같은 경지를 누구나 쉽게 공유할 수는 없는 것이겠지만, 『면도날』에서 이러한 그의 모습을 대하는 많은 독자들의 마음속에서 — 특히 젊은 독자들의 마음속에서 — 그가 가능하다면 본받고 싶은 소중한 모델로 남을 것임에는 틀림없으며 그 정도만

---

4) 윤종혁, 「해설」, 서머싯 몸, 『면도날·단편』(윤종혁 역, 금성출판사, 1987), p.505.

으로도 몸은 많은 독자들의 삶에 의미 있는 기여를 한 셈이라고 말할 수 있을 것이다.

셋째로 그는 자신이 터득한 삶의 경지를 가능하면 다른 사람들에게도 전해주고자 하는 의지를 가지고 있다. 이러한 그의 의지는 앞으로의 성과에 대한 지나친 기대와도, 자신이 도달한 경지에 대한 자만과도 무관하다. 그것은 인간의 일반적인 수준과 속된 세상의 일반적인 현실에 대한 정확한 인식을 동반하고 있기에 그 성과를 쉽게 낙관하지 않으며, 자신이 도달한 경지에 대한 겸손한 인식을 동반하고 있기에 자만에 물들어 있지 않다. 그러면서도 그의 의지 자체는 확고하다. 그것은 위에서 말한 그의 밝음과 건강함에 바탕을 두고 있는 확고함이다. 『면도날』에서 화자와 래리 사이에서 교환되는 대사 가운데에는 이런 그의 확고한 의지를 보여주는 부분이 있는데 그것은 조금 길게 인용할 만한 가치가 있다고 생각된다.

"저는 인간이 세울 수 있는 가장 위대한 이상이 자기완성이라고 생각하거든요."

"고귀한 이상이지, 래리."

"그렇다면 그것을 추구하려 노력하는 게 가치 있는 일이 아닐까요?"

"하지만 자네 혼자 그렇게 살아간다고 해서 미국인들에게 조금이라도 영향을 미칠 수 있을 것 같나? 미국인들은 늘 들떠 있고 부산하고 무지막지한 사람들이야. 게다가 극도로 개인주의적이지. 차라리 맨손으로 미시시피 강물을 막는 게 나을 걸세."

"시도는 할 수 있잖아요. 물레도 한 사람의 머리에서 나온 거고, 만유인력의 법칙을 발견한 것도 한 사람이었어요. 이 세상에 일어나는 일들은 모두 작게나마 영향력을 갖고 있게 마련이죠. 연못에 돌 하나를 던져도 이 우주는 돌을 던지기 전의 우주와 똑같다고 할 수 없습니다. (…) 한 인간이 고결하고 완벽해지면 그런 성품의 영향력이 널리 퍼져서 진리를 찾는 사람들이 자연적으로 그 사람에게 이끌리게 됩니다. 제가 나름의 계획을 세우고 그대로 삶을 이끌어 나간다면, 다른 사람들에게 영향을 미칠 수도 있죠. 물론 영향이라고 해 봐야 연못에 돌을 던졌을 때 작은 물결이 이는 것처럼 아주 미미할 겁니다. 하지만 하나의 물결은 또 다른 물결을 일으키고, 그것은 그다음 물결로 이어지죠. 그렇게 되면 몇몇 사람들이나마 제 생활 방식이 행복과 평화를 준다는 점을 깨닫고 자신이 배운 것을 다른 사람들에게 가르쳐 줄 수도 있잖아요."5)

지금까지 『면도날』의 중심 인물인 래리가 우리의 주목을 끌 만하다고 생각되는 이유를 세 가지로 설명해 보았거니와 이와 같은 인물을 만날 수 있게 해 준다는 점만으로도 『면도날』은 소중한 문학적 가치를 지닌다. 그러나 『면도날』은 이 밖에도 다양한 측면에서 흥미와 감동을 불러일으킬 수 있는 작품이다. 예컨대 이 작품에 나오는 또 다른 인물 엘리엇 템플턴과 관련해서 윤종혁은 "오늘날 이 작품을 읽고 가장 압권이라고 생각되는 것은 뭐니 뭐니해도 엘리엇 템플턴이라는 인간성의 창조다"6)라고 단언하고 있거니와 이 '미워할 수 없는 속물' 엘리엇의 면모를 중심에 놓고서도 우리는 많은 이야기를 해 볼 수 있을 것이다. 『면도날』이라는 소설의 매력은 그만큼 복합적이고 다면적인 것이다.

2. 진정한 양성 평등을 향하여
– 거다 러너의 『역사 속의 페미니스트』

인류의 역사를 살펴보면, 그 어떤 분야에서나, 창조적 업적으로 이름

---

5) 서머싯 몸, 앞의 책, pp.464~465.
6) 윤종혁, 앞의 글, p.507.

을 남기고 있는 사람은 대부분이 남성이다. 철학의 역사나, 과학의 역사나, 예술의 역사나, 어떤 또 다른 분야의 역사나 다 마찬가지이다. 적어도 20세기 이전까지의 경우는, 어느 지역이거나를 막론하고, 예외 없이 그러하였다. 이름난 여성 철학자, 여성 과학자, 여성 예술가의 존재를 20세기 이전의 인류사 속에서 도대체 얼마나 찾아볼 수 있는가?

이것은 여성의 창조적 활동을 억압하는 성차별적 가부장제가 인류 역사의 대부분에 해당하는 기간 동안 전 세계적인 범위에 걸쳐서 얼마나 강한 힘으로 군림해 왔는가를 증명하는 현상이다. 실제 창조적인 업적을 이룩할 수 있는 능력에 있어서 여성이 남성보다 조금도 뒤떨어지지 않는다는 것은 성차별적 가부장제의 위력이 이전보다 감퇴된 곳이라면 어디에서나 확인되는 진실이다. 이러한 진실이 그토록 오랜 기간 동안, 그토록 광범한 지역에서 일관되게 무시되어 왔다는 것은 인류사의 참으로 아픈 부분 가운데 하나가 아닐 수 없다.

그러나 이제는 상황이 달라졌다. 위에서 나온 이야기 가운데서 이미 20세기는 예외에 해당한다는 점이 시사된 셈이지만, 사실 20세기는 성차별적 가부장제의 위력이 감퇴되기 시작하고 거기에 비례해서 여성의 창조적 역량이 서서히 빛을 보기 시작한 시대로, 인류사의 한 전환점에 해당한다는 이야기가 가능할 것이다. 그리고 이처럼 20세기에 일단 전환점을 통과하고 난 인류의 역사는 그 이후로 충분히 빠르지는 않지만 그러나 흔들림 없이 안정된 발걸음으로 꾸준하게 '진정한 양성 평등'의 고지를 향해 나아가고 있는 중이다.

인류의 역사가 이처럼 성차별적 가부장제의 절대적인 위력이 지배하던 시대를 벗어나고 그것으로부터 해방된 진보의 시대를 향해 나아가는 걸음을 내디딜 수 있었던 데에는 다양한 원인이 작용하였다. 그 다양한 요인들 가운데서도 특별히 우선적으로 기억되어야 할 것은, 성차별적 가부장제가 군림하던 시대에 거기 맹목적으로 복종할 것을 거부하고 나름 대로의 최선을 다해 창조적 작업을 수행하고자 했던 선구적 여성들의 노력이다. 그러한 여성들의 노력은 대부분 부당하게 폄하당하거나 무시되었으며, 심지어는 혹독한 박해에 직면하기도 했다. 하지만 온갖 시련에도 불구하고 그들의 노력은 완전히 멈춘 적이 없었다. 이들의 노력에 의해서 20세기 이전의 여성 철학사, 과학사, 예술사는, 그리고 또다른 분야의 역사들도, 그나마 완전한 암흑에 빠지는 것을 모면할 수 있었던 셈이다.

현대 미국의 저명한 여성 역사학자인 거다 러너는 1993년에 출간한 그의 명저 『역사 속의 페미니스트』(김인성 역, 평민사, 1998, 원래의 제목은 *The Creation of Feminist Consciousness*) 속에서 바로 이런 선구적 여성들의 노력이 남긴 자취를 광범위하게 수집, 조사하여 검토하고 체계적으로 정리하면서 그 의의가 무엇인지를 밝혀 보이고 있다. 비록 이 책에서 다루어지고 있는 대상 지역은 유럽과 미국으로 한정되어 있지만, 그와 같은 한계에도 불구하고, 이 책은 우리에게 인류 역사의 보편적인 진실을 일깨워 주는 힘을 가지고 있다. 성차별적 가부장제의 횡포와 그것으로 인한 여성들의 수난, 그리고 그러한 수난자의 처지로부터 벗어나고자 하는 선구적 여성들의 노력이라는 것은, 그 본질적인 점에 있어서는, 어느 지역에서나 동일한 것이었기 때문이다.

러너가 이 책에서 언급하고 있는 선구적 여성들은 그들의 노력을 전개하는 과정에서 숱한 어려움을 겪었다. 위에서 이미 나왔던 표현을 다시 한 번 쓰자면, 그들은 대부분 부당하게 폄하당하거나 무시되었고, 어떤 경우에는 혹독한 박해에 시달리기도 했던 것이다. 그런 가운데서도 그들은 줄기차게 자신의 노력을 계속하였다.

그런데 이처럼 자신들의 노력을 중단하지 않고 계속해 가는 가운데에서 그들은 또 한 가지 심각한 어려움에 직면해야만 했다. 그것은 한 시대의 선구적 여성들이 노력한 결과로 이루어진 성과가 그 다음 시대의 여성들에게 '계승'되고 그러한 '계승'의 과정이 자연스럽게 '성과의 축적'과 '그 축적에 바탕을 둔 발전'으로 이어진다고 하는, 너무나도 당연한 이야기가, 이들에게는 적용되기 어려웠다는 점이다.

이 점을 조금 더 부연 설명하자면 다음과 같다. 선구적 여성들은 어디에서나 성적 편견으로 가득 찬 가부장제 체제의 신봉자들에게 에워싸인 채, 고립된 상태로 자신의 노력을 전개할 수밖에 없었다. 그랬던 만큼, 그들의 노력은 제대로 후대에까지 전해질 수 없었다. 한 시대의 선구적 여성들에 의해 이루어진 업적이 후대의 여성들에 의해 확인되고, 검토되고, 논의된다는 것은 기대하기 어려웠던 것이다. 하긴 같은 시대를 사는 복수의 선구적 여성들 간에 상호 교류와 토론, 협력이 이루어지는 것조차 거의 불가능한 마당에, 후대에까지 이어지는 연결고리라는 것이 어떻게 제대로 확보될 수 있었겠는가? 그러니 '계승'이라는 것이 이루어지기 어려웠고, 당연히 '성과의 축적'도, '그 축적에 바탕을 둔 발전'도, 이루어지기 어려웠던 것이다.

사정이 이러하였으므로, 선구적 여성들은 대부분의 경우 가장 기초적인 원점에서부터 그들의 노력을 시작해야만 했다. 갈릴레이의 업적을 바탕으로 해서 뉴턴이 한 걸음을 더 전진한 것과 같은, 남성들 사이에서는 일상적으로 일어나는 발전의 과정을 선구적 여성들은 체험할 수 없었던 것이다.

러너의 이러한 설명을 따라가다가 보면, 우리나라 작가인 김신명숙이 쓴 소설 『불꽃의 자유혼 허난설헌』의 머리말에 나오는 다음과 같은 구절이 연상된다.

> 고독하고, 불안하고, 가혹한 처벌이 따르고, 매번 흔적도 없이 사라지
> 거나 겨우 희미한 자취만을 남길 뿐인 모래성 쌓기.
> 　지금까지 진정한 여성의 역사는 그처럼 단절된 채 반복되면서 계속 지
> 워지고 은폐되어 왔다.[7]

실제로 러너가 그의 책에서 이야기하고 있는, 유럽과 미국의 수많은 선구적 여성들이 겪어야 했던 이러한 어려움은, 충분히 예상할 수 있는 바이지만, 우리나라의 경우에도 고스란히 적용되는 것이었다. 이혜순의 노작인 『조선조 후기 여성 지성사』(이화여대 출판부, 2007)를 읽어 보면 그 점을 선명하게 알 수 있다.

이혜순의 이 저서는, 18세기와 19세기에 걸친 기간 동안 우리나라에서 태어나 살다 간 몇몇 뛰어난 선구적 여성들이, 그 당시 예외 없이 막강한 힘으로 이 땅에 군림하고 있던 성차별적 가부장제 아래에서 각자의 창조적 역량(그 가운데서도 특히 지적인 방면의 역량)을 키우고 발휘하려는 노력을 어떤 양상으로 펼쳐 보였는가를 차분하게 검토하고 있는 책이다. 그런데 이 책에서 다루어지고 있는 여러 선구적 여성들 가운데서 후대의 사람이 전대 사람의 업적을 조금이라도 알고 언급한 사례는 강정일당이 임윤지당의 예론(禮論)에 대해 언급한 경우 하나밖에 나오지 않는 것이다.

이처럼 우리나라의 경우이거나 러너가 직접 다루고 있는 유럽 및 미국의 경우이거나를 막론하고, 성차별적 가부장제의 억압을 뚫고 창조적인 작업을 수행하고자 했던 선구적 여성들이 앞 시대 사람들로부터의 감화나 격려도, 동시대인들과의 교류도, 다음 시대 사람들에게 미칠 영향력에 대한 확신도 기대하기 어려운 상황에서 '모래성 쌓기'를 되풀이

---

7) 김신명숙, 『불꽃의 자유혼 허난설헌』(금토, 1998), pp.10~11.

하는 것과 같은 용기와 열정으로 그 모든 어려움을 이겨나갔다는 사실은 오늘을 사는 우리들에게 감동을 불러일으키기에 충분하다. 그리고 그 감동은, 앞에서 말한 '진정한 양성 평등'의 고지를 향한 우리의 전진을 더욱 서둘러야 하겠다는 다짐으로 이어질 수 있을 것이다.

3. 한국 경제를 위기에서 구출한 사람
– 남덕우 외, 『80년대 경제개혁과 김재익 수석』

1983년 10월 9일, 미얀마의 아웅산 묘소에서 폭탄 테러 사건이 발생했다. 동남아시아 순방길에 나선 한국의 전두환 대통령을 노린 테러였다. 이 테러를 기획하고 주도한 사람은 북한의 김정일이었다. 김정일이 어떤 부류의 인간인가를 온 세계에 소름끼치도록 생생하게 알려준 최초의 계기가 바로 이 테러 사건이었다. 전두환이 아웅산 묘소에 도착하기 전에 폭탄이 터졌기 때문에 테러의 목적은 달성되지 못했다. 그러나 참으로 불행하게도, 현장에 미리 와 있던 한국의 고위 관료 17명이 희생되었다. 이들 가운데 김재익이 있었다. 당시 대통령 경제수석비서관으로 재직하고 있던 인물이었다.

그로부터 20년이 지난 후, 『80년대 경제개혁과 김재익 수석』이라는 책이 나왔다. 오랜 세월이 흘렀음에도 불구하고 김재익을 잊지 못한 주변의 사람들이 뜻을 모아 만든 책이다.

김재익은 어떤 사람인가? 그는 1938년생이다. 6·25 때 아버지가 인민군에게 희생당하고 세 형마저 행방불명이 된 가정에서 가난하게 자랐다. 경기고 2학년을 마치고 서울대 정치학과에 합격했다. 서울대에서 국제관계 전공으로 석사학위를 취득한 후 하와이 대학에 유학하여 경제학으로 다시 석사학위를 받았다. 스탠포드 대학에서 경제학 박사학위와 통계학 석사학위를 한꺼번에 취득했다. 한국은행에 근무하다가 남덕우 경제기획원 장관의 권유로 공직생활을 시작했다. 그가 경제기획원의 기획국장으로 재직하고 있던 시기에 제5공화국이 들어섰다. 제5공화국의 주역으로 등장한 전두환은 경제에 문외한이었다. 그런 그에게 김재익을 추천한 사람이 있었다. 김재익은 전두환의 '경제 가정교사'가 되었다. 전두환이 김재익에게 "경제는 당신이 대통령이야"라는 말을 했다는 이야기가 널리 퍼질 정도로 전두환의 김재익에 대한 신임은 깊었다. 그 신임을 등에 업고 김재익은 죽을 때까지 이 나라 경제의 실질적인 사령탑 역할을 담당했다.

김재익이 경제정책을 이끌어 나가는 자리에 막 올라섰을 무렵, 이 나라의 경제는 중대한 위기에 직면해 있었다. 5·16 혁명 이후 20년 가까운 기간 동안 경제정책의 기조를 이루어 왔던 관(官) 주도의 성장제일주의 정책이 벽에 부딪혀 좌초한 상태에서 엄청난 혼란이 발생했다. 1980년에는 1960년 이후 처음으로 마이너스 성장이 기록되었다는 사실 하나만 보아도 당시의 상황이 얼마나 심각했던가를 짐작할 수 있다. 바로 이런 시기에 김재익이 경제정책의 지휘봉을 잡았다는 것은 이 나라의 축복이었다.

무엇보다도 그에게는 성장제일주의가 효용을 다한 시점에서 그것을 대신하여 나라의 경제를 살려낼 원대한 비전이 있었다. 그 비전은 그가 남보다 일찍 성장제일주의 이후를 내다보고 있었다는 이유 때문에 정부 내에서 '찬밥' 신세가 되어 한직으로 떠돌던 1970년대 중반 무렵에 이미 기본적인 구상이 완성된 상태였다. 자유화, 개방화, 국제화 등의 단어를 키워드로 하는 구상이었다. 당시에 경제기획원 출입기자로 김재익과 자주 대화를 가졌던 손광식은 『80년대 경제개혁과 김재익 수석』에 기고

한 「한 경제 전략가에 대한 회상」에서 다음과 같은 말을 하고 있다.

> 김재익이 나를 잡고 설명하는 미래 경제의 기조는 관치경제(官治經濟)로부터의 해방을 대전제로 삼고 있었다. 그렇다고 현실을 비판하는 것이 아니라 그 비판을 뛰어넘은 대안을 이야기하고 있었다. (…) 그는 버스와 지하철을 연계하는 대중 교통망(20년도 더 뒤에 등장할)에 대한 방대한 구상을 말했다. '이 사람은 이단(異端)이다!'라는 생각이 들었다. 수출, 생산, 재벌, 금융지원, 물가동결을 말할 때 그는 '대중을 생각하는 경제'에 눈을 돌리고 있었던 것이다. 이미 그의 머릿속에는 10년, 20년 후 전개될 사이버(cyber) 세계가 내장되어 있었다. 그의 생각들은 구름을 불러 타고 하늘 위에서 놀고 있었다. 당시만 해도 그가 신기루를 보고 있는 듯했지만 세월이 흐르면서 나타나는 경제현상을 통해 그 리얼리티에 전율하지 않을 수 없었다. 그의 신통력(神通力)은 어디에서 왔을까. 치열한 사고의 산물이라는 생각도 들고 경제이념이 가져다 준 해법일 듯도 싶었다.[8]

이처럼 원대하면서도 정확한 비전을 가지고 있던 김재익에게는, 기회가 왔을 때 그 비전을 구체적인 정책의 현장에 적절히 살려나갈 수 있는 실무적 능력도 구비되어 있었다. 뿐만 아니라 그는 누구에게나 호감을 살 만큼 겸손하면서도 고결한 성품의 소유자이기도 했다. 전두환은 바로 그런 김재익의 능력과 성품을 알아보고 절대적인 신뢰를 준 것이다. 이런 김재익을 백완기는 「행정가로서의 김재익」이라는 글 속에서 율곡 이이와 비교하고 있다.

> 여러 가지 면에서 율곡과 비교되는 인물이 김재익이었다. 우선 둘 다 빼어난 경세적 이론가였다. 율곡 당시에 그에 필적할 만한 이론가가 없었듯이, 김재익 당시에 그에 비견할 만한 이론가가 없었다. 나라의 근본을 경제로 삼고, 경제로 나라를 일으키려는 자세도 같았다. 맑고 깨끗한

---

8) 남덕우 외, 『80년대 경제개혁과 김재익 수석』(삼성경제연구소, 2003), pp.208~209.

인품으로 오로지 국가를 위해 헌신하다 40대의 젊은 나이에 세상을 떠난 것도 같다. 훌륭한 어머니를 둔 것도 비슷했다. 다른 것이 있다면 율곡은 자기의 사상을 기록으로 남겼는데 김재익은 그러지를 못했다. (…) 또 하나 차이가 있다면 김재익은 통치권자의 절대적인 신임을 받으며 자기의 사상과 생각을 실천에 옮길 기회를 가졌지만, 율곡은 그러한 기회를 갖지 못했다.[9]

이런 김재익이었으나, 그가 자신의 비전을 현실화시켜 나라의 경제를 위기로부터 구출해 내는 과정이 마냥 순조롭기만 했던 것은 아니다. 우선, 그가 제안하는 정책은 대부분 당장의 일시적인 고난을 무릅쓰면서 장기적으로 경제의 체질 자체를 튼튼하게 만드는 성격의 것이었는데, 이런 정책은 불가피하게 '인기 없는' 정책이 될 수밖에 없었으며, 그런 만큼 정치권으로부터의 반대가 심했다. 또한 성장제일주의의 신화에 젖어 있는 다수 관료나 경제인들로부터의 반발도 작지 않았다. 그러나 김재익은 확고한 신념과 논리적 설득력, 남다른 추진력, 그리고 전두환의 신임을 바탕으로 이 모든 곤경을 뚫고 나갔다. 금융실명제를 시행하려다가 끝내 못하고 만 사례에서 보듯 좌절의 쓴맛을 보아야 했던 경우도 없지 않았지만 대부분은 자신의 뜻을 관철시켰다. 그리고 이러한 과정을 거치면서 그가 힘들여 마련한 경제정책의 기조는 그가 세상을 떠난 후에도 그의 후임자들에 의해 제5공화국 기간 내내 기본적으로는 변화 없이 계승되었다. 덕분에 1980년대의 우리 경제는 초기의 위기 상황을 성공적으로 극복하고 장기간의 안정을 구가할 수 있었다.

이처럼 제5공화국 시기 한국 경제정책의 방향을 결정짓고 그렇게 하는 과정에서 다대한 업적을 남긴 김재익은 철저한 자유주의자요 민주주의의 신봉자였다. '관치(官治)의 타파'라는 명제로 시작되고 끝나는 그의

---

9) 위의 책, pp.175~176.

노선은 자유주의와 민주주의의 핵심에 연결되어 있는 것이었다. 이러한 그에게 있어서 1980년대 초의 상황이 갖는 의미는 자못 복잡한 것일 수밖에 없었지만, 그는 "투명하고 공정한 경제체제의 확립으로 국제사회에서 동등한 기준으로 경제활동을 하게 되면 정치적으로 민주화가 되지 않을 수 없다"[10]는 신념으로 자신의 직무에 최선을 다했다. 그러니까 자신의 직무에 최선을 다하는 것이 그의 민주화 운동이었던 셈이다. 그리고 사실 그 신념은 틀린 것이 아니었다. 그의 사후에 펼쳐진 역사의 전개 과정을 보면, 서울 올림픽에서부터 OECD 가입에 이르기까지, 그 신념이 정당한 것이었음을 입증해 주는 사례들을 도처에서 발견할 수 있는 것이다.

김재익은 이런 인물이었다. 『80년대 경제개혁과 김재익 수석』에는 이런 그를 다각도로 조명해 놓은 아홉 편의 글이 수록되어 있다. 오늘의 시점에서 이 글들을 읽는 것은 참으로 소중한 체험이 된다. 여러 가지 복합적인 의미에서 그러하다. 이 자리에서는 그 중 한 가지만을 말해 두고자 한다. 그것은 한국 현대사 인식의 기본 방향이라는 문제와 관련된다.

지난 수십 년 동안 좌파 선동가들은 우리 사회의 지적(知的) 헤게모니를 장악하기 위해 비상한 노력을 기울여 왔다. 그들은 특히 한국 현대사 분야를 자신들의 점령지로 만드는 일에 막대한 에너지를 쏟아 부었다. 그들의 주장에 의하면, 대한민국을 파괴하기 위해 집요하게 공작해 온 자들은 대다수가 정의의 투사였고, 대한민국을 건설해 온 사람들은 대부분이 악의 무리였다. 그들은 이런 논리로 세상을 현혹하는 데 큰 성공을 거두었다. 일반 대중 가운데 상당수의 현대사 인식이 좌파의 영향권 안에 들게 된 것이다. 이런 사태가 얼마나 많은 혼란과 거짓을 창출해 내

---

10) 위의 책, p.13.

고 얼마나 많은 사람들의 삶을 피폐하게 만들었는지 모른다.

그러나 우리는 이와 같은 사태 앞에서 체념만 할 수 없다. 한국 현대사의 실상을 있는 그대로, 투명하게, 편견 없이 보려는 노력을 계속해야 한다. 그리고 가능한 한 많은 사람들이 이러한 노력의 현장에 동참하도록 권유하고 호소해야 한다. 그렇게 해 나가는 과정에서 우리는, 한국 현대사는 좌파 선동가들이 말하는 그런 역사가 아니라는 사실을 끊임없이 재확인하게 된다.

지금 우리가 『80년대 경제개혁과 김재익 수석』을 읽는 것은, 그리고 이 책을 주위 사람들에게 읽어 보라고 권유하는 것은, 바로 이러한 맥락에서 의미를 갖는다. 이 책을 읽다 보면, 좌파 선동가들이 말하는 한국 현대사라는 것과 그 현대사의 진정한 실상이 얼마나 다른가를 선명하게 보여주는 좋은 예 하나를 발견했다는 느낌을 받게 된다. 그런 느낌을 받게 된다는 점 한 가지만으로도 이 책을 읽는 보람으로는 충분한 것이다.

4. 6·25가 발발했을 때 그들은 어떤 모습을 보여주었던가?
– 정명환 외, 『프랑스 지식인들과 한국전쟁』

『프랑스 지식인들과 한국전쟁』은 정명환, 변광배, 유기환 등 세 사람의 한국인 불문학자와 프랑스의 역사학자인 장 프랑수아 시리넬리의 공동 작업에 의해 이루어진 연구의 성과를 담고 있는 책이다. 이 책은 제목만 보아도 짐작할 수 있는 것처럼 지금으로부터 약 60년 전인 1950년대에 프랑스의 지식인들이 그들로부터는 지리적으로 멀리 떨어진 한반도에서 발발했던 6·25 전쟁을 접하고 어떤 반응을 보였으며 어떤 논리를 전개했던가 하는 문제를 다루고 있다. 그 당시에 활동했던 프랑스의 많은 지식인들 가운데서도 이 책에서 특히 집중적인 조명을 받고 있는 사람은 모리스 메를로-퐁티, 장-폴 사르트르, 레이몽 아롱 그리고 알베르 카뮈이다. 이들 네 사람이야말로 그 영향력의 크기에 있어 당시의 많은 프랑스 지식인들 중 가장 두드러지는 존재였다는 점에서, 이 책의 저자들이 그 네 사람에게 주목한 것은 충분히 수긍될 만하다.

주지하다시피, 1950년 6월 25일부터 1953년 7월 27일까지 3년 1개월 동안 전개되었던 6·25 전쟁은 북한의 김일성이 불법적으로 기습 남침을 감행하는 바람에 일어난 것이었다. 1949년 3월 소련을 방문하여 스탈린과 만난 자리에서 남침에 대한 승인을 구하였으나 만족할 만한 대답을 듣지 못했던 김일성은 1950년 4월 재차 소련을 방문하여 스탈린과 면담한 자리에서 마침내 고대하던 '남침 승인'을 받고 또 막대한 군사적 지원에 대한 약속도 받았다. 그리고 김일성은 5월이 되자 베이징으로 마오쩌둥을 찾아가 만나 남침의 계획을 알리고 그의 동의를 받았는데 이때 마오쩌둥이 보여준 태도는 스탈린의 그것보다 더 적극적인 것이었다. 이처럼 스탈린 및 마오쩌둥과 명확한 합의를 보고 난 후에 김일성은 전면적인 침략전쟁을 일으키는 데로 나아갔던 것이다.

위와 같은 과정을 거쳐 6·25 전쟁이 터졌을 때, 앞에서 거명된 프랑스의 대표적인 지식인들은 어떤 태도를 취했던가? 이 물음은 한번쯤 자세하게 검토될 만한 가치가 있는 물음이다. 그 이유는 두 가지이다.

첫째, 앞에서 이미 말했던 것처럼 그들은 영향력의 크기에 있어서 두드러지는 존재였다. 지금도 프랑스의 지성계는 사상·이념·문화의 차원에서 범세계적으로 커다란 비중을 차지하고 있는 터이지만, 1950년대 당시에는 그 비중이 지금보다도 더욱 커서, 프랑스의 지식인들은 전 세계 지식인 사회의 맨 앞자리에 자리 잡고 있는 셈이라 해도 지나친 말이 아닐 정도였다. 위에서 거명된 네 사람은 그 중에서도 대표적인 존재들이었으니, 그 영향력의 크기는 재론할 필요가 없는 것이다. 그들이 이처럼 큰 영향력을 미칠 수 있었던 공간의 범위 속에는 사실 6·25의 한쪽 당사자인 우리 한국까지도 들어 있었다.

둘째, 그들이 6·25 앞에서 실제로 취한 태도는 4인 4색으로 나뉘어지는 것이었는데, 그처럼 다양한 편차를 보이는 가운데서도 그들 한 사람 한 사람의 태도는, 지식인과 역사, 지식인과 정치, 지식인과 이념, 지식인과 내면적 도덕 등등의 주제에 대하여 뜻있는 시사를 제공하는 것이라는 점에서는 공통점을 보인다.

위와 같은 두 가지 점으로 볼 때, 다시 말하거니와, 그들 네 사람이 6·25라는 사태 앞에서 취한 태도를 살피는 일은 분명 의미 있는 작업이라 할 만한 것이다. 그러면 『프랑스 지식인들과 한국전쟁』에 수록된 글을 쓴 필자들이 이처럼 의미 있는 작업을 수행한 결과로 밝혀내어 정리한 사실을 간단히 요약해 보기로 하자.

메를로-퐁티는 1940년대 후반기의 수년 동안 당시 프랑스 지식인 사회의 대표적인 사상가들 중 가장 노골적으로 스탈린 치하의 소련 공산주의 체제를 옹호한 사람이었다. 그는 '진보적 폭력'은 정당성을 가질 수 있다고 열렬하게 주장했는데 그가 보기에 스탈린의 폭력 정치는 바로 이런 진보적 폭력의 성격을 띠는 것이었다. 그러나 인간성을 극악하게 말살하는 스탈린의 공포 정치에 대한 정보가 계속해서 전해져 오자 그는 차츰차츰 자기 논리에 대한 자신을 잃고 회의에 빠지기 시작했다. 이런 시점에서 들려 온 6·25 침략전쟁의 소식은 결국 그로 하여금 공산주의에 대한 지지를 완전히 철회하도록 만들었다. 그는 스탈린이 6·25 침략전쟁을 일으키겠다는 김일성의 계획을 사전에 승인하고 물심양면으로 도와준 공범이라는 사실까지는 알지 못했으며 단지 소련이 전쟁을 막을 수 있었으면서도 막지 않은 것이라고 생각했을 따름이지만 그런 정도의 생각도 그로 하여금 소련의 태도에 분노를 느끼고 공산주의에 대한 신뢰를 버리도록 만들기에는 충분했다.

사르트르의 경우는 어떠했던가? 그 역시 1940년대의 후반기가 지나가는 동안 점점 더 친소적(親蘇的)인 태도를 강화하는 모습을 보여주었는데, 그가 이런 방향으로 나아간 데에는 메를로-퐁티가 제시한 '진보적 폭력'의 이론에 대한 공감이 상당한 역할을 했다. 그런데 정작 6·25가 터지자 친(親)공산주의적 태도를 완전히 버린 메를로-퐁티와 달리 사르트르는 여전히 소련을 옹호하고 또 북한을 옹호하는 입장을 견지하였다. 그는 6·25 초기에는 남한이 먼저 북한을 침공했기 때문에 전쟁이 일어난 것이라는 공산주의자들의 선전을 그대로 믿는 모습을 보여주었다가 나중에 가서야 겨우 그런 오판으로부터 벗어났다. 하지만 북한의 남침이 사실임을 인정하게 된 후에도 그의 소련·북한 지지라는 입장은 바뀌지 않았다. 그가 새로 개진하게 된 주장에 따르면 "북한이 남한을 먼저 공격한 것은 미국과 미국의 사주를 받은 이승만 정권의 계속되는 도발에 의해 함정에 빠져 저지른 커다란 실수"[11]일 뿐이었으며, 그러니까 결국 "이 불행한 사건의 주모자는 남한의 대리자들과 미국의 제국주의자들이었다"[12]는 것이다. 그뿐만이 아니다. 6·25 전쟁이 진행되고 있던 기간 동안 사르트르는 더욱더 극단적이고 강경한 공산주의 지지자로 바뀌어 갔다. 그는 "반공산주의자는 개다. 나는 공산주의에서 벗어나지 않았고, 앞으로도 결코 벗어나지 않을 것이다"[13]라고 선언하면서 맹렬하게 친공주의자로서의 활동을 계속했다.

이와는 정반대의 대조를 보이는 것이 아롱의 경우이다. 일찍부터 공산

---

11) 정명환 외, 『프랑스 지식인들과 한국전쟁』(민음사, 2004), p.134.
12) 위의 책, p.134에서 재인용.
13) 위의 책, p.138에서 재인용.

주의의 반인간성과 스탈린 체제의 잔학한 범죄적 성격을 꿰뚫어 보고 비판하는 입장에 서 왔던 아롱은 6·25의 발발 원인이 소련과의 공모 아래 이루어진 김일성의 일방적인 침략행위임을 처음부터 정확히 간파했고 미국이 이 전쟁에 초기부터 적극 개입하는 것이 필요하고도 정당한 일임을 인정했다. 그의 분석에 따르면 "과거에 히틀러에 맞서서 서구 유럽이 초기에 강력하게 대응하는 위험을 감수하지 못한 것이 결국에는 더 큰 불행을 야기시켰"던 전례와 대조적으로 "미국이 한국전에 신속히 참전하기로 결정한 것은 현명하고도 옳은 처사였으며 그렇게 함으로써 미국은 특히 서구 유럽에 '희망'을 주었다는 것이다."14)

위의 세 사람과 달리 카뮈는 6·25에 대해 어떤 명시적 태도를 표명한 일이 없다. 6·25가 발발하던 당시 그는 『반항하는 인간』의 집필에 몰두하는 한편 복잡한 개인적 생활상의 문제로 정신이 없었다. 그리고 1951년에 『반항하는 인간』이 출간된 후에는 이 책으로 인해 야기된 논쟁에 휘말려 역시 다른 일에 관심을 쓸 여유가 없었다. 그렇기는 하지만 『프랑스 지식인들과 한국전쟁』의 공동연구자들 중 한 사람인 유기환이 말하고 있는 바와 같이, "동시대 좌파 지식인 사회에 대한 도전의 성격을 띠고 있는 『반항하는 인간』은 한국전쟁에 대한 카뮈의 간접적 발언으로 간주해도 무방할 것이다."15)

지금까지, 『프랑스 지식인들과 한국전쟁』을 통하여 확인할 수 있는, 네 명의 대표적인 프랑스 지식인들이 6·25와 관련해서 취했던 4인 4색의 태도를 간단히 정리해 보았거니와, 앞에서 이미 말했던 바와 같이 이들의 태도는 모두 우리에게 뜻있는 시사를 제공해 주는 것으로 간주되기에 모자람이 없다.

---

14) 위의 책, p.204.
15) 위의 책, p.251.

그 중에서도 가장 인상적인 것은 뭐니뭐니 해도 사르트르의 경우이다. 위에서 보았듯 그는 관념편향적인 좌파 지식인이 빠져들 수 있는 오류의 정도가 얼마나 심할 수 있는가를 1950년대에 6·25와 관련해서, 또 공산주의 일반의 문제들과 관련해서 생생하게 보여준 것이다.

그리고 이때 보여준 그의 문제점투성이 지식인의 면모는 1950년대만으로 한정되지도 않았다. 나중에 마오쩌둥이 중국에서 이른바 문화혁명이라 불린 참혹한 테러와 린치의 일대 광풍을 일으키자 서유럽에서는 한 무리의 관념편향적 좌파 지식인들이 그것을 찬양하며 그것과 비슷한 바람을 유럽에서도 일으켜 보려는 시도를 했는데, 이때에도 사르트르는 그러한 좌파 지식인들의 맨 앞에 섰다. 그 밖에도 이와 같은 맥락에 놓이는 수많은 사례들이 있다. 이처럼 사르트르가 연속적으로 저질러 온 오류의 실상을 주의깊게 검토하다 보면, 그가 철학의 영역에서 구사하고 있는 실존주의의 화려한 논리라든가 여러 소설과 희곡에서 보여준 탁월한 창작 기술이라는 게 도대체 무슨 의미가 있는가를 새삼 심각하게 질문하지 않을 수 없다.

그런데 이처럼 네 명 가운데서도 가장 문제점투성이인 지식인의 면모를 보여준 사르트르가 또한 그 네 명 가운데서도 가장 오랜 기간 동안 유럽을 비롯한 전 세계의 지식인들 사이에서 가장 커다란 영향력을 행사했으며 또한 가장 높은 인기를 누렸다는 사실은 무엇을 말하는가? 그것은 혹시, 사르트르로 대표되는 극단적 관념편향성의 문제점이 원래 지식인들 사이에서는 전 세계적인 규모로 만연되어 있는 증상이라는 사실을 말해주는 것이 아닐까?

그러나 우리가 반드시 사르트르의 영향력과 인기만을 주목하면서 비관적인 결론에 도달할 필요까지는 없을 것이다. 사르트르를 제외한 세 사람의 경우만으로도 우리로 하여금 비관적인 결론을 벗어나게 하기에는 충분하다.

예컨대 메를로-퐁티의 경우를 보면서 우리는 관념편향적인 좌파 지식인이 빠져들 수 있는 오류의 전형적인 모습이 어떤 것인지를 확인할 수 있음과 동시에, 그 지식인이 표면상 드러내 보이는 전도(顚倒)된 사고와 별도로 정신세계의 깊은 심층부에서 최소한의 양식을 유지하고 있을 경우, 어떤 적절한 계기가 주어진다면 그러한 오류로부터 벗어날 수 있는 가능성도 내재되어 있다는 사실을 인상적으로 발견하게 된다. 그런가 하면 아롱과 카뮈로부터는, 처음부터 관념의 허상에 사로잡히지 않고 현실을 예리하게 통찰하는 힘과, 살아 있는 구체적인 인간에 대한 관심과 애정을 지닌 지식인의 모습을 찾아낼 수 있다.

이들 세 사람 중 어느 누구도 사르트르만큼의 영향력과 인기를 향유하지는 못했지만 그렇다고 세상의 지식인들로부터 결코 무시당하지도 않았다. 그들에게 귀를 기울이는 사람들은 비록 소수일망정 언제나 존재했다. 그리고 그들 자신은 세상의 평판이 어떠하든 개의치 않고, 그들의 통찰력과 인간애를 가지고서 확인할 수 있었던 진실을 끝까지 일관되게 말했다. 이 점은 당시의 프랑스 지식인 사회에서 다수를 점한 좌파 그룹의 악의에 찬 공격으로 인해 죽는 날까지 시달려야 했던 카뮈의 경우를 생각할 때 특히 인상적인 것으로 우리의 마음속에 다가오는 바 있다.

5. 서양 음악의 최고봉을 새롭게 해석하다
- 조수철의 『베토벤, 그 거룩한 울림에 대하여』

서양 음악의 역사에 있어서, 18세기 말부터 19세기 초에 걸치는 기간은 결정적인 전환기였다. 대략 이 무렵을 전후하여, 서양에서는, 귀족의 시대가 끝나고 시민층의 시대가 시작되었다고 말할 수 있다. 이렇게 되자 음악가들은 든든한 패트런을 잃는 손실을 감수해야 했지만 그 대신 예전보다 훨씬 넓어진 창조적 자유의 공간을 향유할 수 있게 되었다. 이처럼 '고용인'으로부터 '자유인'에로 신분이 전환되는 상황에서, 뛰어난 재능과 자부심을 가진 음악가들은 새롭게 열린 자유의 공간을 최대한 활용하여 개성미 넘치는 예술의 세계를 만들어 갈 수 있었다. 이렇게 되는 과정에서, '훌륭한 예술가는 범속한 일상적 규범을 뛰어넘는 천재'라는 관념도 발전해 갔다.

이와 더불어, 음악이 주로 연주되는 공간이 '귀족의 살롱'에서 '대중이 모이는 넓은 공간'으로 바뀜에 따라, 오케스트라의 규모가 커지고, 교향곡이라든가 대규모 협주곡과 같은 장르가 비약적인 발전을 이룩하는 등, 음악의 형태적 측면에서도 주목할 만한 변화가 일어났다.

이러한 변화가 진행되는 동안, 남들보다 앞서서 미래를 내다보는 예리하고 섬세한 사람들의 정신을 사로잡은 것은, 자유와 평등과 박애의 이념에 의해 지배되는 새로운 세상에 대한 열망과, 아무리 많은 난관이 가로막더라도 결국 그러한 세상은 오고야 말 것이라는 낙관적 비전이었다. 이러한 열망과 비전은 자연스럽게 그 시대의 대표적인 음악작품들 속에도 뚜렷한 모습으로 나타나는 경향을 보여주었다.

루트비히 판 베토벤(1770~1827)은, 지금까지 이야기해 온, 18세기 말에서 19세기 초에 걸친 기간 동안 서양 음악의 세계에 일어났던 변화와 그것에 의해 열린 창조적 성과를 최고의 지점에서 대표하여 보여주고 있는 사람이다. 이 세상에서 삶을 영위했던 시기 자체가 정확하게 18세기 말부터 19세기 초까지에 걸쳐 있는 그는, 자신을 귀족의 고용인이 아닌, 독립된 자유인으로 간주하고, 그러한 자유인의 자부심에 입각하여 개성미 넘치는 음악의 세계를 창조하였다. 드높은 정신의 도덕적 요구에는 충실할지언정 범속한 일상적 규범 같은 것에는 매이지 않는 예외적 천재로서의 면모를 유감없이 보여주었다. 피아노 소나타라든가 첼로 소나타, 현악 4중주와 같은 전통적 실내악의 영역에서 빛나는 업적을 보여주는 한편, 교향곡이나 피아노 협주곡 같은 분야에서 새롭게 마련된 풍부한 가능성 또한 최대한 활용하여 불멸의 걸작들을 창조하였다. 자유와 평등과 박애의 정신이 지배하는 세상에 대한 열망과 그러한 세상이 장차 도래하리라는 믿음을 평생 동안 유지하고 그러한 열망과 믿음에 바탕을 둔 작품들을 숱하게 만들어 내었다.

이렇게 해서 창조된 베토벤의 작품세계는, 일단 그것이 만들어지고 난 후에는, 그것의 모태가 되어 주었던 '18세기 말~19세기 초의 서양'이라는 시공간적 범위를 넘어, 지속적이고 보편적인 매력을 획득하게 된다. 그것은 심층적으로는 음악예술 자체가 가지고 있는 범인류적 호소력에서 연유하며, 보다 직접적으로는 베토벤의 내면적인 위대성에서 연유한다. 이 중 후자의 측면, 즉 '베토벤의 내면적 위대성'은, 그로 하여금 음악가로서는 치명적이라 할 청각 장애를 극복할 수 있게 만든 원동력이 되었다. 또한 그 '내면적 위대성'은, 그의 평생에 걸쳐서 꾸준히, 끊임없이 발전해 간 것이기도 했다. 그의 이러한 측면에 대해서는 일찍이 존 W. N. 설리번이 다음과 같이 인상적인 언급을 한 적이 있다.

비상하게 집약된 그의 내면 생활은 그 마지막 순간까지 발전을 계속하였다. 예민함과 자유로움을 모두 갖춘 정신을 소유한 극소수의 예술가들만이 바로 그와 유사한 발전 단계를 거친 듯 보여지나, 심지어 셰익스피어조차 베토벤의 최후 음악에서 표현되는 최후 광명의 단계에는 도달하지 못했던 듯하다. 셰익스피어 역시 다른 단계들은 모두 거쳤을지 모르나 결코 'C#단조 4중주' 음악의 단계에는 이르지 못했다. 사실상 베토벤의 최후 음악은 음악에서뿐 아니라 예술의 전 분야라는 견지에서 보더라

도 유니크하다 하겠다.[16)]

베토벤의 이런 비범한 면모에 이끌려, 수많은 나라의 저술가들이 그에 대한 수많은 책을 써 왔다. 그 '수많은 나라의 저술가들'에는 우리나라 사람들도 물론 포함된다.

예를 들어 보자. 우선 박홍규가 있다. 노동법을 전공한 법학자이면서 수많은 예술가·사상가들의 평전을 쓴 다산(多産)의 저자이기도 한 그는 『베토벤 평전』을 썼다. 이 책의 서문에서 그는 "내가 베토벤을 좋아하고, 그것을 노동자에게 권하는 가장 중요한 이유는 그의 음악이 노동자를 위한 것이고, 노동자에게 어울리며, 노동자가 너무나도 알기 쉽다는 점 때문이다"[17)]라는 발언을 하고 있는데, 너무 한쪽 면만을 편파적으로 강조하고 있다는 느낌이 들기는 하지만, 곰곰 생각해 보면 충분히 이해할 수 있는 말이다. 박홍규는 "베토벤을 사랑하는 나만의 이유가 있다. 무엇보다도 그는 반항아였다. 가족, 사회, 국가, 신에 반항한 반항의 화신, 반항의 권화(權化)였다"[18)]라는 『베토벤 평전』의 한 구절만 보아도 짐작할 수 있듯 그 자신이 대단한 반항아적 기질을 가지고 있으며 그런 반항아적 기질이 그의 많은 평전들을 관류하는 기조저음을 이루고 있는데, 경우에 따라서는 그것이 엉뚱한 방향으로 발전하여 터무니없는 논조를 펼쳐 보이는 데로 나아가기도 한다.[19)] 하지만 다행히도 『베토벤 평전』

---

16) 존 W. N. 설리번, 『베토벤―그의 정신적 발달』(서인정 역, 홍성사, 1982), p.158.

17) 박홍규, 『베토벤 평전』(가산출판사, 2003), p.10.

18) 위의 책, p. 8.

19) 그 최악의 예가 『카페의 아나키스트, 사르트르』(열린시선, 2008)라고 나는 생각한다. 이 책에서 박홍규는 정명환의 사르트르 연구 성과를 집요하게 공격하면서 사르트르에 대한 자기나름의 옹호론을 펼치고 있는데, 공격의 논리도, 옹호의 논리도 전혀 설득력이 없다. 박홍규의 사르트르론에 내재되어 있는 문제점은, 사르트르가 6·25 당시 북한을 지지하는 입장에 섰던 것이라든지 중국에서 문화혁명의 광풍이 휩쓸던 시절 마오쩌둥의 추종자가 된 것 따위를 그가 별로 대수롭지 않은 해프닝 정도로 취급하며 어물어물 넘어가

에는 그러한 면이 별로 나타나지 않는다. 다만 로맹 롤랑의 베토벤 전기를 집요하게 거듭거듭 인용하면서 그 부정확성을 공격하는 것은 쓸데없는 수고라는 느낌을 버리기 어렵다. 로맹 롤랑의 전기가 정확성이라는 면에서 별로 신뢰할 만한 것이 못 된다는 평판은 정설이 된 지 오래인데[20] 왜 이제 와서 그런 수고를 계속 하는지 잘 이해가 가지 않는다.

그 다음으로는 심리학자인 김태형이 쓴 『베토벤 심리상담 보고서』(부·키, 2008)를 거론할 수 있다. 『심리학자, 정조의 마음을 분석하다』(역사의아침, 2009)라든가 『심리학, 삼국지를 말하다』(추수밭, 2010)와 같은 저서를 내기도 한 김태형은 이 책에서 베토벤을 대상으로 하여 심리분석의 작업을 전개하고 있는데 그 분석의 내용은 상당히 설득력이 있다. 상담을 하기 위해 찾아 온 베토벤과 그를 맞이한 심리학자 사이의 대화라는 독특한 형태를 채택하면서 구사해 보이고 있는 글솜씨 또한 일품이다.

그런가 하면 서울대 의대 교수이자 소아청소년정신과 전문의인 조수철의 『베토벤, 그 거룩한 울림에 대하여』는 '대극(對極)의 합일'이라는 개념을 중심으로 하여 베토벤의 음악세계를 새롭게 해석한 성과를 담고 있는 책으로서 각별한 주목을 요한다.

본래 조수철은 『베토벤, 그 거룩한 울림에 대하여』를 내기 5년 전인 2002년에 『베토벤의 삶과 음악세계』(서울대학교 출판부)라는 책을 간행한 바 있었다. 이 책은 매우 성실하게 씌어진 베토벤 전기로서, 유려하지는

고 있는 데에서 단적으로 드러난다.

20) 로맹 롤랑이 쓴 전기가 실증적인 측면에서 볼 때 얼마나 부정확한 것인지를 입증하는 저술은 세계적으로 이미 많이 나왔다. 메이너드 솔로몬의 『루트비히 판 베토벤』을 번역하면서 김병화가 붙인 역자 서문 속의 다음과 같은 구절은, 그러한 저술들을 통해 확립된 정설을 요약한 것에 해당한다. "프랑스의 유명한 소설가인 로맹 롤랑이 베토벤에 심취하여 몇 권의 전기를 썼지만, 베토벤을 영웅시하고 비극의 주인공으로 삼는 듯한 감상적인 태도가 지나치고, 정확성과 충실성 면에서도 높은 점수를 주기 어렵다"(김병화, 「예술가와 예술작품 사이」, 메이너드 솔로몬, 『루트비히 판 베토벤』(김병화 역, 한길아트, 2006), p.39).

않지만 차분한 필치가 인상적인 노작이었다. 그런데 이 책을 내고 난 후 5년이 지난 시점에서 조수철은 왜 새로운 저서를 써야만 했을까? 이 물음에 대한 답은 『베토벤, 그 거룩한 울림에 대하여』의 서문에 나와 있다. 거기서 조수철은 다음과 같은 말을 하고 있는 것이다.

> 베토벤에 대한 책을 처음 출판했을 때의 벅찼던 기분은 지금도 생생하다. 오랫동안 시간 나는 대로 자료를 모으고 정리해 책까지 내게 되었으니 그 기분이야 오랜 각고 끝에 책을 내어 본 사람이 아니고서는 도저히 이해할 수 없으리라. 나는 한동안 다소 흥분된 상태에서 그 책을 읽고 또 읽었고, 읽을수록 흥미롭고 나 스스로가 내 책에 감동되기도 했다. 그러나 어느 날 갑자기 허전해지면서 무엇인가 한쪽 마음이 텅 빈 것 같은 느낌이 들었다. 왜 내 마음이 이렇게 허전해지는가에 대하여 생각하기 시작하였고, 그 이유에 대한 답을 얻게 되었다. 그것은 그 책 속에 내가 전혀 존재하지 않는다는 것이었다. 그 책은 베토벤에 대한 다른 연구가들의 의견을 종합하고 역사적 사실을 정확하게 기술하는 데 주안점을 두었기 때문에 그 속에 나는 전혀 존재하지 않았던 것이다.[21]

조수철이 위의 서문에서 고백하고 있는 '허전함'은 우리가 충분히 이해할 수 있는 종류의 것이다. 어쨌든 조수철은 이러한 허전함을 경험하면서 베토벤의 음악세계에 대한 그 나름의 독자적인 접근 방법을 다각도로 모색하게 되었으며, 그러한 모색의 결과로 얻게 된 새로운 성과를 『베토벤, 그 거룩한 울림에 대하여』 속에 담아 내었다.

그 성과의 목록으로는 여러 가지를 들 수가 있지만, 그 중에서도 특별히 주목할 필요가 있다고 생각되는 것은 앞에서도 말한 바와 같이 '대극의 합일'이라는 개념을 가지고 베토벤의 음악세계를 새롭게 해석한 것이다. 그에 따르면 우리는 ① 성악과 기악의 통합, ② 강함과 부드러움의

---

21) 조수철, 『베토벤, 그 거룩한 울림에 대하여』(서울대학교 출판부, 2007), p. v.

통합, ③ 투쟁과 평화의 통합, ④ 인간과 자연의 통합, ⑤ 조화로움과 부조화로움의 통합, ⑥ 성과 속의 통합, ⑦ 전통과 개혁의 통합, ⑧ 삶과 죽음의 통합 등 여덟 가지 점에서 베토벤의 음악으로부터 '대극의 합일'이 성취된 모습을 찾아낼 수 있다고 한다.

베토벤의 음악에서 발견되는 이러한 면모는 동양정신과의 깊은 친연성(親緣性)을 보여주는 것이라 할 수 있다. 조수철은 이처럼 베토벤의 음악이 동양정신과 유사한 면모를 나타낸다고 보면서 그렇게 될 수 있었던 이유로 두 가지를 든다. 그 하나는 베토벤이 개인적으로 지녔던 관심의 방향과 그것에 따른 독서 체험의 영향이다. 그에 따르면 베토벤은 "『신약성서』도 열심히 읽었지만 그 외에도 경외서, 힌두 경전, 인도의 경전, 이집트의 신화, 그리스·로마 신화에도 깊은 관심을 가지고 있었"으며 특히 "그 당시에 금서였던 슈트룸의 『자연에서의 신의 역할과 시간에 따른 신의 섭리에 대한 고찰』을 읽고 큰 감동을 받았다"22)고 한다. 그리고 또 다른 한 가지 이유는 베토벤의 작품세계가 "시간과 공간을 초월하여 모든 인간의 마음속 깊이 존재하는 인간 심성의 원형"23)을 음악으로 표현한 것이었다는 점이라고 말한다.

베토벤의 음악에 대한 조수철의 위와 같은 설명은 매우 흥미로운 것이라 하지 않을 수 없다. 물론 그 설명은 아직은 상당히 소박한 차원의 것이며 장차 그 자신이나 혹은 다른 연구자에 의한 보다 치밀한 논리 제시에 의해 뒷받침되기를 기다리고 있는 형편이라 해야 하겠지만, 그의 착상 자체는 현 단계에서 드러난 모습만 가지고서도 분명히 주목받을 만한 가치가 있는 것으로 생각된다. 그리고 이러한 착상이 장차 적절한 확대와 심화의 과정을 거친다면, 그것은 단지 베토벤 한 사람의 음악에

---

22) 위의 책, p.205.
23) 위의 책, p.204.

대한 새로운 이해의 지평을 개척한다는 정도의 성과를 넘어서, 동양 정신과 서양 예술 일반의 바람직한 만남을 위해서도 크게 기여하는 바가 있을 것으로 기대된다.

6. 중국의 팽창을 보며 한국의 미래를 생각한다
– 복거일의 『한반도에 드리운 중국의 그림자』

중국의 GDP 규모가 독일의 그것을 추월하여 세계 제3위를 기록하게 된 것은 2008년의 일이었다. 2010년이 되자 중국은 GDP 규모에서 일본을 뛰어넘는 세계 제2위의 국가가 되었다. 30년이 넘는 기간 동안 평균 9퍼센트 이상의 연간 성장률을 기록해 온 중국의 경제력은 이리하여 드디어 미국 하나만을 자신의 앞에 남겨놓게 되었다.

세계에서 두 번째 가는 경제 강국으로 성장해 오는 동안 중국은 군사력의 측면에서도 역시 세계에서 두 번째 가는 강국으로 성장해 왔다. 그렇게 커진 경제력과 군사력을 바탕으로 하여 중국은 이제 세계 무대에서 거침없이 자신의 제국주의적인 욕망을 드러내기 시작하고 있다.

이러한 상황의 변화는, 거대한 중국의 바로 옆에 위치해 있으며 그 나라와 전방위적으로 긴밀한 교류를 나누지 않을 수 없는 처지에 놓여 있기도 한 한국이라는 나라의 국민들로 하여금 새로운 긴장과 위기감을 느끼지 않을 수 없게 만드는 성질의 것이다. 한국인들은 이처럼 변화한 정세 속에서 어떻게 하면 중국과의 관계라는 측면에서 자국의 미래를 바람직한 방향으로 만들어갈 수 있는가를 정확한 사태 판단에 기초하여 심사숙고하는 데 지혜를 모을 필요가 있다. 바로 이러한 필요에 대한 진지한 응답으로 씌어진 책의 하나가 복거일의 『한반도에 드리운 중국의 그림자』이다.

복거일의 이 책에 대해 구체적인 이야기를 하기 전에, 잠시 과거를 돌아보고 싶은 충동을 필자는 느낀다. 돌이켜보면, 우리나라의 많은 지식인들 사이에서 현대 중국에 대한 관심은 지난 1970년대부터 상당히 높았다. 그런 높은 관심이 나타나도록 만든 것은 1970년대를 풍미한 『전환시대의 논리』, 『우상과 이성』, 『8억인과의 대화』와 같은 일련의 책들이었다. 리영희가 쓰거나 엮은 그 책들에서는, 국공내전(國共內戰)에서 승리를 거두고 수억 중국인의 지배자가 된 마오쩌둥(毛澤東)이 문화혁명을 통하여 새롭게 만들어낸 중국 사회를, 바람직한 이상적 세계의 모델로 규정하여 찬양하고 있었다. 그 책들에 일관해서 나타나는 저자의 명쾌한 논리와 불타오르는 듯한 열정은 수많은 젊은 독자들의 피를 끓게 하고, 그들의 마음이 '문화혁명의 중국'에 대한 동경으로 가득 차도록 만들었다. 그가 한국의 지식인들에게 미친 영향이 얼마나 컸던가 하는 점은 프랑스의 대표적 신문으로 알려져 있는 『르 몽드』가 후일 그에게 '한국 지식인의 사상적 은사(恩師)'라는 칭호를 붙여주었다는 사실 하나만 보아도 선명하게 알 수 있다.

마오쩌둥과 문화혁명에 대한 이처럼 열정적인 호응은 비단 한국에서만 나타났던 것이 아니다. 우리나라에는 『중국이라는 거짓말』이라는 제목으로 번역된 저서 『닭의 해』에서 기 소르망이 전해 주고 있는 바에 따르면 유럽에서도 비슷한 현상이 있었다.

'문화대혁명'이라고 불리는 내전이 한참 진행 중일 때, 프랑스와 이탈리아에서 지적인 권위자로 통하는 마리아—안토니에타 마치오키는 이런 말을 했다. '3년간의 무질서 후에 문화대혁명은 천 년의 행복을 열 것이다.' 기 라르드로와 크리스티앙 장베 같은 신철학자들은 마오쩌둥을 부활한 예수로, '붉은 소책자'인 『마오쩌둥 어록』을 복음서의 재판으로 짐

작했다. (…) 폭력의 미학에 항상 민감했던 장 폴 사르트르는 직접 중국
에 갈 필요조차 없었다. 그는 명백히 마오쩌둥주의자였다.[24]

소르망은 위의 예들을 나열한 다음에, 다음과 같이 날카로운 인용구
한 마디를 덧붙이고 있다.

'바보 같은 학자는 무지한 바보보다 더 바보다'라고 몰리에르가 쓰지
않았던가.[25]

실제로 마오쩌둥 시대에 중국을 휩쓸었던 문화혁명이라는 것은, 아집
과 독선의 포로가 된 늙은 독재자의 노련한 대중조작과 파괴의 광기로
야수가 되어 버린 군중의 잔학성이 결합하여 빚어낸, 인류 역사에서 비
슷한 예를 찾기 어려운 대참사였다. 목불인견(目不忍見)의 인권 유린을 동
반하면서 진행된 이 '혁명'의 결과는, '줄잡아 이천만 명에 이르는 피살
자들, 범국민적 규모로 만연된 정신적 타락, 정도를 어림잡기도 어려운
경제적 물질적 피해들, 국력(國力)의 심각한 손실'이라는 말로 요약된다.
이런 것이 문화혁명의 실상이었음에도 불구하고, 그리고 문화혁명 당시
중국 바깥으로 흘러나온 자료들만 가지고도 그 혁명의 성격을 충분히
알 수 있었음에도 불구하고 이념적 편견 혹은 환각에 사로잡혀 마오쩌
둥과 문화혁명에 대한 찬양을 아끼지 않았던 사람들에 대한 평가의 말
로는 사실 소르망이 인용한 몰리에르의 독설 이상으로 적절한 표현이
있을 것 같지 않다. 그러나 참으로 안타깝게도, 앞에서 언급된 리영희의
경우 하나만 보아도 금방 확인할 수 있듯, 이런 '바보 같은 학자'들이 발
휘한 영향력의 크기는 너무나 컸다. 그리고 그것의 범위는 너무나 넓었다.

24) 기 소르망, 『중국이라는 거짓말』(홍상희·박혜영 공역, 문학세계사, 2006), p.9.
25) 위의 책, 같은 페이지.

어쨌든, 1976년, 마오쩌둥이 죽으면서, 문화혁명의 광풍(狂風)은 멈추게 된다. 그 후로 지금까지 다시 수십 년이 흘렀다. 중국인들에게 있어서 그 수십 년의 기간은, 그들의 나라가 문화혁명의 상처를 딛고 다시 일어서는 기간이었다. 그 '다시 일어서기'의 과정을 부지런하게 치달려 온 끝에, 중국은 이제 경제력 세계 제2위, 군사력 세계 제2위의 강대국으로 도약하게 된 것이다.

여기서 다시 앞서 제기되었던 문제에로 돌아가 보자. 이제 그처럼 엄청난 힘을 가진 존재로 군림하게 된 중국의 바로 옆에 위치하고 있는 국가로서, 한국은 어떻게 하면 자신의 미래를 중국과의 관계라는 측면에서 바람직한 방향으로 만들어갈 수 있을 것인가?

이미 언급되었듯 복거일의 『한반도에 드리운 중국의 그림자』는 바로 이 물음에 대한 그 자신의 진지한 대답을 제시하고 있는 책이거니와, 우선 이 책의 서문을 읽어나가다 보면, 그 서문의 맨 마지막 문장에 오래 시선이 머무르게 된다. 그 마지막 문장을 인용해 보면 다음과 같다: "어떤 사회도 외면에 바탕을 두고 앞날을 설계할 수는 없다."[26]

이러한 문장이 나오게 된 것은, 강대국인 중국과 강대국이 못 되는 한국 사이에 존재하고 있는 전반적인 힘의 비대칭성과 그것으로부터 필연적으로 파생되는 '관계에서의 비대칭성'이라는 괴로운 문제를 직시하지 않고 아예 외면하려는 태도가 한국인들 사이에는 널리 퍼져 있으며, 이것은 반드시 교정되어야 할 잘못이라고 하는 그의 판단에서 연유한다. 그는 이 점을 매우 중요한 것으로 생각하기 때문에, 책 전체를 끝맺는 자리에서 다시 한 번 이 문제를 강조하고 있다.

지금 우리의 도덕적 태도는 걱정스럽다. 중국의 흥기가 자신의 운명에

---

26) 복거일, 『한반도에 드리운 중국의 그림자』(문학과지성사, 2009), p.8.

결정적 영향을 미치리라는 것을 모두 잘 아는 사회에서 그것에 대한 진지한 성찰이 드물다는 사실은 분명히 시사적이다. 핀란드의 경험은 선명히 보여준다, 시민들로 하여금 현실을 외면하고 위선에 매달리도록 해서 도덕적 타락을 부르는 것이 '핀란드화(化)'의 본질적 해악임을.
　외면과 위선은 당장엔 편리한 선택이다. 그러나 개인이든 사회든 그런 선택에 바탕을 두고 앞날을 설계할 수는 없다.27)

　그렇다면, 외면과 위선을 버리고 사태의 핵심을 정면으로 직시해 볼 때, 우리가 도달하게 되는 결론은 어떤 것들인가? 우선, 세계 제2의 강대국으로 부상한 중국이라는 국가의 기본적 성향에 대해 환상 없이 접근해 보면 그것은 제국주의이며 제국주의 중에서도 문제가 심각한 것이라는 판단이 내려진다.

　'제국주의 국가 중국'의 기저를 이루는 중국인들의 자만심은 널리 알려진 반체제 민주화 운동가에게서까지도 예외 없이 나타날 정도로 보편화된 것이다. (복거일은 중국의 유명한 인권운동가 웨이징성(魏京生)이 어느 영국인 역사가를 향해 "동양은 중국이다. 일본은 그저 부속물에 지나지 않는다"라고 했던 말을 인용하면서, "일본에 대한 인식이 이렇다면, 중국 지식인들의 한반도와 한국에 대한 인식은 어떠하겠는가?"라는 물음을 던지고 있다.28))

　그런데 문제를 더욱 악화시키고 있는 것은, 이미 시장경제 체제를 선택했기 때문에 더 이상 공산당의 일당 독재가 필요하지 않게 된 상황에서도 절대로 자신들의 기득권을 놓치지 않으려 노심초사하는 중국 공산당 지도부가 자신들의 권력을 유지할 수 있는 비결을 '대중들의 비이성적인 민족주의적 열정을 의도적으로 부추기고 선동하는 전략'에서 찾고

---

27) 위의 책, p.144.
28) 위의 책, pp.134~135.

있다는 점이다. 이 때문에 민족주의적 열정의 연장선상에서 자라나는 중국의 제국주의는 더욱 문제가 많은 것이 되고 있다. 게다가 이런 전략을 씀으로써 생명을 부지하고 있는 이 '공산당'이라는 집단이 중국에서든 다른 어느 곳에서든 그것이 공산당이라는 전체주의 정치집단인 한 압제적인 성격을 지닐 수밖에 없고, 타자와의 협상에 임할 경우 갖가지 부도덕한 전략과 전술을 사용하는 것을 당연시할 수밖에 없다는 점도, 중국의 제국주의를 질 나쁜 것으로 만드는 요인이 된다.

그러면 이러한 중국과 긴밀한 관계를 맺어야 하는 상황으로부터 피할 도리가 없는 한국의 입장에서는 어떤 태도가 바람직한가? 복거일은 우리로서 바람직한 유일한 태도는 적응적 묵종(adaptive acquiescence)이라고 주장한다. 적응적 묵종이란, "(작은 나라의) 정예집단(elite)이 큰 나라에 유화적 태도를 보이면서 자신의 핵심적 가치를, 즉 나라의 독립이나 자치를 지키려고 노력하는 것"29)을 말한다. 이 적응적 묵종에서 핵심이 되는 전략적 개념은 '양보'와 '대항력'이다.

> 약소국의 전략은 간단하니, 비대칭적 관계에서 피할 수 없는 양보를 되도록 적게 하는 것이다. 그렇게 하려면, 물론 대항력을 한껏 키워야 한다. 양보의 크기와 대항력의 크기는 역비례한다. 우리에게 열린 합리적 선택은 중국에 대해 적응적 묵종을 하되, 협상력을 한껏 키워서, 공동의 이익을 나누는 데서 너무 밀리지 않는 것이다.30)

복거일은 당면의 문제에 대한 자신의 전체적인 답변을 위와 같은 것으로 제시하고 다시 그것에 대한 자세한 설명을 추가한다. 그리고 지금까지 정치가들이나 지식인들을 비롯한 한국인 대다수가 취해 온 입장은

---

29) 위의 책, p.64.
30) 위의 책, pp.93~94.

'비현실적으로 우호적이고 낙관적'인 중국관에 바탕을 둔 것으로서 바람직한 노선으로부터는 여러 가지 점에서 멀리 떨어진 것이었음을 지적하고 우려 섞인 비판을 가하며, 이제부터라도 기본적인 관점과 실제적인 노선 양면에서 수정을 행할 필요가 있다고 주장한다.

대략 이상과 같이 전개되는 그의 논리에 대해서, 우리는 각자 나름대로 다양한 입장을 취해볼 수 있을 것이다. 그러나 어떤 입장을 취하는 경우이든, 그가 서문과 결론 부분에서 거듭 강조한, '사태를 외면하거나 위선적인 태도를 취하지 말고 문제를 정면으로 직시하여 고민하는 태도'가 필요하다는 명제에 대해서는 동의하지 않을 수 없다.

앞으로 중국의 힘은 더욱 커져갈 것이 확실하다. 중국의 제국주의적인 면모도 거기에 비례해서 더욱 커져만 갈 것인가? 그 점에 대해서는 얼른 결론을 내리기가 어렵다. 그러나 어쨌든 냉혹한 현실의 세계 속에서 우리 한국인들이 어떤 태도로 중국을 대하고 중국과 관계를 맺느냐 하는 문제가 한국의 미래를 결정하는 일에서 무거운 비중을 차지하게 되었으며 그 비중이 앞으로 더욱 증대해 가리라는 것은 누구도 부정할 수 없게 되었다. 이러한 상황을 감안할 때 복거일의 『한반도에 드리운 중국의 그림자』를 읽는 일은 많은 한국인들에게 있어서 분명 풍부한 생각거리와 유익한 시사를 제공받을 수 있는 뜻깊은 체험이 될 것이다.

야웨와 여호수아

「여호수아」는 『구약성서』를 이루고 있는 서른 아홉 개의 텍스트 가운데 여섯 번째 자리에 놓여 있는 텍스트이다. 이 텍스트는 유대인의 지도자였던 모세가 죽고 난 후 그의 자리를 이어받은 여호수아에게 유대인들의 신인 야웨[1]가 주는 명령을 기록하면서 시작된다.

> 여호와의 종 모세가 죽은 후에 여호와께서 모세의 시종 눈의 아들 여호수아에게 일러 가라사대 내 종 모세가 죽었으니 이제 너는 이 모든 백성으로 더불어 일어나 이 요단을 건너 내가 그들 곧 이스라엘 자손에게 주는 땅으로 가라 내가 모세에게 말한 바와 같이 무릇 너희 발바닥으로 밟는 곳을 내가 다 너희에게 주었노니 곧 광야와 이 레바논에서부터 큰 하수(河水) 유브라데에 이르는 헷 족속의 온 땅과 또 해지는 편 대해(大海)까지 너희 지경이 되리라

여호수아에게 이런 명령을 내린 야웨는 이어서 다음과 같은 웅변조의

---

1) 『구약성서』에 나오는 신의 이름은 '여호와'나 '야훼'가 아니라 '야웨'로 표기하는 것이 정확하다. 조철수, 『유대교와 예수』(길, 2002) 참조. 이제부터 나의 글에서는 이 신의 이름에 대한 표기를 '야웨'로 통일한다. 단, 인용문의 경우에는 그 원래의 표기방식을 존중할 수밖에 없다.

말로 그를 격려한다.

> 너의 평생에 너를 능히 당할 자 없으리니 내가 모세와 함께 있던 것
> 같이 너와 함께 있을 것임이라 내가 너를 떠나지 아니하며 버리지 아니
> 하리니 마음을 강하게 하라 담대히 하라

야웨로부터 위와 같은 명령을 받고 또 든든하기 이를 데 없는 격려의 말까지 듣고 난 여호수아는 그 즉시 몸을 일으킨다. 유대인들을 이끌고 가나안 지역 전체를 정복하기 위한 싸움의 길로 나아가는 것이다. 그것이 그에게는 거룩하신 신의 뜻을 이 땅에 실현하는 정의의 행동이다. 절대적으로 옳고 자랑스러운 행동이다. 이제부터 펼쳐지는 「여호수아」 텍스트의 나머지 부분은 이러한 '정의의 행동'이 구체적으로 어떻게 전개되었는가를 자세하게 그리고 있다.

여호수아는 그러한 정의의 행동을 어떤 식으로 전개하였던가? 그것은 오랜 옛날부터 자기들이 가꾸어 온 땅에서 아무 일 없이 살고 있는 수많은 족속들을 차례차례 찾아가서 덮어놓고 싸움을 거는 것이었다. 싸움을 걸고, 싸움이 벌어지면, 야웨의 도움에 힘입어 상대방 군사를 격파하는 것이었다. 군사를 격파한 다음에는, 그 족속의 거주지를 빼앗아 유대인의 영토로 만드는 것이었다.

이런 행동이 과연 '정의의 행동'이라고 할 수 있을까? 의문이 아닐 수 없다.

그런데 「여호수아」의 텍스트를 실제로 읽어나가다 보면, 문제가 이 정도에서 그치지 않는다는 사실을 거듭거듭 확인하게 된다. 여호수아의 지휘 아래 유대인 일당이 다른 족속들의 거주지를 빼앗을 때마다 저지르는 대규모 살육의 행태가 너무나 잔인하기 때문이다. 적의 군대만 격

파하는 것이 아니다. 자기들이 빼앗은 땅에 지금까지 살고 있던 백성들을 모두 다 죽여 버리는 것이다. 「여호수아」의 텍스트가 반복해서 자랑스럽게 사용하는 표현법에 따르면 그 백성들 하나하나를 빠짐없이 '칼날로 쳐서' '진멸(殄滅)'하는 것이다. 진멸, 또 진멸…… 이런 끔찍한 기록이 이어지고 또 이어진다. 이제 그만 끝나는가 싶으면 또다시 이어진다.

여호수아가 이런 식의 잔인한 '인종 청소'[2] 작전을 거듭한 것은 알고 보면 야웨의 뜻을 충실하게 따른 것이었다. 어떻게 보면 야웨는 여호수아보다도 더하였다. 야웨가 제일 두려워하고 걱정한 것은, 혹시라도 다른 족속들이 겁을 먹어서 일찌감치 투항하거나 부드러운 마음이 되어서 친화적인 몸짓을 보이면 여호수아를 비롯한 유대인들의 마음도 부드러워져서 그들의 잔인한 인종 청소 정책을 완화시킬지 모른다는 점이었다. 그래서 야웨는 그의 전능성(全能性)을 발휘하여 비상 수단을 썼다. 그 구체적인 내용은 「여호수아」 11장 19절 및 20절에 다음과 같이 기록되어 있다.

> 기브온 거민 히위 사람 외에는 이스라엘 자손과 화친한 성읍이 하나도 없고 다 이스라엘 자손에게 쳐서 취한 바 되었으니 그들의 마음이 강퍅하여 이스라엘을 대적하여 싸우러 온 것은 여호와께서 그리하게 하신 것이라 그들로 저주받은 자 되게 하여 은혜를 입지 못하게 하시고 여호와께서 모세에게 명하신 대로 진멸하려 하심이었더라

위에서 보듯 야웨는 여호수아와 유대인 일당이 진군하는 길목에 있는 모든 지역 사람들의 마음속으로 직접 들어가서 묘한 장난을 쳐 놓는다

---

2) 여호수아(그 이전에는 모세)의 지휘에 따라 거듭거듭 행해진 유대인들의 잔인한 타 부족 연쇄 학살극에 대해 '인종 청소'라는 적절한 표현을 진작에 사용한 사람은 차기태이다. 차기태, 『내 마음의 엘리시움』(필맥, 2007), p.100.

는 기상천외의 방법을 동원하여 자신의 고민을 해결한 것이다. 과연 '인종 청소 전문가'들의 신으로 숭배받을 만한 자격이 있는 자의 모습이라 하지 않을 수 없다.

알고 보면 야웨의 이런 모습은 「여호수아」보다 앞자리에 놓여 있는 다섯 개의 텍스트 — 이른바 '모세 5경'이라 불리는 것 — 에서나, 또 「여호수아」보다 뒤에 나오는 여러 텍스트들에서나, 일관되게 이어지고 있는 것이다. 그 점을 효과적으로 압축하여 표현하고 있는 대목을 하나만 들어 보라고 한다면 「신명기」 20장 16절을 지목할 수 있다. 거기에는 다음과 같은 말이 나오는 것이다: "네 하나님 여호와께서 네게 기업으로 주시는 이 민족들의 성읍에서는 호흡 있는 자를 하나도 살리지 말(라)." 「신명기」 7장 2절에는 또 이런 말도 있다: "너는 그들을 진멸할 것이라 그들과 무슨 언약도 말 것이요 그들을 불쌍히 여기지도 말(라)." '그들을 불쌍히 여기지 말라' – 참 대단한 하나님의 명령이다.

야웨와 예수의 관계를 어떻게 볼 것인가?

1. 기독교측의 전통적 설명

『구약성서』를 읽어나가다 보면, 그 책의 주인공인 야웨 신이 얼마나 잔인하고 이기적인 부족신의 면모를 지니고 있는가를 실감하지 않을 수 없게 된다. 그리고, 독일 시인 클라분트의 다음과 같은 말에 공감하지 않을 수 없는 심정이 된다.

> 여호와, 그것은 얼마나 놀라운 불륜의 신일 것인가? 그는 인간을 창조하고, 그것에 죄를 범하게 하고, 그리고 괴롭히고, 스스로의 손으로 인간 속에 뿌린 종자의 열매 때문에 벌하는 것이다. 그는 복수의 신이다. 그리고 또한 눈에는 눈, 이빨에는 이빨을 설법하는 참혹한 율법의 신인 것이다. 여호와, 그것은 참으로 피비린내 나는 폭력과 준엄한 율법의 신 — 유대의 신, 마카베일의 신이며, 사랑과 은혜의 신인 인도의 신의 개념에서는 엄청나게 후퇴한 신이었다.
>
> (…) 이 신은 자비를 모른다. 아브라함에 대해서는 자식을 죽이라고 명령하지 않았던가? 그는 조상의 죄에 대해서는 자손 대대에 이르기까지 복수를 부르짖는 것이다. 그는 관용이라는 것을 모른다. 『구약성경』은 본질적으로 종교의 교과서가 될 책이 아니다.[1]

그렇다면 이러한 야웨 신과 『신약성서』의 주인공인 예수—'사랑의 사도'이며 '온유와 겸손의 대명사'이기도 한 존재로 널리 알려져 있는 예수[2]—사이의 관계는 어떻게 되는 것일까?

이 물음에 대한 답을 기독교는 진작에 마련해 두고 있다. 야웨는 아버지이고, 예수는 아들이다. 그 아버지와 아들은 다시 성령과 합쳐서 성(聖)삼위일체(三位一體)를 구성한다. 『구약성서』와 『신약성서』 사이에는 명확한 연속성이 존재한다. 야웨의 거대한 구상과 그 실천이라는 주제가 『구약성서』와 『신약성서』를 하나로 연결하고 있다. 『구약성서』에서 충실한 준비 과정을 거친 야웨의 '인류 구원' 프로젝트는 『신약성서』에 이르러서 완성된다. 등등.

2. 김동진의 견해

그런데 우리는 『구약성서』를 거듭거듭 자세하게 읽어보면 읽어볼수록 그러한 전통적 교리에 전혀 설득력이 없다는 사실을 절감하지 않을 수 없게 된다. 그보다는 차라리 김동진이 『예수는 골고다에서 죽지 않았다』라는 책에서 내세운 다음과 같은 주장에 더 공감하지 않을 수 없는 마음

---

1) 클라분트, 『세계문학신강(新講)』(곽복록 역, 을유문화사, 1966), p.63.
2) 예수가 정말로 그런 존재인가에 대해서는 이견(異見)이 있을 수 있다. 실제로 복음서를 주의 깊게 읽어 보면 예수를 간단히 '사랑의 사도'이며 '온유와 겸손의 대명사'이기도 한 존재로 규정하는 것을 주저하거나 혹은 거부하도록 만드는 대목들이 숱하게 나온다. 불교 승려인 회암이 오래 전에 쓴 『말하지 않을 수 없다』(논장, 1992)의 제3부를 보면 이 점에 대한 인상적인 논의가 이루어지고 있다. 회암의 저서는 많은 사람들에게 일독(一讀)을 권유할 만한 책이다. 그러나 아무리 예수에 대해 통념과 다른 견해를 가지는 입장에 서게 된다 하더라도 적어도 『구약성서』의 야웨와 비교해 볼 때 예수가 지닌 사랑의 정신과 온유함, 그리고 겸손함이 대비적(對比的)으로 돋보인다는 사실에 대해서만은 의문을 제기할 여지가 없는 것으로 생각된다.

이 된다.

> 예수는 분명 예루살렘 신전으로 대표되는 예루살렘 제의 공동체의 지
> 도자들의 음모에 의하여 죽었다.
> (…) 그런데 그들은 왜 그렇게 했던가? 그들은 바로 야웨의 추종자들.
> 그들은 그들의 신 야웨를 모독하고, 그의 신전을 모욕하고, 그가 세운 율
> 법과 규율을 부정하고 파괴하는 예수를 전혀 용서할 수 없었던 것이다.
> 그렇다면 예수께서는 야웨에 의하여 죽임을 당한 것이 아닌가? 예수의
> 죽음의 배후에는 분명히 야웨가 있지 않은가?[3]

위와 같은 김동진의 주장에 따르면, 예수를 죽음으로 몰아간 제사장들
과 바리새인들은 자신들이 야웨의 뜻을 충실하게 따르고 있다는 확신
아래 그런 행동을 한 것인데, 그들의 확신은 사실 잘못된 것이 아니었다.
『구약성서』에서 묘사되고 있는 야웨라는 신의 성격을 보면 이 점은 명
백하다. 잔인하고 이기적인 부족신의 면모를 지니고 있는『구약성서』의
야웨는 제사장들과 바리새인들이 생각하는 바로 그런 종류의 신이었다.
이런 야웨에게 만약 그의 뜻이라는 것이 있었다고 한다면 그것은 제사
장들과 바리새인들을 충동질하여 예수를 죽게 만드는 것일 수밖에 없다.
예수가 한 행동이란 "야웨를 모독하고, 그의 신전을 모욕하고, 그가 세
운 율법과 규율을 부정하고 파괴하는" 것에 다름 아니었기 때문이다.
김동진은 위와 같은 판단의 연장선상에서 오늘의 교회를 향하여 다음
과 같은 질문을 던지고 있다.

> 그런데 우리는 어떻게 그 예수를, 그를 죽인 신 야웨와 같이 섬길 수
> 있다는 말인가? 어떻게 교회는 아직도 그 잔인무도하기 짝이 없는, 율법
> 으로 대표되는 신 야웨를 교회에서 과감하게 내어 쫓아 버리지 못하고,

---

3) 김동진, 『예수는 골고다에서 죽지 않았다』(한미르, 2004), pp.29~30.

아니 오히려 예수 그리스도의 아버지 하나님으로 떠받들면서, 예수 그리스도와 한 자리에 모시어놓고서 아니, 조금은 더 높은 자리에 올려놓고서 "할렐루야!" 찬양할 수 있단 말인가?[4]

김동진의 이러한 질문에 담겨 있는 속뜻은 경시할 수 없는 무게를 가지고 있는 것으로 여겨진다.

3. 우희종의 견해

그런데 2006년에 이르러 우희종에 의하여 한 가지 흥미로운 견해가 제출되었다. 우희종은 서울대 수의학과 교수로 재직해 오면서 한편으로 불교에 대한 깊은 연구를 수행하여 『생명과학과 선(禪)』 등의 저서를 출간하기도 한 사람이다. 이런 그가 2006년, 한국교수불자연합회와 한국기독자교수협의회에서 공동으로 개최한 '인류의 스승으로서 붓다와 예수'라는 주제의 학술대회에 불교측 기조발제자로 참여하여 「삶의 자세와 십자가의 의미」라는 제목의 발표를 했다. 여기서 그는, 예수가 십자가 위에서 죽은 것은 야웨 신이 스스로 저질렀던 원죄에 대한 자기처벌이었다는 주장을 펼친다. 즉 예수의 죽음이 대속(代贖)의 의미를 가진다면 그가 죽음을 통해서 사해 준 '죄'는 다름 아닌 야웨의 죄였다는 것이다. 우희종의 말을 직접 인용해 보자.

십자가에 못 박혀 대속의 길을 걸으신 예수님의 보혈은 결국 인간이 아니라 에덴 동산에서 폭력을 행사한 하느님의 원죄를 위하여 흘린 것임을 확신한다. 관계의 복원을 위해서는 하느님 스스로를 거룩하게 해야만

---

4) 위의 책, p.30.

했던 것이기에(「요한복음」, 17:19), 십자가 사건은 선악을 알게 된 인간과의 관계를 끊어야 했던 공의(公義)의 하느님이자 정의와 분노로 나타나는 구약 하느님의 죄를 스스로 사하고 거룩하게 함으로써, 이제 용서와 사랑의 하느님으로서 새로운 계약 속에 거듭 태어나는 순간이자 이를 받아들인 인간 역시 거듭 태어나 부활할 수 있게 되는 대사건이다.

하느님/예수님은 에덴에서 자신이 인간에게 행한 폭력에 대하여 인간이 느꼈던 고통과 괴로움을 똑같이 느끼기 위해 수많은 모욕과 희롱 속에 골고다 언덕에서 스스로를 십자가에 못 박음으로써 진정한 속죄를 해야 했기 때문에, 십자가에서의 고통 속에서 가능하면 이 잔을 거두어 달라는 예수님의 간청은 결코 이루어질 수 없는, 진정한 관계 회복을 위해 예정된 필연적 의식이었다(「요한복음」, 10:17~18, 12:27).[5]

위와 같은 우희종의 견해를 전통적인 기독교인들은 결코 액면 그대로 받아들이지 못할 것이다. 그런가 하면 그의 논리는 우리가 보기에도 별로 설득력 있는 것이 되지 못한다. 무엇보다도 그는 『구약성서』의 야웨가 어쨌든 '공의의 하느님', '정의로운 하느님'이기는 했다는 것을 전제하고 있지만, 실제로 우리가 『구약성서』를 정독해 볼 때 확인하게 되는 야웨의 모습은 참다운 의미에서의 공의니 정의니 하는 것과는 거리가 먼, 잔인하고 이기적인 부족신에 지나지 않기 때문에 그러하다. 우희종은 야웨가 에덴 동산에서 아담과 하와를 상대로 저지른 '관계 단절'의 폭력을 문제삼았지만, 『구약성서』의 텍스트는 그 때 저질러진 그 정도의 일회적 폭력 따위는 명함도 못 내밀 만큼 잔인하고 무절제한 폭력을 야웨가 부단히, 대규모로 행사해 왔다는 사실을 입증해 주는 기록으로 가득 차 있지 않은가?

그렇기는 하지만, 앞에서 이미 말한 대로 우희종의 견해가 상당히 홍

---

5) 한국교수불자연합회·한국기독자교수협의회, 『인류의 스승으로서 붓다와 예수』(동연, 2006), pp.49~50.

미로운 것임에는 틀림이 없다. 야웨가 자기의 범죄 행위를 반성하고 참
회할 수도 있다[6]는 발상은 전통적인 기독교인들도 못해 본 것이고, 클
라분트도, 김동진도 못해 본 것이다. 나 역시 물론 못해 본 것이다.

4. 내가 2002년에 생각해 본 것

'야웨와 예수의 관계를 과연 어떤 것으로 보아야 할 것이냐?'라는 물
음과 관련하여 나 자신은 2002년에 쓴 한 편의 글에서 간단한 개인적
소감을 피력해 본 적이 있다. 백도기의 단편 「본시오 빌라도의 수기」를
대상으로 한 나의 글 「「본시오 빌라도의 수기」와 관련된 몇 가지 단상」
에 들어 있는 다음과 같은 대목이 그것이다.

> 현재 우리가 대할 수 있는 『성서』의 텍스트 자체를 순전한 '실감'의
> 차원에서 읽어볼 때에 자연스럽게 드는 느낌은, 야웨는 예수에게 걸맞는
> 아버지로 인정받기에는 여러 가지로 모자라는 점이 많다는 느낌이다. 이
> 를테면 못된 아버지 밑에 그 아버지보다 훨씬 훌륭한 아들이 태어나서
> 여러 가지로 좋은 언행을 보여준 덕분에 그 못된 아버지도 덩달아 동네
> 사람들로부터 실제 이상의 과분한 칭찬을 받게 된 어떤 집안을 보는 듯
> 한 느낌이 드는 것이다.[7]

이러한 생각은 그다지 인상적인 것이 아닐 수도 있다. 김동진의 견해

---

6) 우희종은 위 발표문 속의 다른 부분에서는 직접 '참회'라는 표현을 사용하고 있다. "에덴
에서 자신의 자식인 인간을 정죄하며 폭력을 행사했던 하느님은 자신 스스로를 못 박은
십자가 사건을 통해 스스로 참회하면서 관계의 단절이라는 폭력을 이기는 길은 오직 이
와 같은 사랑이며, 사랑이란 상대를 판단하지 않고 정죄하지 않으며 용서하는 것임을 우
리에게 몸소 보여주고 있다"(위의 책, p.51).
7) 이동하, 『한국소설과 기독교』(국학자료원, 2003), p.38.

처럼 강렬한 분노의 열정을 동반하고 있는 것도 아니고, 우희종의 견해처럼 참신한 '통념 뒤집기'의 매력을 담고 있는 것도 아니다. 그러나 전통적 기독교 교리의 억지로부터 벗어나 보다 설득력 있는 논리를 마련해 보고자 하는 노력의 일환으로서 그 나름의 진지성을 가진 것이라는 점은 분명하게 말해 둘 수 있다.

조선 천주교인들의 수난사는
왜 우리의 탄식을 불러일으키는가?

1. 유교식 제사 문제에 대한 천주교의 입장이 변화해 간 양상

중국인들이 천주교를 처음으로 접하게 된 시기는 당나라 때였다는 기록이 남아 있다. 하지만 천주교측에 의한 중국 선교가 본격적으로 시작된 것은 16세기 후반기였다. 명나라 말기였던 1583년에 중국으로 건너온 마테오 리치(1552~1610)의 정력적인 활동에 의하여 천주교는 처음으로 중국 대륙에 뿌리를 내리기 시작한 것이다.

마테오 리치는 선교활동을 전개함에 있어 유교 신봉자들이 신성시하는 것, 이를테면 공자에 대한 숭배라든가 조상에 대한 제사와 같은 것들을 모두 유연하게 인정하는 태도로 임하였다. 그의 이러한 태도는 그 시대에 로마 교황청이 채택하고 있던 입장과도 일치하는 것이었다. 그리고 이와 같은 태도에 입각해 있었기 때문에 마테오 리치의 천주교 선교 활동은 평화롭고 안정된 분위기 속에서 진행될 수 있었다.

중국을 무대로 한 천주교 선교 활동의 이처럼 평화롭고 안정된 분위기는, 마테오 리치가 세상을 떠난 후, 그의 유연한 태도와 거리가 먼, 보다 경직된 입장을 취하는 선교사들이 조금씩 나타나기 시작하면서, 서서히 흔들리기 시작했다. 그러다가, 1715년, '유교식 제사 금지'의 원칙이 교황 클레멘스 11세에 의해 정립되고, 1742년에 이르러 새로운 교황 베네딕토 14세에 의해 다시 확인되면서, 상황은 결정적으로 악화하게 되었다. 로마 교황청이 이러한 방침을 중국에서 철저히 관철시키려 시도하자, 당시 중국을 다스리고 있었던 청나라의 조정은 격한 반발을 보였고, 그들의 이러한 반발은 곧 천주교에 대한 탄압으로 이어지게 된 것이다. 그러나 로마 교황청은 조금도 양보할 기색을 보이지 않고 맞섰다.

이러한 역사적 전개 과정을 살펴볼 때 우리가 분명하게 알 수 있는 점 가운데 하나는, "천주교는 유교식 제사를 전면적으로, 단호히 부정한다"라는 것이 시대를 초월한 절대불변의 원칙이 아니고, 교황청의 방침 변경에 따라서 얼마든지 바뀔 수 있는 것이라는 사실이다.

이와 같은 사실은, 위에서 언급된 시대로부터 한참이 지난 후에 해당하는 20세기의 역사를 살펴볼 때에도 마찬가지로 확인된다. 로마 교황청은 20세기로 접어들면서 다시 유연한 관용 정책으로 전환한다. 예를 들면, 1932년, 만주국을 만든 일본이 정치적 목적에 입각하여 '공자 숭배'를 만주국 국민의 의무로 규정했을 때, 교황 비오 11세는 만주국에 거주하는 모든 천주교인들이 그것을 수용하도록 조치했다. 그 뒤를 이은 비오 12세는 1939년에 「중국 의례에 관한 훈령」을 공포하여, 유교의 공자 숭배나 조상 제사와 같은 것을 폭넓게 인정하는 교황청의 입장을 공식화했다. 이로써 천주교와 유교식 제사 사이의 관계에 대한 천주교측의 기본 입장은 다시 저 마테오 리치의 시대로 완전히 회귀한 것이다. 그 '관계'라는 것이 얼마나 가변적이고 임의적인 것인가는 여기에 이르러 다시 한번 극명하게 입증된 셈이다.

2. 우리가 탄식하게 되는 이유

그런데 이러한 사실을 조선의 초기 천주교 신자들은 알 도리가 없었다. 그들을 못마땅하게 생각한 조선의 권력자들도 역시 알 도리가 없었다.

우리나라의 일부 지식인과 민중이 천주교의 존재를 처음으로 알게 된 것은, 위에서 말한 로마 교황청과 청나라 조정 사이의 대결 구조가 만들어진 지 수십 년이 지난 18세기 말의 시점에서였다. 왜 하필이면 그 시점에서였던가? 저 마테오 리치의 시대도 아니고, 20세기도 아닌, 바로 그 시점에서라야만 했던가? 그 시점이 아닌 다른 시점에서 천주교와 한국인들간의 첫 만남이 이루어졌더라면, 처참을 극한 저 대량 순교의 비극은 발생하지 않았을 것이 아닌가?

한 번 잘 생각해 보라.

그 당시 천주교의 존재를 알게 된 사람들 가운데 일부는 천주교를 단순히 '아는' 것에 머무르지 않고 자신의 신앙으로 삼게 되기까지 했는데, 그들이 신앙에로 나아간 시점이 하필이면 그런 시점이었기 때문에, 그들로서는, "천주교는 유교식 제사를 전면적으로, 단호히 부정한다"라는 것이 시대를 초월한 절대불변의 원칙이라고 생각하지 않을래야 않을 도리가 없었다. 그들로서는 마테오 리치 시대의 천주교가 유교식 제사에 대해 어떤 태도를 취하고 있었는지 알 수 없었고, 먼 훗날, 20세기에 가서, 천주교가 유교식 제사에 대해 어떤 태도를 취하게 될지도 물론 알 수 없었으며, 오로지 18세기 말 당시의 천주교가 취하고 있었던 입장만 알 수 있었으니, 그러는 것이 당연했다.

그리고 이런 이야기는 그들을 못마땅하게 생각한 조선의 권력자들에게도 고스란히 적용된다. 그들 역시 마테오 리치 시대의 천주교가 유교식 제사에 대해 어떤 태도를 취하고 있었는지 알 수 없었고, 먼 훗날, 20

세기에 가서, 천주교가 유교식 제사에 대해 어떤 태도를 취하게 될지도 물론 알 수 없었으며, 오로지 18세기 말 당시의 천주교가 취하고 있었던 입장만 알 수 있었으니, "천주교는 유교식 제사를 전면적으로, 단호히 부정한다"라는 것이 시대를 초월한 절대불변의 원칙이라고 생각하는 것이 당연했다.

조선의 초기 천주교 신자들이 유교식 제사에 대해서 죽음을 무릅쓰고 거부의 자세를 관철시킨 것은, 그리고 보면, 그 시대의 일시적 현상에 해당하는 문제를 영원불변의 원리에 관련되는 문제로 오해한 결과였다. 당시의 권력자들이 그런 초기 천주교 신자들을 절대로 용납할 수 없는 존재로 간주하고 집단적으로 처형한 것 역시, 그 시대의 일시적 현상에 해당하는 문제를 영원불변의 원리에 관련되는 문제로 오해한 결과였다.

이와 같은 쌍방의 오해가 그런 대량 순교라는 사태의 근원에 자리 잡고 있다는 사실을 알고 나면, "왜 하필이면 18세기 말, 그 시점에서 한국인들은 천주교를 처음으로 알게 되었던가?"라는, 탄식 섞인 물음을 던지지 않고 배길 도리가 없는 것이다.

인명 찾아보기

ㄱ

갈릴레이 303
강용준 88
강정일당 304
강주헌 35, 54, 174, 190
갠디 17, 192
건륭제 248, 249
고울더 41
고은 278
곽광수 128, 129
광우 281
그린 273
기무라 258
기타모리 167
김경미 48
김교신 59, 68, 69, 70, 71, 72, 73, 74
김동리 22, 59, 65, 66, 67, 68, 74,
　102, 156, 180, 181
김동진 336, 337, 338, 340
김명우 263
김병화 320
김상분 92
김성동 277
김세곤 263
김세윤 86
김수영 289
김신명숙 303, 304
김영하 79, 93, 96, 97, 98, 99, 100,
　101, 102

김용옥 95
김욱동 109
김윤수 264, 266
김윤식 70, 293
김의정 88, 180
김인성 302
김일성 311, 312, 314
김재익 305, 306, 307, 308, 309
김정설 65
김정숙 65
김정일 305
김종수 86, 89
김주연 159, 168, 169, 208
김준우 182
김쾌상 167
김태형 320
김필년 241, 242, 243, 244
김현 119
김형인 222
김호성 277, 278, 279, 280, 281, 283

ㄴ

나병철 261
남덕우 305, 306, 307
노평구 71
놀런 35, 36
뉴턴 303

ㄷ

다이아몬드 244
다치하라 278, 279, 282, 283
다카이 282
데리다 273
도스토예프스키 293

ㄹ

라르드로 324
랜드 290
러너 300, 302, 304
레닌 227
롤랑 320
류달영 73, 74
류대영 45, 46, 48, 59
류영모 51, 52, 73, 174, 206
류철균 109
리영희 324, 325
리치 343, 344, 345

ㅁ

마르크스 227, 247
마오쩌둥 311, 315, 319, 324, 325,
326
마젤란 239
마치오키 324
만 293
맥클로리 92
메를로-퐁티 311, 312, 313, 316
메이슨 162, 184
모리악 272
몰리에르 325
몸 293, 294, 297, 298, 299, 300
문형렬 93, 94, 96

ㅂ

바투 238, 239
박경일 273
박상륭 22
박상화 19
박석규 167
박영신 69
박영호 51, 174, 190, 206
박진 159, 165
박혜영 325
박홍규 319
박화성 63, 64
배국원 178, 225
백도기 20, 21, 340
백완기 307
버제스 291
베네딕토 14세 86, 344
베네딕토 16세 226
베이커 86
베토벤 295, 317, 318, 319, 320, 321,
322
변광배 310
보프 225
복거일 244, 323, 324, 326, 327, 328,
329
블레이어 31, 64
비오 11세 344
비오 12세 344

ㅅ

사르트르 311, 313, 315, 316, 319,
325
서기원 79, 80, 81, 82, 83, 84, 86,
101, 180
서영애 265

서영채 48
서인정 319
석영중 51, 57
선우휘 289
설리번 318, 319
성민엽 165
세친 263
셸든 273
소르망 324, 325
손광식 306
솔로몬 320
송명희 25
송상일 125
송성욱 109
셜레빅스 225
슈트룸 322
스크랜튼 60
스탈린 311, 312, 314
스퐁 16, 17, 18, 36, 37, 38, 39, 40,
    41, 42, 162, 182, 189, 190, 191, 204,
    225, 226
승영조 17, 192
시리넬리 310
신동혁 285, 288
신채호 118
실버먼 214, 217, 218, 220, 222

ㅇ

아롱 311, 313, 314, 316
안요한 229, 230, 231, 232, 233, 234
안진환 294
안혜 265
양현혜 72
양형진 266
어만 35
옌센 259

옌스 18, 19, 21
오강남 34, 42, 73
오고타이칸 238
오석윤 282
오성환 214
오웰 45, 46
오카노 263
오코너 272
옹프레 54, 174, 190, 206
요세푸스 161, 162, 164, 170, 171,
    184, 185
요한 바오로 2세 175, 176, 177, 178,
    224, 225, 226
용수 265
우치무라 69
우한용 261
우희종 338, 339, 340, 341
웨이징성 327
유기원 310
유기환 314
유태엽 162, 184
윤종혁 297, 298, 300
의상 270
이가환 81, 82, 84
이계준 41, 162, 226
이광수 25, 26, 27, 28, 29, 30, 32, 33,
    35, 37, 43, 44, 47, 48, 49, 50, 51,
    52, 53, 55, 56, 57, 61, 62, 277
이기경 87
이덕주 48, 60, 61
이문열 107, 108, 109, 110, 111, 112,
    113, 114, 115, 120, 122, 125, 127,
    128, 129, 131, 133, 134, 136, 137,
    138, 139, 140, 145, 146, 147, 151,
    152, 153, 155, 156, 180, 181
이보영 68, 107
이상섭 95

이승만 313
이승훈 26, 48
이어령 289, 290
이이 307
이재수 89, 90, 91
이청준 229, 230, 231, 232, 233, 234
이한우 182
이한중 46
이혜순 304
임윤지당 304

ㅈ

장동하 89
장베 324
장수익 166
전두환 305, 306, 307, 308
정명환 310, 313, 319
정상균 152
정약용 81, 82, 84, 85
정찬 159, 160, 161, 162, 163, 164,
  165, 167, 168, 169, 170, 171, 172,
  173, 174, 175, 176, 177, 178, 179,
  180, 181, 183, 184, 185, 186, 187,
  188, 189, 190, 191, 192, 193, 194,
  195, 197, 200, 201, 203, 204, 205,
  207, 208, 209, 216, 217, 219, 223,
  224, 225, 226, 227
정하상 84, 85
정한교 36
조남현 85
조동일 256, 257, 258, 269, 270
조수철 316, 320, 321, 322
조정래 287
조철수 331
주네트 268

ㅊ

차기태 333
차봉준 125
차성환 32, 33, 43, 48, 63, 64
최기복 86
최병건 42
최상규 267
최원식 90
최종수 17, 36, 204
최주한 48
최혜실 119, 259
칭기즈칸 238

ㅋ

카뮈 311, 314, 316
카잔차키스 22
콘스탄티누스 99
콜롬부스 99, 239
쿠스너 167
큉 73, 178, 225
큐란 225
큐피트 182
크로닌 273
크로포트킨 53
클라분트 335, 336, 340
클라크 59
클레멘스 11세 86, 344

ㅌ

테일러 45
톨스토이 25, 48, 49, 50, 51, 52, 53,
  54, 55, 56, 57
트로크메 35

ㅍ

페리　239
폭스　226
프랭스　267
프리크　17, 192
필로　170, 184, 185
핑컬스타인　214, 217, 218, 220, 222

ㅎ

하응백　159, 164
하타노　48, 57
한무숙　84, 85, 87, 88, 180
한성수　189
한승옥　25
한승원　277

한용환　267, 268
함석헌　69, 72, 73, 74
해리스　61
현기영　89, 90, 92, 99, 180
현길언　93, 95, 96
현장　263
혜봉　281
홍낙안　87
홍상희　325
홍정선　159, 163
화이트헤드　206
황석영　156, 180
황종렬　92
황종연　97
회암　336
히틀러　227, 314

작품 찾아보기

ㄱ

『가룟 유다에 대한 증언』 20
『가톨릭 교회』 178, 225
「개항기 교회의 선교 정책과 전통 사회의 충돌」 89
「개항기 한국 사회와 천주교회」 89
『개화기 조선과 미국 선교사』 48
『검은 꽃』 79, 97, 98, 99, 100, 101, 102, 103
『겨울의 유산』 277, 278, 279, 280, 281, 282, 283
「고난 속에 벌어지는 카니발, 그 쾌활한 지옥도」 97
「고린도전서」 54
『관계』 93, 95
『구약성서』 16, 37, 38, 39, 51, 211, 212, 213, 214, 215, 218, 219, 220, 221, 222, 331, 335, 336, 337, 339
『그 여자의 일생』 57
『그대 다시는 고향에 가지 못하리』 109, 110, 111, 112, 113, 123, 125, 134, 135, 137, 148, 151, 152, 153, 155
『그리고 이 세상이 너를 잊었다면』 93, 94, 95, 96
『그리스도 최후의 유혹』 22
『그리스도교 이전의 예수』 36
「그림자를 판 사나이」 93, 96, 97
『그의 자서전』 27, 28, 29, 37, 39, 47, 49

『근대 서사와 탈식민주의』 261
「금일 조선 야소교회(耶蘇敎會)의 결점」 43, 44, 47
「금후의 조선 기독교」 72
『기독교 변하지 않으면 죽는다』 182
『기독교 전승의 소설적 형상화와 작가 의식』 125
「기억의 강」 160, 163, 164, 168, 169, 172, 178, 197, 224
『기억의 강』 159, 160, 161, 163, 164
『김동리 삶과 문학』 65
『꿈』 277
「꿈을 폐기한 시대의 꿈꾸기」 159

ㄴ

『나』 27, 28, 29, 30, 31, 35, 47
『나는 불교를 이렇게 본다』 95
『나의 고백』 28, 49
「낙산이대성(洛山二大聖)」 269, 270
『낮은 데로 임하소서』 229, 230, 231, 232, 234
『낯선 신을 찾아서』 293
『내 마음의 엘리시움』 333
「내가 감격한 외국작품」 51
「누가복음」 16, 21, 36, 37, 40, 190, 191
「니르바나의 시학 : 불교적-포스트모던적 영문학 읽기」 273

ㄷ

「다니엘」 39, 40
『다석 류영모』 51
『다석강의』 206
「달팽이의 외출」 129
『당신들의 천국』 230, 232
『당신은 마음에게 속고 있다』 43
『동방의 성인 다석 류영모』 74
「두 생애」 159, 160, 175, 177, 178,
 179, 223, 224, 225, 226, 227
『두 생애』 176
『두 얼굴을 가진 하나님 : 성서로 보는
 미국 노예제』 222
「두옹(杜翁)과 나」 26, 50, 56

ㄹ

「로마서」 206
「롤랑의 노래」 110, 112, 120
『루트비히 판 베토벤』 320

ㅁ

「마가복음」 16, 37, 38, 39, 40, 191
『마오쩌둥 어록』 324
「마태복음」 16, 37, 39, 40, 191
『만남』 84, 85, 86, 87, 88, 180, 181
『만들어진 예수 참 사람 예수』 41,
 162, 226
『말하지 않을 수 없다』 336
「면도날」 293, 294, 297, 298, 299,
 300
『목소리』 88, 180, 181
「무녀도」 65, 66, 68, 74
『무신학의 탄생』 54, 174, 190
『무정』 57, 61, 62

『『무정』을 읽는다』 48, 57
『문명권의 동질성과 이질성』 256

ㅂ

『반항하는 인간』 314
『버마 시절』 46
『베토벤 심리상담 보고서』 320
『베토벤 평전』 319
『베토벤, 그 거룩한 울림에 대하여』 316,
 320, 321
『베토벤의 삶과 음악세계』 320
『베토벤-그의 정신적 발달』 319
『벽암록(碧巖錄)』 279
『변방에 우짖는 새』 89, 99, 180
『변하는 것과 변하지 않는 것』 165
「복음서의 빌라도, 필로와 요세푸스의
 빌라도, 정찬의 빌라도」 160, 170, 185
「본시오 빌라도의 수기」 340
「「본시오 빌라도의 수기」와 관련된 몇
 가지 단상」 340
「부재하는 신과 소설」 125
『부활』 51, 55
「『부활』과 「창세기」」 51, 55
『불교, 소설과 영화를 말하다』 277, 278
『불교는 무엇을 말하는가』 264
『불교문학의 이해』 265
『불교심리학 입문』 263
『불꽃의 자유혼 허난설헌』 303, 304
『빌라도의 예수』 159, 160, 170, 171,
 172, 173, 174, 175, 177, 178, 179,
 183, 184, 185, 186, 187, 188, 189,
 190, 191, 193, 194, 195, 196, 197,
 198, 200, 201, 203, 204, 205, 206,
 207, 208, 209, 210, 211, 216, 217,
 219, 226

작품 찾아보기　　**355**

ㅅ

『사건의 핵심』 273
「사도행전」 16, 36
『사람의 아들』 107, 108, 109, 113,
　125, 126, 127, 128, 129, 130, 131,
　132, 133, 134, 135, 136, 137, 138,
　139, 140, 141, 142, 144, 145, 147,
　148, 149, 150, 151, 152, 154, 155,
　156, 180, 181
『사랑』 57
「사랑과 배리(背理)―기독교적 비극성」
　128
『사랑의 종말』 273
『사반의 십자가』 22, 66, 67, 68, 74,
　156, 180, 181
『산하대지가 참빛이다』 266
『살림과 대화로서의 문학비평』 166
『삼국유사』 269
「삶의 자세와 십자가의 의미」 338
「새하곡(塞下曲)」 129
『생명과학과 선(禪)』 338
「생활에 나타난 고민상」 72
『서사 이론과 그 쟁점들』 268
『서사의 운명』 259
『서사학』 267
『서양문학에 비친 동양의 사상』 273
「섬」 227
『성경 : 고고학인가 전설인가』 214
『성경을 해방시켜라』 189, 191
『성서』 27, 29, 66, 73, 340
『성서적 입장에서 본 조선역사』 69,
　72, 73
「성자전(聖者傳)」 256
『세계문학신강(新講)』 336
『세상 밖으로 나오다』 285, 288
『세상의 저녁』 159, 160, 165, 167,

168, 169, 170, 171, 172, 173, 178,
　208, 224
『세조대왕』 277
『손님』 156, 180
「수리부엉이」 159, 160, 161, 162, 164,
　168, 171, 172, 178, 197
「슬픔의 노래」 227
『시련과 적응 : 보편사적 시각에서 이해
　한 중국문명』 241
『신, 그 이후』 182
『신들메를 고쳐 매며』 147
「신명기」 334
「신성한 길, 소설의 길」 159
『신약성서』 15, 18, 21, 23, 54, 172,
　200, 322, 336
「신의 침묵에 대한 질문」 84
『심리학, 삼국지를 말하다』 320
『심리학자, 정조의 마음을 분석하다』 320

ㅇ

「아겔다마」 22
『아첨의 영웅주의』 48
『아틀라스』 290
『애욕의 피안』 57
『어느 수녀의 수기』 88
『언어와 상상』 95
「여호수아」 331, 332, 333, 334
『역사 속의 페미니스트』 300, 302
「열왕기」 218
『영웅시대』 109, 113, 114, 121, 122,
　125, 126, 129, 134, 137, 151, 154,
　156
「영혼의 언어를 찾는 소설」 159
『예수 왜곡의 역사』 35
『예수는 골고다에서 죽지 않았다』 336,
　337

『예수는 신화다』 17, 192
『예수는 없다』 34, 73
『예수를 해방시켜라』 17, 36, 41, 204
「예술가와 예술작품 사이」 320
『요세푸스와 신약성서』 162, 184
「요한복음」 16, 21, 37, 74, 191, 339
「용과 용의 대격전」 118
「우리시대, 왜 서사가 문제인가」 261
『우상과 이성』 324
『위건 부두로 가는 길』 46
『유다의 재판』 18, 19, 20, 21
『유대 고대사』 161
『유대 전쟁사』 161
『유대교와 예수』 331
『유식삼십송(唯識三十頌)』 263
『유식삼십송과 유식불교』 263
『유정(有情)』 57
「육장기」 277
『윤치호와 김교신』 72
『을화』 102
「이 황량한 역에서」 129
『이광수 문학과 민족 담론』 48
『이광수 장편소설 연구』 25
「이광수씨와 기독(基督)을 어(語)함」 26,
 50, 53
「이광수의 기독교 사상과 종교다원주의」
 25
『이문열』 109
「이문열 소설의 성서 모티프 수용 양상」
 125
「이문열의 고향 의식과 사대부 정신」
 109
「인간의 존재방식에 대한 두 가지 탐구」
 166
『인류의 스승으로서 붓다와 예수』 339
「1960년대 말의 '참여' 논쟁에 관한 고
 찰」 289

『1985년』 291
『잃어버린 예수』 174, 190, 206

ㅈ

『자본주의는 왜 서양문명에서 발전했는
 가』 241, 243
「자서전들 쓰십시다」 230, 231
『자연에서의 신의 역할과 시간에 따른
 신의 섭리에 대한 고찰』 322
『전환시대의 논리』 324
『정감록』 114
『정신과 의사의 소파에 앉은 톨스토이』
 57
「정찬의 「섬」을 다시 논한다」 227
「제망매가(祭亡妹歌)」 269, 270
「제쳐논 노래」 129
『조선백자마리아상』 79, 80, 81, 83,
 84, 86, 101, 103, 180, 181
『조선조 후기 여성 지성사』 304
『조선후기 유교와 천주교의 대립』 86
「조와(弔蛙)」 72
「조정래의 『태백산맥』이 역사를 왜곡했
 다는 주장」 287
「종무원(宗務院)에의 회답」 51
「주기도문」 296
『중국이라는 거짓말』 324, 325
『중론(中論)』 265
「지질학상으로 본 하나님의 창조」 73

ㅊ

『착한 사람이 왜 고통을 받습니까』 167
「찬기파랑가(讚耆婆郎歌)」 269
「창세기」 51, 211, 212, 218
『책읽기의 괴로움』 119
『초기 미국 선교사 연구』 45, 59

『초기 한국 기독교사 연구』 48, 60
「출애굽기」 212, 214, 218
『충실한 이견자』 92

ㅋ

『카타 우파니샤드』 294
『카페의 아나키스트, 사르트르』 319
「쿠스너의 야웨와 정찬의 예수」 160

ㅌ

『태백산맥』 287
『톨스토이 성경』 51, 52, 54
『톨스토이, 도덕에 미치다』 51
「톨스토이의 인생관」 50, 56

ㅍ

『80년대 경제개혁과 김재익 수석』 305,
    306, 307, 309, 310
『8억인과의 대화』 324
「포플라나무 예찬」 70
『프랑스 지식인들과 한국전쟁』 310,
    312, 313, 314

ㅎ

『하나님의 아픔의 신학』 167
「하느님의 슬픔, 문학의 슬픔」 159, 168,
    208
『하늘은 네 마음 속에 있다』 50, 53
「한 경제 전략가에 대한 회상」 307
『한국 근대문학의 몇 가지 주제』 119
「한국 전통 문화와 천주교회의 충돌」 86
『한국 종교 사상의 사회학적 이해』 32,
    63

『한국 천주교회사의 성찰과 전망』 86,
    89
『한국 토착교회 형성사 연구』 61
『한국 현대소설과 종교의 관련 양상』
    160, 185
『한국근대문학사상비판』 70
『한국문학 속의 도시와 이데올로기』 289
『한국문학 속의 사회주의와 자본주의』
    146
『한국문학과 인간해방의 정신』 287
『한국사람 다치하라 세이슈』 282
『한국소설 속의 신앙과 이성』 181
『한국소설과 기독교』 64, 84, 107, 340
『한국소설의 가능성』 68, 107
『한국의 문학사와 철학사』 269, 270
『한국최근서사문학사연구』 152
「한귀(旱鬼)」 64
「한무숙 소설의 갈래와 항심」 85
『한반도에 드리운 중국의 그림자』 244,
    323, 326, 329
「행정가로서의 김재익」 307
「현기영의 역사소설」 90
『현대 사회의 구조와 이론』 69
「현실과 지식인」 289
『호모 엑세쿠탄스』 108, 109, 113,
    114, 138, 139, 140, 141, 142, 143,
    144, 145, 146, 147, 148, 149, 150,
    152, 153, 154, 155
『화엄경』(경전) 269
『화엄경』(소설) 278
「화엄일승법계도(華嚴一乘法界圖)」 269
『화이트헤드와의 대화』 206
『황제를 위하여』 109, 113, 114, 115,
    117, 118, 120, 121, 123, 125, 126,
    132, 133, 134, 135, 136, 137, 143,
    151, 152, 153, 154, 155

저자 소개

이 동 하(李東夏)

1955년생
서울대 법학과 졸업
서울대 국문과 및 동 대학원 졸업(문학박사)
현재 서울시립대 국문과 교수
『한국소설과 기독교』, 『재미한인문학연구』(정효구와 공저), 『한국문학과 인간해방의 정신』, 『한국현대소설과 종교의 관련 양상』, 『한국문학 속의 사회주의와 자본주의』, 『한국소설 속의 신앙과 이성』 등 저서 다수
대한민국문학상 신인상, 조연현문학상, 현대문학상, 김환태평론문학상 수상

한국소설과 예수 그리고 유다

초판 인쇄 2011년 12월 20일
초판 발행 2011년 12월 30일

지은이 이동하
펴낸이 이대현
편 집 이소희
펴낸곳 도서출판 역락
　　　　　서울 서초구 반포4동 577-25 문창빌딩 2층
　　　　　전화 02-3409-2058(영업부), 2060(편집부)
　　　　　팩시밀리 02-3409-2059
　　　　　이메일 youkrack@hanmail.net
　　　　　등록 1999년 4월 19일 제303-2002-000014호

ISBN 978-89-5556-970-4 93810
정 가 25,000원

＊잘못된 책은 교환해 드립니다.